KB217676

한설야 단편선
과도기

책임 편집 · 서경석

서울대학교 국어국문학과와 같은 과 대학원 졸업.
현재 한양대학교 국어국문학과 교수로 재직 중.
저서로 『한국 근대 리얼리즘 문학사론』 등이 있음.

한국문학전집 40

과도기

한설야 단편선

초판 1쇄 발행 2011년 7월 29일
초판 4쇄 발행 2025년 5월 26일

지 은 이 한설야
책임편집 서경석
펴 낸 이 이광호
펴 낸 곳 ㈜**문학과지성사**
등록번호 제1993-000098호

주   소 04034 서울 마포구 잔다리로7길 18 (서교동 377-20)
전   화 02)338-7224
팩   스 02)323-4180(편집)   02)338-7221(영업)
전자우편 moonji@moonji.com
홈페이지 www.moonji.com

ⓒ ㈜**문학과지성사**, 2011. Printed in Seoul, Korea

ISBN 978-89-320-2214-7
ISBN 978-89-320-1552-1(세트)

한설야 단편선
과도기

서경석 책임 편집

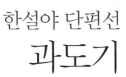

문학과지성사 한국문학전집 40

| 차 례 |

| 일러두기 |

1. 이 책에 실린 작품은 한설야가 1925년부터 1948년까지 발표한 작품 중에서 선정한 17편의 단편소설이다. 각 작품의 정확한 출처는 주에 명기되어 있다.

2. 이 책의 맞춤법은 1988년 1월 19일 문교부 교시 '한글 맞춤법'에 따르는 것을 원칙으로 하였다. 단 작품의 분위기에 영향을 준다고 판단되는 방언이나 구어체 표현, 의성어, 의태어 등은 그대로 두었다. 또한 작품의 특성상 남한과 다른 북한 표기법을 노출시켰다.

          예) 가당이 날아가겠슴메?

             아매 대여숫 살 먹었겠습데.

3. 원본의 한자는 가급적 한글로 바꾸었으며, 작품 이해에 도움이 될 만한 한자는 그대로 두고 괄호 안에 넣었다. 반복적으로 등장하는 한자어는 최초에만 괄호 안에 한자를 병기하고 후에는 한글로만 표기하였다.

4. 대화를 표시하는 「 」혹은 『 』은 모두 " "로, 대화가 아닌 경우에는 ' '로 바꾸었다. 책 제목은 『 』로, 노래 제목은 「 」로 표시하였다. 말줄임표 '‥' '‥' '……'는 모두 '……'로 통일하였다. 단 원문에서 등장인물의 머릿속 생각을 표시하는 괄호는 작은따옴표(' ')로 바꾸었고, 작가가 편집자적 논평을 붙인 부분은 괄호 (( ))안에 표시하였다.

5. 외래어 표기는 1986년 1월 7일 문교부 교시 '외래어 표기법'에 따라 바꾸었다. 단 작품의 분위기에 영향을 준다고 판단되는 경우에는 원본을 그대로 살렸다. 일본어로 발음되어 표기된 부분은 원문 그대로 두었다.

6. 과도하게 사용된 생략 부호나 이음 부호는 읽기에 편하도록 조정되었다.

7. 당시에 검열로 삭제된 것으로 짐작되는 부분은 ○, ×, …… 등의 표기를 그대로 두었다.

8. 책임 편집자가 부가적으로 설명이나 단어 풀이가 필요하다고 판단한 경우에는 미주로 설명을 붙여놓았다.

동경 憧憬

　보면 볼수록 만족한 작품(그림)이었다.

　S는 작품에 대하여 이만치 맘이 흠썩해[1] 보기는 실로 처음이었다. 곁에 있는 K까지도 아주 잊은 듯이 그림만 바라보고 있었다. 자기가 오랫동안 애쓰던 바가 이번 작품에서 비로소 샛별 같은 빛으로 말끔…… 나타난 듯한 새로운 기쁨과 희망을 그는 깨달았다. 이때까지 찾아내고 나타내려고 꾸준히 연구하고 안달을 하던 바의 실마리를 지금에야 잡아낸 듯하며 앞날에 믿고 바라는 바가 더욱더 커지고 새로워졌다.

　그는 그림을 향하여 부처님같이 똑바로 앉아서 눈도 가딱하지 않고 들여다볼 뿐이었다. 그 그림은 K의 초상이었다. 조금 왼편으로 몸을 틀고 있으나 눈은 바로 정면을 향하여 무심히 보는 곳 없이 허공에 시선을 던지고 있다. 그 시선이 무한히 넓게 쏘아나서 모두를 싸고 빛나게 하는 듯이 아롱진 광채가 그 가운데 서리어

보였다. 살과 표정에까지 삶의 빛이 보였고 영의 번득임이 보이는 것 같았다. S는 기쁨과 만족함에 거의 취해가는 것 같았다. 그러며 언제까지든 언제까지든 바라보고만 있었다.

K도 말없이 그림을 보고 있었다. 그는 그림에 대한 전문적 소양이 없으므로 참다운 비판적 관조를 가지지 못했고 깊은 이해를 해내지는 못했다. 그저 저이는 제 얼굴과 영락없는 것이며 무한히 큰 무엇 앞에 단정히 꿇어앉아서 무심하게 그것(무한히 큰 무엇)만 바라보고 있는 듯한 그림 속의 자기를 보는 것이 언제까지든지 싫지 않았다. 나서 처음으로 제 몸과 제 정신을 익히 엿보고 분명히 깨달은 듯하였다. 그리고 제가 오래 품었던 바가 S에게 똑바로 잡혀 이제 눈앞에 그것이 그림으로 나타난 것 같아서 심히 기뻤고 동시에 S가 흠썩 고맙기도 하였다. 제 맘이 저 이상으로 S에게 알아지고 속 깊이 인상된 것 같아서 마음은 거칠 것 없이 시원하며 비 뒤의 꽃봉오리같이 새 눈이 반겨 피어 있는 듯했다. S는 담배 한 대를 붙여 물었다. 연기는 한가히 나선을 그리며 몽깃몽깃 휘저어 올라갔다. S의 맘은 소리 없고 보이지 않는 곳에서 뛰고 노래하였다. 그 그림에서 K라는 실재는 분명히 나타났다. 하나 그가 기뻐함은 K와 그림이 꼭 같다는 데 그치지 않았다. 즉 형우리[2]를 보이는 그대로 그려낸 데 그치지 않았었다. K로부터 느끼는 감각과 그의 속의 영성(靈性)과 그에게 서린 대기(大氣)와 그를 향한 때의 자기의 주관──다시 말하면 심리를 나타낸 동시에 K를 통하여 우주의 큰 현현의 오묘한 것을 찾은 데에 기쁨과 만족과 또는 새 희망이 있었던 것이다.

'형우리의 사람'의 속 깊이 숨은 심령을 잘 나타내었다. 참으로 '삶'이 충실한 참된 표현이었다.

그는 늘 정적이 아니요 동적인 그림을 그리려 하였다. 기계화하는 과학 문명에 따라 말라가고 굳어가는 사람의 맘 가운데 분방(奔放)한 새 정신을 살리려 하였다. 그는 가슴이 터질 듯이 크게 숨을 들이켰다. 그에게는 K는 그림이 모두 저 이외의 것이면서도 저와 같을 수 없는 하나인 것 같았다. 떼랴 뗄 수 없고 가르랴 가를 수 없는 완성된 하나인 것 같았다. 셋——K와 그림과 자기의 형체의 속의 보이지 않고 들리지 않는 무엇을 임의 대류적(對流的)으로 빙빙 돌다가 마침내는 하나로 버무리고 조화된 것 같았다. 그림 가운데서만도 자기를 찾을 수 없고 그 셋인 하나 가운데서만 오직 자기를 찾을 수 있는 것 같았다. 조그만 자기를 떠나 큰 자기를 찾은 것 같았다. 지금 그 더 큰 자기가 살아나 바야흐로 움직이기 시작한 것 같았다. 그 그림을 통하여 그만치 만족해내었다.

그는 한 달 전 어느 날 화재(畵材)를 생각하느라고 담요 밑에서 이리 뒤치락 저리 뒤치락 하다가 너무도 안타까운 듯이 활 뿌리치고 주인을 튀어나온 때는 이미 넘어간 햇발이 마지막 힘을 다하여 서편 하늘 구름을 우는 듯 핏빛으로 물들여놓았다. 그것이 몹시도 히로이크한[3] 감상을 주었다. 그는 멍하니 바라보고 한참 서 있었다. 그 구름은 점점 엷은 빛으로 사라져갔다. S는 소르르 걷기 시작하였다. 그의 머리는 몹시 무거웠다. 화재가 머리에 드리우지 않을 수 없었다. 그러나 모두를 활 제치고 오직 화재만을 생각하는 정신이 드리운 머릿속에 온전히 보금자리를 찾아내었다. 넓디넓은 대양에 홀로 선 것같이 그 사색은 펴지고 널려졌다.

그는 사람 적은 뒷골목을 이리저리 선돌아다니다가[4] 무엇이 별안간 번듯 생각키는 듯하여 멈칫하고 섰다가는 또 서어한[5] 듯이 시름없는 걸음을 저 모르게 옮기곤 하였다. 어떤 때에는 개천에 빠질 뻔하기도 하고 또 어떤 때에는 막다른 골목에 이르러 남의 집으로 쑥 들어갈 뻔하기도 하였다. 화재를 찾을 때의 그는 거의 정신 빠진 사람 같았다. 제가 어디로 가는지 제 행동이 어떤지 도시 알지 못했다.

그는 웬 일본집 앞을 지나다가 발발이 강아지를 얼른 보았다. 짤막한 다리를 밧툭밧툭[6] 뜨며 앙깃앙깃[7] 기어다니는 것을 눈앞에 보자마자 대번에 허리를 엉거주춤하고 강아지 머리를 똑똑 두드려보기도 하고 살살 쓰다듬어주기도 하였다. 그는 개를 몹시 좋아하였다. 더욱 코에서 빠진 대추씨같이 깜찍하게도 조그마[8] 반지르한 처음 보는 그 강아지가 얄밉게 재미스러웠다. 그는 강아지 주둥이를 잡아 들고 익히 들여다보다가는 실성한 듯 빙긋이 웃으며 '요놈을 그려 참말 그려볼까' 하며 중얼거리는 사이에 얼른 한번 머릿속에 그려보았다. 바로 그러던 그때였다. "선생님!" 망설이는 분명치 못한 소리가 참말 부르려는 소리 같지 않게 약하게 들려왔다. 그러나 어름더듬 떨리고 급한 소리의 리듬이 그이에게 선듯한 기분을 주었다. 그는 소리 나는 편으로 머리를 돌리지 않을 수 없었다. 거기는 웬 본 일도 없는 듯한 여학생이 서 있다. 하나 S는 무엇이라고 말하기 난처해서 다시 그의 말을 기다릴 수밖에 없었다.

"선생님 언제 오셨어요. 아마 저를 저를 기억하지 못하시겠지요"하며 멀리 바라보던 시선을 점점 아래로 옮기는 양이 아무려나 심상치 않았다. 오래 그리던 사람에게 하는 것 같기도 하고 별안간 무슨 생각에 젖어가는 것 같기도 하였다. 어쨌든 오래 사모했던 것 같은 표정이 가릴 수 없게 S의 머리에 직감되었다. 그러며 제가 누군지 알아주지 못하는 것이 퍽 안타까웠고 또 그에게 서어한 생각을 느끼게 하는 듯해서 미안해지지 않을 수 없었다. 하나 그러는 가운데 더 재미나는 로맨스와 에피소드가 숨어 있고 또 장차 생겨까지 날 듯한 공상이 그의 마음을 애오라지' 부끄럽게 하였다.

"글쎄올시다. 많이 뵌 듯한데요. 워낙 기억이 좋지 못해서."

S는 점잖게 몸자세를 고쳐가며 여자와 같이 애티 있는 웃음을 띠고 정이 쏠리게 말하였다. 자기의 말하는 표정과 태도가 제가 못 알아줌으로 해서 생기는 그의 서어한 생각을 꿰매고도 얼마큼 남을 것 같았다. 하며 그는 다소간 안심을 얻을 수 있었다.

"○○○올시다. 이전 자혜의원에서 뵈었습니다만."
하는 그 여학생의 말은 조금 떨리었다.

S는 가슴이 뜨끔해짐을 깨달았다.

"○○○? 오— 그다 그다. 그의 이름이 ○○?"
하며 속으로 4년 전 일을 생각하였다.

그가 동경미술학교로 다닐 때 하계휴가에 귀국하였다가 병으로 이곳 자혜의원에 입원한 일이 있었다. 그때에 나이 어리고 키 작은 K란 간호부가 늘 병실에 찾아와서 유달리도 친절히 보살펴주곤 하였다. 늘 무슨 근심이 있는 듯이 나른해 보이는 K의 그 태도만 해도 자기의 병을 도정하고 근심해주는 것 같았다. 어린 나〔齡〕와는 어상반치[10] 않게 가라앉고 침착한 K가 그에게 퍽 정다워 보였고 따라 많은 위로가 되었다. 느른한 강물 가에 고기 낚는 어옹의 한가한 맘같이 잔잔한 심회를 느낄 수 있었다.

K는 사이 있는 대로 잡지나 다른 서적을 들고 와서 S에게 묻기도 하고 또 말거리를 삼기도 하였다. 그는 문예에 관한 이야기를 퍽 즐겨 하였고 또 아는 데까지 이야기도 하였다. 더욱 소설을 즐겨 하였다. 그러며 예술가의 생활을 세상의 그것과는 아주 딴것으로 무한히 동경하며 듣고 기뻐하고 알고 싶어 하였다. S의 기다랗게 기른 머리에까지 자기네가 모르는 무슨 의미가 있는가 늘 눈여겨 들여다보곤 하였다. S가 내일같이 퇴원하려던 어느 날 그는 S의 머리를 들여다보다가,

"선생님 벌써 흰머리가 다 나셨네."

하고 빙긋 웃으며 그것을 뽑아내고 싶어 하는 양이었다.

"어디요? 웬 흰머린."

하며 S는 제가 찾아낼 듯이 머리를 슬슬 어루만졌다.

"제가 뽑아드려요!"

하고 S의 살에 제 손이 닿는 것을 피하는 듯이 조심스럽게 살금살금 머리를 추더니 기다란 흰머리를 빼어 들고 보동보동한[11] 손을 쪽 훑어보며 아양스럽게 웃었다. 하나 S에게는 그 얼굴보다 그 손

이 더 예쁘게 보였다. 손가락이 착 꺾일 때마다 손가락 마디 보들보들한 살 속에 조그만 구멍 넷이 또렷이 파지는 양이 몹시 예뻐 보였다. S는 그의 손가락을 꺾어 구멍 파지는 것을 한번 시험해보고픈 지경이었다. 하므로 지금까지도 그것만은 어렴풋 기억에 남아 있었다.

S가 퇴원할 때에도 K는 퍽 섭섭해하였다.

"퇴원하시면 어디로 가세요?"

하며 매우 침울하고 가라앉은 태도로 S에게 물었다.

"네, 동경 가겠습니다. 덕으로 병이 나아서 참 감사합니다."

하고 S는 무슨 애끼우는[12] 듯이 마지막으로 병실을 스르르 돌아보았다.

"제가 무얼 했어요. 늘 바빠서."

하며 K는 모로 몸을 돌이키고 두 손으로 뺨을 꼭 누르며 멀리 밖을 내다보았다. 그 양자가 몹시 처량해 보였다. S는 또 무언지 모르게 마음이 스르르 도는 것 같았다. 그의 아름다운 인정이 느껴지며 도리어 서러운 생각이 아니 날 수 없었다. 어머니를 일찍 잃고 형제도 없이 홀로 자라난 제 몸을 생각하고 지금 제 앞에 처량히 섰는 그를 보매 사람의 '삶'이란 모두 눈물에 젖은 듯하였다.

S가 곧 퇴원해가지고 동경으로 건너간 후에도 K는 영영 그를 잊지 못했다. 오늘까지 자기의 맘에 드는 사람을 보지 못했다. 예술을 사랑하는 맘이 더욱 S를 잊지 못하게 하였다. 차라리 여성에 가까운 듯한 잔잔한 그 성격이며 시름이 많은 부드러운 표정이며 지나치게 공손한 얌전한 태도가 모두 예술가의 특징인 것 같아서

날이 갈수록 S가 가슴에 맺히었었다. 하며 제 주위에 있는 사람 제가 보아온 사람은 다 극히 평범하고 예사로운 상사람 같아 보였다. 어느 때—S가 동경 어느 미술전람회에서 2등에 입선된 때에 신문에 그의 작품과 같이 사진이 실린 것을 가위로 도려가지고는 늘 혼자서 내어 보곤 하였다. 더욱 그때의 화제가 「수심(愁心)」인 것이 퍽 맘에 들었었다. 그림에 대한 소양이 없으므로 똑바로 이해는 못하나 그 화제와 그림 가운데 근심스러운 여자의 얼굴과 그 몸 가진 것이 퍽 맘에 걸렸었다. 자기를 모델로 한 것이나 아닌가 하고 혼자 생각도 해보았다. 하며 더한층 S를 만나고 싶어 하였고 또 알 수 없는 기대와 바람이 늘 가슴에 오르내렸다.

하므로 지금 우연히 S를 길에서 만나매 오래 맺힌 섧도록 그윽한 회포가 문득 무의식하게 그를 부르지 아니치 못하게 하였다. 그러나 부르는 사이에 아뿔싸 하는 생각이 나서 그 소리가 여물지 못했다.

S는 놀라는 맘과 미안한 생각이 나며 순서 없이 우선,

"많은 덕을 입고도 한 번 감사한 편지도 못 올리고 많이 용서해주십시오."

하였다.

"아니에요. 제가 도리어 여러 가지로 불민했습니다."

하고 그는 수줍은 듯이 머리를 숙이고 뾰족한 구두코로 살근살근 모래알을 굴리고 있었다.

"그사이 몸은 건강하셨습니까? 퍽 많이 변하셨습니다."

"몸은 별고 없었습니다."

하며 얼마큼 수줍은 태도가 없어지며 반가운 웃음을 띠고

"언제 오셨어요? 얼마나 여기 계세요?"

"네, 온 지는 한 달 됩니다. 얼마 동안 있어볼까 합니다. 혹 놀러 오십시오. ××여관입니다. ……지금 무얼 하십니까?"

S는 여학생인 듯한 그의 차림을 이제야 알아차리고 물어본 것이었다.

"거게는 그 이듬해 봄에 나와버렸어요."

하고 장히[13] 어려운 듯이 머리를 들어 S를 보았다. 그러고는 곧 머리를 좀 모로 돌리고 얼마큼 머뭇거리다가

"나와서 곧 Y여학교에 들어갔습니다."

하고 딴 데를 멀리 바라보았다.

S를 만나기는 했으나 오래 그리고 생각하던 바보다는 퍽 싱거운 듯하였다. 만나기만 했으면 하는 이름할 수 없는 기대와 바람이 막상 만나고 보니 만나지 않은 때만도 못한 것 같았다. 하며 얼마큼 S가 믿어지지 않는 서어한 생각을 느꼈다.

그러는 사이 S는 그를 자세히 보았다. 그는 실로 전보다 퍽 많이 변하였다. 알아볼 수 없게 예뻐졌다. 전에는 복뒤 벗지 못한[14] 복숭아같이 수수하고 북실북실해만 보이더니 지금은 아주 딴사람 같이 예뻐지고 말쑥해졌다. 때 가고 사람이 변하는 것이란 참 알수가 없었다. 실지로도 많이 보았지만 나이 먹어서 예쁘게 변하는 사람이 간간이 있고 또 그런 사람들일수록 늙도라미[15]가 낡지 않았다. K도 그런 사람 중의 하나라고 그는 생각하였다.

그날은 별 이야기 없이 작별하였다. 하나 그 후로부터 S의 머리

에는 늘 K가 떠올랐다. 영원한 무엇을 동경하고 찾으려 하는 듯한 K의 양자가 잊을 수 없게 머리에 비쳐왔다.

K는 그 후 한 번 잠깐 다녀갔다. 그 후부터 더욱 그의 얼굴과 몸의 선과 빛이 화가인 S의 머리에 떠돌곤 하였다. 그러는 사이 그를 그려보려는 생각도 어느덧 굳어졌다. 머릿속으로 몇 번 그려보며 어떤 빛 어떤 광선을 집어넣어서 그의 모양을 똑바로 그려내고 그의 영성과 아름다운 힘 있는 동경을 잘 나타낼까 하며 밤잠도 잘 이루지 못한 때가 한두 번으로 헬 수 없다. K의 마음속에 서린 이상한 그림자가 눈에 서물거리는[16] 듯하다. 그것을 완연히 그림에 표현시키기가 심히 어려운 듯했다. 하루저녁은 심혈을 다 부어서라도 그것을 여실히 그려만 내었으면 하는 절실한 충동에 못 이겨 담요 속에서 한참 골똘히 생각하다가는 이리로 픽 돌아눕고 또한 생각하다가는 저리로 슬쩍 돌아눕곤 하며 혼자 무척 안달을 쳤다. 무심히 이마를 찡기기도 하고 혹은 안타깝게 머리도 긁기도 하였다. 하다가 '에라' 하며 벌떡 일어나서는 4B연필을 들고 아래 벽에다 되는대로 죽죽 K를 그려보았다. 한참 정신없이 그리는 판에 밖에서 누가 찾는 기척이 나기에 화가 나는 듯이

"누구요?"

하고 목소리를 날카롭게 하였다. 하나 두 마디 만에는 곧 K가 온 것을 알아채고 부리나케 고무로 그림을 쓱쓱 지우고 일어나 문을 열어 안내해 들였다.

K와 S는 마주 앉았다. S는 곧 담배를 붙여 물었다. 하며 얼마 동안 벙글벙글 웃기만 하며 굼틀거리는 담배 연기를 향하여 커다란

시선을 던지고 있었다. 아직까지 그림에 열중한 맘은 다 가라앉지를 않았다. 그사이 K는 흐릿하게 남은 벽의 그림을 보고는 아무 말 안 하고 얌전하게 가만히 앉아 있었다. 그것이 자기를 그려본 것임을 그도 얼른 알아채었다. 하나 아무 말도 할 수 없었다. 아무 말도 할 수 없는 곳에 그가 S에게 대한 고마운 생각이 끓었다. 그때에 더욱 영 잊을 수 없게 가슴에 맺히는 것이 있었다. S도 얼마 지나지 않아서 그 동경을 엿보아낼 수가 있었다. 담뱃재를 한번 털고 기침을 한번 톺고 나서 연설자조로,

"그렇습니다. 실물과 꼭 같이 그리는 것만이 오늘날 그림의 이상이 아닙니다. 그것만이면 사진—천연색 사진이 제일 낫겠지요. 학을 그리니 날아갔느니 말을 그리니 살아나서 곡식을 먹느니 하는 것은 그림이 실물과 꼭 같다는 비유의 말이나 그것은 옛날 군소리요. 물론 형체를 여실히 그리기에도 힘 안 씀이 아니지만 그림의 목적과 이상은 단순히 거게만 끊이지 않습니다. 객체에서 받은 인상이며 그것을 향한 때의 자기의 심리를 잘 표현하고 그리고 그 객체를 통하여 우주의 큰 표현의 한 곳을 분명히 암시하는 데 노력하지 않으면 안 될 줄 알아요. 즉 옛날과 같이 객관적으로 물체만 똑똑히 그리라는 데서 훨씬 나아가 인상적이요 주관적이요 또는 상징적이라야 할 줄로 알아요. 더욱 지금 와서는 미래파 화가들은 이때까지 일찍 보지 못하던 '때'라는 것까지 그림에 나타내려고 합니다."

알지 못할 손짓을 해가며 제 말에 스나로[17] 취해가는 상이었다. 하나 K는 그저 웃을 뿐이요 말하는듯잔[18]을 재미있게만 생각하는

모양이었다. 자기의 말을 잘 이해하지 못하는 듯하였다. 해서 S는 곧 머리를 돌렸다.

"입때 소설을 그렇게 좋아하셔요?"

"보기는 봅니다만."

하며 K는 방긋 웃고 나서 좋은 기회나 만난 듯이 좀 급하게

"보긴 보아도 로서아 작가들 것은 의미를 알 수가 없어요. 퍽 좋다구들 하는데…… 차라리 우리 문사들 작품이 자미나요. 알기 쉽고 또 일본 것보다도 퍽 열정이 많은 것 같애요."

취여[19]가 끓는 K의 얼굴은 더 한층 예뻐지고 빛나졌다.

S는 이야기를 들으면서도 그를 그려볼 생각이 앞서서 똑똑히 그를 보곤 하였다. 거무스름하고 큼직한 쌍꺼풀 눈이 더욱 여러 번 S의 시선을 끌었다. 눈 위 딱지의 새까만 터리[20]가 앞으로 꼿꼿이 일어선 것이 어째 퍽 재미났었다. 아름다운 정을 소곤거리는 듯하였다. 그리고 그 부드러운 시선을 따라 그의 속에 보이지 않는 무엇이 발사되는 것 같았다. 그는 그 눈에서 제일 많은 인상을 받았고 거기에 제가 나타내려는 것이 모인 것 같았다. 거기를 제일 힘써 그려야 하리라 하였다. 그것을 잘 그리고 못 그리는 데 그림의 살고 죽는 것이 달린 것 같았다.

"K씨를 꼭 그리고 싶은데…… 용서하실지요?"

K는 우뚝한 태도로 별안간 이렇게 말하였다.

"저를요?…… 저까짓 건 무얼 하게요."

그래도 K는 퍽 기뻐하는 기색이었다.

"아니 그렇지 않아요. 그렇지 않다니까요."

S는 굳게 머리를 흔들었다. 어디까지든지 예술의 존엄을 옹호하는 거룩한 태도였다. 이리해서 S는 K를 그린 것이다. K도 한 달 이상이나 거의 매일과 같이 다니었다. 오늘로서 그림은 아주 완성된 것이다.

S와 K는 이때까지 멍하니 그림만 들여다보고 있었다. S는 거기만 정신 빠진 사람 같았다. K는 점점 생각하는 것을 잊고 거기에만 시선을 박고 있었다. K와 S의 정신은 지금 그림을 통하여 빙빙 돌아가는 외에 다른 곳에는 조금도 새어나지 않았다. 도시 갈릴 수 없게 한데 합실리고[21] 만 것이다. 최고의 절정에서 완전한 나라로 조화되어버린 것이다. 모두 사라진 것 같았다. 아무것도 없는 것 같았다. 하나 모두 사라지고 아무것도 없는 듯한데 두 사람이 있었다. 오직 하나로 살아 있었다. Where there is nothing, there is god(아무것도 없는 곳에 신이 있다)란 것과 같이—두 사람은 아주 무아무상(無我無想)의 경계에 빠졌다. 두 사람의 손과 손이 서로 맞잡힌 것을 깨닫지 못했다. 언제까지든 언제까지든 그림만 바라볼 뿐이었다.

그릇된 동경 瞳憬

1

오빠, 나는 여게 왔나이다. 여게 와서 S학교에서 다시 교편을
잡게 되었나이다. 여게는 너르고 너른 만주 뜰 북쪽 끝이로소이
다. 신문으로 보고 풍편에 들은 것도 수없이 많건만 늘 남의 일같
이 귓등으로 들어 넘기던 만주도 가없는 북쪽들 한구석이로소이
다. 가도가도 끝 모르는 북반구의 대륙이 제 맘대로 넓게넓게 펼
쳐진 벌판에는 남에도 북에도 조선의 사람은 수없이 많이 널려
있나이다. 그 가운데는 쫓겨 온 사람도 있으리다. 밀려난 사람도
있으리다. 피와 같은 불평을 품고 온 사람도 눈물 어린 욕심과 힘
을 끌어안고 온 사람도 물론 많으리다. 나는 그네가 그립나이다.
그네를 사랑하나이다. 아니 사랑한다기보다 나는 그네들 무리 가
운데 몸소 들어선 새사람임을 절절히 느끼나이다. 나는 그네들

가운데의 한 사람이외다. 그 사람들을 통하여 나를 생각하고 그네들을 통하여 나의 불행과 행복과 또는 나의 힘과 할 일을 꿈도 꾸고 맹세도 하나이다. 나는 뜻하지 아니하고 그네들을 향하여 손을 내밀고 맘을 부르짖나이다. 복이라면 이것이 나의 크나큰 복일 것 같나이다. 나는 외롭지 않나이다. 내 곁에 그 큰 무리가 있고 내 스스로 그네 가운데 나의 새 의식과 희망과 맘을 뿌리고 심으거던[1] 무엇이 그리 외로우리까. 맘이 놓이나이다. 너그러운 맘이 나를 힘차게 하고 일 맛이 나게 하나이다.

나는 고국을 떠날 때에 울었나이다. 유랑의 숨은 걸음을 생각하고 울었나이다. 외롭고 외로운 나를 생각하고 또 울었나이다. 너르고 너른 벌판에 지향 없이 튀어나올 알몸의 나를 생각하고 설운 눈물이 마를 사이 없었나이다. 아, 그러나 살면 고향이요 지나면 정이 붙나이다. 나는 요사이 도리어 만주벌이 그리워서 끝도 가도 모르는 이 바닥에 서서 새 '삶'을 기뻐하나이다. 과연 만주벌이 그립소이다. 이 벌에 막 연하여 펼쳐진, 보도 듣도 못한 서백리아(西伯利亞)[2]도 그리워지나이다. 얼음판이 하늘에 닿고 눈뜰이 북극에 뻗친 동토대(凍土帶) 저편까지 그리워지나이다. 옛날도 옛날 한 옛날부터 오늘날까지도 사람의 종자를 그리기에 해가 지거나 밤이 오거나 맘 놓고 잠들지 못하는 오로라의 밑 백야(白夜)의 누리[3]도 그리워지나이다. 사람을 그리기에 그 너른 들 흰 밤[白夜]의 말 없는 넓은 맘이 얼마나 오래 지쳤겠나이까. 만주의 지쳐버리[濕地][4]도 서백리아의 눈 뜰도 밤이나 낮이나 저물도록 사람을 고대하고 있나이다. 사람이 찾아오길 간절히 바라고 있나이다. 더 많은 사람의 무리 더 큰 사람의 힘을 바라고 바라기에 그지없는 것 같나이다. 더 많은 사람 더 큰 힘을 기다리는 이 벌판, 나는 뼈에 사무치도록 이곳에 애착을 느끼나이다. 끝끝내 사람의 무리는 이 넓은 광야(曠野)의 밤에 안기고야 말았나이다.

2

오빠! 나의 과거 4년 동안의 생활은 죄악이었나이다. 애써 배우고 들어서 세상의 물정도 웬만치 가리게 되고 이른바 한몫의 사람이 되리만큼 되어서부터 나의 생활은 죄악이었나이다. 남이야 어떻게 보든 또는 사랑에는 국경이 없다는 작자들의 봄이야 어쨌든 나의 양심이 허락지 않은 애나는⁵ 죄악의 생활이었나이다. 하고 진실고지로⁶ 고백하나이다. 이런 삶을 찾고 죄를 지으려고 배우고 들은 것은 물론 아니지만 나는 어찌하여 그 같은 생활 그릇된 사랑에 몸과 맘을 바쳤으리까. 그러면서도 나는 오빠에게는 이 사실을 감추었었나이다. 오빠는 이래 5년 동안이나 철창 아래에서 그 신산을 맛보시고 나는 쓰린 죄의 살림을 하였나이다. 내가 말하지 않으면 알 수 없으리만치 외롭게 세상을 멀리한 오빠에게 나는 죄악의 비밀을 싸고돌았나이다.

큰 뜻을 품고 고국을 떠나신 오빠가 정치범이라는 죄명 아래에 얽히고 얽히어 상해로부터 붙잡혀 온 이후 1년 만에야 겨우 감옥에서 오빠를 면회하였을 때에는 나는 아직도 천진하였나이다. 오빠를 보고 진심으로 느꼈나이다. 6년의 형기를 마치지 않으면 다시 만날 수 없는 오빠. 한시라도 속히 끌고 나오고 싶은 오빠를 철창 건너에서 바라보며 나는 오직 울 줄밖에 아무것도 모르는 티끌 없는 처녀였나이다. 그때에 오빠는 이렇게 말하셨지요.

"너도 중학 졸업이 멀지 않았으니 사람다운 일을 하여라."

이렇게 말하셨다기보다 힘 있게 외치실 때에 나는 오빠를 자세히 쳐다보지 않을 수 없었나이다. 그 말하는 이는 나의 오빠와 같지 않았나이다. 나는 기실 그때까지도 정과 혈육의 오빠를 알았을 뿐이고 사람으로의 오빠를, 지사로서의 오빠를 몰랐나이다. 그리하여 그때에 비로소 새 오빠를 쳐다보지 않을 수 없었나이다. 과연 처음으로 본 오빠였나이다. 아니 처음 대한 '사람'이었나이다.

"어린애가 어머니를 따르는 것은 사랑이 아니다. 진정한 사랑은 책임이 따라야 한다."

하시고 또 한참 나를 보시더니

"진정 어머니를 사랑하거든 어머니를 복되게 할 책임을 지어라."

나는 더욱 놀랐나이다. 의미는 그때에 분명 잡지 못했을망정 그 말이 머리에 아리아리[7] 스며듦을 깨달았나이다. 그 무서운 감옥의 벽을 흔드는 듯이 힘찬 소리에 나는 소름이 끼쳤나이다. 그러나 나는 그 책임은커녕 과거 4년 동안 오빠가 일러주신바 그 '어머니'를 잊고 등졌었나이다. 과연 괴롭나이다. 지금이야 그 하시던 말을 다 잡아낸 것 같사오나 지난 생활을 생각하매 다시금 괴로워서 못 견디겠나이다. 때때로 부끄러운 쓰린 웃음이 양심을 스침을 금할 수 없나이다. 아! 조선의 오빠여! 조선의 동생을 두지 못한 것을 꿈결에서나마 얼마나 아파하였나이까.

"무슨 일에든 성실하여라. 공부를 많이 해서 훌륭한 게 아니다. ……너도 사람이거든 더욱 조선의 종자이거든 남보다 갑절 가는 성력이 있어야 한다."

이런 말을 하시고 눈물이 그렁그렁하시던 것도 지금까지 기억하나이다. 그 말이 지금껏 귀에 쟁쟁하나이다. 누가 이런 말을 내게 일러주오리까. 사람마다 이런 말을 부르짖고 들을 수 있다면 우리는 불행한 가운데도 복된 사람이었으리다만……

또 어느 때인가 이런 말씀을 하셨나이다.

"내 걱정은 말아라. 더 큰 근심을 잊지 마라. 내 하고파 하는 일이면 죽어도 괜찮다. 네 일을 잊지 마라."

이때를 나는 더욱 잘 기억하나이다. 나는 그때 오빠 앞에 서는 것이 무한히 괴로웠나이다. 나를 위하여 그만한 힘찬 소리를 일찍 건네던 이 없건만 나는 그 말이 괴로웠나이다. 그때는 벌써 지금부터 말하려는 죄악의 엄[8]이 다 돋은 때였나이다. 아픔의 씨가 오빠를 대하는 때마다 짜긋짜긋 양심을 쑤시었나이다.

3

그리하여

"너는 장차 무얼 하련?"

하고 물으실 때 나는 그 대답이 실로 괴로웠나이다. 실로 무엇을 하리라는 나 스스로의 주견과 줏대가 서지 못하였던 것이외다.

학교를 마치면 으레 떼놓은 당상인 교원의 직업을 맡아가지고도 그것이 참말 내 일이며 힘써야 할 바인지를 자각하지 못하였나이다. 그만치 신념과 주장이 미약하였던 것이외다. 그같이 때따라 간곡히 부탁하셨건만……

"무엇이든지 나쁠 것은 없다. 교원 노릇을 한다니 그것이 썩 고상한 책임이 아니냐. 네 성력과 책임관이 굳으면 그것이 훌륭한 보람을 내고야 말 것이다. 정 안 되면 땅이라도 파야지."

이렇게 일러줄 때에 나는 나의 은근한 행복을 생각하고 남의 속사정을 모르는 오빠라고 한껏 무언지 모를 허영의 웃음을 웃었나이다. 자랑이라도 하고픈 기색을 막을 만한 아무 반성의 힘이 없었나이다.

그리하여 그저 공순히 머리를 숙이고 가만히 있었나이다. 그때 나의 맘은 아직까지도 모르시리다. 그 공순한 머리 밑에 숨은 비밀은 몰랐을 것이외다. 그 비밀과 죄를 조금도 뜻하시지 못하고 그저 사람이 되어라고 일러주시던 오빠의 지극하신 정성을 생각하오매 지금 다시금 눈물이 흐르나이다. 나는 허위와 죄에 살아왔나이다. 나는 이것을 깨달았나이다. 죄를 깨달은 때와 같이 괴롭고도 유쾌한 때는 없을 것이로소이다.

오빠! 나는 오빠가 감옥에 들어가신 후 3년 만에 ×라는 일본 사람과 결혼하였나이다. 그는 우리 도 ×× 과장으로 도청에 근무하는 고등관 중의 가장 젊은 사람이었고 또 대학 출신이요, 인물 고운 청년이었나이다. 그리고 아직 미혼 중이었나이다.

내가 고보 4년급에 있을 때에 나에게 약혼을 청한 사람이 둘인가 있었나이다. 두 사람 다 일본에 유학하는 사람으로 남에게 빠질 것이 없는 터였으나 그중 한 사람은 몸이 약하다는 이유로 아버지가 거절해버리셨고 나머지 사람은 아버지뿐 아니라 나도 거절은 하지 못하였나이다. 그리하여 피차 이상을 주고받은 적도 몇 번이 있었나이다. 그리고 그의 말이 꽃다운 내 청춘에 비치었다는 점에서 나는 그의 일거일동을 남달리 유심히 보았나이다.

"가문도 괜찮고 살림도 그만하면……"

아버지도 이만큼 동의를 표하셨나이다. 나는 그 말이 밉게 들리지 않았나이다. 가문이라는 데에도 그럴듯한 호감을 가졌었고 재산이라는 것도 싫을 것 없는 조건으로 생각하였나이다. 일본 유학이란 것도 한 큰 영예와 같았고 그리 흔치 않은 대학생이라는 것도 꽤 큰 복록의 전제와 같았었나이다. 그리하여 동무들이 그 말을 내면

"누가 그래? 응…… 난 몰라. 금시초문이야. 대관절 그가 어떤 양반인데?"

하고 웃어버렸나이다. 그러나 그 웃음은 나의 부인의 말을 한 번 살짝 뒤집어 애오라지 시인의 뜻을 반듯' 비춰주는 간드러진 애교였었나이다.

"연애는 자유인데 감추면 무얼 하니? 앤 불철저하구나. 세상이 다 아는 걸 가지고."

하고 동무들이 다시 채치게[10] 되면

"얘도…… 참말이다. 누가 그러디?"

하고 미울 것 없는 히야가시[11]를 오히려 달게 받을 만하였나이다. 그러나 바로 그때 그 판에 새통스럽게[12] Y를 알게 되었나이다. 그가 어느 때인가 한번 학교에 온 일이 있었나이다. 그때에 비로소 그를 알게 되었나이다. 갓 빨아놓은 비단결같이 새하얀 청년 신사 Y는 인사할 때부터 나에게 괴상한 인상을 주었나이다. 여선생은 나 하나뿐이 아니었으나 유독히 나에게 공순한 태도를 보이고 구면과 같이 다정스럽게 무엇을 묻기도 하고 생각하다가 또 유심히 쳐다보며 방글방글 또 물어보곤 하였나이다. 필요가 있어 묻는다니보다 묻기 위하여 생각하고 생각하다가는 묻곤 하는 것 같았나이다. 그것을 의식한 때에 나는 일종 호기심을 금할 수 없었나이다. 솔직하게 고백하면 그가 더 오래 있어주고 더 많이 물어주었으면 하였나이다. 그리하여 그가 돌아갈 때에 내게 보낸 그 공순한 시선을 나는 잊을 수가 없었나이다.

4

"꼭 일본식이야. 하릴없는 일본 여자야. 왜짚신에 왜옷을 입으면 천연할걸."

하던 여러 사람의 말을 그때에 다시 생각하고, 짓궂이 생각하고 나는 속으로 웃었나이다. 그 후부터는 거울을 대하여 더욱 유심히 내 얼굴을 보았나이다. 7부 3부로 갈라 넘긴 머리라든가 뒤채가 삐죽하게 내밀고 곰실곰실 들어 얹힌 머리 맵시가 '에돗꼬[江戶子]'[13]식이라고 나는 기뻐하였나이다. 그리고 쌍까풀이 검스레한 눈이며 연주 찍은 입술이 일본 여자와 방사한 것을 자만하였나이다.

또는 글씨까지도 일본식이라던 누구의 칭찬을 생각하고는 자로 일본 편지투 쓰기를 연습하기도 하고 또 많이 읽어도 보았나이다. 심심하면 학교에서도 변체이로하(變體イロハ) 같은 것을 써서 일본 선생까지 놀란 일도 있었나이다.

한데 그 후 마침 도청사관이 우리 집 앞에 새로 일어나게 되어 그와 나는 길에서나마 만날 기회가 많았었고 또 의식적으로 만날 기회를 짓는 일도 없잖아 있었나이다. 나는 동경 사투리 같은 것을 얻어들으면 자꾸자꾸 되풀이해가며 제멋대로 될 때까지 외워가지고는 긴요히 쓸 준비를 하였나이다. 말하자면 내가 손수 내 맘을 들추고 들뜨게 한 것이었나이다.

나는 학교에서 돌아갈 때마다 시계를 쳐다보며 조마거렸나이다.

"지금 가면 알맞을까? 그러다가."

하는 생각이 났나이다. 그리하여 돌아오던 길에 Y를 못 만나게 되면 별일 없이 우리 집 앞을 왔다 갔다 거닐었나이다. 이리하여 만난 일도 물론 있었나이다.

"오아소비니 이랏샤이(놀러 오세요)."

하고 한번은 Y가 모자를 벗어 들고 은근히 인사하였나이다. 나는 오래 기다리던 말이나 들은 듯이 기뻐하였나이다. 그리고 내 뜻이 바로 그에게 옮아간 것 같은 맹랑한 생각조차 일어났나이다.

피차 갑갑한 터에 그는 나의 뜻을 어느새 감수하고 또 제 숨은 뜻을 그대로 파묻어두기에 너무 안타까워서 이런 말이라도 하는 겐가 공상하였나이다. 나는 이런 직감을 가지고

"하 아리가또 고자이마시따(네 고맙습니다)."

하며 거의 무의식적으로 답례하고는 그만 얼굴이 화끈해져서 머리를 숙여버렸나이다. 그 이상 더 할 말을 아무리 해도 생각해낼 수 없음을 나는 퍽도 안타까워하였나이다. 1초, 2초 지나가는 타임은 실로 나의 가슴을 졸이는 듯하였나이다.

"방와 이쯔모 히마데스가라(밤은 늘 노니까요)."

그도 잘 여물지 못한 소리를 이렇게 남기고는 다시 고개를 끄덕하고 가버렸나이다. 나는 그제야 고개를 들고 그의 뒷모양을 흘깃 보았나이다. 웬일인지 또 얼굴이 화끈하였나이다. 그러면서 내 한 말과 행동이 과연 부끄러운 것이었을까를 생각하였나이다. 생각할수록 나는 부족한 생각이 났나이다. 내게 스스로 불만을 가졌었나이다. 그만치 나는 행동으로나 말로서 불만이나 부족이 없이 하고팠던 것이었나이다. 처녀의 끝없는 동경이라 하올는지 내가 그만치 욕심 사나웠던 것만은 사실이외다. 연애에는 국경이 없다 한 말에 대하여 나의 욕심은 고개를 끄떡였나이다.

이리하여 나는 몇 번인가 그를 방문하였나이다. 하나 그는 나의 기대와 별다른 나쁜 인상을 주지 않았나이다. 대우가 버성기거나[4] 무슨 이국인으로의 넘기 어려운 까다로운 금[線]이 보이지 않았나이다.

"나이지징 솟구리데스네(꼭 일본 사람 같아요)."

하고 그가 어투추게[15] 되면 나는 무언지 모르게 기쁘고 만족하였고 또는 그 말속에서 별별 암시를 다 캐내려 하였나이다.

5

　그리하여 자만하는 생각이 나게 되었나이다.

　"곤나 이나까니와 아다시놈꼬니나루요나 히도와이나이와(이런 시골에는 내 남편 될 만한 사람이 없어)."

하고 배부른 흥정이 나가게 되었나이다. 그리하여 전부터 말이 있어오던 그 청년도 소실의 자식이라는 것을 구실로 거절해버렸나이다. 아버지, 어머니에게 그런 말을 했더니 그러냐고 놀라시더니 약혼 말을 전하는 사람에게

　"적지 않은 증명을 해옵세."

하고 종내 응치 않았었나이다. 했더니 그 청년은 의외에 살갑게 별 말썽도 끼치지 않고 아주 발을 끊어버렸나이다. 물론 나를 말할 가치 없는 여자라고 침묵으로 물러간 것이 틀리지 않을 줄 아나이다. 불철저한 여성이요, 맘이 약한 여자라고 속으로 웃고 돌아설 성격임을 나는 잘 아나이다.

　그러나 그때는 그런 것을 깊이 생각할 여유조차 없었나이다. 오직 Y를 자로 찾아다니고 세상을 별로 꺼리지 않게 된 것이 나의 철저한 점이요, 사랑의 큰 증거라고 제 멋에 좋아라 만족하였나이다. 자만까지 하였나이다. 그러나 이러한 탓으로 해서 세상의

소문을 속하게 또는 나쁘게 하였나이다. 우리 학교에서도 쉬쉬 문제가 일어난 모양이고 도청 안에도 소문이 도는 모양이었나이다. 그러더니 어찌 된 셈인지 Y는 곧 W도로 전근이 되어버렸나이다. 그러나 그것은 인사와 거리의 변동임에 나는 그대로 잊어버릴 수는 없었나이다. 청춘애사의 그릇된 한 페이지로 돌릴 수는 없었나이다. 나는 곧 그의 뒤를 쫓아가서 서울 어느 요릿집에서 결혼피로연을 하여버렸나이다. 그날 밤에는 한 쌍의 빛다른 부부를 중심에 두고 일선융화론이 굉장하였나이다.

나는 그로부터 서투른 일본 사람의 살림살이 숭내에 골몰하였나이다. 조선제일본부인의 수구는 실제 해보지 않으면 반도 모를 것입니다. 솟까랍고[16] 비차하기로 유명한 것이었나이다. 너울너울한 일본 옷을 주섬주섬 겹겹으로 입고 나면 활개를 한번 들썩해도 넘줄이 걸리는 것 같고 다리를 한번 삐쭉해도 넓적다리가 선선할 지경이었나이다. 어쨌든 까다로운 입성이었나이다. 그러나 그때는 그것이 재미와 같았나이다. 머리를 가르는 법하고 허리에 다지는 방식이 다 그럼직하고 고무창 왜짚신을 잘잘 끌며 발끝을 모으고 앙기발질[17]을 하는 것이 모두 재미스러웠나이다. 한데 뒷깃을 목뒤에 헤끈 제끼고 목덜미까지 분되이를 내어[18] 드러내놓기 때문에 조금만 하면 추위가 솔솔 기어들어 감기 든 적이 있었나이다. 그러면서도 한사코 그놈의 살림을 배웠나이다. 배워서 얻은 바가 무엇이오리까. 허위와 가식이 남겨준 받자는[19] 죄뿐이었나이다. 내 맘을 못쓰게 하고 내 몸을 버리게 한 큰 죄업일 뿐이로소이다. 아까운 청춘을 나는 이리하여 그곳에 파묻고 왔나이다. 그러나 그것은 모두 나의 잘못이오니 아무도 원망은 하지 않나이다.

이러한 가운데의 나의 생활은 말하지 않아도 아실 것이오며 따라 그 닥칠 결과도 대강은 짐작하시오리다. 한 말로 그치면 이때는 나의 개성과 인격을 파묻은 암흑시대였나이다. 내가 스스로 이러하였거든 그가 나의 개성과 인격을 존중하지 않을 것은 당연한 귀결이겠나이다. 나는 나의 인격과 가치와 조선(祖先)에게 받은 의기와 피를 더럽혔나이다. 그리고 그를 따르기에만 전심하였나이다. 하므로 사람으로의 아무 가치 인정을 받을 길이 없었나이다. 진정한 사람이거나 참된 삶이 오지 않았을 것은 물론이외다. 이러므로 사랑이란 장난도 하루 이틀, 스위트 홈이란 것도 불과 며칠이었나이다.

6

1년도 다 못 되어서 그의 생각과 대우는 날로날로 평범해지고 등한해졌나이다. 무슨 골난 일이 있으면 그저 멸시의 눈길을 한 번 툭 던지고 나가버리기도 하고 무슨 꾸중을 하려다가도 그까짓 것에 하듯이 슬쩍 돌아앉은 일이 종종하였나이다. 이것이 내게는 괴로움이 되지 않을 수 없었나이다. 버림을 받으면 하고 근심이 숭숭거렸나이다. 나는 될 대로 약자가 다 되어버렸나이다. 그는 이죽대도 삑 소리 못 칠 만큼 의기가 죽어진 나를 유린할 대로 유린하였나이다. 나를 일본 하녀만도 오히려 못 여기는 듯하였나이다. 내게 할 말을 하녀에게 돌리는 일이 많았나이다. 긴치 않은 일에도

"그걸 몰나에."

하고는 하녀와 상의하곤 하였나이다. 그리고는 시퍼러둥둥해서[20] 책자나 신문을 들여다볼 뿐이었나이다. 나는 그만 무안해져서 더 말 못하고 찌꺼기를 바라는 강아지 모양으로 그의 기색이 풀리기만 기다렸나이다.

손님 대접이 좀 틀린다든가 차 권하는 법이 좀 서투르다든가 말 수작이 조금만 군둔해도[21]

"시요가나이 온나다네(할 수 없는 계집이다)."

하고는 이어 자기의 면목을 깎는다느니, 일본 사람의 체면을 더럽히느니, 큰 수치니, 길다맣게[22] 느러배즈며[23] 강표한[24] 이맛살을 찡그리곤 하였나이다. 심하면 천치라고까지 흘겨보았나이다. 함으로 사람의 맘이란 모를 것이었나이다. 맘의 변함이란 더욱이 알 수 없었나이다. 조선 사람에게 한하여 더욱 절대한 우월감과 지배관을 가진 그는 나를 거지반 사람으로 보지 않는 듯하였나이다. 나는 옛 자의 단꿈을 생각하고 차차 심하여가는 멸시를 생각하매 또한 모든 조선의 무리의 앞길조차 캄캄해지는 듯하였나이다. 그러나 약자이던 나는 그의 지위를 생각하고 또는 나의 명예를 생각하고 그에게 곱삭곱삭 순종하여왔나이다. 욕하고 멸시해도 공순과 무던함으로써 그를 눅이려 하였나이다. 말하자면 이것이 이상의 양처이거니 하였던 것이외다. 일본 여자는 조선 여자

보다 훨씬 지아비에게 공순하고 부드럽다는 것이 그때의 나의 관찰이었나이다. 일본 아낙은 지아비에게 절대 복종하고 종과 같이 따르는 것이라고 그것이 아름답고 뻑뻑한[25] 일이라고 어디서 얻은 선입견을 가지고 있었나이다.

이리하여 나는 짧지 않은 그동안 나의 인격과 개성을 죽여가며 살았나이다. 당당히 할 말도 참는 것이 부덕(婦德)이려니 모름지기 해야 할 바도 지아비의 명령이라야 하고 주저하였나이다. 그러나 이렇게 해봐야 역시 아무 효과가 없었나이다.

그나 그뿐입니까, 그의 태도는 점점 더 심하여졌나이다. 돈 가진 놈이 남의 것을 빨아먹는 꾀가 점점 늘어가듯이 그의 엎누르고 업세녀기는[26] 분수도 자꾸 늘어갔나이다. 나 하나만을 욕하고 무시함으로 족하지 못한 듯이

"너의 아버지는 노름꾼이라지. 그런 바르지 못한 피를 받았으니 무엇이 변변하랴. 종자가 나빠."

하고 깎아 말할 때 나는 문뜩 분하였나이다. 전이라고 아주 분하지 않은 것이 아니나 이때처럼 분한 때는 없었나이다. 그러나 한편 그 어린애 같은 수작이 밉살스럽고 탑지[27]해서

"부모의 말은 왜 하셔요. 이러나저러나 날더러 말할 일이지요. 그런 쩨쩨한 참견은 마셔요. 남자가."

하고 골려주었더니 대단히 분했던 모양이어요. 별별 궁퉁[28]을 다 쓰더니 제 김에 달아나서 용굴때질[29]을 하는 꼴이 우습기도 하였나이다.

7

"네 형 놈은 부정선인[30]이 아니냐. 더러운 징역꾼이 아니냐. 나를 속였지. 못된 년놈들."

하고 그는 그 표독한 꼴때[31]를 내며 물어뜯을 듯이 뽀로통해지더이다. 나는 문득 그의 속통 얇고 짧은 것을 깨달았나이다. 그만한 말에 그같이 흥달아나는[32] 왜냄비 같은 그 맘을 내 편에서 도리어 업세녀기게 되었나이다. 역시 칼이나 총이나 재어서 싸움판에나 내세울 인간이요, 인격과 도량과 동정으로 남을 대하고 후릴 만한 사람이 아닌 것을 알았나이다. 그리하여 나는 이때까지 공연한 순종을 했다고 후회도 하고 웃기도 하였나이다.

"내 형이 징역을 해도 그것은 높은 명예예요. 사람마다 못하는 거룩한 일을 했어요. 2천만이 옳게 생각하는 일이면 아마 나쁜 일이라고는 할 수 없겠지요."

"2천만? 그까짓 야만들이 무얼 해."

이렇게 말하고 난 후로는 음험한 속통이 탱탱 곪아나서 걸핏하면 조선인은 야만이다, 동물과 같은 학대를 받아야 할 인간들이다, 하고 욕질이었나이다.

임시정부니 민족주의니 해가지고 주제넘게 덜렁대지만 그것은 다 어림없는 장난이다. 어림없이 덤비다가는 그 많았던 바람도 없이 쓰러져버릴 것이다. 야만인이란 할 수 없다. 학대하고 절대 지배를 하지 않으면 그 못된 근성이 없어질 날이 없다. 그 근성을 빼내어야 동화도 가능한 것이다. 하고 제 깐에 성이지요.

이리하여 우리 집을 욕하던 그는 민족 전체에 그 주둥이를 돌렸나이다. 주제넘는 짓을 하고 말 안 듣는 무리는 죽여버려야 한다. 또 네게도 불온한 빛이 보이면 군국정신에 비춰 가차하지 않는다고 으르기[33] 일쑤였나이다.

온 민족을 멸시하는 그가 나 한 사람을 탐탁히 알 리는 물론 없나이다. 연애는 국경이 없다 하였으나 이러고서야 연애가 제아무리 굳세다 하여도 일본 사람의 국경을 넘어낼 것 같지 않더이다. 똥집까지 되지 못한 우월감이 차 있으니 그를 어쩌는 장수가 있습니까.

나는 알았나이다. 총과 칼이 세력 있는 시대에는 어디를 물론하고 강한 자가 문명인이요, 약한 자가 야만인인 것을 나는 알았나이다. 제가 바라던 자유를 남에게서 빼앗고 제가 사랑하던 민족사상을 남의 민족에게서 죽이려 하는 심사가 과연 문화인의 심사이오며 정당한 생각일까요. 칼과 총이 만일 필요하다면 못된 자를 꺾고 베기 위하여 하는 말일 것이로소이다.

오빠! 조선인뿐 아니라 제삼자로 보아서도 극히 옳다고 생각하는 일을 오늘날 국부의 인간들은 그르다고 부정하고 잡아 가두고 때리고 죄주고 하나이다. 이날이 언제나 끝날까요. 그러나 약하다고 옳은 일이 옳지 않을 수 없는 것이매 우리는 모름지기 우리의 사명을 다하지 않으면 안 될 것이로소이다.

이스카롯트[34]의 반역이 기독을 죽이고 기독교의 세계적 발전을 이루었다더니 그런 사실(史實)을 비춰 생각하매 Y가 내게 준 바공도 적지 않은 듯합니다. 조선 사람은 너나없이 모진 회오리바람 가운데서 배우고 깨달은 바 있지 않으면 안 될 것이로소이다. 다 같이 커다란 불행을 지고 있거든 누가 이것을 저어나가지 않고 복됨을 얻사오리까. 나도 평범한 가정에 들어갔으면 오늘날도 없을 것이요, 오늘날의 이 생각 이 생활도 없을 것이로소이다. 널리 살펴보면 우리 중의 어느 누구가 나만한 고초와 불행을 안 받사오리까. 그러나 온 우리 무리에게 미치는 불행의 물결이니 온 우리 무리가 물리치는 외에 아무 딴 도리가 없을까 하나이다.

서백리아 눈바람은 차차 차지나이다. 철창 속 추운 겨울을 또 어찌 보내오리까. 오빠여! 나는 오빠를 생각하며 그리고 이 글월을 닦나이다.[35] 비록 오빠가 철창 아래에 매인 몸이라 하더라도 어디서든지 이 뜻과 맘이 서로서로 통하고야 말 것 같은 기쁨과 기대로 나는 밤을 새어가며 이 글을 쓰나이다.

8

오빠! 기뻐하소서. 나는 지난여름에 아주 그를 떠났나이다. 그리하여 자유를 얻고 인격을 찾았나이다.

지난 초여름 어느 날 S해수욕장으로 가느라고 우리는 기차에 올랐나이다. 나는 웬일인지 머리가 수그러들더이다. 기차 안에는 별로[36] 잘난 체하는 여자도 싸우깜자러 빤빤한 남자도 많았나이다. 그러나 다 맘에 들지 않더이다. 그중에도 일본 유학생들의 까부는 말성[37]이 독판[38]을 막더이다. 하도 일본말 조선말 상반이 야단이어서 흘끔 그편을 보았나이다. 나는 놀랐나이다.

그 가운데에는 전에 약혼을 청하던 그 청년도 있었나이다. 하나 그는 별로 말도 없이 가만히 앉았더니 공교롭게 나와 시선이 마주치었나이다. 얼굴이 일시에 붉어지며 피차에 눈을 돌려버렸나이다.

나는 알 수 없는 생각에 머리를 돌렸나이다. 무엇 때문에 그를 버리고 이를 쫓았으랴? 그것은 분명 허영이었나이다. 나는 Y의 학식을 부러워하고 그의 인물을 탐내고 그의 명예와 지위를 생각하였나이다. 그러고는 조선 사람을 업신여기고 내 남편 될 작자는 없다고 자만하였나이다. 이러던 내가 그 멸시와 박대를 폭 뒤집어쓰게 되니 한스럽기도 하고 서럽기도 하였나이다. 이렇게 생각하다가 나는

"고라."

하는 소리에 깜짝 놀라 곁을 보니 Y는 시퍼렇게 되어가지고 왜 얼른 도지사 부인과 고관들 부인네 있는 데를 보지 않고 얼빠진 천치 모양으로 그 꼴이냐고 호통질이었나이다.

"괜찮습니다."

나는 반동적으로 악이 났나이다. 인제 무서울 것은 조금도 없었나이다. 해서 딱 잡아떼고 새침하니 시치미를 뗐었나이다. 그는 전 도지사(조선인) 때에는 그 부인을 찾아가란 적은 한 번도 없었나이다. 도지사쯤 해서 아무것도 모르는 조선 아낙을 데리고 산다고 늘 비웃었나이다. 하던 게 이번(일본인 지사)에는 내 교제

가 민첩하지 못하여 지사 부인에게도 눈에 났다고 하며 심하면 나 때문에 평판이 나빠지고 질리는 일이 많다고 트집을 거나이다. 하나 나는 그런 관료배의 밑에서 알랑거리는 간사한 여자들을 찾아가서 맘 없는 수작을 붙이기가 싫었고 또 그네들이 나를 우스운 조선인으로 미는데 구태여 그리할 필요도 없었나이다.

9

그리했더니 그는 톡톡히 골이 치밀었던 모양이어요. 제 체면이 있어 큰 소리는 못치고 무틀무틀한 소리를 주어쳐도 나는 모르는 척하고 있었나이다.

"요보와 시요가네, 야반노다네와 아구마데모 야반다네(요보는 할 수 없다. 야만의 종자는 끝까지 야만이야)."

하며 제 성을 저로서 감당치 못하는 양이 우스꽝스러웠나이다. 나는 그때에 이미 새 각오가 있었나이다. 나는 그를 가엾게 보았나이다. '네가 야만이다' 하고 톡 쏘고 싶었나이다. 나의 굳은 각오는 그의 모든 것을 물리쳤나이다. 그의 말을 들을 필요가 없었나이다. 제 종으로 나를 부리다가 또 그년들에게 아첨을 시키고 마침내는 모든 일본 사람에게 머리를 숙이게 하고야 말 그 심사를 나는 몹시 미워하였나이다. 이로부터 나의 맘은 순간에 급전직하하였나이다. 그날 밤에 나는 그를 떠나버렸나이다. 나는 비로소 자유를 얻었나이다. 스스로 자유를 찾은 것 같아 한껏 시원하였나이다. 그러나 내가 그러한 경험을 지나왔기에 아직까지도 조선의 온 사람은 한 글로 큰 부자유에 눌려 있음을 나는 잊지 못하였나이다. 힘과 맘을 갖추고 맘과 이상을 함께하여 일어나야만 할 것을 알았나이다. 또 그런 시기에 맞다달닌[39] 것을 깨달았나이다. 나는 비로소 사람이 된 것 같았나이다.

나는 생각한 바 있어 이곳 온 후 다시 교편을 잡게 되었나이다. 고국을 떠남이 어찌 섧지 않사오며 형제를 여읨이 어찌 애달프지 않으리까만 그러나 나는 우리의 앞길이 훤히 동이 터옴을 의식하며 이곳에 왔나이다. 나 밖에 나와 같은 사람인들 얼마나 많사오리까. 울며불며 그 고국을 떠난 무리나 그리고 그리며 남쪽을 바라는 무린들 얼마나 많사오리까. 그러나 이곳 있는 사람같이 진정으로 고국을 사랑하고 그리는 이를 나는 보지 못하였나이다. 예 있는 사람은 너른 벌판에서 어느 때라 없이 외로움을 느끼지만 이 무리들처럼 단단히 붙들고 있는 이를 나는 보지 못하였나이다. 맘과 맘이 뭉치어서 떨어질세라 하는 의절한 정을 나는 기쁘게 보나이다. 아이들에게까지 그런 아름다운 기분이 농후하나이다.

나는 참으로 이 조선의 아들과 딸들을 사랑하나이다. 사랑할수록 사랑할수록 더욱 사랑스러워지나이다. 날로 요것들이 커가고, 늘어가고, 나아가고, 힘차가는 것을 볼 때마다 더욱 눈앞이 환해짐을 깨닫나이다. 그럴수록 나도 힘이 오고 피 뛰나이다. 나는 이 어린 조선의 맘의 엄들을 키우며 오빠를 통하여 고국에 이 글월을 드리나이다.

합숙소의 밤

"투―, 튀튀."

나는 땅짐과 먼지와 석탄젓국에 젖은 '고막쥐' 같은 얼굴을 굴〔堅坑〕 밖으로 내밀며 크게 숨을 토했다. 좁고 가라앉은 굴〔坑〕속의 공기에 가미(加味)되어 들어오는 기계풍구〔送風機〕의 바람보다 얼마나 시원스럽고 맑은 공기인지 알 수가 없었다. 간만의 술에 취하는 사람같이 나는 잃어버렸던 맛의 한끝을 찾아오는 쾌감을 느꼈다. 그래도 자동차, 마차 속의 '팔자수염' '터럭조끼'들은 이 바닥의 공기를 몹시 싫어하여서 마스크로 걸러〔濾過〕 마신다.

어저께가 영하 삼십 몇 도랬는데 오늘도 그보다 못하지 않다. 이 만주에는 영하 삼십 몇 도라는 추위가 결코 보기 드문 손뜬 손님이 아니다. 그러나 이 손님과 알심[1] 있게 싹 부딪치는 폭은 아마 5백 명 우리 떼가 제일일 것이다. 겨울 돈벌이로 농촌에서 게바라드는² 지나 '쿠리'³는 그래도 웬만하면 째진 양피 조각이나마 걸고 다닌다. 불쌍한 목으로는 만주에서도 우리가 제일 첫째일 것이다.

나는 기어드는 찬바람을 막으려고 팔짱을 꼭 끼고 걸어갔다. 그러나 실속 있는 굵다란 홀아비 바늘구멍이 어찌도 여기저기 송송 났는지 바람은 자꾸 기어들었다.

밤이다. 탄광 왕국(B시)의 찬란한 밤이다. 구시가와 신시가 사이의 호떡 같은 둥글넓적한 언덕에까지 붉은 붉푸른 불이 한량없이 많다. 나도 M시 방직공장의 소동에 몰려서 개개걸신⁴으로 이 공장에 처음 들어오던 날 밤에 이 불에 홀려서 무슨 야단스러운 밝은 도회거니 하였다. 그러나 밤이 밝고 보니 거멓게 멍든 무서운 거리였다. 검은 연기 중에 번지르고⁵ 우뚝 선 높다란 대(臺) 위에서 검은 쇠수레바퀴가 돌돌돌 구르며 연기에 잠긴 경사진 쇠다리로 조그만 쇠수레가 끝도 없이 뒤미처 뒤미처 얼른얼른 끌어 올라갔다. 3백 년을 파먹을지 4백 년을 파먹을지 모른다는 땅속의 검은 금강석을 선탄장(選炭場)으로 긁어 올리는 오만스러운 높은 대다. 마치 옛날 귀신이 맨 꼭지로 나덤비던 밝고도 까만 시절의 귀신의 집(사원 같은 것)같이 방자스러운 높은 대가 두 홀이나 남북에 번지르고 섰다. 그러나 그 괴로운 지옥 같은 세상을 벗어나 하늘나라로 사람을 지시하는 듯하던 귀신의 뾰족집의 위엄은 지금의 이 검은 대 속에 잠겨 들어가고 말지 않았는가. 아— 무서운 거다. 그러나 그것은 우리가 오지 않을 수 없는 마지막 거리인 것을 나는 잘 알았다.

나는 그 검은 대를 다시 돌아다보았다. 우리의 ×××××××
××××××××××××××××××××길을 버리고 언제까
지나 그 노릇을 할 것이냐. 옳다. 오래지 않다. 나는 그것을 단언
할 수가 있다.

우리는 지금 마지막 거리에서 우리의 힘의 일몫의 한몫(석탄 한
톤에 평균 10일 이상인데 ××××××× 1원도 못 된다)도 못 되
는 찌꺼기가 차돌 같은 발끝에 채어오면 눈물에 축여서 도적한
물건같이 목구멍에 틀어넣는다. 마지막 눈물은 너무도 쓰다. 그
러나 그것은 확실히 확실히 마지막 눈물이다. 나는 부지중 눈물
을 끔뻑거렸다. 나박얼음이 소리 없이 눈 속에서 녹아버렸다.

지하 3백 척의 굴속은 그래도 후끈거렸다. 그러나 그것은 너무
도 어둡고 답답하였다. 저녁이 되어서 좋아라고 세상에 나오면
이곳은 또 너무 차다. 그러나 밝음이 있다. 우리에게는 이 밤이
곧 낮이다. 우리의 밤은 따로 있다. 그것은 아무도 보지 못하는
낮의 밤——무서운 굴속이다. 그러고 보니 낮은 아주 잃어버린 것
이로구나. 그러나 이 낮을 ×××××××××××××× 없을
것이다.

5리도 넘는 합숙소에 돌아온 때는 곱은 허리와 무릎이 궁궁궁
저렸다. 나는 얼른 방 안에 들어섰다. 먼지 낀 전등이 우리 몸에
서 흑돌같이 길이 든 '다다미'와 석탄 가루에 전 동무들을 힘없이
비추고 있다.

"영감상, 그저 늙은 놈이 죽을 대로 잘못했으니 노수나 돌려주
시우."

시뻘건 눈에서 ××××××××× 내솟는 감독의 앞에는 얼마 전에 갓 들어왔다가 외상밥을 먹고 뺑소니를 쳤던 촌늙은이가 송 그리고 서서 애걸을 한다.

"늙은것이 번연히 잘못된 줄이야 알지만 할 수 없으니 어쩝니까 네 그저……"

"안 된다. 아직 부족하냐. 그럼 돈 값싸니 많니…… 답쇠여주마."

감독은 벌떡 일어나 '교쯔게'(기착)를 하며 입을 꼭 닫아 물고 늙은이의 뺨을 철썩 올린다.

"이게 돈값이다. 가지고 가라."

×× 사람의 양자 중에도 정말 진짜 양자로 군대에까지 갔다 왔다는 일명 ××이라는 감독은 사람을 때릴 때에도 군대식으로 '교쯔게'를 하곤 한다. 그것도 특색 있는 자랑이라고 어떤 경우에든지 잊지 않는다.

"여보! 이게 웬일이오."

나는 늙은이와 감독의 사이에 들어섰다.

"도적놈! 뻔뻔스럽게 기차를 타고 도망을 가."

감독은 나는 보지도 않고 늙은이를 떼밀어 내어쫓고 제 방으로 가버렸다.

"마사코, 밤에 일이 있으니 얼른 밥 주어."

감독의 상스럽게 축축한 소리가 들려왔다.

　나는 기실 곡괭이 같은 꼴댁이[6]같이 받혔었다. 주먹이 부르르 떨리며 꼭 쥐어지더니 탱탱 언 힘줄이 켕겨서 손등이 터지는 것같이 짜르르하였다.

　그 늙은이는 돈푼이나 얻어볼까 이 합숙소에 들어와서 며칠 벌어보았으나 하루 25전 이상을 받아본 일이 없었다. 그리하여 합숙소 밥값 15전을 제하고 나면 담뱃값, 신발값이 모자랐다.

　그런데 그 무서운 감독이 이 늙은이를 받아 넣은 데는 그만한 이유가 있지 않으면 안 된다. 이 합숙소에는 모두 한 40명가량 있었는데 적어도 50명은 되어야 감독은 굴속의 어느만 한 구역을 도맡아가지고 제가 꼭지로 일을 시켜서 된통 큰돈을 얻을 수 있다. 말방아의 말같이 부하 노동자를 짓두드려서 될 수 있는 대로 짧은 시간에 일을 마치면 감독은 그만치 받게 된다.

　그러자 연말이 가까워오니까 현상 채굴(懸賞採掘)이라는 패가 붙었다. 감독의 욕심은 암내 난 수말의 발굽같이 뛰었다. 그리하여 얼른 '우께오이'[7]를 맡을 최저한도의 50명이라도 주워 모으려고 눈이 벌겋던 판이라 아무리 늙고 약한 놈이라도 주마가편 격으로 채질하여 노동의 밀도를 짜내면 안 될 일이 없으리라고 그는 톡톡히 제 솜씨에 신념을 두어가지고는 현상 채굴의 준비로 그 늙은이도 집어넣었던 것이다.

　그러나 지나대동란으로 하여 감독의 계획은 터지고 말았다.

　"풍옥상이 노국으로부터 다시 몽고 감숙성에 들어와서 권세를 크게 회복하여가지고 쳐들어온다."

요새 날씨에 중국 싸움 소문이 잦을 때가 없지만 이 소문은 소문 중에도 놀라운 소문이었다. 까딱하면 동삼정이 뒤집히는 무렵이라 이런 소문이 어두운 굴속에까지 쫙 퍼졌다. 우리는 싸움에 관한 이야기를 많이 듣기도 하였고, 외우기도 하였다. 그것은 싸움이 우리 노동자에게 주는 영향이 컸던 까닭이다.

만주에서는 된싸움이 일어날 때마다 길에 나비는[8] '쿠리'들은 잘못하면 붙들려 전장으로 끌려 나가곤 하였다. 인력거꾼도 손님을 못 태우고 우둔하게 몰다가는 어느새 덜미를 잡혀가곤 하였다. 그리하여 흉흉해난 사람들은 자꾸 어두운 탄광으로 몰려들어 헐값을 받고도 곱삭곱삭 부지런히 일을 하였다. 살려는 욕심은 그들도 모든 사람과 꼭 같았지만 대부분 아직 살 도리를 찾지 못하였다. 곱삭곱삭 일하면 장래 어떠한 신세가 돌아올 것을 몰랐다. 그러나 전부 그런 것은 아니었다. 금년에는 벌써 이 만주에서 잘살아갈 첫길을 찾는 쟁의가 여덟 군데서 일어났다. 그리고 그들은 우리보다는 뒤끈이 길었다. 일을 저질러놓고는 농촌에서 유유히 버티고들 있다.

풍옥상이 쳐들어온다는 바람에 탄항 노동자는 버쩍 늘었다. 봉표(동삼정 통화)는 점점 시세가 떨어져서 지나인의 생활은 그만치 위험이 심하여지고 또 억울히 잡혀서 피비린 그곳으로 끌려가는 군도 늘어갔다. 하므로 그들은 이 어두운 탄항을 두문동 안같이나 생각하고 모여들었다. 그리고 기실 탄항 벌이는 그들에게 적지 않은 것으로 생각되었다. 일본 돈으로 삯전을 주니까 봉표보다는 안전할 뿐 아니라 그것을 봉표로 바꾸어 내면 기실 적잖은 것 같았다. 일본 돈 20전이면 봉표 1원 내외가 되었다. 물건 값도 올랐지만 돈에 비하면 매우 덜 오른 셈이 되었다. 이리하여 '쿠리'가 덤비는 통에 약하고 늙은 사람은 좀처럼 일을 얻어 할 수가 없었다. 요새는 탄항 노동자가 5만 명하고도 훨씬 더 되었다. 그리해서 이 늙은이는 늘 까불리는⁹ 사람의 하나가 되지 않을 수 없었다. 목숨이 간달거려도 누구라 이 늙은이를 돌보는 이가 없었다. 고국에서도 이곳에서도 두번째 까불리고 보니 목숨은 바람 앞에 촛불이다. 내일은 어떨까, 모레는 어떨까, 기다려보았으나 그에게 복을 갖다줄 리가 없었다.

'실직한 내지인은 속히 탄광인사상담부로 올사. 날삯 1원 이상의 일터를 소개함.'

기세가 위험해지자 한 모퉁이에는 이런 기적이 떨어졌다. '날삯 1원'——이것은 아무리 생각해도 우리에게는 기적이 아닐 수 없었다. ×××××에 '봄 짠지'같이 전 사람들은 군침을 흘리며 이 소문을 열스무 번 곱씹어 외었지만 까불려 나간 뒤의 신세에는 그도 역시 소용 없는 뜬소문이었다. 그것은 앞에다 '국민'이라는 패를 단 사람에게만 가는——공연히 남의 비위만 상하게 하는 왜사탕일 뿐이었다. 늙은이는 일은 없고 하니 불가불 외상밥을 먹는 수밖에 없었다. 감독이 잘 교섭한 날이면 이 합숙소 사람이 대부분 일을 하게 되지만 그런 날이 그다지 많지는 못했다. 감독은 벌이 못하고 돌아오면 공연히 화를 내고 욕질을 했다.

"이리들 나서…… 이 자식들, 병신이 아닌 다음에야 그렇게 못

벌 수가 있느냐."

어느 날 저녁에 감독은 벌이 못한 사람을 문밖으로 끌어냈다. 늙은이도 물론 그중에서 빠지지 않았다.

"이놈들, 너희는 벌이 하고도 못했다고 나를 속이지."

감독은 벌벌 떠는 사람들을 하나씩 뒤져보았다. 기실 벌이하고도 까지르는 작자가 있기는 있었다. 그래가지고 돈푼이나 남으면 도망가는 수도 있었다. 감독은 이 야바위에 눈치를 채었다. 그는 지나간 때에 속은 것을 분히 여겨서 가까스로 찍어 매 입은 그들의 솜바지 저고리를 이모저모 뜯으며 눈이 벌게가지고 돈을 찾아내려 하였다. 아닌 게 아니라 한 사람은 저고리 섶을 째고 돈을 까질러 넣었었다.

"이놈아, 이 도적놈."

감독은 또 '교쯔게'를 하고 뺨을 올렸다.

"망할 자식 같으니."

"행……"

뺨 맞은 사람은 해죽 웃고 말려는 상이었다.

"엑기, 하나 받아라."

감독은 성공이나 한 듯이 실룩하여 쇠갈고리같이 뭉퉁한 손가락으로 그 사람의 코끝을 힘껏 떼었다.

"앗!"

그는 대번에 빨개지며 눈물을 쏟았다. 탱탱 언 콧마루에 바람에 몰려 붙은 얼음장같은 주름살을 잡았다 폈다 하며 목대가 꺾어질 듯이 고개를 숙여 박았다. 감독이 물러간 지 한참 되어서야 그는 겨우 한 손으로 째어진 저고리를 여미며 한 손으로 눈물을 씻으며 삐죽이 고개를 들었다.

"오늘 저녁은……××××이다."

그의 귀에는 새삼스럽게 감독의 외치던 소리가 들려왔다. 밖에 나갔던 여러 사람은 몸을 불불 떨며 방 안으로 몰려들어왔다. 모두 황소 콧김 같은 굵다란 김을 코로 내보내며 곯은 창자를 안고 쓰러졌다. 늙은이는 코앞 수염에 콧물이 흐르는지도 모르고 방바닥만 멍히 내려다보고 있었다. 그 눈에는 분명히 눈물이 괴었었다.

*

나는 지금 그것이 연상되어서 나도 스르르 눈물이 괴었다. 지금도 밖에 몰려나가 떨고 있을 것이다. 협협한 창자에 콧물을 들이켜며 바지띠만 죄어 맬 것이다. 내 어머니 아버지도 또 나와 같은 하고많은 사람의 아버지도 어머니도 살아 있으면 그 꼴을 볼 것이다. 나도 우리도 이대로 곱삭곱삭 늙어가면 별수 없이 저 꼴을 당한다. 오늘 그가 당하는 일이 ××××××××× ×× ×× ××××××××××××× 마르같지 않으면 안 된다. ××××× ×× ××××

나는 ××을 들××××××고도 싶었다. 그러나 그보다 내게는 더 큰 책임이 있다. 나는 내 힘을 더욱더 유용하게 쓰고 싶은 새 생각이 났었다. 내게는 한두 새×××××일 힘이 있다. 그러나 ××××××려 없는 것은 그 후의 행위를 못하게 하는 경우

가 많다. 우리의 앞에서는 ×××××× ××××××××××
내 힘을 더 큰 모든 힘에다 ××××××××××는 데서 ××××
××× 것이다. 완전히 ×××××× 그때는 어떤 일을 하든 우
××××××××××× 것도 없을 것이다.

　나는 밖으로 나갔다. 과연 그 늙은이는 여태껏 문밖에 웅크리고
서 있었다. 세 코 짚세기 앞으로 날개버선에 덮일락 말락 한 검붉
은 발끝이 얼른 보였다. 웅크릴 대로 웅크리고 가릴 대로 가리느
라고 애를 썼어도 얼굴과 발길을 가릴 도리가 없었던 모양이다.

　"영감, 이리 들어오."

　나는 그의 팔을 당기어 방 안으로 데리고 들어왔다.

　"그런데 어떻게 된 일이오?"

　늙은이는 들었는지 말았는지 아무 표정이라고 없었다. 그러더
니 한 식경이나 지나서 언 입이 겨우 녹은 모양이었다.

　"늙은 놈이 실수지요."

　"아니, 그런 말은 그만두고…… 나도 하도 억울하기에 묻는 말
이오."

　"암만해도 내 살던 고장에 가야겠기에……"

　"네—"

　나는 대강 짐작할 수가 있었다. 돈푼이 생긴 것을 가지고 그냥
제 고장으로 돌아가려고 하다가 감독에게 붙들려왔을 것을 나는
짐작하였다. 달아난 후로 감독이 금시 잡으면 죽일 듯이 벼르던
것도 나는 잘 안다.

　"그런데 왜 붙잡힌단 말이오?"

"걸어갔으면 일 없을 거…… 하…… 얼어 죽겠기에 기차를 타려고…… 하…… 죽어야지. 이 천대를 받고……"

"그래, 정거장에서 붙잡혔소?"

늙은이는 불불 떨고 고개만 끄덕거렸다. 얼마큼 훗훗한 방 안에 들어와서 한참 몸이 녹으니까 더 추워나는 모양이었다. 그의 몸을 완전히 녹이기에는 40명의 콧김이 너무나 약하였었다.

"찻삯이 얼마요?"

"냥 반(30전)이오."

"옜소."

나는 50전을 내맡기었다.

"그래 집에는 장성한 아들이나 있소?"

물어놓고 보니 내 말이 심히 모순되는 것 같았다. 장성한 아들이 있으면야 지나에 이렇게 떠다닐 리가 없을 것이다.

"있었지요…… 하……"

늙은이는 너무도 억색한 듯이 땅이 꺼질 듯한 긴 한숨을 쉬더니 눈물이 그렁그렁해졌다.

"그놈의 새끼들이 원통히 죽고 보니…… 하……"

"아, 죽었어요? 병으로?"

"병으로 죽었으면 이다지 원통할 리가 있소."

"그러면?"

"하…… 뼈가 저려서 뼈가…… 뼈가 가루가 돼도 이××××하야지……"

늙은이의 눈에서는 눈물 한 방울이 굴러떨어졌다. 그러더니 별안간 내게 되짚어 묻는다.

"그래 여보…… 당신은 어떻게 살아났소…… 이 만주에 온 지가 오래요?"

"오래지요. 금년이 4년인가 5년인가 돼요."

"글쎄 그럼 그렇지…… ××등지에 못 가봤소?…… 당신네는 모르리다, 모르지요…… 하늘과 땅이 알 뿐이지요…… 하……"

늙은이는 두번째 땅이 꺼질 듯이 긴 한숨을 토했다. 나는 잘 짐작할 수가 있었다. ×× 중에도 가장 ×××××의 자취가 꿈엔들 잊힐 것이냐.

"이 늙은 놈만 남고…… 허, 기막히는 일이지요. 애야 조심하여 댄기오…… 불뎅이 속을 다니는 셈일러니."

"영감만 남아서 어떻게 살아간단 말이오?"

"내, 다시는 그 근방에도 얼씬하지 말라고 한 고향 사람이 사는 촌까지 2천 리를 도보로 와서 일꾼 노릇을 하자니 그도 차차 힘에 부쳐서…… 노수나 얻어가지고 고향으로 나가볼까 하고……"

"고향이 어디요?"

"함경도지요…… 그러니 범 같은 자식까지 다 잃고 무슨 낯으로 고향에 가겠소…… 하늘도 무심하지."

늙은이는 그만 입을 닫아 물고 눈만 금벅금벅하더니 눈물이 이따금 이따금 굴러떨어졌다. 그는 이른바 '하늘'이 오늘날 누구의 손에 있는지 모른다. 알았으면 내 손을 굳게 잡고야 말았을 것이다. 그리고 그 자리에서 마지막 길을 밟는대도 웃고 모든 한을 풀 수 있었을 것이다. 그러나 그는 끝까지 불쌍한 늙은이였다. 모르는 것이 그를 얼마나 더 불쌍하게 하였느냐! 제×××××××× × 손길에 놓고도 그 손을 굳게 잡아 흔들지 못하는 그가 과연 얼마나 불쌍하냐. 그러나 '무지'는 물론 그의 죄는 아니다……

"영감, 안심하고 돌아가오. 살아 있으면 만날 날이 있지요."

나는 긴말을 할 필요가 없었다. 늙은이는 아무 말도 없이 머리를 숙이고 합숙소를 나가버렸다. ××××××도다—×× 완전히 귀문(鬼門)에까지 채어간 그가 장차 어찌될지 뻔한 일이면서도 나는 심히 궁금하였다. 그러나 그가 주고 간 모든 산 교훈과 암시는 더욱 깊이 가슴에 숨어 내려서 선 자리에서 뺄 수 없는 뿌리가 되었다. 나는 합숙소 동무들에게 외쳤다.

"×××××××××××××× 아니면 ××이 있을 뿐이다."

나는 이 귀에 길이 나도록 외운 소리—일과와 같이 외친 소리를 다시 꺼내었다. 그러고는 오늘 저녁의 새 일과를 나는 부르짖었다.

"……그 늙은이를 보지 않았느냐! 그것은 우리의 산 표본이다……"

나는 '늙은 표본'이 주고 간 가지가지의 사실을 곧 오늘 밤의 교재로 하였다.(이하 4행 생략)

과도기
—일명(一名) 새벽

1

   창선이는 4년 만에 옛 땅으로 돌아왔다. 돌아왔다니보다 몰려왔다. 되놈의 등쌀에 간도에서도 살 수 없게 된 때에 한낱 광명과 같이 생각되어지고 두덮어놓고 발끝이 향하여진 곳은 예 살던 이 땅이었다.

   그러나 두만강 얼음을 타고 이 땅에 밟아 들어보아도 저기서 생각던 바와는 아주 딴판이다——밭 하루갈이 논 두어 마지기 살 돈만 벌었으면 흥타령을 부르며 고향으로 가겠는데——이렇게 생각던 터인데 막상 돌아와보니 자기를 반겨 맞는 곳이라고는 없었다. '고국산천이 그립다. 죽어도 돌아가보리라' 하던 생각은 점점 엷어졌다. 그러고 옛 마을 뒷고개에 올라선 때에는 두근두근한 새로운 생각까지 났다——무슨 낯으로 가족들과 동리 사람을 대할까! 개똥밭 하루갈이 살 밑천이 없지—

"후—"

길게 숨을 돌우었다. 그래도 가슴은 막막할 뿐이다. 그는 하염없이 턱 서며 꾸둥처 지었던 가장집물[1]을 내려놓았다. 한숨 쉬어가지고 좀 가뿐한 걸음으로 반가운 고향을 찾을 차였다.

"여보, 그 어린애 좀 내려놓고 한숨 들여가우."

"잠이 들었는데…… 새끼두 또 오줌을 쌌구나. 에그, 척척해."

아낙은 '달마'같이 보고지를 한 어린것을 등에서 내려놓았다. 오줌에 젖은 그의 등에서는 김이 뉘엿뉘엿 일어났다.

"여보! 이거 영 딴판이 됐구려!"

그는 흘깃 아낙을 보며 눈이 둥그레졌다. 고향은 알아볼 수가 없게 변하였다. 변하였다니보다 없어진 듯했다. 그리고 우중충한 벽돌집 쇠집 굴뚝—들이 잠뿍[2] 들어섰다.

"저게 무슨 기계간인가?"

"참 원, 저 거면 게 다 뭐유? ……아, 저쪽이 창리(그들이 살던 곳)가 아니우?"

아낙은 설마 그래도 고향이 통째로 이사를 갔거나 영장이 되었으리라고는 믿지 않았다. 어디든지 그 근방에 남아 있을 것 같았고 아물아물 뵈는 것 같기도 했다.

"저— 바닷가까지 기계간이 나갔는데, 원 어디가 있다구 그래…… 가만있자 저기가 형제바위(바닷가에 있는 두 바위)고 저기가 쿵쿵(파도가 심한 여울)인데……"

"글쎄…… 저게 다 뭔가."

아낙도 자세 보니 참말 마을이라고는 보이지 않았다.

"최 면장네랑 박 순검네도 다— 어디 갔는지!"

"그런 사람이야 국록을 먹는데 어디 간들 못 살라구."

"그래도 우리처럼 훌훌 옮기겠소. 3백 년인지 5백 년인지……
어느 임금 적부터라던가……"

겨울 해는 벌써 서산머리에 나불거린다. 검은 바다에서 불어오
는 짜디짠 바람이 살을 에는 눈기운을 머금고 획획 분다. 그들은
걸을 힘이 나지 않았다. 간도 땅에서 한낱 태산같이 믿고 온 고향
이요 구주와 같이 믿고 온 형의 집이 죄다 간곳없으니 어디를 가
면 좋을지 알 수가 없게 되었다.

"그래도 가봅시다. 저기 가서 물어보면 알겠지."

아낙은 아직도 무엇을 믿기만 하는 모양이다. 가보면 무슨 도리
가 혹 있을 것 같았던 것이다.

"원, 땅과 물어본담, 바다와 물어본담."

창선은 다시 짐을 걸머지었다.

"점심밥이 좀 남았던가?"

"웬 게 남아요…… 줄 게 없는 밥이 암만 먹어야 배가 일어서야
지."

그들은 턱도 없는 곳으로 향하여 걸어갔다. 길쭉길쭉한 벽돌집
(관사)이 왜병대같이 규칙 있게 산비탈에 나란히 섰다. 평바닥에
는 고래 같은 커다란 공장들이 있다. 높다란 굴뚝이 거만스럽게
우뚝우뚝 버티고 있다. 이쪽에는 잘방게[蟹] 같은 큰 돌막이 벽돌
집 서슬에 불려갈 듯이 황송히 짜그리고[3] 있다. 호떡집에서는 가

는 연기가 난다.

검퍼런 공장복에다 진흙빛 감발⁴을 친 청인인지 조선 사람인지 일인인지 모를 눈에 서투른 사람이 바쁘게 쏘다닌다. 허리를 질근질근 동여맨 소매 기다란 청인들이 왈왈거리며 지나간다. 조선 사람이라고 보이는 것은 어울리지 않는 감발을 이고 상투를 갓 자르고 남도 사투리를 쓰는 패뿐이다. 옛날같이 상투 찌고 곰방대를 든 친구들을 하나도 볼 수가 없었다.

창선은 그런 패를 만날 때마다 무엇을 물어볼 듯이 머뭇머뭇하곤 하였다. 그러나 웬일인지 말이 나가지 않았다. 그리하여 여러 패를 그저 지나 보내었다. 입에서 금시 말이 나갈 듯하다가는 혹 예 보던 사람이 있겠지 하며 딴 데를 휘휘 살펴보았다.

얼마 가다가 그는 저 멀리서 흰옷 입은 사람이 하나 오는 것을 보았다. 역시 멀리서 보아도 예 보던 사람같이 흙냄새 고기 냄새 나는 텁텁한 사람이 아니다. 그러나 혼자서 오는 것이 어떻게 정이 들어 보였다.

"원, 모두 험상궂은 사람들뿐이지…… 사람조차 변했는지…… 공연히 나왔지. 이거 어디 살겠소."

아낙은 근심스러운 푸념을 한다. 와보면 무슨 수가 있을 것 같은 생각이 많이 덜어졌다.

"저─기 오는 사람과 물어보면 알겠지. 설마 산 사람 입에 거미줄이 쓸라구…… 노동이라도 해 먹지 뭘."

창선은 인제 막다른 골목에 서는 듯한 생각이 났다.

"여보─"

그는 문득 앞에 오는 흰옷 입은 사람을 부르며 주춤하였다.

"여기 저— 바닷가 창리가 어디로 갔는지 모르겠소?"

"창리요?"

그는 창선이의 내외를 아래위를 훑어보며 대수롭지 않게 대답을 한다.

"저 고개 너머 구룡리로 갔죠. 벌써 언제라구—"

"구룡리요?"

창선은 숨이 나왔다. 구룡리는 잘 아는 곳이다. 고향은 아니나 사촌 고향쯤은 되는 곳이다. 집이 몇이 있고 길이 어떻게 난 것까지 머리에 남아 있다.

"저 구룡리 말이지요. 그래 창리 집들은 죄다 그리로 갔나요? 혹 창룡(그의 형) 씨라고 모르겠소."

"그걸 누가 아오."

흰옷 입은 노동자는 공연히 서슬이 나서 지나간다. 창선은 그 사람 가는 편을 흘깃 바라보고는 아낙을 향하여 애오라지 웃음을 보였다.

"구룡리로 갔다는구려. 원, 웬 판국인지 이놈의 조화를 누가 안담."

"그 ×들 하필 창리라야 맛인가……"

"거기가 알장이거든. 너르고……"

두 내외는 바로 구룡리 뒷재를 향하여 걸어갔다. 좀 기운이 나는 듯했다. 짐을 진 남편의 등판도 좀 가뿐해진 것 같고 아낙의 보퉁이도 얼마큼 가벼워지는 듯했다.

2

구룡리 뒷재는 끊어졌다. 철도 길이 살대같이 해변으로 내달았다. '후미끼리'[5]에 올라서니 '레일'이 남북으로 한없이 늘어져 있다. 어디서 왔는지 어디까지 갔는지 끝 간 데가 아물아물 사라진다. 놀랍고 야단스러워 보였다. 그러나 그만치 눈에 서툴고 인정모[6]가 보이지 않았다. 소수레나 고깃배가 얼마나 정답게 생각되는지 몰랐다. '풍…… 왕— 왕—' 하는 기차 소리는 귀에 야츠러웠다.[7]

그는 꿈인 듯 옛일이 새로워졌다. 산비탈 고개 남석 다방솔 그늘 아래 낮잠 자는 그 옛일이 새로워졌다. 두세 오리 전선줄에 강남 제비 쉬고 가는 그 봄철에 밭 갈던 기억이 그리워졌다. 구운 가자미(물고기)에 참조 점심을 꿋꿋이 먹고 엉금엉금 김매던 그 밭이 정다워 보였다.

동리 아이들, 처녀 총각—검둥이 센둥이 앞방네 뒷방네가 첫새벽부터 수소 암소들 척척·거넘겨 타고 '아리랑' 노래를 부르며 소 먹이러 다니던 것도 이 근방이다.

"개똥네야, 소 먹이러 가자."

이렇게 부르면,

"쩡냥(뒷간)이냐. 그래라, 나간다. 쌍돌이 헛간쇠 안 왔니."

이렇게 대답하며 소를 몰고 나선다.

"야, 네 소는 양지머리가 감추었구나."(살이 찌면 양지머리가 불

쑥하게 된다)

"우리 소야 숫소니까 그렇지."

"야, 숫쇠는 암내[獸慾]를 내서 봄이면 여빈단다."⁸

이렇게 얘기들 하는,사이에 소먹이는 아이들은 네다섯…… 10여 명씩 모인다. 그러면 아리랑타령이 나온다.

꿀보다 더 단 건 진고개 사탕

놀기나 좋기는 세벌상투(총각이 머리채로 짠 상투)

아리랑 아리랑 아라리요

아리랑 고개로 날 넘겨라

시냇가 강변에 돌도 많고

이내 시집에 말도 많다

노래와 얘기로 해 가는 줄을 모른다. 때때로 소를 말뚝에 매어 놓고 수수께끼, 서울목돈(돌 유희), 사또놀음, 소경놀음, 각시놀음, 말놀음도 한다. 그러다가 겨울이 되면 바닷가에 나가서 고기 그물에 고드름같이 줄 달린 고기도 뜯는다. 이 고장은 대개 절반 농사로 절반은 고기잡이기 때문에 어린아이들도 두 가지 일을 하는 것이다. 고기 잘 잡히는 해면 어린아이들도 하루 수삼십 전 벌이를 한다. 그 때문에 처녀 총각이 만나는 도수가 많고 또 예사로 얘기들을 한다.

이러한 중에서 창선이도 지금의 아낙을 맞들였던 것이다. 시쳇 말로 하면 연애를 하였던 것이다.

"야, 이거 안 먹겠니. 뉘―?"

창선은 개눈깔사탕을 사가지고 와서는 소를 먹이다가 일부러 순남이(그의 아낙) 곁에 가까이 가서 개눈깔사탕을 쥔 손을 번쩍 들며 "뉘―?" 하고 소리를 친다.

"내―"

"내다."

아이들은 연방 이렇게 나도 나도 소리소리 외친다.

"옜다, 순남이 첫째다."

창선은 누가 먼저 "내―" 했겠든지 그건 알잘 것 없이 애초의 예산대로 한두 알 순남이에게 주고는 남은 것은 제 입에 모두 쓸 어 넣는다.

"야 순남아, 씹어 먹지 말고 녹여라. 누가 더 오래 녹이나 내기 할까."

그러면 여러 아이들은 부러워서 침을 꿀꿀 넘긴다.

"저 간나새끼 사(私)를 쓴다. 내가 먼저다."

"옳다, 저 애가 먼저다. 그담에 낸데…… 니 무슨…… 순남이 네 각시냐."

"내 순남이 에미와 이르지 않는가 봐라."

이렇게 철없는 불평이 터진다. 그러면 멋모르는 순남이는 신이 나서 악을 쓴다.

"야 이 종간나새끼, 각시란 기 무시기냐…… 야 이 간나야, 너

는 울 어머니와 무스거 이르겠니. 너는 어째 쌍돌이 꽈리를 가졌
니."

"이 간나, 내 언제 가졌니."

이렇게 싸움이 터진다. 그러나 이런 것이 모두 소박한 그들의
가슴에 잊을 수 없는 뿌리를 내리었다.

나이 먹을수록 창선이와 순남이는 서로 내외를 하게 되었다. 어
떤 때는 외면을 하는 일도 있었다. 그러나 내외를 하고 외면을 하
니만치 이면의 그 무엇은 커질 뿐이었다.

김을 매다가도 순남이가 메(먹는 풀뿌리)[9]나 나시[10]나 달뇌(모두
먹는 풀)[11] 캐러 나온 것을 있기만 하면 사람 보지 않는 틈을 타서
그리로 간다.

"뭘 캐니? 메냐?"

"메를 캐는 기 별로 없거든…… 깊이 파야 모래 속에 있는데."

순남이는 흘깃 보고는 고개를 반쯤 돌린다. 말씨도 전보다 한결
점잖아지고 하는 태도도 매우 숫처녀다워졌다.

"내 캐주지…… 오늘 기녁에 먹으러 간다, 응."

"누가 오지 말라는가…… 오늘 기녁 메떡을 하겠는데."

"야 정말…… 나 꼭 간다. 그러다가 너 집에서 욕하면 어쩌겠
니."

"언제 욕먹어쌌는가…… 와보지도 않고……"

이리하여 순박한 마음과 마음은 풀 수 없게 맺어졌다.

겨울이 되면 해사(海事) 소식이 짜— 퍼진다. 은어(도루메기)
가 잡히고 명태 배가 들어오면 고기 풍년이 났다고 살판을 만났

62

다고 남녀노소 없이 야단들이다. 아낙들은 함지를 이고 남자들은 수레를 끌고 고기받이를 다닌다. 해변에 몰린다. 순남이도 해마다 그리로 다녔다. 늘 창선이네 배에 가서 사오곤 하였다. 창선이는 자기 집 고깃배만 포구에 들어오면 부리나케 나가서 고기팔이를 한다. 가장 기쁜 생각으로—그것은 날마다 순남이가 오는 까닭이다. 그 일 하는 것이 그에게는 가장 기쁨이 되었다. 은근한 희망이 따르는 까닭이다. 그는 새벽부터 신이 나서 고기를 세어 넘긴다.

"한 드럼에 얼마요?"

고기받이꾼이 이렇게 물으면,

"석 냥(60전)어치면 목대가 부러지오."

"알〔卵〕이 잘 들었소?"

"알이라니…… 고지,[12] 애[13]만 떼먹어도 큰 장사죠."

"석 드럼만 세어놓소."

"세어주오."

이렇게 아낙네와 수레꾼이 나도 나도 때도투며[14] 사들 간다.

"하나이요, 둘이에…… 열이요…… 이렇나니 한 드럼…… 자아, 세 마리 넘어가오."

창선은 아직 나이 젊고 고기 다루는 데 익숙지 못해서 흔히 아낙네 것만 세곤 하였다. 한 차례 세고 이마에 땀이 추루루해서[15] 느른한 허리를 펴며 고개를 들면 그을거리는[16] 아낙네 틈에는 순남이가 끼여 있다. 고기 세는 사람이 한둘이 아니니까 순남이는 똑바로 그의 앞에 함지를 내려놓지 못하고 그저 그의 앞 비슷하게 비스듬히 내려놓고는 발끝도 내려다보다가는 가없는 너른 바다에 말없이 시선을 주기도 한다. 그의 얼굴은 어쩐지 좀 붉어지는 듯했다. 창선이는 비쭉 웃고 명태 중에도 알 잘 든 놈을 골라가며 찍개로 척척 찍어 그의 함지에 세어놓는다. 어물어물 한 드럼에 예닐곱 마리씩은 더 넘겨준다.

이렇게 애든 이 고장이요, 이렇게 친한 이 바다이다.

그러나 지금은 모든 것이 달라졌다. 산도 그렇고 물도 그렇다. 철도 길이 고개를 갈라먹고 창리 포구에 어선이 끊어졌다. 구수한 흙냄새 나는 마을이 없어지고 맵짠 쇠 냄새 나는 공장과 벽돌집이 거만스러이 배를 붙이고 있다. 소수레가 끊어지고 부수레(기차)가 왱왱거린다. 농군은 산비탈 으슥한 곳으로 밀려가고 노가다(노동자) 패가 제노라고 쏘다닌다. 땅은 석탄 먼지에 꺼멓게 절고 배따라기 요란하던 포구는 파도 소리 홀로 쓸쓸하다. 그의 눈에는 땅도 바다도 한결같이 죽은 듯했다. 기계간 벽돌집 쇠사슬 떼굴뚝이 아무리 야단스러워도 그저 하잘것없는 까닭 모를 것이었다.

내외는 철도 둑을 넘어 고개턱에 올라섰다. 새로 이사 간 고향이 보인다. 저— 바닷가에— 그러나 옛날 구룡리 마을은 아주 말 아니다. 철도 길 바람에 마을 한복판이 툭 끊어져버렸다. 마을 어귀를 파수 보던 소나무들이 늙은이 앞니같이 뭉청 빠져버렸다. 기차 굴뚝에서 나온 조그만 석탄불이 집어삼킨 불탄 두세 집이 보인다. 나직나직한 곤돌초막은 무서운 듯이 쪼그리고 있다. 자꾸 더 쪼그릴 것 같다. 그리 되면 그 속의 식구들이 모조리 깔리고 말 것이다. 창선의 머리에는 낮꿈 같은 야릇한 상상이 그려졌다—기운찬 사나이만 쪼그라진 그 지붕을 뚫고 머리를 반쯤 내민 것이 보인다. 늙은이 아낙네 어린것이 그 밑에 깔려서 숨이 팔딱거리는 것이 보인다—

창리에서 이사 간 집들은 생소한 그 서슬에 정떨어진 듯이 저—바다 한가에 물러가 있다. 그러나 사정없는 바닷물이 삼킬 것 같다. 그래도 바닷가 사람에게는 낯선 기차에 비해서 바다가 정다웠던 모양이다.

"저기 가서 원밀석〔海嘯〕이 무섭지도 않나!"

"바다가 가까워서 고기받이는 제일이겠소. 그래도—"

아낙은 고기받이할 것만 생각하였다.

"되놈의 땅에서 생선을 못 먹어 창자에 탈이 났는데."

"돈만 있어보지. 되땅이 아니라 생국〔西洋〕 가도 태평이지."

내외는 이런 얘기를 하며 형의 집을 찾으려고 물어볼 사람을 찾으나 좀처럼 만날 수가 없었다. 겨울이 되면 더 사람이 많이 나다닐 터인데 이상한 일이었다. 고기만 잘 잡힌다면 벌써 오는 길에서 고기받이 아낙네와 수레꾼들을 많이 만났을 것이다. 그러나 하나도 못 보았다.

3

창선이가 길가 어떤 아이에게 물어가지고 형의 집에 찾아온 때는 좀 어두컴컴했다. 어머니는 누더기를 쓰고 가마목[17]에 드러누웠고 조카 남매는 희미한 등경불[18] 아래에서 감자떡을 치고 있었다.

"어머니, 창선입니다."

"어머니……"

내외는 바당문[19]을 열고 들어서자 성큼 정주에 올라서며 어머니 앞에 절을 넙석 하였다.

"아니, 창선이라니……"

어머니는 너무도 놀라고 반가웠던 것이다.

"어머니, 그새 소환[20]이나 안 계셨습니까…… 댁내가 다 무고한가요."

"응…… 원…… 이 추운데 그래 살아 왔구나."

어머니는 곱[21]이 낀 눈을 습벅거리며[22] 자세히 쳐다본다. 어머니 아니고는 날 수 없는 눈물이 고였다.

"죽잖으면 그래도 만나는구나…… 아들을 낳다지. 어디 보자…… 이름은 무엇이라고 지었니?"

"간도에서 났다고 간남이라고 했습니다…… 추위에 감기를 만나서…… 영 죽게 되었어요."

아낙은 젖에서 어린것을 떼어 어머니에게 안겨드렸다.

"아이구, 컸구나…… 이런 무접기라구…… 작년 9월에 났다지…… 원 늙은것은 얼른 가고 너희나 잘살아야겠는데……"

어머니 눈에서는 눈물이 굴러떨어졌다.

"그래 그곳 사는 일이 어떻더냐. 예보다는 좋다더구나."

"말 마십시오. 죽지 않은 게 천만다행입니다. 되놈들 등쌀에 몰려다니기에 볼일을 못 봅니다. 우리 살던 고장에서도 쉰 아무 집 되는 데서 벌써 열 집이나 어디로 떠났습니다. 무지막지하게 땅을 떼고 몰아내는 데야 어찌합니까…… 우리 동리 아래 동리 영남 사람은 한 집이 몰살을 했답니다."

"저런…… 몰살은…… 끔찍도 해라."

"늙은 어머니와 아낙과 어린 자식들을 두고 가장이 벌이를 갔더라나요. 한 게 뜻대로 되지 못해서 한 스무 날 만에야 돌아와 보니 늙은이가 방에서 얼어 죽고 아낙은 어디로 갔는지 보이지 않더래요."

"저런…… 청인이 채갔나? 원…… 사람은 못 살 데로구나."

"그런 게 아닌데, 가장도 처음은 그렇게 생각했답니다…… 그래서 칼을 들고 찾아 나섰대요."

"죽일라고, 원 저런…… 치가 떨리는 일이라구는."

"남편이 미친 사람같이 두루 찾아다니는데 눈얼음 속에 사람 같은 것이 보이더래요…… 그래 막상 가보니 아낙이 옳더라지요."

"아, 그래 살았어?"

"아니…… 눈 속에서 얼어 죽었는데 머리에는 강냉이(옥수수) 한 되를 이고 어린애는 하나는 업고 하나는 앞에 안은 채 얼어붙었더래요."

"원, 하늘도 무심하지. 그것들이 무슨 죄가 있다구."

"그뿐인가요. 남편까지 죽었답니다. 발광이 나서……"

"사람은 못 살 데다. 말도 마라. 원, 끔찍끔찍해서 그걸 누가 들는단 말이냐…… 그래도 쟤 애비(창선의 형)는 정 안 되면 그리로 간다구…… 원, 하느님 맙소사."

"소문만 듣고 갔다가는 큰일납니다. 그렇게 죽고 몰려다니는 사람이 부지기수랍니다. 여북해서 이 겨울에 나왔겠습니까."

"앤들 여북하겠니. 생불여사다…… 오늘도 어쩌면 살아볼까 몰려들 가더라만—"

"참, 형님 읍으로 갔다지요. 아주머니까지……"

"설상가상이다. 살다 살다 안 되니 오늘 감사라든지 난 모른다만 그리로 온 동리가 몰려갔다더라."

"감사? 무슨 때문에요?"

"원, 세월이 없구나. 보지 못하니 태평이지. 모두 굶어 죽는다고 야단들이다."

"글쎄, 그렇다기로 도장관이 살려주겠습니까."

"사흘 굶은 범이 원을 가리겠니. 죽을 판인데…… 고기가 잡혀야 살지. 무얼 먹고 산단 말이냐."

"고기가 안 잡히는데 누구를 치탈하겠습니까. 세월 탓이지요."

"세월 탓이 아니라는구나. 포구가 나빠서 그렇단다. 배도 못 뭇고[23] 뭇으면 마사진다는구나……[24] 10월에 모래 언덕 집 유새네 은어(도루메기) 배가 마사졌다. 사람이 셋이 고기밥이 되었단다. 그 집 맏사람이 분김에 회사에 가서 행렬을 하다가 ×××한테 몰려나고 술이 잔뜩 취해서 마사진 배 조각을 두드리고 통곡하다가 얼어 죽었단다. 원—"

"그런데 회사는 무슨 회삽니까."

"저게 그 창리 바닥을 못 봤니…… 그 ×××란다. ×야, 원—"

"어쩌서요?"

"이리로 온 게 누구 때문이냐. 글쎄 창리야 좀 좋았니. 운수가 고단하면 자빠져도 코가 깨진다고…… 글쎄 그 터를 내준 게 잘 못이지."

어머니 말만 들어가지고는 자세한 내용을 알기 어려웠다. 그러나 대체 어지간한 일이 아닌 것은 짐작할 수가 있었다. 그러나 온 동리가 쓰러져간다는 것은 암만해도 의심쩍은 일이다.

의혹도 의혹이려니와 그러나 배가 더 고팠다. 그래서 어머니가 권하는 대로 형의 내외를 기다리는 감자밥으로 우선 요기나 했다.

"이게 무슨 재단이 났구나. 갈 때에도 말이 많더니 왜 여태 못 오는지……"

어머니는 오래간만에 만난 기쁨이 점점 엷어지고 잠시 잊었던 근심이 다시 시작되었다.

"글쎄요, 날씨가 별안간 추워져서……"

창선이 내외도 저으기[25] 근심되었다.

"날씨도 날씨지만…… 온 별일이더라. 동리에서 몰려나서기만 하면 어쩐지 ××이 부득부득 못 가게 한다더구나…… 그래 오늘 아침은 장날 핑계를 대고 새벽부터 장으로 갑네 하고 패패 떠났 다…… 이제 무슨 일이 났다, 났어…… 원."

"오겠습지요. 누우십시오."

창선이는 어머니를 안심시키려도 사정을 몰라서 할 말이 나서 지 않았다. 어머니는 이쪽저쪽으로 돌아누우며 끝끝내 맘을 놓지 못하는 모양이다. 조카 남매는 새 동생을 가운데 놓고 노전[26] 가지에 불을 붙여 팽팽 돌린다, 감자떡을 떼어준다, 손장난을 맞춘다 하더니 그만 자는 체 없이 곤드라지고 말았다. 아낙도 어린것을 끼고 노그라져버렸다.[27]

4

창선의 형 창룡이 내외가 집에 돌아온 것은 밤이 매우 이슥한 때였다.

"온 어쩌면 이렇게 변하였습니까. 영 딴 세상 같습니다."

피차 오래간만에 만난 회포 인사가 끝나자 창선은 간도 형편을 대강 말하고는 이렇게 말하였다.

"말 말게. 냉수에 이 부러질 노릇이지…… 한둘도 아니요 온 동리가 기지사경(幾至死境)이네…… 그래 이 소식도 못 들었나? 신문사라고 신문사는 다 왔다 갔네."

"글쎄 어머니에게서 대강 들었습니다만…… 아주 금시초문이지 들을 길이 있습니까."

창룡이는 처음 ××××××가 될 때 형편을 얘기하였다. 이 근방 토지를 매수하며 ……던 말과 그 사이에 소위 ××유력자들이 나서서 춤을 추던 야바위를 말하였다.

"이리로 옮기기만 하면 여기다 인천만 한 항구를 만들어줄 테요. 시장 학교 무슨 우편소니 큰길이니 다 내준다고…… 야단스러운 지도를 가지고 와서 구룡리를 가리키며 제2의 인천을 보라고…… 원, 산 눈 뺄 세상이지."

"그래서요?"

"그래도 2천 명이나 되니 그리 얼른 ×겠나. 해서 구룡리에다 창리만 한 설비를 해주면 간다고 했지…… 그리고 우리도 한 집이라도 먼저 가면 ……인다고 온 동리에서 말이 됐지. ……했더니 ……에서도 아주 능청스럽게 그렇게 하라구 호언장담을 하더니…… 온 이런 놈의 야바위가 있나. 그렇게 말해놓고는 뒤로 한 사람씩 파는구만."

"파다니요?"

"파는 놈이 병신이지. 저 우물 녘 집 개 수경이 있지 않나. 사람이 붙어야 하지. ××에서 꾀꾼을 그리로 보냈더래. 커다란 봉투에 무엇을 수북이 넣어서 맡기어 장차 장자가 되는 봉투라고…… 우선 구룡리로 옮기기만 하면 그 봉투를 줄 텐데 잘 간수했다가 떼어보면 알조가 있다구."

"무슨 봉투래요. 사실이던가요?"

"무얼 사실이야. 엊그제야 떼어보니 10원짜리 한 장인가 들었더래…… 그래도 그 바람에 신이 나서 동리 약속을 깨트리고 먼저 옮았네그려. 죽을힘 쳤겠지. 그러나 동리 터에 그걸 죽이나 어쩌나…… 하더니 구수한 풍설에 한 집 두 집 설비도 해주기 전에 그만 다 옮아버렸네그려."

"집값은 다 받았겠지요?"

"그야 받았지만 그걸 가지고 뭘 하나. 고기가 잡혀야 말이지…… 워낙 금년은 어산이 말 아니네."

"아주 그렇게 안 잡힙니까."

"아따, 이 포구를 못 봤나…… 축항인지 무언지 해준다던 게 그
래논 꼴만 보게. 큰 집 마당만 하게 좌우쪽에 쉰 아무 발씩 방축
을 처쌓았다네. 거기에 무슨 배를 매며…… 벌써 1년도 못 돼서
마흔다섯 척 중에서 아홉 채가 바사졌네.[28] 저 류 관청네와 모래언
덕 집과……"

"그건 들었습니다만 사람까지 상패가 났다니……"

"글쎄 여보게, 서호에 가서 받아오면 명태 한 바리에 스무 냥(4원)
은 더 주어야 하네. 한데도 서호 다니는 길은 돌강스랭이[29]가 되어
서 많이 이고 다닐 수도 없고 수렛길이 없어서 수레도 못 다니
고…… 게다가 해풍이 심해서 고기받이꾼이 얼마를 얼어 죽을지
모르네. 그래 누누이 회사에 말을 했건만 영 막무가내하구만."

"저런 ……는 ……그걸 ……두어요."

"애초에 도청에서 설계를 했으니 저이는 그대로만 했으니 모른다
는 게지…… 그래 오늘은 ×××있는 데로 가보았네…… ×××
나와서 가라구만 하지 어디 꼴이나 볼 수 있나."

"그래, 못 만났어요?"

"석양에야 겨우 만나긴 했네. 잘 해준다고 하게 다지고 왔지
만……"

"그런데 아낙들까지…… 난립니다. 바로—"

"제 발등이 따구니까[30] 가지 말래도 가는 게지. 또 그래야 관청
에서도 알아주네. 여기 번영회라는 게 있어가지고 대표가 4,5차

나가도 돌아가서 기다리라고만 하지 어디 하나나 해주나. 해서
이번은 대표도 소용없다 모두 가자 하고 간 걸세."

"그럼 인제는 잘될 모양입니까?"

"말만은 고맙데…… 한데 워낙 이제부터는 바다가 깊어서 한
간에 몇 만 원씩 든다네그려."

"그래도 회사에서 으레 해놓아야지 별수 있습니까. 안 해주면
우리 동리를 도로 달라지요."

"원, 가당치도 않은 ……가 우리말은 고사하고 ××도 네뚜리[31]
만치 안다네. 원, 영의정을 업고 다니는지 그 ××등쌀은 같은 장
수가 없데그려. 돈이면 그만이야. 정승이 부럽겠나 ××× 무섭
겠나. 무에 무서울 게 있어야 말이지…… 저 관사만 보게…… 명
함도 못 들이겠데. 뿡— 하면 자동차라고."

자리에 누워서까지 이런 얘기를 하는 사이에 창선은 그만 곤해
서 어느새 코를 골았다. 그러나 창룡이는 이 궁리 저 궁리에 새날
이 오도록 잠이 들지 않았다. 그에게는 무거운 짐 한 짝이 더 얹
히었다.

5

창선이는 한심스러운 생각이 더쳐왔다. 제 고장이라고 그리워
하였고 제 친족이라고 찾아는 왔으나 생각던 바와는 아주 천양지
판이다. 조선 가면 아무 일이라도 해먹으려니 했으나 막상 와보

니 그 '아무 일'이란 아무 데서도 찾을 수 없었다. 일하고 싶어도 할 일이 없고 힘을 쓸래도 쓸 곳이 없고 고기도 잡아먹을 수 없고 농사도 지을 수 없다. 대대로 전하여오던 손익은 일 맛들인 일은 이리하여 얻어 만날 수 없고 눈이 멀게서 산송장이 될 것만 같았다.

그러나 정든 옛일이나 그네가 같이 밀려간 자리에는 낯선 새 놀음(공장 기계)이 주인같이 타리개[32]를 틀었다. 검은 굴뚝이 새 소리를 외치고 눈 서투른 무서운 공장이 새 일꾼을 찾으나 그것은 너무도 자기 몸과 거리가 먼 것 같았다. 그만치 할 일이 있고 할 뜻이 있는 옛 일에 대한 애착이 아직까지 뿌리 깊이 가슴을 부여잡고 있다. 그런데 그 일은 어디 가고 꿈도 안 꾸던 뚱딴지같은 일터가 제 맘대로 벌어져 있다. 게트림을 하면서 턱으로 사람을 부린다. 없는 사람을— 그러나 차마 발이 떨어지지 않는다. 천하 없어도 후려 넣는 절대명령이요 울며불며라도 가갚을 수 없는 그 곳이언만— 이리하여 망설이는 과도기의 공포와 설움이 그의 가슴을 쑤시었다.

구룡리 백성의 살림은 더욱 말 아니었다. 겨울이 가고 봄이 오는 사이에 쌀독의 낟알은 죄다 없어졌다. 겟덕(물고기 말리는 말뚝)은 부엌이 다 집어먹었다. 그래도 잘해준다던 소식은 찾아오지 않았다. 포구에는 배따라기가 떠보지 못하고 산야에는 격양의 노래가 끊어졌다. 다만 들리느니 저녁놀이 사라지는 황혼의 노동자 노래뿐이다.

장진물이 넘어서 수력 전기 되고
내호 바닥 기계 속은 질소 비료가 되네

아—령 아—령 아라리가 났네
아리랑 고개로 넘겨넘겨주—소

논밭간 좋은 건 기계간이 되고
계집애 잘난 건 요리간만 가네

텁스럽고[33] 까라진[34] 아리랑이보다——사자밥을 목에 단 배꾼의 노래보다 씩씩한 노래다. 옛 살림을 빈정대고 새살림을 자랑하는 노래다. 그 후 얼마 못 되어서 이 고장 백성들은 상투를 자르고 공장으로 몰려갔다. 그러나 그렇게 함부로 써주는 것이 아니다. 맨 힘차고 뼈 굵고 거슬거슬하고 나이 젊은 우둥퉁하고 미욱스럽게 생긴 사람만 뽑히었다. 그리고 거기서 까불려난 늙고 약한 사람이 개똥밭 농사나 짓고 은어 부스러기 고기잡이나 하는 수밖에 없었다. 어떤 사람은 온 가장을 보따리에 꾸동쳐 지고 영원 장진으로 떠나갔다.

화전(火田)이나 해먹을까 하는 것이다.

창선이는 요행 공장 노동자로 뽑혔다. 상투 자르고 감발 치고 부삽 들고 콘크리트 반죽하는 생소한 사람이 되었다.

씨름

1

……사람, 사람, 사람……

다시 씨름이 시작된다는 종소리가 뗑그렁뗑그렁 사면에 울려 퍼지자 설피어졌던[1] 구경꾼의 담은 차차 빽빽하니 메어져갔다. 국수오리[2]를 입가에 묻힌 사람, 군침을 흘리며 호두엿을 꿀꿀 녹이는 사람, 개장국(개고기 국밥) 고춧가루에 입이 빨갛게 물든 사람, 다모토리(소주)에 얼근한 사람, 떼를 지어 몰려다니는 노동자들, 아무것도 먹지 못한 후줄근한 사람, 사람, 사람……들이 우— 몰려와서 혹은 엎치며 덮치고 혹은 발끝을 세우며 목을 늘이고 혹은 틈을 찾아 안으로 기어들어 또다시 겹겹으로 싸인 사람의 재[3]가 되었다. 그리하여 나중에 10전(오전부터면 15전이나 오후부터는 10전)을 내지 않으면 올라갈 수 없는 덕[4]으로 사람의 여울은 올려쳤다.

"돈 없는 사람은 구경도 못하나? 빌어먹을……"

"이놈의 덕이 있어서 구경할 자리가 좁아졌는데. 자아, 올라들 오게."

이렇게 구경에 달아난 패들은 마치 배고픈 사람이 먹을 것을 찾 듯이 덕으로 올려 밀었다. 그러나 그들을 막기에는 너무도 설비 가 부족(그리고 완전히 막자면 수입 이상의 비용이 든다)하였다. 덕 을 지키는 회초리 쥔 몇 사람으로는 올려 미는 사람의 물결, 노동 자의 여울을 가를 수가 없었다. 처음은 단 15전이라는 돈에 그렇 게 으리으리 지켜지던 덕이 지금은 모든 사람의 것인 것같이 되 어버렸다.

"참 좋구나. 썩 잘 뵌다. 벌써 올라설걸."

"그래도 이 사람, 난 아까 올라섰다 쫓겨 내렸네. 독불장군이라 고 하는 수 있던가…… 회초리 쥔 녀석들이 바로 서슬이 등등하 더니…… 흥……"

"참, 그자들이 다 어데 갔나?…… 그렇지, 있어봐야 소용이 없 으니까."

인제는 염려 없다는 듯이 몰려서 좋은 김에 콧소리들을 하는 것이었다. 그중에도 제일 뱃심 좋게 뻗치고 선 것은 노동자들의 떼였다. '노동자의 거리'라는 특색은 여기서도 찾을 수가 있었다.

3, 4천 명 군중 속에서 오통에 뽑힌 서른두 명의 통씨름꾼——선수들은 씨름판 한가운데에 설핏설핏 앉아들 있었다. 모두 웃통을 벗어버리고 짤막한 잠방이에 샅바 거는 왼팔에는 수건을 척척 감았다. 거무테테한 살점이 툭툭 불거지고 가슴이 쑥 나가고 어깨가 쩍 벌어진 게 한 곳씩은 다 무슨 특징이든지 있어 보였다. 누가 상을 타나 하는 호기심이 있느니만치 군중들은 씨름꾼을 낯익혀 보고 그 특징을 유심히 찾으려 하였다.

그러나 그중에서도 제일 많이 군중의 눈을 끈 것은 명호라는 사람이었다. 그는 힘과 재간이 빼어난 씨름꾼으로 제일 많이 군중의 아우성 소리를 받았고 제일 많이 보는 사람으로 하여금 손에 땀을 쥐게 하였다. 상대자를 건건(件件)이 떼치고[5] 넓적한 뺨에 히쭉 웃음을 띠며 버릇과 같이 쑥 내민 가슴짝 사이에 설게 돋친 빽빽한 가슴털을 썩썩 긁으면 그 긁히는 소리가 군중에게까지 들리는 것 같았다. 그 완강한 건강의 소리가 사람에게 끔찍하고도 일종 장쾌한 기분을 일으켜주었다.

"유도두 한대. 저, 서울, 평안도까지 가서 소를 탄 게 모두 서른여덟 마린가 된대."

"참, 북간도로 가서 소를 탔을 때 일가들이 모아 잔치를 차렸다지."

"씨름뿐인가…… 좌우간 내호(질소비료공장이 있는 거대한 공장

지) 바닥 3천 명 노동자 중에서는 범이라는구먼…… 글쎄 저 사람이 오자 '요시다'(조선인으로 일본 이름을 붙인 노가다 두목)가 팔을 못 편달밖에……"

"그래도 어제는 비교(결승)에 가서 지지 않았나?"

"건, 일부러 진 거래…… 그, 어제 중상 탄 사람은 예전 창리서 같이 농사짓던 친구고…… 또, 그 사람…… 오춘성이란 사람이 저 사람의 힘을 빌리는 일이 많다니까…… 어제도 사정을 했던 게지."

"그럼 작년에 저, 함흥 김 부자네가 창리에 있는 질소회사 땅을 화리(지상권만 사는 것)로도 맡아가지고 소작인들에게 비싸게 되넘기자던 것을 못하도록 하리 사람들에게 찔러준 사람이 바로 저 사람들……들이야 함흥서 사람들(……)을 불러다 소작조합을 만들게 하고 회사와 김 부자에게 항의를 보내게 한 거라든지…… 정 안 되는 때에는 자기들도 그저 있지 않겠다고 해서…… 그럭저럭 무사히 된 거라든지…… 하여간 피차 상종이 여간이 아니니까 어제도 그리로 보낸 게지…… 그러나 오늘이야 저 사람 소지, 뭘."

군중들은 명호를 두고 이런 얘기를 수군거렸다. 이 고장 사람들은 씨름으로 해서 그를 잘 알게 되고 그를 잘 알게 됨으로 해서 그의 하는 일까지도 얻어들은 쪽이 많았다. 더욱 창리는 그의 고향일 뿐 아니라 소작조합 관계로 해서 내호 노동판에 와 있으면서도 인연이 없지 않았다.

3

명호는 힘으로써도 여러 사람의 위가 될 만하였겠지만 그보다
도 내호에서는 수천 명 노동자의 꼭지로 이름이 높았다. 그가 한
번 눈을 부릅뜨고 소리를 지르면 수다한 노동자들은 어쩔 바를
모르고 쩔쩔매었다.

그는 창리의 과히 간구하지 않은 농가에 태어나 농사도 조금씩
도왔지만 틈틈이 글자나 배우고 함흥 같은 대처에 가서 여러 가
지 보고 들은 바도 많았고 그보다도 여러 운동자들과 접촉하여
거기서 얻은 바가 썩 많았다. 그리하여 촌에 돌아와 야학도 설치
하고 '농민회'도 만들었었다. 그리고 그 후 더욱 선배들께 묻고
배우고 또 실지에서 조금씩 얻고 해서 농촌에서는 '일꾼'이니 '덜
렁이'니 하는 별명까지 들었다. 비웃는 사람도 많았지만 그러나
늘 남보다 하자는 마음과 하는 일이 많았던 것이다. 농민회라는
간판을 걸고 야학 외에는 별것이 없었지만 그래도 농민도 무슨
일이든지 모아서 같이 의논해서 같이 좋도록 하는 것만이라도 다
소 선전했던 것은 사실이다. 막연하나마 '농민회'라는 전신이 없
었더라면 오늘날 그 후신인 창리의 '소작조합'이 그렇게 급히 또
는 튼튼히는 되지 못하였을 것이다.

그만치 보람 있던 명호는 그 집이 여러 집과 같이 자작농이 자
작 겸 소작농으로 다시 순 소작농으로——그리하여 마침내는 소작
도 뜻대로 안 되어서 하는 수 없이 내호공장(그때 처음 되는 때다)

80

으로 들어오게 되었다. 기운은 장수라는 통칭이 났지만 처음 들어오니만치 경력이 없어서 처음에는 잡인부(雜人夫)로 곡괭이 들고 흙도 파고 밀구루마도 밀곤 하였다. 잡인부는 수효로는 제일 많으나 이 일 하다 저 일에 예 갔다 제 갔다 하므로 모이는 힘도 적고 따라서 제 일감이 없었다. 그중에서 제일 우쭐하는 것은 목도꾼[6]인데 이것은 기운도 있어야 하려니와 경력이 많아야 한다. 이 바닥 목도패는 한 2백 명 되는데 모두 4,5년 이상의 경력이 있을 뿐 아니라 일이 원체 중요하기 때문에…… 수천 명 중에서 제일 우쭐하였다. '남포질'을 하여 바위를 뚫어놓고 석수장이가 까놓으면 목도패가 재빠르게 공장터로 축항하는 데로 방파제로(셋이 제일 중요한 공사) 옮겨야 공사가 빨리 된다. 그들의 발이 조금 떠지면[7] 직접 간접으로 그 밖에 모든 일—집 짓는 데 사닥다리 매기, 잔디 펴기, 철공, 목공, 남포질, 토공(콘크리트 같은 것) 같은 것이 그만치 지장이 생긴다. 이렇게 여러 가지 일 중에 제일 중요하기 때문에 목도패를 가려는 사람이 없었고 또 그들은 모두 일심(一心)을 하는 데에도 다른 꾼들보다 훨씬 나았다.

명호는 은근히 목도판으로 들어가고 싶었다. 거기 가야 패를 모을 수도 있고 그래야 세력을 잡을 수 있는 까닭이다. 그러다가 마침내 그의 굳센 힘이 목도판에 인정되자 그는 그 틈에 낄 수가 있게 되었다.

"시멘트 큰 통을 번쩍번쩍 들어 멘다."

소문 중에도 이 소문이 그를 목도판으로 들어가게 하는 데에 제일 유력한 선전이 되었다.

그러나 그가 목도판에 들어와 조금 손을 펼 기회를 얻은 듯한 생각이 나게 된 때에 그의 눈에서 거슬리는 것이 있었다. 그것은 즉 '요시다'라는 십장이 백오륙십 명의 부하를 거느리고 이 노동판에서 안하무인격으로 전횡하는 것이었다. 같은 노동자면서도 함부로 때린다든가 맨 나은 일은 남의 것이라도 빼앗아버린다든가 거리에 나가서 돈 안 주고 술을 먹고 지랄쟁이같이 주정을 하는 것이 몹시 비위에 거슬렸다. 힘으로 하자면 명호는 한 아귀에 납작하게 만들 수도 있으나 그는 단도와 그보다 수다한 부하를 거느리고 있다.

명호는 두 가지의 필요를 느끼게 되었다. 첫째는 노동자를 굳게 모아서 힘을 짓게 할 것이요, 둘째는 그리하여 아무 생각 없이 그저 횡포와 전횡을 삼는 '요시다' 일파를 억누를 것이다. 이리하여 첫째로 그는 노동판에 흔히 있는 '형제노름'이라는 것을 꾸미게 되었다. 목도, 남포, 철공, '도비' 토공 사이에서 좀 웬만한 사람 한 100명을 모아가지고 형제노름이라는 구두(口頭) 모임을 만들어 제일 나이 많은 사람을 장백(長伯)으로 그는 부장백으로 뽑히었다. 그는 부장백일지라도 운전은 대개 그가 하였던 것이다.

그러자 그 후 얼마 아니하여 그 고향인 향리에 소작 문제가 일어나매 그는 함흥에서 선배들을 불러다 그 선후책을 의논하게 되었다. 즉 그 사건인즉 창리에 있던 질소회사 땅 9만여 평을 함흥한 부자가 화리로 사가지고 1년 후 만에는 한 평에 2전 받던 소작료를 평균 3전 5리가량으로 올리게 되어 소작인들은 도저히 부지할 수 없게 되었는데 처음은 소작인 각 개인이 제 좋을 도리로 회사와 김 부자에게 애걸하였으나 완강히 듣지 않으므로 그렇게 해서는 도저히 안 될 것을 안 그들은 소작 전대의 문제로 드러내놓게 되었다. 그리하여 명호도 알게 되어 여러 ……배들과 합의한 후 우선 개인 ××으로 안 될 것을 점치고 이어 창리 농민회를 소작조합으로 고쳐가지고 대표 몇 사람을 회사에 보내어 김 부자에게 준 영소작권을 조합으로 도로 달라는 것을 짓궂이 여러 번 요구하는 일방, 김 부자에게 제가 가진 영소작권을 포기하도록 ……하게 되었다. 처음은 김 부자가 듣지 않았으나 마침 조합 총회 날 덜미를 잡혀 회장에 끌려온 김 부자는 영소작권 포기를 언명하지 않으면 안 되게 되었다.

이리하여 창리조합은…… 그것이 기회가 되어 명호와 몇몇 좀 생각이 났다는 사람—대개는 '형제노름'의 웃수질을 하는 사람들이 ……지도하던 …… '내호노동회'라는 것을……. 처음은 형제노름에 참가한 사람 외에 한 2백 명 넣어서 약 3백 명의 회원을 가졌었으나 그것이 명호 등 몇 사람의 애씀으로 말미암아 1년 안에 1천 명에 가깝게 되었다.

이러한 관계로 …… 실로 끊을 수 없는 인연이 맺히게 되었다. 그리고 이 지방 노동자가 대개는 이 근방 농민이었던 것도 이들의 관계를 가깝게 하는 데에 유력한 사실이었다. 농민들은 노동자를 옛날 같은 농민이었던 관계로 역시 일종의 농군같이 생각하였고 노동자는 오래 농촌에 목숨을 부쳐 살았던 관계로 농촌을 아주 버리고는 살기 어려울 것같이 생각하였다.

"정 안 되면 노동이라도 하지."

"수틀리면 농군질이라도 머슴질이라도 해먹지."

농군과 노동자의 이런 생각이 그들의 사이를 아주 가르지 못하게 하였다.

4

어저께 중씨름 비교에 창리 사람—더욱이 조합 간부의 한 사람인 춘성이와 맞붙게 되었을 때에 명호는 제가 져주리라는 것을 속으로 작정하고 춘성을 보며 픽 웃었다.

물론 개인 간의 우정 관계와 군중심리에 싸여 있는 명호는 제가 이기고 싶은 생각도 없지는 않았으나 그 욕심은 중상(中償)을 타면 상상(上償)을 못 탄다는 생각과 내일 상상을 탈 자신으로써 누를 수가 있었다.

그러나 그는, 이 씨름판을 그저 지고 이김으로써 막아버리고 싶지 않은 호사벽이 나서 여러 가지 생각하던 차에 준결승 조금 앞두고 씨름판에서 임시로 등사해내는 『각희시보(脚戱時報)』로 그의 선배 E군을 찾아갔다. E는 함흥…… 창리소작조합과 내호노동회를 만들 때의 '오거나이저organizer'의 한 사람이었다.

"여보, 이거 무슨 도리가 없소. 그저 헤어지기보담…… 당신도 이런 데 참견하는 무슨 의의를 보여야지 않소."

"옳지…… 무슨 생각을 했소? 내가 미리 생각했던 것은 각희시보에 대강 써 돌렸는데…… 그도 깎인 데가 많지만……"

E군은 북두갈고리 같은 명호의 손을 잡아 흔들며 잉크 묻은 손을 꺼리듯이 소매 끝으로 이마의 땀을 씻었다.

　　"소는 내가 끌고 가지…… 물론 탈 테니까."

　　"아니, 그렇잖은 사정이 있소. 저 춘성이에게 보내고 싶어."

　　"춘성이? ……오— 상상이 타고파서?"

　　"흥, 그야 모르지…… 그러나 나와 비교에 붙으면 중상은 춘성에게 밀겠소. 소 판 돈은 전부가 아니라도 조합에 보태 쓴다는 조건을 붙여서……"

　　"아, 그도 좋지, 좋겠소."

　　"그러고 또 ……할 무슨……"

　　"……? 물론 좋은데……시보에다도 쓰려니와…… 그럼 이렇게 합시다. 각각 회명(會名)을 쓰고 회원 수와 선수의 이름을 쓰고 몇 가지 '슬로건'이나 붙여서 돌리지. ……이니까 결국 ……"

　　"글쎄 무슨 도리든 있겠지…… 한데 우리 회의 것도 돌린다? 지면 모양 사나운데."

　　"뭘, 내일 상상만 타면 그만이지. 자아, 그럭합시다."

　　이리하여 누가 중상을 타나 씨름판으로 맹렬한 주목이 쏠리는 막판에 백로지(널판에 붙인) 전장에 붉고 검은 글자로 굵게 쓰인 두 '포스터'가 군중의 시선을 더욱 집중시키며 장내로 두서너 번 돌아갔다. 그러자 조금 있다가 물 끓듯 끓어번지던 소리가 그치고 손에 땀을 쥔 채 하회를 기다리는 비교 씨름이 열리었다.

　　"창리가 이기나? 내호가 이기나?"

　　"창리가 이겼으면."

"내호가 이겼으면."

군중은 더욱 손에 땀을 쥐고 마음과 몸을 한껏 긴장시켰다. 내호공장이 파하는 6시가 넘어서부터는 내호 바닥 수천 노동자가 물밀듯 몰려들었다. 그중에도 제일 거센 목도패는 맨 선코[8]를 차고 벌써 장내의 한 모퉁이를 점령하여버렸다. 노동회의 회원은 물론 그 밖에 노동자들까지도 전부 명호가 이기기를 바랐었다.

"내 힘을 저기다 갖다 붙여주는 수 있었으면—"

"저 녀석(춘성) 겁이나 집어먹지…… 실수는 안 하나."

멋모르는 패들은 신이 나서 온 힘을 썼다. 어떤 꾼은 명호를 지우는 자가 있으면 때려 박을 생각도 하였다. 그리고 무엇을 든든히 감시하듯이 우— 떼를 지어 몰려서서 하회를 기다렸다. 그 얼굴 몸들은 몹시 긴장되었었다. 명호에게 대하여 어찌 얼핏 건드리기만 하면 당장 야단이 날 것 같았다.

그러나 명호는 벌써 몇몇 동무를 불러다 중상을 양보하는 여러 가지 사정을 말해주었다.

이리하여 중상은 춘성에게로—아니 창리소작조합으로 돌아갔다. 기왕 양보를 하면 춘성이 개인에게 보낸 게 아니라 조합으로 보내어 그만치…… '센세이션'을 올리자는 것이 명호와 E 그 외 몇몇 사람의 뜻이었다. 조그만 일이지만 계획하고 한 일이요, 계획대로 마친 것이 그들을 퍽 만족하게 하였다.

창리 사람들은 씨름판으로 와— 몰려들어와 꽹쇠도 울리며 노래도 불렀다. 혹은 상소를 타고 임시로 만든 조합기를 들고 기단 자리를 부르며 돌아갔다. 혹은 특상(特賞)에 나간 무명 필을 떼어 여러 사람이 갈라 들고 굿거리 춤들을 추었다.

끝으로 '조합 만세'를 세 번 부르고 헤어졌다.

5

그런데 오늘 장 씨름에는 어저께 뵈지 않던 생씨름꾼이 많이 왔다. 명절이 되어서 각 군데서 씨름을 하는데, 어저께 다른 데에서 중상을 타고 오늘 여기 와서 상상을 타려고 온 꾼도 있었다. 그리하여 오늘 자웅을 다툴 오통꾼 중에는 생낯이 많았다.

바로 통씨름이 시작되기 전에 또 다시 어제와 같은 '포스터'가 돌아갔다. 그러나 오늘은 내호의 것 하나뿐이었다.

때는 벌써 6시가 넘어서 내호 바닥 노동자들이 패패 떼를 지어 들었다. 얼른 보아도 눈에 뜨일 만치 서북쪽에는 그들만이 몰려섰다. 가끔 그들이 명호를 보고 응원하는 우렁찬 떼소리가 울렸다.

"니들 세상이구나."

혹 속으로 '흥!' 하고 우습게 생각하는 사람이 없는 것이 아니다. 그러나 그들의 눈에 뜨일 만치 내놓는 사람은 하나도 없었다. 그랬다가는 당장 주먹벼락이 떨어질 것 같았기 때문이다. '말 마라. 깔볼 패들이 아니다' 하는 공포가 더하기 때문이다. 3년 전까지 어줍지 않게 보아넘기던 노동자들을 지금 이렇게 무서워할 쯤해서는 내년, 후년, 후후년쯤에는 어찌될는지를 알 수 없는 것이다. 여기 모은 사람들은 누구나 이 거리가 그들의 거리인 것과 그들의 등쌀에 건드릴 수 없는 것을 생각지 않을 수 없었다.

씨름은 시작되었다. 서른둘이 열여섯이 되고, 열여섯이 여덟이 되었다. 승부가 날 때마다 군중은 저도 모르게 힘을 주는 '야!' 하는 소리를 내었다. 더욱 명호가 샅바를 꿰자 상대자가 몸에도 붙지 못하게 껑충 추켜 열십자로 떼치는 때마다 통쾌한 부르짖음이 사람사람의 뱃속에서 저절로 뛰어나왔다. 승부가 끝나면 사이다를 떼어 그의 얼굴에 끼얹어주고 먹여주는 사람도 있었다.

그리고 가끔 '포스터'와 『각희시보』가 장내로 돌아갔다. 그럴 때마다 명호를 모르는 사람도 그를 아는 체하고 회원이 아닌 사람도 그와 같은 회원인 체 그와 노동회에 대하여 뭐라고 왈왈거리기도 하였다. 그리고 일개의 홑몸으로는 염도 할 수 없는 대우를 명호가 회원으로서 받는 것을 볼 때에 순박한 농민들까지……개인보다 훨씬 이상인 것을 희미하게나마 생각지 않을 수가 없었다. 그만치 부러운 무엇이 가슴에 떨어지는 것 같았다.

그러나 이들(통씨름꾼)이 넷이 되는 때에 뜻하지 않은 조그만 불상사가 '요시다' 일파의 손에서 장내에 일어나게 되었다. 그것은 그들의 패 중에서 단 하나 뽑혔던 선수가 북간에서 위정[9] 왔다는 백 장군이라는 상대자에게 볼꼴 없이 참패를 당한 데서부터 시작되었다. '요시다'는 보이지는 않았으나 그 부하 수십 명이 장내에 까지르고[10] 들어와 심판이 글렀느니 샅바를 꿰지 않은 것을 메어쳤느니 하여가지고 생지번질[11]을 하였다. 그때에 첫째로 이것을 제지하여 그들의 앞에 막아선 사람은 명호였었다. 그러자 뒤미처 명호네 일파가 장내를 어지럽게 하는 그들을 구경 텀에까지 밀어내었다. 그러나 같은 노동자로서 그들의 감정을 상하지 않을 ─말리는 사람으로서의 정당한 태도를 잃지는 않았다. 조금이라도 훈련된 노동자의 힘과 특색은 거기에서도 찾을 수가 있었던 것이다. 아무 이로움이 없는 공연한 트집─그것이 아무리 순간의 것이요 조그만 것이라도 그 때문에 온 군중의 미움을 받을 것을 그들은 생각지 않을 수 없었고 또 비록 '요시다' 일파가 한 일이라도 그것이 다른 노동자들에게까지 나쁜 평판을 주게 될 것을 알고 있었다. 그리고 그들의 야료를 자기들이 아니면 말릴 수 없는 것과 또 마땅히 그런 것을 제지해야 될 것도 알고 있었다. 그리하여 마땅한 일에 마땅한 힘을 쓰는 노동회와 공연한 일에 공연히 우락부락하는 그들의 빛깔은 여기서도 갈리게 되었다. 그리고 마땅한 힘은 마땅찮은 트집을 이길 수까지 있었다. 장내는 곧 정돈되었다.

씨름은 시작되었다. 넷이 둘로 되었다. 명호와 백 장군이 비교에 붙게 되었다. 두 사람은 걸상을 마주하고 앉아 최후의 승부를 다툴 얼마 사이의 휴식을 얻고 있었다. 색주가 둘이 각각 두 사람 앞에 나서 맥주 한 잔씩을 권하고 부채질을 슬슬 해주었다.

해는 넘어가서 날은 점점 어두워왔다. 그래도 주최자들은 씨름 붙일 염을 안 하고 무슨 여흥을 끼우자는 상의였다. 이것은 될 수 있는 대로 씨름을 늦게 떼어서 이 거리에 자는 사람이 많게 하여 한 푼이라도 더 우려내자는 씨름판에 항용 있는 장사치의 버릇이다. 주최자가 대개 그런 사람들이었더니만치 씨름판은 늦어터질

상이다.

"자아, 여흥은 후에 하고 씨름부터 합시다."

명호는 떠들썩하는 노동자들을 한 손으로 제지하고 샅바 거는 왼팔의 수건을 다시 죄어 매며 일어섰다. 샅바를 끼고 땅에 떨어진 붉은 끈을 집어다 머리에 매며 백 장군을 흘끔 건너다보았다.

"옳다, 얼른 앵겨라."

노동자들을 선두로 고함이 터졌다. 백 장군도 일어섰다. 적수에게 기세를 눌리지 않으려고 일어나자 푸른 끈을 머리에 동이며 벋지르고[12] 섰다.

그때는 좀 어두워서 수다한 횃불을 든 사람이 씨름판 주위에 삑 돌아섰다. 두 사람의 모양이 횃불에 비쳐 붉게 보였다. 장내는 잠자코 긴장되었다.

두 사람은 마주 섰다. 9척 같은 백 장군의 키는 명호보다 한 자나 떠 보였다. 씨름은 붙었다. 그러나 어찌된 셈인지 붙자마자 명호는 스르르 왼팔을 짚고 앉아버렸다.

"샅바를 안 꼈다. 무르자."

"그놈 죽여라."

이런 소리가 터졌다. 아닌 게 아니라 명호는 샅바를 완전히 끼지 않았다. 그러나 손을 건 것만은 사실이었다. 워낙 나이 먹은 백 장군은 명호의 비호같은 재간을 무서워하였던 탓으로 불빛에 땅에 비치는 그림자를 보고 명호의 손이 샅바에 대이기 무섭게 들어친 것이다. 명호는 들어치는 힘을 피하여 재빠르게 모로 빠지다가 땅을 짚어버린 것이다.

"상관없어. 끝까지 봐야 알지."

명호는 총대같이 손을 내밀며 격앙한 군중——노동자들을 제지하였다.

"내가 실수했어…… 적어도 노동회의 선수다. 당당하게…… 제군에게 맹세한다. 앞으로 네 판이 남았으니 염려없다."

명호도 아닌 게 아니라 흥분이 되었다. 그러나 어쨌든 자기의 실수다. 그는 땅을 굴러 다리에 힘을 주고 자신이 있으니만치 숨 쉴 사이 없이 달라붙었다. 맞붙자 잽싸게 떠서 배지를 치려 하였으나 워낙 힘이 세고 키가 커서 쉽사리 넘어가지 않았다. 그러나 '와—' 하는 노동자의 고함 소리에 재차 떠서 왼배지기로 넘기다가 들낙수걸이[13]를 걸어 죽어라 하고 들어쳤다. '얏!' 하는 군중의 툭 끊어지는 소리와 같이 백 장군은 두꺼비처럼 그의 몸에 깔려 버렸다.

"요—, 명호 군!"

명호가 일어나기가 무섭게 이렇게 소리를 외치며 달려들어 손을 잡아 흔드는 사람은 그의 눈을 놀람으로 두 번 거듭 뜨지 않을 수 없게 하였다. '요시다가? 요시다가?' 이런 생각이 번개같이 가슴을 울리고 배에 반향하였다.

"오! 이게 화춘(요시다의 본이름) 군이 아닌가!" 하고 명호도 부지중에 외쳤다.

딴 패를 지어가지고 일일이 방해하던 그, 그러나 아무리 해서라도 동화를 시키려던 그, 손만 맞잡으면 큰 힘이 되리라던 그, 그러나 좀체 나서지 않던 그——화춘이가 자기 왼손을 잡고 달려드는 것이 이상하고도 감격에 넘치는 일이었다. 그는 무슨 못된 의식의 뿌리가 깊어서 일일이 엇간[14] 것이 아닌 줄은 명호도 잘 안다. 다만 패가 많음을 믿고 그 세력을 언제까지든지 부지하려고 패를 지어가지고 심하면 테러 행동까지 가리지 않던 그다. 그러나 노동회가 차차 커지고 힘차갈수록 그는 은근히 이편에 대하여 삼가는 폭이 늘어갔다.

'그도 그지만 그가 거느린 수백 명 노동자가 문제다. 모두 끌어넣어야 한다.'

명호의 머리에 다시 이런 생각이 번쩍할 때에 그는 씨름이 한 의미 있는 모멘트가 된 것을 무엇보다 기쁘게 생각지 않을 수 없었다.

"화춘이, 소는 자네가 타고 가세."

"뭘, 내가 한턱 함세."

이런 말을 마쳤을 때야 백 장군은 툭툭 털며 일어났다. 그러나 세번째 맞붙는 그는 벌써 명호의 적수는 아니었다. 세 번 거듭 명호의 어깨 위로 그의 기다란 다리가 휘적 하고 넘어가자 5판 3승으로 결승은 끝났다. 노동자들은 고함을 치며 우아— 몰려들었다. 화춘의 소리는 더욱 높았다. 술이 얼근한 불깃불깃한 얼굴에 고함을 칠 때마다 목줄띠 퍼런 핏줄이 살찐 지렁이같이 펄떡펄떡 일어섰다.

그리고 그들의 뭇 손이 삼림(森林)과 같이 하늘에 뻗칠 때마다 고함 소리와 함께 그 손 위에 가로누운 명호의 몸이 군중의 눈에 똑똑히 보였다.

"××××××"소리가 무거운 저녁 하늘을 울렸다.

잇달아 명호의 소리를 선두로 '××××××' ×××××간이 우박같이 쏟아졌다.

"어쨌든 유쾌했어. 아마 씨름판으로는 첫 시험일걸."

명호는 만족하였다. 숨이 질 듯이 좋아라 날뛰는 화춘이의 어느새 목이 꼭 쉬어진 그 열 끓는 목소리를 들을 때에…… 움직이는 재같이 에워싼 노동자의 분류(奔流)를 볼 때에 그는 더할 수 없이 기뻤다.

"새 법을 내왔으니 자꾸 퍼지겠지."

"참, 장수야, 인제 오야가다(두목)로 모심세."

화춘은 명호의 하는 말을 잘 알아도 못 듣고 그저 감격에 넘쳐 있었다.

"암, 그래야 하는 거야. 그저 의미 없이 헤어진다면 아무것도 아니니까."

기다랗게 늘어서서 돌아오며 E는 명호와 여러 사람에게 말하였다.

"이번은 명호 군한테 많이 배웠는데…… 몸소 그 일을 해보는 사람이라야 그 일에 대한 참된 생각을 한단 말이 꼭 옳아. 난 씨름꾼이 아니니까 그런 생각을 먼저 못 했거든……"

"하…… 고이찮았지? 남들이 우선 인정이라도 해야 하는 거니까."

"선전은 잘되었어…… 지금 생각하니 그 많은 사람을 그저 돌려보낸다는 것이 우리로서 너무 무책임한 일이야."

"우선 존재부터 알게 되어야…… 뒷일이 쉬우니까."

명호는 다시금 화춘을 쳐다보았다. 이때 이상하면서도 만족한 생각이 차차 넘쳤다.

"이보게 화춘 군! 마지막 세 치는 자네 응원 바람에 이겼네. 자네 소일세."

"소를 잡고…… 술은 내가 냄세."

"아니, 그런 게 아니야. 술은 자네가 내게. 찬성일세. 그러나 소는…… 이럭하세. 원산으로 보내세. 팔아서. ……알 주고 나중에 닭 먹는 격으로 그게 곧 우리의 살 일일세."

그날 밤 명호와 그와 그 외 몇몇 사람이 화춘의 집에 모여 간담을 헤치고 술을 나누었다. 꼬물꼬물한 선비들과 달라서 그들은 싸움하듯이 뚝딱 말을 주고받고 하는 사이에 소격하였던 감정이 봄 얼음같이 풀려버렸다. 물론 감정이 풀리고 따라서 합할 수 있는 조건이 피차에 있었던 것은 사실이다.

6

그 후 얼마 아니하여 ……위원의 한 사람으로 화춘이도 뽑히게 되었다. 따라서 이때까지 그와 같이 테 밖에서 돌던, 근 2백 명 부하들도 전부 입회……해버렸다.

그러나 화춘이가 이렇게 된 동기는 결코 우연한 데 있지 않았다. 씨름이 그 기회라면 기회였겠지만 그 전에 벌써 화춘은 노동회로 동화되지 않으면 안 될 여러 가지 사정이 있었다.

노동계가 조직된 후 그것이 점점 더위잡혀서[15] 낱낱이 헤어져 있을 때처럼 홀홀히 보아 넘기지 못하게 된 때에…… 이때까지 제일 무섭게 알던 화춘의 일파 이상으로 시끄러운 천여 명의 뭉치(……)가 커감을 볼 때에 화춘에게 대한 회사의 전망과 기대는 점점 엷어져갔다. 노동회 조직 당시에 화춘을 보내놓고 여전히 베개를 높이 하고 자던 기름진 사람들은 헛물을 켜고 돌아온 화춘에게 몇 푼의 인사에다, 보다 더한 냉소를 붙여주었다. 그리하여 차차 노동회에 대한 감시가 커지고 화춘에게 대한 배념(配念)이 줄어들지 않을 수 없었다. 화춘은 추위의 나라로 밀려가는 한란계의 수은같이 점점 내려눌림을 깨달았다.

요전 내호공장과 자매 관계 있는 신흥회사에 불이 붙어서 거기 종사하던 4,5백 명의 노동자가 졸지에 벌이를 잃게 되었을 때의 일이다. 명호와 몇 사람은 그 실업군을 어떻게 해서든지 도와주지 않으면 안 되리라고 하였다.

그때 마침 이러한 사정이 있었다. 내호공장이 이리로 들어설 때 본래 그 자리에 있던 한 동리가 온 동리를 떠메고 거기서 5리나 되는 해변가인 구룡리로 옮겨 가지 않으면 안 되었다. 물론 옮아가는 데에는 몇 가지 조건이 있었다. 구룡리에다 내호만 한 항구를 쌓아주고 시장을 만들어주고 함흥 방면으로 가는 큰길을 내어 고기수레 짐수레가 맘대로 다닐 수 있게 해준다는 외에도 무슨 학교니 무슨 우편소니 하였다. 그러나 3년이 되어도 하나 시원히 된 것이라고는 없었다. 구룡리 앞 포구에다 쉰 아무 반 되는 방축

두 개를 쌓아주었을 뿐이다. 그러나 그 사이에 배를 매면 방축과 얕은 여울에 배 밑이 긁혀 못쓰게 되고 풍랑이 심한 때는 매었던 배가 끊어져나가거나 뒤집히거나 해서 옮겨올 때의 배〔船〕 마흔다섯 척에서 아홉 척이나 부서지고 사람이 셋이나 죽고 싣고 왔던 명태와 도루메기를 몇 배나 엎질렀는지 모른다.

이리해서 백성들이 밤낮 회사에 몰려와 울며불며 곡달[16]을 하나 들어줄 생각도 안 내는 상이었다.

"도청에서 그렇게 설계했기에 우리는 그렇게 축항했을 뿐이다."

이러한 말로 차버렸다. 그리하여 대표들은 도청에 가서도 말해보고 그때 '제2 인천이 된다'고 풍을 치고 나서 흥정을 붙이던 소위 유지들에게도 악을 써보았으나 뜻대로 되지 않았다. 다른 것은 다 그만두어도 항구만 만들어달라 하였으나—그리고 그것만은 그럼직하다고 도청과 경찰 측에서도 회사에 말해보았으나 회사는 관청 같은 것도 아주 우습게 알고 코로 겪어 내뜨리는 모양이었다. 그리하여 2천 명 백성은 각각으로 생활의 위협을 받게 되었다. 되나 안 되나 대표들은 끊일 사이 없이 회사와 관변[17]으로 쏘다니었다.

"설계를 잘못한 탓이다. 거기 가서 고치도록 해야 한다."

명호와 몇 사람은 구룡리 대표를 만나 이런 말을 했다. 그리고 대표고 뭐고 할 것 없이 계집 사나이 어른 아이 모조리 몇 천이든지 ……보는 것이 좋다. 그리하여 2천 명 백성이 두 번이나 도청에 쇄도하였다. 이런 의견이 들어맞았던지 도청에서 나서서 설계를 다시 하고 다시 축항하게 되었다. 그리하여 내호공장에서는 노동자를 더 쓰지 않으면 안 되게 되었다. 따라서 이것이 신흥회사 노동자의 실직을 구하는 길이 되었다. 그때도 '요시다'가 우도궁이라는 일인 청부업자를 끼고 그것을 청부하려다가 그만 밀려버렸다. 회로서 회사에다 '자매 관계에 있던 노동자요 또다시 건축하고 공사를 시작하면 아무래도 써야 한다'는 것을 요구하여 회사에서도 그것이 온당하다는 의미로 그리하였던 것이다. 청부는 누구에게 주든지 노동자만은 그 사람들을 쓰기로 되었다. 단시일에 도거리로 돈을 벌어볼까 하던 '요시다'는 그 부하들이 축항에 붙일 수가 없게 되었다. 그리하여 밖으로 세력을 눌렸을 뿐 아니라 안으로는 부하들한테도 신임을 잃게 되었다. 그러나 반면에서 노동회는 4백 명의 신회원을 잡았고 그만치 힘과 범위가 커졌던 것이다.

"그 일은 예사로운 일과는 다르다. 적어도 없는 사람을—없는 사람—2천의 백성을 구하는 일이다. 성심성의로 빨리 완성하지 않으면 안 된다."

이것은 대회석상에서의 명호의 부르짖음이었다. 그리고 그 축항에 대한 대개의 전말을 일일이 말하였다. 따라서 노동회는 날로 이 근방 민중의 ……수 있었다.

××××가 일어났을 때에도 노동회에서는…… 아무리 유혹이 많고 돈을 많이 준대도 가지는 말 것과 될 수 있는 대로 널리 가는 사람이 없도록 선전할 것과 만일 여기에 대한 '스캡'[18]이 생기는 때는 적극적으로 부수자는 것과 돈을 보낼 것을 결의한 때에

도 화춘 일패는 물론 끈 떨어진 드벵이[19]처럼 테 밖에 따돌리었다. 아니 따돌렸다느니보다 위협의 선사가 갔다.

"가면 맞아 죽는다."

"거기는 여기보다 ……되어서 가도 발붙일 곳이 없다…… 몇은 벌써 사등이[20]가 부러졌다더라."

"요전에 간 노동자는 징역살이하는 셈이래— 가도 오도 꼼짝 못하고."

이런 소리만이 그들의 귀에 굴러들어왔다. 협의가 아니라 위협밖에 생기지 않는 돌리운[21] 그들이었다.

그뿐이 아니다— 회로써 노동자를 모조리 끌어넣어가지고 거기를 거쳐서만 일자리를 붙게 하자는 것이며 그리해야 삯전이고 시간이고 드나가는 것이고 모두 조절하는 세력을 짓자는 이것이 회에 들지 않고는 앞으로 벌이가 맘대로 안 되리라는 것과 벌이 한대도 맨 헐값으로 헐굿게[22] 지내지 않으면 안 되리라는 것을 들으매 화춘이도 심사가 편할 수는 없었다. 차차 되어가는 품을 보아도 그런 소문이 거짓말 같지는 않았다. 또 그 회는 다만 혼자가 아니라 여러 곳 위의 단체는 물론 다른 여러 단체며 신문 지국 같은 것과도 서로 기맥을 통하여 두루두루 버틸 배경이 풍부한 것을 들으매 제가 설 곳이 점점 쪼그라드는 것 같았고 제게 생길 부분이 시시로 말라가는 것 같았다.

그리하여 술을 양껏 먹고 주정질을 해보아도 그렇다고 시원한 금새가 나는 것도 아니었다. 울며 겨자 먹기로 노동회에 가까워볼 생각이 가끔 나지 않는 것이 아니나 일곱 살부터 삼십의 고개가 넘도록 대판,[23] 신호[24] 등 노동판에서 불린 강직한 마음은 훌훌히 남에게 머리를 숙이지 못하게 하였다.

그리고 더욱 그의 마음을 괴롭게 한 것은 전과 같이 그 부하를 비교적 쉽고 삯이 많은 일터에 척척 붙여줄 수도 없고 그만치 부하의 믿음과 바람도 엷어져가는 것이었다. 그것이 제일 괴로웠다. 발붙이는 곳이 무너질 것 같았고 올라선 배의 밑에 물이 괴는 것 같았다. 20년 동안 쌓이고 쌓인 죽음도 끔찍지 않다는 굳은 노동자의 배짱도 이 불안의 칼날에는 한 점씩 도려지는 것 같았다. 그러니만치 그 반면에서 회의 명령에 오지오지[25] 신종하는 패들을 볼 때에 자기도 그런 회의 간부가 되어보았으면 하는 욕심이 났다. 우습게 생각던 회가 이렇게 자기를 누르고 자기의 마음을 끌어당길 줄은 꿈에도 몰랐던 것이다.

그러던 그는 홧김에 술이 얼근해가지고 씨름판에 뛰어들었다가 명호의 소[牛] 같은 몸이 비호같이 날솟는 것을 보고는 배 밑에서부터 감격이 끓어올랐던 것이다. 웅변보다도 글보다도 미인보다도 재간보다도 노동자의 마음을 끓게 하는 데에는 힘이 으뜸이었다. 백 마디 말보다도 씨름 한 판이 대번에 화춘의 마음을 끓게 하였던 것이다. 백 장군이 꽝 하고 나자빠지자 화춘은 부지중 뛰어들었다.

그리하여 그날 밤 그들은 간담을 헤치고 새로운 출발——동행의 길을 찾아갈 수가 있었던 것이다. 이렇게 되게 한 원인은 물론 씨름에만 있지 않았지만 그들의 숨은 감정의 두께를 열어젖힌 것은 씨름이었던 것이다.

이리하여 버티어서 안 될 한 개의 이단적 세력은 바른 줄기를 찾아 합류하게 되었다.

(이하 생략)

사방공사 砂防工事

1

쌀값은 장마다 떨어지고

××은 날마다 올나간다

아리랑 아리랑……

눈초리가 길게 치째어진 번쾌[1]라는 별호를 듣는 사나이는 콧노
래를 부르며 성냥같이 높다란 방축을 넘어 제4구 치수공사장(第
四區治水工事場) 사무소 뒤편 모래차(도롯코) 가까이로 왔다.

밤은 아직 다 밝지 않았다. 북국의 초겨울 새벽바람은 얄궂게
쌀쌀하다.

공사장 모래판에는 모래찻길이 가다리가다리[2] 늘어져 있고 약
광고쟁이의 장난감 뱀 같은 줄 달린 모래차는 그 길 위 이곳저곳

에 머물러 있다.

망건도 어한이 된다는 셈으로 방축 아래 으슥한 곳에 있는 모래차 '하꼬'[3] 속에서 소 덤치 같은 누더기를 감고감고 수십 명의 인부는 노숙(露宿)하고 있다.

"어허 칩다."

얼마를 거닐고 있노라니까 잠자던 한 사람이 꾸물거리기 시작한다. 새우등을 바싹 꼬부라 붙이며 무르팍을 턱 아래로 끌어간다.

"일어나 일어나."

번쾌는 녹아도산(鹿兒島産)[4] 구레나룻 십장의 목청으로 그 '하꼬'를 두드리고는 그의 발바닥을 간질여주었다.

"잉—"

누더기 속에서 갑자르는[5] 소리가 나더니 삼거불[6] 같은 골통이 삐죽이 내민다.

"어 칩어."

콧구멍으로부터 두 줄기 흰 김이 뿌옇게 선다. 여우의 눈물까지 짜내는[7] 북국의 서릿바람이 선듯[8] 목덜미를 핥고 지나간다.

"여보 아인(俄人)……"

"요놈의 새끼."

붉은 머리 푸른 눈 덩실한 코…… 일노 전역 당시의 아라사병[9]의 얼마우자[10]라는 별명을 듣는 사나이는 눈을 거슴츠레 뜬 채 번쾌의 상고머리를 더뻑[11] 거머쥐었다.

"아 아니 형님……"

"요 호로새끼. 겨우 형님이야!"

102

"그럼 하나방이……"

"그러믄?……"

"정말 하나방이."

"그런데 야, 꼭대기에 개가 찌를 갈겼느냐. 어째 새파랗게 떠냈어?"

"밤에 깎아서……"

번쾌는 생래 처음 '하이칼라'[12]를 해본지라 좀 창피한 듯이 머리를 쓰다듬으며,

"프로 이발관이 그만하면 태산이지."

농민×합이 된지 5년이 넘는 이 지방에서는 농군들까지 '프로'라는 말을 아낙네 반절 외듯 씁고 있었다.

"아, 치워라. 그런데 너 우리 천만돌이(그의 동생)를 앙이 불렀디?"

"앙이."

그 순간 지난여름 ×× '사건'[13]으로 어딘지 뺑소니를 친 형의 생각이 번쾌의 가슴을 쳤다. 형이 있었으면 '아인'과 같이 하루 건너로 빠지지 않고 서로서로 역부를 나올 수 있으런만……

그러나 물론 방천 역부를 하지 않는 날이라도 그저 번들번들 놀고먹는 팔자들은 아니었다. 3년 석 달 열아흐레(10년)를 해도 언이 나지 않을 일이 산더미같이 바로 눈앞에 쌓여 있었다.

2

인부들은 띄엄띄엄 모아들었다. 의무 저금과 수수료를 제하고 나면 하루 38전밖에 안 질리는[14] 역부지만 농군들은 그래도 큰 벌이라고 들썩하니 모아드는 것이었다. 그러나 너무 많아서 열에 서너 사람은 매일 까불려나지 않을 수 없었다. 그래서 닭의 목대를 쥐었다가 첫새벽에들 모아 치게 되었다. 그래도 까불렸다. 그래서 마침내 새 방법을 그들은 생각해냈다. 즉 밤에 일터에서 자며 내일의 자리를 굳기는[15] 것이었다. 그러나 추운 밤을 한데에서 자고 나면 턱이 조이고 뼈가 굳어서 일할 수 없었다. 그래서 형이나 아우와 교대를 하여 하루 걸러로 일하게 되었다. 이렇게 교대하는 것을 모르는 감독은 밤까지 자며 기다렸으니까…… 하는 벼룩 불알만 한 동정으로 그들만은 누구보다도 먼저 써주었다.

"이렇게 일즉 나와도 상기 알 수 없지!"

교대할 사람이 없는 번쾌는 가슴이 빙그르르 돌았다──형이 있었으면……

그는 그다음 또 한 번 속통머리가 삑 돌았다── 제에미 가고 싶어 갔는가!……

계집애 잘난 건 요리간 가고
사내새끼 잘난 건……

'종간나 거……'

그는 얼른 뒤 가사가 생각나지 않았다.

인부들은 뒤닦아 모아들었다. 노숙하고 난 사람들은 팔짱을 끼고 모방 자 걸음으로 돌아가버렸다. 그 자리에는 교대자들이 제가 자고 난 채 웅크리고 앉았다.

조금 지나서 사무소에서 숙직하던 십장이 나왔다. 구레나룻 얼굴을 무너뜨리며 기다랗게 기지개를 뽑는다. 입에서는 뭉치 김이 펑 튀어나온다.

"하낫 둘 셋 넷……"

십장이 뚜벅뚜벅 걸어와서 턱으로 노숙한 사람을 헤어본다. 그들은 누더기를 무슨 증거품같이 펴놓은 채 아니 먹은 최부살[16]같이 일부러 공연히 앉아 있다.

"제바리 또 세 낫치(세 사람) 뿌릿솟가."

십장은 다 헤고 나서 창고 있는 데로 갔다.

백이의 무리는 앞을 다투어가며 십장의 꽁무니에 바싹 다가들어갔다.

"오지 마라. 오지 마라."

십장은 몇 번이나 가시눈을 부릅떠보았으나 농군들은 그때그때 주춤할 뿐이요 여전히 물결을 치며 밀려들었다.

"상간나 새끼, 오지 마라."

십장은 창고 가까이 가더니 모래 한 줌을 덤뻑 쥐어 손 나가는 대로 내뿌렸다. 쏴― 소리를 내며 모래는 군중의 얼굴을 쑤시었다.

"앗!"

"아가."

몇 사람은 얼굴과 눈을 썩썩 비비면서도 뒤지지 않으려고 몸을 비비며 앞으로 빠지려 한다.

"아이고 아이고."

한 사나이는 모래찻길에 걸치어 넘어져버렸다. 그는 불에 덴 사람같이 무르팍을 썩썩 문지르고 나서 한 다리를 웅켜 안고 까치걸음으로 깡충깡충 뛰어온다. 그리고 뒤미처 나온 농군들은 천방지축 방축을 미끄러져 내려 달리고 있다.

"올라오지 마라. 안 돼 안 돼."

다른 십장 하나가 창고 앞 언덕 위에서 뛰어올라오려는 농군들을 떼밀어 떨어뜨린다.

그사이에 구레나룻은 창고 문을 열어젖히고 부삽을 한 아름 안고 나왔다.

"모가지 버렸어도 우리 몰라."

십장은 부삽을 군중 사이에 집어 팽개를 친다." 뒤미처 창고지기 두 사람이 역시 한 아름씩 안고 나와 무인지경에 오줌 갈기듯 함부로 내뿌린다.

"비켜라 비켜."

새벽빛에 부삽은 번쩍거린다. 군중이 썩썩 갈라지며 그곳마다 부삽이 절커덕절커덕 떨어진다. 끊긴 지렁이의 토막토막과 같이 갈라섰던 군중은 다시 위에 몰려들어 부삽 위에 덤비어친다.

"자아 간다."

"옜다 받아라."

뒤따라 이곳저곳에 뿌리어 떨어진다. 알감자를 볶듯이 군중은
오그라친다.

"인제 없다. 없어. 집에 가 말이 해라."

"빨리나 안 갔어도 다다끼 좋나."

"종간나 새끼 가라꼬 가라꼬 말이 했었는데 무슨 말이 했나."

십장들은 목대에 핏줄을 세워가며 마음껏 부부리[18]들을 벌려보
았으나 농군의 떼는 좀처럼 헤어지지 않았다. 부삽 하나를 가지
고 두세 사람이 얼려 붙어서 이리 당기고 저리 당기고 하는 패도
있다.

"제바리 간나 새끼 샤베루가 야부리한다."[19]

구레나룻은 금이빨을 번쩍거리어 악을 써 소리쳤다. 그러나 두
사람의 농군은 한 부삽을 서로 빼앗기에 귀도 눈도 소용없는 것
같았다. 한 사람은 아까 통에 코를 다쳐서 피가 나오는 것도 모르
고 다짜고짜로 부삽을 부둥켜 쥐고 있다.

"빠까야로!"

구레나룻은 두 사람의 궁둥이를 걷어차며 부삽을 후려채겼다.

"두 낫치 다 일이 어부다."

"아구—"

부삽 날 쪽을 쥐었던 한 사람은 채기는 바람에 손가락이 베어져
버렸다.

"아이규."

또 한 사람도 비명을 내었다.

"저바리 간나 새끼."

하며 구레나룻이 가버렸다.

"이 종간나 새끼."

"두고 보자."

부삽을 같이 빼앗던 두 사람은 구레나룻의 뒷덜미를 노리고 있었다.

3

동쪽 하늘은 점점 붉어왔다. 농군들은 밭과 논으로 내몰렸다. 예전 같으면 이맘때는 논밭에 별일이 없어서 농군들이 들로 나가는 일은 극히 드물었다. 그러나 K수리조합이 시작된 이후부터는 겨울에도 놀 사이가 없었다.

하루를 곱집어 마흔여덟 시간을 만들고 한 손을 열 손에 나눠놓아도 다하지 못할 일이 그들을 기다리고 있었다.

조선의 3대 평야의 하나라는 28방리의 너르나너른 K평야는 그 3분의 2가 밭이다. 수리조합이 되면서부터 하너른 이 밭을 농군의 손으로 논을 만들지 않으면 안 되게 되었다. 그리하여 바로 가을 뒤짝에도 담배 한 대 마음 놓고 피울 사이가 없는 것이다.

울퉁불퉁한 농로(農路)를 찢어놓는 소수레 소리는 아침 공기를 부산하게 흔들고 왜가리같이 꼬부라든 늙은이의 흰 수염은 새날의 맑은 빛을 하염없이 비웃는 듯하다. 그리고 아낙네인들 어린 것들인들 평안히 앉혀둘 리가 있으랴. 이 땅의 아들딸들은 새날이 와도 새 볕을 모르고 논드럼[20] 밭이랑을 걸으며 곤두둑곤두둑 졸고 있지 않은가!

지난밤에는 섬[21] 짜기 새끼 꼬기 신 삼기에 거의 다 밝히고 말았다. 그러한 그들을 오늘 아침 이들에 끌어내다 이 연극을 시키는 자는 과연 뉘일까?

백두산 줄기를 쳐 넘어오는 북국의 바람이 씽 하고 대지를 호령한다.

역서부터 까불린 무리들은 발을 돌려 한 푼 생길 바 없는 논밭일에 나가지 않으면 안 되었다.

"빌어먹을 우리는 치수공사비를 앙이 내능가!"

생각하면 생각할수록 젖 먹던 배리[22]까지 치미는 일이었다.

"농×구제[23]랑 것도 개나발이다."

막상 당하고 보니 그것도 하릴없는 빛 좋은 개살구였다.

"말 같으면 사춘 개와집 지어주겠등이…… 개간나 새끼들……"

"어저는 너 공사비 다 받았다. 이놈의 종재기들 다시 달라구 해봐라. 폭 고아먹구 말겠다."

"이름이 좋으니 개똥네라구 흥 구제!?"

터지기 시작만 하면 끝이 없었다.

본래 이 치수공사는 농민을 위하여 시작된 일이었다. 그리고 그 비용의 절반은 공기를 마시는 사람이면 누구든지 다 내어야 하는 것이었다. 거름을 받기 위하여 오줌 한 번이라도 헛데다 깔기지 못하는 농민에게는 이 부담은 썩 무거운 것이었다.

그러나 그나 그뿐이면 또 모르지만 1년 사철 나는 날부터 버두러지는[24] 날까지 바늘의 실같이 묻어 다니는 ×금[25]과 지주에게 바치는 거름[金肥] 값과 소작료와 빚으로 그들은 눈코 뜰 사이가 없는 형편이다.

"27전(세금)을 못 물었는데 이번은 게다가 30전(독촉 수수료)을 더 매서 내라겠지. 얼른 망해라. 망해……"

"그건 그래도 아시긴녁임메. 밭 임재(지주) 빚받이꾼이 산제(山祭) 밥에 청메뚜기 뛰어들듯 날부일[26] 들락날락하니…… 아매 전녁밥을 두 번 해 먹는 수밖에 없슴메(도망간다는 뜻)."

"가당이 날아가겠슴메?"

"북간도가 하도 좋탕이 빌어먹으면서라도……"

"흥 옛말을 함메. 거게는 밭 임재 없답데. 그뿐인가 요새는 말 한마디 잘못해도 소짓장이 된답데."

그들은 실로 가도 오도 못하는 이러한 곤경에 빠져 있기 때문에 매일과 같이 까불리면서도 역부터로 몰려드는 것이었다. 개답(開畓)도 수리조합에서 지정한 기한이 발아래 다가오고 그때까지 하지 않으면 수리조합에 보다 많은 개답비를 바쳐야 하지만 위선 발등의 불을 끄기 위하여 한 푼이라도 맞돈이 생기는 곳으로 모아드는 것이었다. 내지 않으면 안 될 돈은 자기 집 쌀독의 좁쌀알보다 더 많다. 그런데 매일 이같이 까불리기만 하니 단돈 몇 푼조차 내지 못하여 빚받이꾼에게 소매를 잡혀 온종일 진땀만 솟구는 일이 한두 번이 아니었다.

오늘도 3백 명이 나온 중에서 백여 명이나 까불려났다. ──×금은 어찌하며 빚은 또 어찌할까. 세금을 못 내어 붙들려가면?……

빚 때문에 밭을 떼이면?——

4

상류로부터 밀려 내려온 모래가 쌓여서 C강의 서쪽 내판은 너른 백사장이 되어 있다.

이 너른 백사장의 여기저기 있는 모래 싣는 팀에는 두 가다리 레일이 뻗고 있다. 인부들은 한쪽 선로의 모래차에 불이 나게 모래를 싣는다. 그러면 기관차가 와서 모래 부리는 곳(방축 위)으로 끌어간다. 그사이에 딴 쪽 선로에는 벌써 딴 모래차가 와서 모래 싣기를 재촉한다. 인부들은 그 선로로 가서 또 퍼 얹는다. 그러면 또 기관차가 와서 끌고 간다. 그사이에 다시 처음 선로에 모래를 부린 빈 모래차가 와서 기다리고 있다. 또 인부들은 그리로 가서 싣는다. 이것을 삼열차식(三列車式)이라고 하는데 인부들은 허리 펼 사이도 없이 쫓아다녀야만 한다.

한 모래차에는 열여덟 대의 도롯코가 달려 있고 한 도롯코에는 두 사람씩 붙어 모래를 싣는다. 모래 부리는 곳도 역시 한 도롯코에 두 사람씩 붙어 있다. 제4구에만 이런 모래 싣는 곳과 부리는 곳이 각각 세 개소가 있어서 매일 약 2백 명의 인부가 붙는다.

"야, 제一구(겨우) 오늘은 살았다."

번쾌는 모래를 실으며 곁에 있는 경수에게 말을 보냈다. 그러나 그는 아무 대답도 없다. 일자리에 붙은 것을 별로 요행히 생각하는 기색도 보이지 않았다.

고등보통학교 3년급에서 밀려난 이 사나이는 너무 입이 무거워서 동창생들은 무언극(無言劇)이라고 불렀었다. 그런데 요새는 농조 사건에 걸려서 급병으로 집에 나와 4, 5삭을 자리에 일지 못하는 형을 생각하고 더욱 말문이 굳어졌다.

"나는 어젯밤 참 좋은 꿈을 꿨다. 그래서 오늘……"

맨 선코에선 말 좋아하는 육국통사(六國通史)라는 사나이가 침을 툭툭 튀며 말집을 터친다.

"무슨 꿈이냐?"

요동군수(遼東郡守)라는 사나이가 대구를 건다. 이 사나이는 옛날 이 마을 사립학교에 다닌 일이 있다. 그런데 그때 이동×가 이 학교로 연설하러 온 일이 있다. 학교에서는 10리 너머 연봉[27]을 나갔다. 그는 별안간 대변이 마려워났다. 그러나 그는 으리으리해서 꾹 참고 있었다. 마침내 바지에 갈겨버렸다. 이가 이것을 알게 되었다. 그는 대단히 칭찬하였다. 장래 큰사람이 될 소질이 있다고. 그러자 이 동리에는 새 소문까지 퍼졌다. ——이도 옛날 바지에 똥을 싼 일이 있다는. 그 후 그가 압록강을 건너가고 상해가서 있게 되자 또 새 소문이 퍼졌다. 이가 그 큰 뜻을 이루어 요동의 옛 땅을 찾으면 그를 불러다 군수를 시켜준다고——

"참 좋은 꿈이니라……"

육국통사는 침을 꿀덕 삼키며 부삽을 쉬이고 신이 나서 계속하였다.

"5리도 더 넘는 행상을 보았다. 큰 재수가 동할 기다."

"그런 꿈을 꾸고 제구 하루 38전이야."

"그건 아니다. 이제 횡재가 생기는 것만 봐라."

육국통사는 또 말을 이었다.

"제에미 가난이 쇠아들이라고 투전 놀러 나갈 긴데…… 가기만 하면 돈은 다 내 호주머니에 넣은 셈이다…… 색주경(안경) 쓰고 개화장[28] 짚고 양국 복장 입고 구쭈(구두)르 신어봐라 너 옥감상이 댄통 반할 기다…… 히히히……"

"요놈의 종재!"

요동군수는 부삽을 치켜들었다. 육국통사는 한 걸음 뒤로 물러섰다.

"제—바리 간나새끼!"

구레나룻이 바로 멀지 않은 곳에 와 있는 것을 그들은 몰랐었다.

"아뿔싸!"

그들은 부삽을 모래 속에 쿡 박아 큼직이 떠올렸다. 그러나 이어 버들 회초리가 귓가를 쌩 하고 스쳤다. 모가지가 따끔하며 요동군수는 가래를 빗뿌려쳤다. 그러며 거의 직감적으로 몸을 쪼그렸다. 그러자 회초리가 그의 머리 위를 쌩 하고 지나치며 육국통사의 볼편에 철썩 감겼다.

"아가!"

"장난이나 핫소도 집에 가고라. 기관차가 자꼬자꼬 와 말이 하눈데 바리바리 안 실었소도 무슨 말이 핫나."

모래를 부린 빈 모래차를 뒤에서 밀며 가솔린 기관차는 평평평 소리 낸다. 그러더니 모래차만 먼저 느릿하게 경사진 방충을 빗

가루 내려달린다. 기관차는 연결을 빼고 뒤에서 천천히 내려온다. 레일이 두 가다리로 갈린 데를 지나 모래차가 동쪽 모래텀으로 달려가자 나어린 전철수는 포인트를 제꼈다. 그리자 기관차는 레일 두 가다리에서 왼편으로 꺾이어가지고 바로 육국통사들이 일하고 있는 서쪽 모래텀으로 달려왔다.

"바리바리 렌게쯔[連結]해라."

구레나룻은 호통질을 하며 다른 텀으로 가버렸다.

저편 방축 위에서는 공사감독이 다듬잇대 같은 단장을 꽁무니에 받치고 아침 공기를 심호흡하고 있다. 감독이 없을 때보다 십장은 더 호통질을 하며 쏘다닌다.

"감독이 보면 가장 우쭐해서…… 못난이 자슥."

"이놈의 종재 밤에만 띄워봐라 목대르 저레……"

질둔한 그들은 그제야 배리가 난 듯이 중얼댔다.

"야, 이불 안의 활개는 그만둬라."

누가 이렇게 빈정대며 한숨 들일까 하는 때에 육국통사의 자지러지는 아츠러운[29] 소래기[30]가 들려왔다.

"아이코."

기관차와 모래차를 연결하던 육국통사는 그만 그 두 사이에 손을 끼어버렸다.

"아뿔싸 저거!"

순간 인부들은 가슴이 툭 마치며 우 몰려들어왔다.

운전수는 땀방울을 세우며 핸들을 잽싸게 뻑 돌렸다. 그러자 기관차가 뒷걸음질을 치며 육국통사는 그 자리에 폴싹 주저앉아버렸다. 어깨가 부르르 떨리며 그는 입을 악물고 얼굴을 찡그리고 있다.

"야 그 손으 싸매조라."

"머리끼³¹르 가지고 손목을 꽉 잘나라."

인부들은 어쩔 바를 모르고 뒤설레었다. 검붉은 피가 명태 기름 같이 걸게 똑똑 떨어져 흰 모래를 물들인다.

"마누께야로— 마다 야라레다까(얼뜨기놈 또 다쳤느냐)."

사람의 재를 헤치며 구레나룻이 꾸지르고 들어왔다.

"비껴라. 비껴."

회초리와 주먹으로 사람을 터치며 그는 외쳤다.

"바리바리 '도로'에 실어 말이 해라."

구레나룻은 육국통사의 손을 싸매고 있는 사람들을 제치며 운전수에게 턱질을 하였다.

"어구어구—"

육국통사는 모래차에 실려서 뱅뱅 돌아가고 있다.

장난감 뱀 같은 모래차는 참말 뱀같이 사람을 물어놓고는 아니 먹은 최부살같이 다시 움직이기 시작하였다.

5

한 손이 떨어진 육국통사—인부들의 가슴팍에서는 이 생각이 떨어지지 않았다——자혜병원에 가면 콩달개³² 따듯 그 손을 뚝 따버릴 것이다.

이 일터는 안전한 것 같으면서는 비교적 부상자를 많이 내었다. '사람' 탓으로 상하는 것은 고사하고 차에 다치는 것, 부삽에 다치는 것, 레일에 걸채이는 것, 코피 흘리는 것…… 이루 다 말할 수 없다.

4, 5일 전에도 '반동'이라는 이름을 듣는 씨름꾼 한 사람이 차바퀴에 다리를 다쳤다. 그러나 그것은 지정 장소(자기 일텀) 이외에서 다친 것이 아니라 하여 눈물 고치만 한 치료비밖에 내어주지 않았다. 또 며칠 전에는 건너편 채석장에서 한 사람이 개구리같이 납작하게 눌려 죽었다. 폭발되는 작유황에 굴러떨어진 바위 조각에 깔려 ×× 것이었다. 두 사람 다 극히 가난한 터였다. 그리고 그 집에는 불행히도 다른 일꾼이 없었다. 그래서 좀 어떻게 해주지 않으면 안 될 지경이었다.

"다만 한두 푼씩이라도……"

말 없던 무언극 선생이 이 일에 대해서는 제일 많이 말했다. 오늘도 바로 '간조' 날이 되어서 또 몇 푼씩 잘리나 보다 하고 생각하니 그들은 무언지 모르게 배리가 났다. 그러나 물론 육국통사나 '반동'이나 깔려 ×은 사람이 미웠던 것은 아니다.

점심시간 그들은 황조미밥[33]을 가래질하듯 퍼 넣었다. 먼 동리에서 온 사람은 너무 이르게 떠난 탓으로 묵은밥 한 두어 술 떠먹고 왔었다. 그리하여 점심시간에 아낙네 누이들이 새 밥들을 함지에 담아 이고 왔다. 아침을 먹고 나온 사람들은 물론 아침에 점심을 담아가지고 왔다.

116

"야—"

좀 배가 꿋꿋해오자 번쾌는 무언극을 보고 째어진 눈을 가늘게 하며 웃었다. 그러나 무언극은 대답이 없었다. 다만 뱃속에서 치민 기쁨이 입가에 얄은 물결을 지을 뿐 그는 번쾌의 웃음을 잘 알고 있었다──아인(俄人)의 누이동생 순례가 오라비 밥을 이고 나온 것이다.

"요놈아."

번쾌는 무언극의 다리를 꼭 꼬집어 틀었다.

"아가."

무언극은 다리를 문지르며 눈을 들었다. 눈보다 더 빠른 마음의 웃음— 그는 순례를 보았다. 순례는 머리를 폭 숙이고 모래알을 살살 뚜지고[34] 앉았다.

그 옛날— 경수는 순례를 보면 놀려대었다.

"요고 배꼬(요거 보겠니)."

경수의 혀끝에는 붉은 꽈리가 물려 있었다.

"나르—"

순례는 앙그르 달려왔다.

"에비꼬(놀리는 말)."[35]

"흥, 나아르."

순녜는 엉석둥이같이 발을 동동 구른다.

"참말?"

"욍—"

"에! 였다."

하면서 경수는 그의 손바닥에 꽈리를 놓는 체하다 말고 꼭 꼬집어주고는.

"에비—꼬자."

"종간나 새끼."

순례는 얼굴을 붉히며 돌아서버린다.

"야야 였다."

경수는 쫓아가 제발 덕분에 사정사정 빌어준다.

"싫다 야—는."

"아사라 야 우리 호강(좋아하는 사이)이 앙이냐."

그러면 순례는 받아가지고 달아난다.

그러면 지금은 언제 그런 일이 있었더냐 하는 듯이 점잖아졌다. 만나면 얼굴을 붉히고 종종걸음으로 달아났다. 그러고는 후회 비슷한 생각을 하였다——무슨 물을 말이 없었던가?

　　꿀보다 더 단 건 왜×의 사탕

　　초보다 더 신 건 큰애기……

"요놈아 그래도……"

번쾌는 나직하게 노래하다 말고 또 무언극 선생을 못 견디게 군다.

"야, 그런데 육국통사의 꿈은 어찌 된 심이냐?"

무언극은 웃음으로 말머리를 돌려버렸다.

"재수가 벗났다."

"야, 꿈 얘기 났으니 말이지 T군에는 사주내기를 한 녀석이 다 있단다. 각각 제 사주가 더 좋다구 불끈대다가 결국 투전으로 시험해봤대."

"그래서?"

"한데 그중에 한 사람이 지지 앵겠니. 그래서 집이랑 논밭이랑 쇠랑 모다 팔아 넣었단다. 이긴 녀석은 제사 똑 제일인 체하고 그 담부터는 투전 전문을 했대. 그래서 그놈도 결국 판나고[36] 말았어."

"빌어먹든…… 그러나 잘됐다 그런 건."

K읍으로 가는 자전차 탄 사람, 섬을 인 아낙네, 계집애들이 끊일 사이 없이 지나간다. 채석장에서 돌을 실어 넘구는 우차가 다섯 마장[37]이나 되는 M다리를 퉁탕거리며 싸댄다. 목도꾼들은 '영치기 형치기' 하며 다리를 비틀거리며 다닌다. 열두서너 살 된 아이들은 방축에 부린 모래를 곰배로 펴고 있다. 레일이며 차바퀴를 실은 도롯코가 왔다 갔다 하며 아츠러운 소리를 낸다. C강 빨래텀에서는 방망이 소리가 요란하다. 채석장의 작유황 튀는 소리가 회색 연기와 같이 탕—탕— ……열 발 스무 발 허공을 찌르고 대지를 흔든다.

지금이야 나온 기사며 기수는 방축 위에서 번쩍거리는 인부의 삽 놀리는 것을 '구경'하고 있다. 다듬잇대 같은 단장을 짚은 감독은 그제야 슬슬 현장으로 돌아다닌다. 오후 두어 시부터 '간조'(닷새에 한 번씩)가 시작되었다. 한 간조 사이에 잘 벌면 사흘 그러지 않으면 이틀 하루 아주 못 버는 사람도 있다. 나흘이나 닷새

를 계속하는 사람은 아주 운수가 좋은 사람이거나 교대할 사람이
있는 그들뿐이었다.

"제에미 요거 얼마야."

번쾌는 겨우 사흘치를 타가지고 왔다. 본래 샀은 하루 50전인데
10전은 의무 저금으로 2전은 수수료(사실은 닷새 동안의 이자)로
제하고 하루 38전씩 사흘치 1원 14전을 탔었다.

"저금은 무스거 하는 기야?"

"수수료라는 것은 뉘가 먹는 긴가?"

때 따라 늘 나오는 푸념이다.

"도청에서 한다면서 어째서 직접 내주지 않고 2전씩 중간치기
를 시키능가."

사실 중간에서 2전씩 처먹는 까닭을 그들은 알 수 없었다. 도에
서 직접 내주었으면 하고 다만 그들은 바람뿐이었다.

"가만있자 이 삼은 육…… 6전을 또 닦아 바쳤구나."

번쾌는 이렇게 푸념하며 달려와서 10전짜리 하나를 '아인'의 손
에 쥐여주었다. 그는 동정금을 맡는 회계(동생과 교대하여 매일 나
오므로)였다.

"자아, 아인!"

하고 경수 요동군수 들은 한 푼 두 푼 모은 것을 갖다가 그에게
쥐여주었다.

"제에미 결이 나서[38] 못살겠다. 수수료로 잘리는 돈을 여게다 보
태봐라. 얼마나 되능가. 아매도 한 달에 50원은 넘을 기다."

요동군수의 말— 모두 동감이었다.

"그런데 의무 ×금[39]은 무슨 요구락수야. 지금 전시가 되어서 ×라[40]에서 돈을 많이 쓰게 되어 이담에 찾으라고! 남의 집 젯밥 믿고 굶어야겠구나."

무언극은 무언극답지 않게 말을 또 계속하였다.

"한 장(닷새) 동안에 40전에 2전씩 저들은 이자르 받는데 제금 이자는 아매도 1년 가도 그만 못할 기다."

그들은 그들의 육신으로써 이러한 것을 배우고 있다.

교차선 交叉線

1

쿵 쿵 쿵······

공장의 심장 소리는 밤이면 더욱 높게 들린다. 4, 5마장씩이나 되는 기다란 벽돌집이 무서운 거물같이 척척 가로누워 있다. 먼지와 연기에 결은 수없이 많은 창으로 희미한 전깃불이 내비치고 지붕 위 통풍공(通風空)은 고깔 쓴 중의 대가리같이 빼쭉빼쭉 나란히 서 있다. 빽빽이 선 쇠기둥에 쇠사슬이 거미줄같이 얼크러진 변전소(變電所)에는 몇 백 촉인지 몇 천 촉인지 알 수 없는 야단스러운 전등이 비쳐 그 아래는 개미, 거자리[1]까지 보일 만치 휘황하다. 소방대 사닥다리 같은 높다란 무쇠 전신주 위에는 굵다란 뚱딴지가 멀끔하게 보이고 사슬이 늘어진 전선으로는 강도의 전류가 무서운 소리를 내며 흐른다.

122

큰길가의 찬란한 거리에서는 밤늦도록 짜개 신발² 소리가 그치질 않는다.

그러나 그리로부터 그다지 멀지 않은 뒷산 마루턱에는 불면 쓰러질 듯한 생철집과 짝닥 마가리³가 말뚱게〔蟹〕같이 앗붙어 있다. 경수는 털털거리며 마루턱에 올라서 어떤 조그만 집으로 들어섰다.

윗방문이 열리었는데 사람은 보이지 않는다.

"이 녀석들이 또 한잔하러 갔는가."

하며 손바닥만 한 마당에서 끼웃하고 들여다보다가 그는 흠칫하며 발소리를 죽였다. 성삼이와 춘식이가 방 한편 벽에 가서 말놀이하는 어린애같이 꿇엎디어 있다.

"요놈들이…… 히 히 히……"

그는 터지는 웃음을 깨물어 먹으며 문지방에 숨어 붙었다. 성삼이와 춘식은 그런 줄도 모르고 신이 나서 문틈으로 아랫방을 엿보고 있다. 신문지로 두세 겹이나 발랐건만 봄 양기를 받아 종이가 죄어드는 바람에 이곳저곳 째어져서 그들은 좀더 넓은 틈을 찾아 머리를 끌고 당긴다.

"눈요기들 잘 한다!"

이렇게 생각하니 경수는 우스운 생각보다 간지러운 생각이 들떠났다.

"에그—"

절구통 같은 성삼이가 머리를 자라목같이 틀어박는다. 찰떡같은 은순이가 지금 아랫방에서 웃통을 벗어젖히고 밤 화장을 하고 있다.

"쉬—"

뼈가 방해를 해서 더 마르지 못한 꺽다리 춘식이는 여전히 달라붙어서 성삼의 옆구리를 쥐어박는다.

"히 히 히……"

"듣는다, 들어."

춘식이는 머리를 올리며 눈을 홉뜬다.

그러고는 또 아까와 같이 엿본다. 일본 말 같은 성삼의 볼기짝과 길림 당나귀 같은 춘식의 궁둥이의 대조가 경수의 웃음집을 들먹거리게 하였다.

은순이는 고추 냄새 나는 값싼 크림을 손바닥에 문질러가지고 안마사같이 얼굴을 장단 맞춰 치고는 '펍브'[4]로 분되이를 낸다. 그러고는 성냥을 켜가지고 알맞게 태워 들고 눈썹을 그리기 시작하였다.

"아—"

하며 은순이는 맥이 났는지 땀이 솟았는지 구부렸던 허리를 펴며 다리를 쭉 뻗고 기지개를 한 번 하였다. 허멀쯤한 덩겡이[5]가 파르르 떨린다.

성삼은 빈 침을 한번 크게 꿀떡 삼키고 별안간 춘식의 넓적다리를 꼭 꼬집어 틀었다.

"아야—"

춘식은 다리를 썩썩 문지르며 턱을 틀어박고 히히히 웃다가

"야 야—"

하고 좋은 대목이라는 듯이 별안간 왕거미 같은 손으로 성삼의

상고머리를 끌어다가 문틈에 붙여준다.

은순은 떨어지다 남은 영화 잡지를 집어들고 배꼽에 고인 땀을 슬슬 날리고 있다.

"흠…… 사람……"

성삼은 보고 넘기 어려운 고개를 만난 듯이 잠깐 머리를 돌렸다. 구수한 봄바람이 스르르 방 안을 휘돌아 나갈 때에야 그는 자기의 얼굴이 상당히 달았던 것을 깨달았다.

"야, 그만 봐라."

그는 화가 난 듯이 춘식의 날라리뼈를 쿡 꽂아주었다.

춘식은 터럭벌레나 털어버리듯이 손을 뒤로 툭 털어 방해하지 말라는 뜻을 보이고 더욱 다가붙더니 인차[6] 성삼이를 향하여 손목을 까닥까닥한다.

"자식두……"

"글쎄 좀 봐라."

그들은 아직도 뒤에서 웬만치 떠들어서는 알지 못하리만치 신이 나 있었다.

경수는 몇 번 방에 넘어서려다가 웃음이 터져서 입을 싸쥐고 되나오곤 하였다. 그러다가 아주 마음을 도저히[7] 해가지고 구두 신은 채로 삽작 넘어섰다.

"이놈들아!"

그의 툭한 구둣발은 두 엉덩이를 들어 챘다.

2

성삼이와 춘식은 화닥 놀라며 머리를 돌렸다.

"이걸 그저……"

경수는 구둣발을 들어 찰 듯이 겨누었다.

"아서……"

"쉬—"

두 사람은 얼굴을 붉히며 목을 틀어박고 헤헤헤 하고 웃고는 살금살금 기어서 방 한가운데에 나앉으며 에헴 하고 기침을 크게 하였다. 그리고

"자네 왔나?"

"저녁 먹었나 앉게……"

하며 천연덕스럽게 목소리를 높여 인사를 한다.

"이놈들아 뭘 하고 있었어?"

경수는 빙글빙글 웃었다.

"압다, 식곤이 나서 한잠 자는 판일세…… 그런데 자네 밤에 웬일인가?"

성삼이가 말하자 춘식이가 이어받아

"흠, 한잔 내려나, 모자를 쓰려는가?"[8]

하고 웃는다. 경수는 별안간 생각난 듯이 주저앉으며

"얘, 감독이 왔지. 저 방에!"

하고 춘식이에게 귓속말을 하였다.

126

"아니야, 한데 감독한테 단단히 켕긴 모양이데. 밤이면 분성적하고 수청 들고……"

"아니 그래 참말 와? 감독이……"

"말 마라. 조금 앉아보면 알 게 아니냐."

경수는 순간 분함이라고 할지 슬픔이라고 할지 갈피를 모를 야릇한 감정에 눌렸다.

은순은 한때는 좋은 생각을 가진 똑똑한 사람이라고 직공들의 칭찬을 받던 여자이다. 직공 친목회에도 들고 무슨 문젯거리가 생기면 빠지지 않고 쫓아다니기도 하였다. 말마디도 곧잘 하고 일도 손싸게 영리하게 잘하는 기대 많은 여자였었다.

그리고 그의 남동생 철순이는 나이는 비록 어릴망정 서책도 상당히 보고 일에 민첩한 사람이어서 은순이의 존재를 더욱 빛나게 하였다. 그는 본래 그 동생 철순이와 같이 학교를 다니다가 학비 때문에 그만두고 철순이는 그 후에 무슨 문제가 생겼을 때에 밀려나왔다.

그 후 재선이라는 직공이 그의 집에서 밥을 사 먹게 되었던 관계로 은순이네 남매는 그와 친해지고 그리고 그것이 인연이 되어서 그 두 남매는 전후(前後)하여 지금의 생활을 밟게 되었다.

재선이는 그 여자들 중에서 가장 빛나는 사람이었다. 벌써 3년 전──그는 무슨 일 때문에 여러 사람 앞에서 일장의 열변을 토하지 않으면 안 되었다. 그러나 검은 손이 곧 그를 향하여 돌진하였다. 그때 누구보다도 가장 큰 용기와 인정으로 그의 앞을 가로막아선 사람은 은순이었다. 그것이 한 동기였었다고 할는지 그로부터 은순의 가슴에는 이상한 물결이 출렁거리기 시작하였다. 은근히 남모르는 가슴을 태우기도 하였다. 그러나 그것은 결코 은순에게만 있었던 일은 아니다. 자기로 하여 밝은 길을 걸어나가는 그 사람의 생각이 진정하면 진정할수록 재선은 그에게 끌리어갔다. 그리고 그가 동트는 새벽길을 꾸준히 걸어나가는 이상 재선은 그의 생각을 거부할 이유를 아무 데서도 발견할 수가 없었다.

이리하여 광명의 길——그러나 가시와 덩굴이 많은 그 길을 걷는 길동무의 두 가슴속에는 함께 꽃이 피었다. 두 사람은 사랑하는 사이가 되었다.

그러나 여섯 달 전에 재선은 곤드라지는⁹ 은순의 집으로부터 커다란 '별장'¹⁰으로 가고 말았다. 그 후 달포가 넘어서 그의 남동생 철순이도 뒤를 따라서 그리로 들어갔다.

그리하여 꽃피었을 은순의 가슴에는 얼마 전부터 구새¹¹가 들기 시작하였다. 털부엉이 감독과의 뛰뛰한 소문이 이 구석 저 구석에서 돌았다.

"흠, 영광이다. 영의정을 업었구나."

이렇게 빈정대는 소문을 들으니 그는 얼마 못 되어 사무실 급사로 승차를 하였다.

"구주땍(九州宅)! 훌륭한 이색 취미(異色趣味)인데."

이런 평판이 뒤를 이어 돌았다. 털부엉이는 당당한 구주산(九州産)이었다.

"물색을 좋아해도 분수가 있지……"

"애, 말 마라. 대낮에 등더리¹² 쳐주고 강담 잡지나 읽고 또 차

마시고 담배 붙여 권하시고…… 이런 훌륭한 여공이 또 어데 있
겠느냐. 그래도 저는 아리와 같은 여공이라는구나. 비위 덕에 한
3년 더 살겠드라."

"땍—할 년. 제가 여공!"

"압다, 밭을 팔아 논 살 때는 이밥 먹자는 겐데 잘 놀다 뿐이겠
니."

"호호호…… 재선이를 팔아서 털부엉이를 잡숫는구나."

"참말 재선이는 폐병이래."

낱낱이 아는 경수는 형용할 수 없는 생각에 잠겨 있었다.

3

해도 맘대로 못 들어가는 그 속에서 병들어 신음하는 재선이와
밤 화장하고 털부엉이를 기다리는 은순이를 대조해볼 때에 경수
는 너무도 무상한 인사를 느끼지 않을 수 없었다.

경수 자신도 한때는 재선이와 좋지 못한 사이였다. 경수는 공장
에서 잔뼈가 커난 사람이요, 또 호랑이 담배 먹던 시절부터 몽매
한 직공들의 선코를 서서 나온 사람이다.

그러나 세월 탓이라고 할는지 사람 탓이라고 할는지 경수는 어
느새 자기의 후진인 재선이보다 뒤떨어지게 되었다. 재선은 옛날
의 선배인 자기를 뒤떨어트려놓고 호기 좋게 내뺐었다. 하는 말
이 새롭고 일내는 행동이 과감하였다. 모든 직공의 인기는 어느

새 자기로부터 그에게 옮아갔다. 그리고 자기를 모두 '시대지'[13]
라고 보는 것 같았다.

작년 봄에 바로 묵어 내려오던 문제가 터지려 할 때에

"생기는 것은 적고 일은 점점 더 고달퍼만 가니……"

하고 그가 말한 일이 있는데 직공들은 "또 인도주의인가? 사민주
의(社民主義)인가?" 하고 입을 삐죽거렸다. 그렇다고 재선이는
그보다 처뿔이 난 소리를 하는 것도 아니건만 그래도 인기는 그
리로 몰려갔다. 뿐만 아니라 자기는 아주 따돌리는 상이었다. 자
기 자신이 그전보다 훨씬 기운이 죽고 될 수 있으면 파란이 없이
순탄히 나가자고 한 것도 있지만 그렇다고 자기를 아주 타락자나
반동배로 돌린다는 것은 너무도 분한 일이었다. 그래도 그는 꾹
참고 있었다. 그러나 '경수를 경계해야 한다' 하는 말을 재선이가
했단 말을 듣고는 더 참을 수가 없었다. 그는 며칠 두고두고 생각
했으나 도저히 그대로 넘길 수가 없었다. 그래서 그는 두 주먹을
불끈 쥐고 재선이를 찾아갔다. 그것은 바로 은순의 집이었는데
그때 재선은 은순이와 무슨 이야기를 하고 있었다. 필연 금번 거
사에 대한 이야기인 듯하였다. 그러나 그가 들어가자 두 사람은
하던 말을 뚝 끊어버리고 딴 말을 꺼내었다.

"경수! 어떻게 밤에……"

하고 재선이가 말을 붙였으나 그는 아무 대답도 하지 않았다. 그
리고 또 다른 말을 물어도 그는 굳게 입을 닫아물고 있었다. 그는
첨부터도 노기를 띠고 있었지만 꾹 참고 있는 사이에 더욱 독이
올라섰다. 재선이도 그 심상치 않은 동정을 알았던지 아무 말을

하지 않고 은순이도 가만히 앉아 있었다.

"재선아!"

하고 경수는 별안간 무섭게 강하게 불렀다.

"……나를 경계할 필요가 어데 있느냐?"

경수는 재차 물었으나 재선은 늠름히 대답이 없었다.

"왜 말이 없느냐?"

"그건 형이 생각해보면 알 일이지요."

그제야 재선은 금고 문같이 입을 열었다.

"나는 아무리 생각해도 양심에 가책되는 일은 없다. 철저한 네가 말해봐라."

경수는 몸을 부르르 떨었다. 분하다는 것보다 원통하였다.

"네, 말하지요. 우리들의 요구를 떠나는 때는 누구든지 언제든지 우리들의 적입니다."

재선은 최후의 명령을 내리듯이 구절구절 뜯어가며 힘 있게 외쳤다.

"우리들의 적!"

경수는 재선의 볼편을 콱 내질렀다. 주먹은 아직도 힘이 넘치듯이 벌벌 떨었다. 쥐어박은 힘보다 주먹에 붙고 있는 힘이 더 강하였다. 경수의 눈에서는 뜨거운 눈물이 뚝뚝 떨어졌다.

"이놈아, 그 소리를 듣자고 나는 너를 찾아온 것이 아니다."

닭의 똥 같은 방울 눈물이 뚝 하고 노전에 떨어졌다.

"과오를 청산하면……"

"이놈아! 과오를 청산시키는 방법은 동지를 적을 만드는 데에 있느냐."

경수는 눈물을 거두고 새로운 용기로 그 자리를 차고 나오려 하였다.

"형님!"

재선은 우뚝 일어나 경수의 손을 힘 있게 거머쥐었다. 그러고는 두 사람 다 말이 없었다. 그러나 두 사람 다 가슴에서 뜨거운 불덩이가 끓어오르고 눈에서 무엇이 쏟아질 듯하였다.

경수가 이런 옛일을 생각하고 있을 때에 안방 문 앞에서 누구인지 "은순이……" 하고 찾는 소리가 가늘게 났다.

'털부엉이로구나!' 하는 생각이 세 사람에게 한결같이 떠올랐으나 그 소리는 누구보다도 경수의 가슴을 더욱 몹시 때렸다.

재선이나 자기가 몇 번 눈알을 맞붉히고 겨뤄내던 털부엉이를 옛날의 동지 은순이는 지금 반갑게 맞아들이는 것이다.

"에그머니 사루마닷[14]바람인데."

은순이는 녹여 뺄 듯이 간드러진 애교를 던진다.

밤은 이미 깊었다.

4

—사—쁘……인사—이— 공장 마당 안쪽 구석 양지쪽에서 여공들이 모여 손바닥으로 테니스를 치고 있다. 왔다 갔다 앞걸음 뒷걸음을 하는 통에 치마가 무릎 위로 감겨 올라가는 것도 모

르고 한참 야단이다.

　──제로……원. 하고 한 사람이 심판을 한다.

　여공들이 하나씩 둘씩 잔달음질을 하며 모여든다.

　"생콩!"(세컨드──다음번)

　"생, 생콩!"(다음다음 번)

　서로들 먼저 하려고 자기의 순번을 외치며 당기고 밀치고 한다.

　──원……쓰리──

　"잘한다. 잘한다."

　"얼른 멕여라. 시간이 된다."

　손뼉 소리가 짜그르 난다.

　듀──스 어게인──

　"스, 스마싱을 넣어라."

　"올──게임, 올──게임."

　──게임, 셋──

　우── 몰려들어 볼을 집으려 한다.

　"참말 애, 재선이가 병이 심해서 병원으로 갔대."

　봉희가 곁에 선 영숙이를 보고 가엾은 듯이 고개를 끼웃한다.

　"참말? ……언제?"

　영숙이도 무척 놀라는 상이었다.

　"벌써 4,5일 전이래."

　"아이고 어쩌면…… 그렇게 튼튼하던 사람이……"

　"인제 막 피가 나온대."

　"엄마."

영숙은 눈살을 찌푸렸다. 그러다가 별안간 생각난 듯이

"그래 애 참 은순이가 찾아가봤다지?"

하고 매우 궁금한 듯이 물어보았다.

"피— 고년이 찾아가. 지금 감독하고 죽자 사자 하는 판인데."

"죽일 년이로구나. 글쎄 다 죽어가는 정상을 생각한들 그럴 도리가 있니."

"도적놈 보고 인사불성이라는 심이지…… 여간 맵짠 년이 아니란다. 글쎄 말이 났으니 말이다만 나하고도 공연히 틀려서 만나기만 하면 붉으락푸르락하고 조애질을 한단다."

"철순은 은순의 동생하고 좋아한다고?"

영숙은 호기심이 든 듯이 약간 놀라는 표정으로 봉희를 보았다.

"글쎄 나도 모르지."

봉희는 몹시 패씸한 듯이 이마를 가늘게 떨었다.

"참말 철순이는 몸이 튼튼하니?"

"앤, 낸들 너와 마찬가지지. 어떻게 알아낼 수가 있니."

"면회도 한 번 안 가봤어?"

"가기만 하면 당장 미역국이다…… 언젠가 요전에 한번 같이 있다가 나온 사람의 말을 들으니 귀가 먹었다드라."

"귀가?"

"그래—"

"요년! 모른다면서 곧잘 아는구나…… 만나구 싶지?"

영숙은 봉희의 손을 꼭 쥐어주었다.

"앤, 그까짓 건 모르겠다만— 얼른 나오기나 했으면 좋겠다."

"꿩 먹고 알 먹고 하는 심이게."

"글쎄 철순이가 나와만 봐라. 은순이 년은 당장 '곤냐구'가 되고 말 테니……"

"참말 철순이가 나와서 그런 사정을 죄다 알게 되면 어쩔까? 아마 몹시 분해할걸."

"분해만 해…… 죽는다 죽어, 고년은……"

"그러면 재선이가 시원해할걸 아마……"

"재선이보다 내가 더 고사해하겠다."

봉희의 얼굴에는 몹시 기다려하는 애틋한 그림자가 서리었다. 그러며 은순을 잃고 병으로 신음하는 재선의 정경이 다시금 머리에 그려졌다.

"사람의 인정이란 원수란 말이 옳더라. 재선이는 말로는 그런 내색을 안 내어도 속으로는 아직도 은순이를 잊지 못하는 모양이드래…… 그 소리를 들으니 가슴이 어떻게 빙그르 도는지……"

"그러기에 우리처럼……"

하고 영숙은 말끝을 맺지 못하고 살짝 웃음을 띤다.

"요년아, 우리처럼이 다 무어냐."

"얜, 누가 어쨌니. 난 참말 백지란다. 호호호……"

"말 마라. 네 호적이 내 주머니 안에 있다. 촌무당이 장구를 깼다구 아니 먹은 최부살같이 시침을 뚝 따구는…… ——그래 공장 안에 소문을 떼도 좋니?"

"참말 없다. 없어."

영숙은 고개를 까닥까닥하며 흔들리는 웃음집을 잔줄겄다.[15] 걸으로는 아무 일이 없는 체하면서도 속으로는 봉희가 자기네의 꽃 소식을 알아주었으면 하는 야릇한 생각에 그는 붙들려 있었다.

5

"얘들아, 구주댁이 나오신다."

어느 여공이 가냘프게 소리를 친다. 은숙은 커다란 알루미늄 주전자를 들고 수도 있는 데로 가는 모양이었다.

"쉬—"

"영감마님 공양이 수월치 않구나."

"그럴라구. 되려 봄살이 오를 게다."

여공들이 재잘거리고 있노라니 저편에서 특한 남공들의 콧노래가 들려온다.

—세루 치마 흰 저고리…… 그러고는 끝소리가 기어들어갔다.

—성냥 구워 회칠이냐 개 대가리……

또 끝은 들리지 않았다. 은숙의 분칠한 얼굴이 햇볕을 받아 유난하게 보인다.

—망나닐세 망종일세 구주땍일세……

일부러 하는 듯이 소리가 응글고 컸다.

—돗꼬쇠(돗꼬이쇼) 쪼이나 쪼이나……

여공들 사이에서 웃음이 짜그르 터졌다.

은숙의 걸음걸이는 그렇게 보면 그럴듯이 부자연한 것 같기도 하고 맥이 풀린 것 같기도 하였다. 봄을 맞은 물이 넘은 처녀 총 각(?)들은 그의 동작에 여러 가지의 상상을 그려보았다. 집에 잔 밥이 옥조르르한[16] 나이 먹은 직공까지 "으흠" 하고 입을 다신다.

"여보서요. 여보서요."

남자의 소리면서도 여자 소리같이 간드러지게 가는 연극청이 나왔다.

"응."

이번은 특한 남성이다.

"당신은 나를 이 은순이를……?"

"아 물론……"

"많이?"

"암!"

"꼭?"

"꼭이지 암."

"어느만치?"

"이만치."

하고 입술을 빠는 소리를 쪽 낸다.

이렇게 하는 사이에도 몇몇 여공은 손 테니스를 하느라고 쫓아 다닌다. 심판이 딴눈을 팔고 있는 사이에 그들은 함부로 손으로 볼을 막 때려 넘긴다. 심판이 '게임'을 불러도 무효라고 떼를 쓰 며 너도나도 덤벼든다.

"우리도 좀 합시다."

하고 곁에 섰던 남공이 별안간 볼을 차다가

"자아, 이제 빼스뿔입니다."

하고 오른손을 번쩍 들었다. 그러며 한 개 단단히 먹일 듯이 은순이를 흘끔 보았으나 바로 정면으로 마주쳤으므로 삑 방향을 돌렸다.

"간다?"

그 남자──피치는 구부렸던 몸을 히뜩 솟구며 오른손을 뒤로부터 삑 돌렸다. 오른뺨을 스쳐 바람을 일구면서 제 딴에는 힘껏 내던졌다. 그 동작은 마치 딱장대[1] 마누라가 말 속 모르는 초립둥이 새서방을 쥐어박듯이 비통하였으나 볼이 앞으로 날아가는 것만은 사실이었다.

"응, 보내라?"

일본 씨름이 맞붙을 때처럼 몸을 구부리고 두 손을 무릎에 짚고 있던 저편의 사나이──캐치는 허리를 펴며 푸닥거리하는 무당같이 손을 짝짝 비비다가 덥석 볼을 받는다.

──나이스 보──ㄹ──

──스트라이크 원──

자칭 엄파이어──들이 제각기 손을 쳐들며 서슬을 낸다.

──온나 호레루나라 류안(硫安)노 센슈니……

──류안노 센슈니 하나가 사꾸……

……꼬랴 꼬랴

야지꾼들이 일본말로 유안계(硫安係) 응원가를 힘차게 부르짖는다. 거기는 유안계 직공들이 많이 모여 있었다.

공장 앞 바닷가 모래톱에서는 지금 씨름을 안느라고 가끔가끔 우야 하고 떠들어낸다.

"궁둥걸이를 걸어라."

"배지기를 떠라."

"옳다, 옳다."

"잘한다."

쿵— 하고 승부가 나면 와— 소리를 친다. 금년에도 이 거리 씨름에서 상을 타려고 선수들은 매일과 같이 연습을 하고 있었다. 작년 여름에 직공이 상을 탔을 때에는 재선이들의 주창으로 그 돈을 직공친목회 연회비로 돌려썼다. 그것도 직공들이 모이게 하는 한 기회가 되었었다.

이편에서는 캐치가 여러 번 기회를 보다가 오른손을 허공에 올려 한참 뻑뻑 돌리더니 죽어라 하고 볼을 탁 내쏘았다.

볼은 보기 좋게 은순의 등통을 들어갈겼다.

——스트라이크 원……

그 소리가 채 떨어지기도 전에 어떤 여공의 손으로부터 사그막지[18]가 쌩 하고 날아갔다. 이번은 삐삐죽거리는 엉덩이에 가서 들어맞았다.

——스트라이크 투……

"오라잇!"

"베리 나이쓰!"

워—

시업고동이 목멘 소리를 길게 뽑는다.

추수 후 秋收後

날이 저물었다. 눈기운을 머금은 뿌연 안개가 낮은 하늘을 덮고 있다. 초겨울 찬바람이 가끔 거세게 불어온다. 뒷간 모퉁이에 자란 엉성부러한 꿀수수같이 높드라 늙은 버드나무의 늘어진 가지가 낮은 하늘의 안개를 쓰고 있다.

"에 에그 허리야."

땅을 파던 아버지는 부삽을 땅에 박고 왕거미 같은 손으로 잔허리를 쿵쿵 두드린다.

"아바지 먼저 들어가우."

아들――오늘 치수공사에서 까불린 번쾌는 수레에 흙을 파 엎으며 아버지에게 먼저 집으로 가기를 권하였다.

"그만 갖다 부리고 오너라. 한 술기¹ 더 파고…… 날이 흐려서 어데……"

아버지는 꽁무니에서 담뱃대를 뽑아가지고 발바닥에 탁탁 털었다. 그러고는 담배쌈지에서 마른 뽕나무 잎을 쌀알 다루듯 정하게 손바닥에 내어놓고 침으로 다지어 곰방대에 담았다.

"오늘은 네가 있어서……"

"그러니 어데 한 송정이지 이게 해먹겠소."

아들은 별안간에 배리가 치밀었다. 부삽을 수레 안 흙에 쿡 박고 '찌라' 하고 소를 몰았다. 그러나 소는 눈곱이 낀 눈을 떨구고 맥없는 콧김을 후— 내불고 섰을 뿐이다.

"이라…… 제에미 먹은 게 있어야 힘을 쓰지."

아들은 소 힘을 태주듯이 멍에를 누르며 수레를 앞으로 내밀었다. 소는 그제야 비로소 뜬 걸음을 떼기 시작하였다.

곡식 뿌리(그것은 불나무가 된다)를 파던 여남은 살 나는 아이들의 아리랑 타령도 끊어지고 절구질하는 토끼와 같이 윗몸뚱이만 굽벅굽벅하며 곡식 뿌리를 파는 것이 여기저기 힐끔힐끔 보일 뿐이다.

아들은 낮은 곳에 흙을 부리고 돌아왔다.

"온종일 파낸 것이 제우 요거야."

"그래도 오늘은 많이 팠다. 네가 있어서……"

아버지는 한 대 피우고 난 입을 맛나게 다셨다.

"에뛰 청산이 늦겠다."

오늘 파낸 신답은 겨우 열 평 남짓하였다. 부자 두 사람과 소와 수레와…… 아들은 이렇게 생각하였다——넷이서 겨우 하루에 열 평! 사람 ×인다. 이놈의 수리××이!²

북쪽으로 아스라하게 산이 보일 뿐이요, 그 남쪽에는 아무 거칠 것 없는 너른 평야가 시원스럽게 펼쳐져 있다. 이 너른 평야——
조선 3대 평야의 하나——를 농부들은 불개미같이 곱삭곱삭 파내
지 않으면 안 된다. 파내어서 신답을 만들어야 하는 것이다.

그들이 부치는 사흘갈이 밭은 그들의 부자가 이 겨울 안으로 파
내어야 한다. 지주와도 달라서 수리××은 구두쇠같이 용서가 없
는 것을 그들은 잘 알고 있다. 양력 동짓달 그믐까지 죄다 개답해
라— 하는 통지서를 받은 것이다——수리××은 사람(작인) ×이
는 거다!

"엥……"

북국의 땅은 벌써 얼어서 부삽날이 잘 먹지 않았다. 겨울바람이
지면을 스쳐 지나간다. 그러나 땀발을 거둘 사이 없는 그들은 별
로 찬 줄도 몰랐다.

"에헹에헹……"

우차로 몰고 집으로 돌아가는 때에 농부들은 피곤하면서도 콧
노래가 나왔다. 그러나 곡식 뿌리를 산더미같이 걸머진 어린아이
들은 좋아하는 「멍에가」도 부르지 못하고 할딱거리며 다리를 비
틀비틀 꼰다.

*

"밥 먹고…… 값진 벼농사 짓고……"

수×가 될 때에 그 발기자들은 이렇게 말하였다. 뿐만 아니라
한 달에 백 원 2백 원은 먹는 점잖은 관× 나리들도 이렇게 말하

였다.

그러나 개답비며 수세가 많다는 바람에 지주들은 대개 처음은 반대를 하였다.

그래서 이 이밥 먹는다는 일은 그다지 순편히는 되지 못하였다.

"밭이 없어지면 바재(수수로 걸어 만든다)는 무엇으로 하겠소. 소는 무엇을 멕이겠소."

이렇게 말하는 사람도 있었다.

"그저 제 한애비 하든 대로 두는 게 좋지요."

그러나 그것은 고지였다.

"수세는 누가 내오. 개답은 누가 하오."

또는 "논이 되면 이 고장은 소출이 못해지오."

이렇게 우기는 데에는 어쩔 도리가 없었다.

그래서 각 촌으로 양복 입은 신사들이 퍼져 나왔다. 밭을 논으로 풀면 소출이 굉장히 많고 이익이 얼마나 될지 알 수 없다는 것을 말하였다. 그리고 전조선 어느 수×보다도 이번 되는 K수×는 훨씬 비용이 적고 따라서 지주의 부담이 적다는 것을 차곡차곡 일러주었다. 그러나

"글쎄 모를 소리요."

"해될 싫다는 일을 골라가며 할 게 뭐요."

하는 고집은 막무가내였다. 그래서 그중 몇 사람은 끄×려 가기까지 하였다.

그리고 호적등본이나 인감증명을 내려고 ×청을 가면

"네 도장 가져왔소."

하고 직원은 점잖게 물었다.

"네, 옜소."

하고 도장을 내주면 면장 이하 직원은 신이 나서 수×의 유리함을 씹어 먹이듯이 타일러주었다. 그러며 그들은 슬쩍 미리 준비해두었던 수× 승낙서에 몰래 그 ××을 찍어버리곤 했다. 이 ×××한 번에 상금이 1원이었다. 그리고 이것을 잘하지 못하는 직원은 무슨 구실로든지 그 자리를 내어놓아야 했다.

그러나 면청만으로서는 도저히 굽혀낼 수 없는 지주는 ××에 불려갔다. 당신들을 월급 40원짜리에 붙여주겠소. 사립학교 교장을 시켜주리다. 앞으로 수× 평의원으로 추천하지요. 면장질 할 생각이 없소? 면직원은 어떻소? 교원이 적임일걸…… 이렇게 나무에 꿀떡이 열린 것 같은 구수한 소리를 하며 달래었다. 그래서 넘어간 지주는 군침을 다시며 도장을 쳤다. 그래도 듣지 않는 지주는 곁에 기다리고 섰던 '사×'에게 ×히어가버렸다.

"양민 ××이다."

이유는 간단하였다. 그래서 하는 수 없이 그 속에서 도장을 친 사람도 있었다.

그래도 좀처럼 수가 차지 않았다. 이 K수× 동리 구역은 1만 1천 정보인데 그 안의 지주는 모두 9천 명이었다. 그런데 수×가 되자면 전 지주의 3분의 1, 전 면적의 2분의 1의 승낙이 있어야 한다. 그러므로 K수×는 지주 3천 명과 면적 5천5백 정보의 승낙이 있어야 되게 되었다.

그러나 창립 기간이 빡빡 다가와도 그 수가 좀처럼 차지 못했

144

다. 그래서 그들은 도장×이를 불러다 필요한 수만큼 단시일 안으로 ××기로 하였다. 그리하여 일은 쉽사리 될 수 있었다.

그러나 누구의 입으로부터 터졌는지 이 사실은 밖에 새나갔다.

"원, 이런 날벼락 맞을 일이라구는……."

하고 지주들은 가만히 있지 않았다. 곧 재판소에 소송을 제기하였다. 그러나

"증거불충분이다."

하는 것으로 그 소송은 기각되고 말았다.

그리하여 수×는 기어이 되고야 말았다. 새로 지은 이층집에 기다란 간판을 내걸었다.

그리고 창립비 공로금 몇 만 원, 정부 조합장의 연봉 3천 원에 2천 원 이사, 출납역(出納役) 기사, 서기, 기타의 급료 합하여 전수세 수입의 4할을 인건비로 지출하는 방대한 계획안이 성립되었다.

그리고 지나 인부들이며 조선인 인부의 손으로 수×공사는 착착 진행하여갔다. 봇돌[水路]이 누구의 토지임을 불구하고 맘대로 막 먹어들어갔다.

"이런 천애…… 승낙도 없이 남의 토지를 막 파내여! 어데 보자."

승낙하지 않은 지주들은 발갛게 달아났다. 소유는 신성하다는 것을 그들은 이 ×회에서 무엇보다 힘 있게 배우고 있다. 그런 것을 함부로 범하다니 될 말이냐고 그들은 상기하였다──소유는 신성하다. 법이 있다. '원상복구청구'의 조문이 퍼렇게 있다!

그래서 또 소송을 제기하였다.

"남의 땅을 함부로 승낙 없이 파 썼소."

지극히 지당한 말이라고 생각되느니만치 이번은 꼭 이기리라고 그들 지주는 내심으로 튼튼히 믿었다. 그러나 사실은 그와 반대였다.

—수×는 그 대행회사(代行會社)에 공사 일체를 맡기었다. 봇돌을 내고 토지를 파 쓴 것이 사실이라 하더라도 수×가 누구누구의 것을 파 쓰라고 지시한 것은 아니다. 그러므로 이 요구는 부당하다. 즉 지주는 수×에 대항할 수 없다…… 하는 것이었다.

그런데 대행회사는 청부조(請負組)에 청부조는 배하(配下)에게 배하는 십장에게 십장은 인부에게…… 이렇게 겹겹으로 내려 먹었다. 결국 인부가 불법을 한 것이나 마찬가지다.

"파지 마라. 처음대로 만들어놔!"

시어미 역정에 개 배때기 차는 격으로 지주는 인부와 으르렁거려보았다. 그러나 인부는

"우리는 십장이 시키니 했다."

하고 여전히 파낼 뿐이다.

그런데 사실 십장은 배하에게서 배하는 청부조에서 청부조는 대행회사에서 대행회사는 수×에서…… 이렇게 쳐 올라간다. 결국 닦달리는 것은 수×인데 그것은 이미 겨뤄본 씨름이다. 사발통문같이 어디가 대강인지 어디가 끄리인지 알 수 없었다. 그러니 어디 가서 말해야 할지 통 알 수가 없는 판국이 되고 말았다.

"이렇게 법이 없을 바에야……"

하고 지주는 작인을 시켜 파낸 곳을 다시 메우게 하였다. 그러나

"업무 방해다."

하는 것으로 땅을 메우던 작인의 몇 사람은 찡×갔다. 그리하여 공사는 무인지경같이 착착 진행하여갔다. 지주들은 아무려나 할 수 없는 것을 깨닫고 그대로 내버려두었다. 그러나 결코 그들은 거기 멈추고 있은 것은 아니다. 그들에게는 좋은 생각이 있었다. 그래서 곧 작인을 불러왔다.

"나×의 일이니 할 수 없다. 또 밭을 논을 만드는 것은 결코 나쁜 일이 아니다. 수고지만 한 해 겨울 고생하면 벼농사 짓고 이밥 먹고……"

지주는 우선 이렇게 애교를 늘어놓았다. 그리고 이어 말을 계속하였다. 그러나 그것은 애교가 아니었다.

"작인은 얼마든지 있으니까 하기 싫은 사람은 지금 저레 말해라, 부침을 바꾸는 것은 식은 죽 먹기니까 …… 에헴……"

이리하여 너른 평야의 3분의 2를 점령한 밭을 그들 작인의 손으로 개답하지 않으면 안 되게 되었다——죽어날 놈은 ×인이다!

너른 평야를 볼 때 작인들은 새삼스럽게 머리가 아찔하였다. 이 부근은 대개 지면이 높고 경사진 데가 많다. 그래서 바람받이가 좋고 물매가 차서 밭으로는 상전이라고 일러왔다. 그러나 이것을 논을 만들자면 흠뻑 내려 파지 않으면 안 되었다. 그런데 수×에서 지정한 개답 기한은 바로 발아래에 다가왔다. 농×가 적극적으로 ××를 취하기 시작한 것은 이때부터였다.

```
수××대!
개답×지주담
×세 지주×담
```

이리하여 지주와 ××과 ×××에 그들은 ×박하였다. 마침내
무서운 ××이 생겨서 저편에서는 내 밭에 ××을 시작하였다.
××사람도 있었다. 그리고 이어 일대 ××가 시작되었다. 거의
모조리 ×혀가고 일부의 몇 사람만 새어빠졌다.

그리하여 일은 그만 눅어지고 말았다. 그러나 이 눅어지는 가운
데 거듭 무거운 짐이 ×인에게 다시 내려 덮였다. 즉 수세의 반액
을 그들이 걸머지지 않으면 안 되게 되었다.

　……

"이렇게 ×도록 일하고도 또 수× 절반을 물라니…… 제에미
얼른 해라 해."

아들은 집으로 돌아오며 혼잣말 모양으로 중얼거렸다. 생각하
면 생각할수록 억울한 노릇이었다.

그러나 '곤냐구' 같이 풀기 죽은 늙은 아버지는 아무 대답이 없
이 국벅국벅 걷고만 있다.

"아버지! 수세 절반씩 물어도 셈이 안 맞겠지요?"
하고 답답한 아들은 뻔한 일을 또 한 번 아버지에게 물어보았다.

"셈이 맞기는 다 뭐냐."

아버지는 한숨과 같이 말을 쏟아놓았다. 단순한 그의 머리에는
달력같이 굵다란 숫자로 수세가 떠올랐다──밭이 새로 논이 되는

곳은 제일 수세가 비싼 곳이 1단부(3백 평)에 6원 47전, 그다음 이 5원 84전, 맨 싼 곳이 5원 70전. ……기왕부터 논이 든 곳의 수세는 제일 많은 곳이 2원 44전, 그다음이 1원 37전, 맨 싼 곳이 70전……이나 논부침이라고는 거의 없는 그의 머리에는 그 숫자가 분명히 떠오르지 않았다.

"개답해서 막 밀어 한 단부(3백 평)에 두 가마니 반이 나면……"

아들은 턱을 오르내리며 이 간단한 회계에 온 정신을 쏟고 있다.

"두 가마니 반이면 요새 금새³로 얼만가? 지금 조금 올라서…… 한 가마니에 4원이라면 이 사는 팔…… 8원하고 반 가마니에 2원이면…… 제—구 10원이구나."

"해마다 그만씩이라도 꼭꼭 났으면 좋겠다만……"

아버지는 아들의 회계를 믿을 수가 없었다. 세월 탓 거름을 잘 내지 못하는 탓으로 해마다 그만씩이라도 꼭꼭 소출이 있으리라고 그는 믿어낼 수가 없었다.

"글쎄 그렇다 치고…… 그다음 수세를……이등지(二等地)라고 잡으면 5원 84전…… 그 절반이면 2원 40전 아니 2원 90…… 2전……"

아들은 이 제법(除法)에 한참 골똘히 머리를 썼다.

"그뿐이냐, 가옥 ×호 별 활…… 또 이름도 모를 무슨 부가 ×는 …… 어쩌겠니."

아버지의 머리에서는 이런 무거운 생각이 꼬리를 물고 곤두박질을 쳐 돌아갔다.

"그담에 또 거름 값은! 또……"

아버지의 머리는 벌컥 뒤집힐 듯이 혼란하였다——한 가마니 (85근 한 가마니)에 3원 30전씩 할 때에 벼를 팔아서 지주에게 50원 이나 거름(금비) 값으로 치러주었다. 그러고도 틈이 있으면 부내 에서 인분 거름을 짜와야 했다.

소출이 적으면 지주는 도×질 해먹었느니 부침을 떼넣으니 하며 으르렁거리므로 비싼 '금비'를 하는 수 없이 지주에게서 맡아오 는 외에 인분을 1년 두고 사들이지 않으면 안 되었다. 그런데 K읍 이 부가 되면서부터 소위 지정 인부라는 것이 있어 부내의 인분 은 그들이 대개 퍼가는 것이었다. 팔에다 벌건 헝겊을 감고 수레 에 약(콜타르)칠한 인분 상자를 싣고 지정 인부는 한 푼 내지 않 고(그 대신 부에 세금을 물었다) 부내의 인분을 퍼갔다. 그래서 촌 사람들이 부내에 가서 인분을 사 싣고 다니다가 그들에게 들키면 몽땅 그대로 털려버리곤 했다. 지정 인부는 그만한 권리를 가지 고 있는 것이었다. 그래도 촌사람들은 한 푼이라도 덜 쓰려고 즉 비싼 '금비'를 덜고 인분을 대신 쓰려고 틈만 나면 수레를 끌고 인분 사러 K부내로 가곤 하였다.

"참, 또, 방천비(치수공사비)가 있지!"

치수공사에 늘 나가는 아들은 이것을 잘 알고 있었다. 치수공사 는 이른바 국민××사업이라고 부르는데 그 비용의 절반은 그 근 방 백성들이 부×하였다. 그래서 치수공사에서 까불릴 때마다 '우리도 방천비를 낸다, 어째 안× 주니?' 하고 그들은 배리를 내 곤 하였다.

'에…… 그리고 또…… ×할 놈의 세상!'

아버지는 지주의 빚 이야기를 끌어내려다가 그만두었다. 그 빚에는 매삭 서 푼 이자가 붙어서 오뉴월 똥파리⁴가 늘어갔다. 그나마 6삭에 한 번씩 꺾어 매는 복리(複利)다. 그래서 20원을 쓴 것이 벌써 거의 40원 고개에 가깝게 되었다. 그것은 생각만 하는 것도 무서운 일이었다. 더욱이 그것을 입에 올리는 것은 보다 무서운 일이었다. 그래서 아버지는 입을 다물어버렸다.

아버지와 아들은 그 이상 아무 말도 하지 않고 집으로 돌아왔다.

어유 기름 등경불이 손바닥만 한 곤돌박의 문짝을 희미하게 비추고 있다.

"인자 오우?"

아낙이 문을 열고 나오니 우스름한 등경불이 바람결에 꺼질 듯이 쓰러진다.

"손님이 왔소다."

아낙의 목소리는 모깃소리같이 가늘었다. 남편은 벌써 심상치 않은 일이 있음을 지각하였다.

"손님이라니?"

남편의 물음도 가늘었다.

"저 한 장이(지주) 집 보행꾼이 왔수다."

아낙은 한 은행의 두취요 서너 회사의 중역인 지주를 옛날과 마찬가지로 아직도 '장의'라고 부르는 것이다.

"한 장의 집에서……?"

하며 아버지는 윗방으로 들어섰다. 아들도 따라 들어왔다.

"인제 오우?"

보행꾼은 조금 자리를 비켜 다시 도사리고 앉는다.

"이 밤에 어떻게……"

"벌써 해 있어 왔쇠다."

하고 보행꾼은 두말없이 장책을 내놓는다. 그러고는 곧 빚단련이다. 강목수생[5]으로 아버지는 할 대답이 없었다. "아니 지금 때가 어느 때요. 농사 잘 냈겠다 치수공사 벌이를 하겠다…… 지금 안 되면 언제 된단 말이오!" 하고 보행꾼은 연해 내라고만 졸라댄다.

"그러니 어데 한 푼 있소. 돈푼이나 쥐면 ××이라 뭐라 해서 다 가져가고……"

"이번은 꼭 내야 되겠소. 벌써 얼마를 미뤄왔소. 본전이 곱절이 되도록……"

보행꾼은 좀처럼 아버지의 청을 들어줄 성부르지 않았다.

"세밑까지는 다문 몇 푼씩이라도…… 지금은 보구 죽재도 없쇠다. 자로 걷게 해서 참, 미안하오만……"

하고 아버지는 죄지은 사람같이 사정사정하였다. 그래서 한 식경이나 착실히 내라거니 참아달라거니 하는 끝에 보행꾼은 짜증이 나는 듯이 장책을 와락 덮으며

"또 며칠 후에 오겠소. 보행전이나 내우…… 하…… 사람을 발걸음 시키고 이거 무슨 짝이람, 흐흠……"

"글쎄, 지금은 한 푼도…… 이거 참……"

"아니 여보, 이거 무슨 경우요 그래, 대낮부터 기다리게 하고…… 발걸음 시키고…… 그래 보행전 안 내서 며칠이든지 이 집에 묵고 있으면 뉘 밥이 탈이 나겠소. 또 이 바쁜 때에…… 놀

고 있으면 그 손해는 당신이 물 테요?"

보행꾼은 빚보다 제 먹을 보행전 단련에 더 열을 내었다.

"여보, 보행전이란 대관절 뭐요? 번번이……"

아들은 아버지의 앞에 나앉으면서 보행꾼을 쳐다보았다.

"아, 그야 태고 삼황 때부터 있는 법이 아니오. 내가 별안간 낸 것도 아니고…… 남 걸음 샀은 내야지 않고 경우가……"

"여보, 당신은 지주 심부름 다니는 사람이 아니오. 지주더러 달래지 뭘 어쩐다구?……"

"빚을 못 받고 지주한테 한 푼 타본 일이 없소 난."

"그럼 왜 그따우 심부름을 다니오, 그만둘 일이지."

"그러기 빚 안 내는 경우에는 빚진 사람이 보행전을 내야지요…… 좌우간 긴말 할 게 없소, 빚이나 내오. 빚만 내면야 어련 부런히 갈라구…… 빚 안 내 보행전 안 내 하면 난 남생이라고 바람 잡아먹구 살겠소."

"지금 돈이 없소."

"그럼 낼 때까지 멕여내오……"

"뭐?"

아들—번쾌의 눈은 더 째어졌다. 으르르하니 얼굴에 살기가 올랐다.

"그래, 하루 열 집 스무 집 다니면 열 집 스무 집서 죄다 보행전을 다 내구……이런 날도둑……"

"뭐?"

하며 보행꾼은 번쾌의 얼굴을 쳐다보다가 "흐흠" 하고 입만 다시고 만다.

"잔소리 말고 얼른 가."

"가아?…… 원 기가 막혀서…… 그래 여보, 댁의 심사도 딱하오. 내게 보행전을 안 주어도 지주는 한번 다녀만 가면 꼭꼭 보행전을 장부에 올려두는데…… 아무 때라도 낼 돈을 그래 무슨 심사로 안 낸단 말요."

"누가 그런 돈을 내? 어데 바지저고리만 있나."

"어쨌든, 난, 안 받아가지고는 못 살 테니……"

하며 보행꾼은 '마코' 한 대를 꺼내어 붙여 문다.

"아, 종시 안 갈 테야. 뼈다귀를 옷솔압 헛싸기 전 째여……"

진눈초리만 가지고는 씨름이 안 될 줄을 안 번쾌는 팔을 부르걷었다.

"여보, 그래 댁이……"

"댁이고 뭐고 잔소리 마라."

하고 번쾌는 그의 등을 밀어 내쫓았다.

"아따 이 동리에는 사람 없소."

하며 보행꾼은 강약부동으로 밀려 나갔다.

"괜히 동리 사람이 오면 오늘 우려낸 보행전은 죄다 닦아바칠 테니 잔소리 말고 얼른 가!"

"아 그래, 천에 이런 법이…… 어데 보자."

보행꾼은 들로 나가며 두서너 번 돌아서서 소리를 질렀다. 그러다가 침을 퇴퇴 뱉으며 혼잣소리를 중얼대며 나가버렸다.

그러고 나서는 아버지도 아들도 아무 말이 없었다. 무사히 보행꾼을 보내기는 했으나 "어데 두고 보자" 하는 말이 아버지의 머리에 걸려 떨어지지 않았다.

"상관없습니다. 막다른 ××인데 매여지나 째여지나…… 무어…… 거지판 나라는 법이 있소."

아버지의 심사를 아는 아들은 주먹을 부르쥐고 말에 힘을 주었다.

태양

1

무엇보다 반가운 것은 태양이었다.

그가 그 '붉은빛의 도성(都城)'을 무거운 철문을 나온 것은 달
도 없는 어두운 밤이었으나 오랫동안 어둠에 잠겼던 그의 머리는
'아! 여기에는 태양이 있다' 이렇게 부르짖는 것이었다.

사실 그렇다. 여기에는 낮 동안 마음껏 햇볕을 받은 공기가 있
지 않은가.

그는 밤하늘의 별들을 헤면서 그 잊을 수 없는 남쪽의 거리를
걷고 있었다.

그는 그 밤을 한잠도 이루지 못하고 말았다.

긴 밤을 지나서 밝은 아침을 맞이하려는 행복된 시대의 사람같

이 그의 머리는 회고와 흥분과 전망(展望)으로 떨리고 있었던 것이다.

　겨울이 되었어도 이 남쪽 하늘은 마치 가을철같이 하루에도 몇 번씩 흐렸다 개었다 하곤 하였다. 줄곧 흐리고 있는 것보다도 이러한 변덕스러운 날씨가 저 안에서의 생활을 한결 더 괴롭게 하였다. 환히 밝아지다가도 금시 어두워지는 때마다 눈과 마음이 함께 괴로워지는 것이었다. 빛에 대하여서 눈은 사뭇 바늘 끝같이 예민해졌고 그리고 머리는 빛을 찾기에 마치 달마(達摩)와 같이 기껏 팽대(膨大)해졌던 것이다. 그래서 그는 가끔 몸뚱이 없는 커다란 머리만 가진 한 개의 괴물을 그 자신에게서 발견하는 것이었다. 이 괴물은 철창을 새어서 싸늘한 회벽을 건드리는 가느다란 햇발에서도 너른 세상을 찾으려고 애써보았고 그리고 그 커다란 머리에 깃들인 공상의 소금쟁이들은 가끔 창살 밖에 엿보이는 파아란 하늘에다가 회비의 교향보(交響譜)를 고속도로 그리곤 하였다.

　밖에 나와서 처음으로 맞이한 그날도 날씨는 좋지 못하였다. 조각구름이 붓다사스려이[1] 하늘을 오고 가고 한다. 그러나 엷은 구름에 사로잡힌 태양이 마치 1년 감빛같이 붉어지며 훨씬 지구에 가까이 내려오는 것 같은 생각이 그를 어린애같이 기쁘게 하였다.
　"바로 동산 위에까지 내려온 것 같구나" 하는 해님을 노래한 동요와 같은 감흥에 잠기며 그는 정거장으로 걸어 나왔다.

맨머리 바람으로 낡은 보자기에다가 책자 몇 권을 싸서 든 그를 정거장에 모인 사람들은 어느 먼 나라에서 온 사람같이 구경들 하고 있다. 그러나 그는 그런 것을 상관할 필요가 없었다. 그는 병정들 구두같이 딱딱해진 구두 소리를 높이며 플랫폼을 활보하고 있었다.

작년 여름에 처음으로 이 정거장에 내렸을 때에는 비록 제 손이나마 마음대로 활개를 칠 수 없는 몸이 아니었던가!—비록 내 발이나마 내 걷고 싶은 곳을 걸을 수 없는 몸이 아니었던가!—그는 문득 이런 생각이 일어나며 보라는 듯이 걸음과 활개를 될 수 있는 대로 길게 뽑으며 이 잊히지 않는 C정거장 플랫폼을 일부러 여러 번 오고 가고 하였다. 태양이 구름 사이로 얼굴을 내밀 때마다 그의 발 앞에는 저로 보여도 우스운 자기의 그림자가 나타나곤 한다. 만일 거울이 있어서 제 모습을 똑똑히 볼 수 있었다면 자기로도 웃음을 금치 못하였을 것이다. 저 안에 있을 때에는 거울 대신에 알루미늄 밥그릇에다가 얼굴을 비춰 본 일이 있다. 며칠에 한 번씩 이발하러 나가면 붉은 옷 입은 소제부가 무슨 나무나 깎듯이 함부로 면도를 하기 때문에 늘 얼굴에서 피를 내어 가지고 들어와서는 밥그릇에 비춰 보곤 하였는데 그 어스름한 그림자도 그렇게 우스웠거든 하물며 지금 태양에 비친 꼴이야 말하여 무엇하랴. 남들이 구경하는 것도 무리는 아니었다. 그러나 그는 그런 것에는 조금도 상관하지 않았다. 옛날 학교 한문 선생(그 선생은 발자국을 늦게 떼는 것으로 유명하였고 입청[2] 사나운 학생들은 그가 걸을 때면 엉덩이가 땅에 닿는다고 웃어들 주었다)같이 다리는 느리게 옮기며 이 첫날의 기쁨을 혼자서 향락하고 있었다. 저 안에 있을 때에는 날마다 다만 2, 3분에 지나지 않는 운동 시간마다 될 수 있는 대로 짧은 시간에 많은 분량의 태양 광선을 가슴에 다져 넣으려고 애썼다. 그러나 지금은 그럴 필요가 없었다. 애쓰지 않아도 자연히 그렇게 된다. 마음대로 그것을 마실 수가 있다——이 생각이 얼마나 가슴을 유쾌하게 흔드는지 알 수가 없었다.

그는 누구와든지 말을 해보고 싶었다. 그러나 심상한 사람들은 그의 마음을 이해할 리가 없었다. 그가 문득 일어나는 정다운 충동으로 곁 사람을 쳐다보면 그들은 도리어 놀란 듯이 이 수상한 사람을 피하여 물러서는 것 같았다. 아니 사실 그의 시선을 받으면 그들은 이 뼈만 앙상한 아귀와 같은 인간이 자기에게 무슨 해나 끼칠 것같이 몸을 피하였다.

마침내 말을 건네볼 길동무를 발견하지 못한 그는 자기 팔에 오래간만에 매어진 손목시계를 새삼스럽게 의식하였다. 그는 이 시계를 그의 귀에서부터 눈으로 눈에서부터 귀로 여러 번 거듭 옮기었다. 귀는 똑똑히 이 시계의 속삭임을 듣고 있었다. 그리고 눈은 분명히 이 시계의 표정을 보았다. 똑딱거리는 소리와 한가지로 조그만 바늘이 쉴 새 없이 돌아간다. 가장 사람에 가까운, 아니 생물에 가까운 표정을 그는 거기서 발견하였다. 1년 반 동안 생명의 정지를 받았던 시계와 그는 누구보다도 속 깊은 이야기를 하고 있다는 것을 생각하며 일종의 사랑[愛]을 이 조그만 '생물'에게서 느끼고 있었다.

2

기차 안은 몹시 더웠다. 겨울바람이 살을 에고 쇠 밥그릇에 손
끝만 조금 닿아도 뼈까지 저리는 그 생활에서 별안간 이 무더운
기차 속에 놓이매 한시를 견디기가 어려웠다. 더욱이 냄새에 주
린 코라 먼지와 석탄과 사람의 냄새가 뒤범벅이 되어 몰켜오르는
몹시 불유쾌한 악취에 배겨내는 수가 없어서 그는 차창을 훨씬
높게 열어놓았다.

그러나 맞은편에 앉았던 사람이 눈살을 찌푸리며 아무 말 없이
닫아버린다. 차 안의 사람들은 거의 다 이 더위와 냄새를 알지 못
하는 상이다. 그러므로 아무도 자기들의 주위를 싸고 있는 공기
를 제 손으로 바꿔놓는다는 생각을 가지지 않는다. 모두들 태연
한 상이다. 뿐만 아니라 떠들썩하게 이야기를 하고 있다. 웃기도
한다. 이런 공기에 인이 박힌 모양이다.

차창으로 들어오는 아침 햇발에 누런 먼지가 수없이 많이 아물
아물하는 것이 보이나 아무도 그것을 꺼리는 일이 없다. 그는 이
무감각한 인간들에게 일종의 증오까지 느끼었다. 그리하여 그는
견디다 못해서 승강대로 나갔다. 바람은 찼지만 그래도 거기에는
맑은 공기가 있었다. 먼지와 냄새가 훨씬 덜하였다. 그리하여 그
는 한 시간에도 몇 차례씩 나갔다 들어왔다 하곤 하였다. 그러나
차 안은 갈수록 더 냄새가 고약해지고 또 더 더워졌다.

"후— 더워."

하며 그제야 한 사람이 아까 그 열어놓은 문을 닫아버린 그가 일어나서 차창을 연다. 그러자 건너편에서도 잊었던 듯이 차창을 여는 사람이 있었다.

증오를 느끼리만치 질둔하던 승객들이 마침내 더위와 냄새를 배겨내지 못해서 차창을 열고야 마는 것을 그는 유쾌한 듯이 바라보았다.

점심시간도 되기 전에 그는 '벤또' 하나를 샀다. 흰밥 구경하는 것이 꼭 1년 반 만이다. 그 안에서도 돈만 있으면 쌀밥은 물론이거니와 고기, 우유, 광계란, 실과 같은 것을 마음대로 사 먹을 수 있다. 청구해본 일이 없고 따라서 남은 음식을 그들에게 주어본 일이 없는 그는 따라서 그만치 소제부들의 호의를 받을 수 없었다. 소제부들은 면도를 할 때마다 소홀한 부주의의 자국을 그의 면상에 적지 않게 남겨주는 것이었다.

더욱이 이 사람에게 대한 붉은옷 입은 소제부들의 존경은 놀랄 만하다. 그러니만치 일찍이 한 번도 그러한 기름진 음식이 있고 없는 차별이 그 안에서는 더욱 분명히 보인다. 있는 사람에게 따라다니는 존경이라고 할지 선망이라고 할지가 결코 철문에 의하여 막히지 않는 것이다.

그럴 때마다 그는 일종의 공포를 느끼었다. 그가 아는 어떤 문인의 아들이 조그만 상처로부터 병균이 들어가서 마침내 패혈병으로 죽은 것을 잘 알기 때문이었다. 그러나 처음으로 쌀밥이 혓바닥 위에 놓이자 그 몸서리나던 생각은 어디론지 가버리고 말았다. 우엉잎 국물에 뜨는 쌀알만씩 한 기름 덩어리나마 혀에 닿기만 하면 고소한 감각을 느끼리만치 예민해진 혓바닥이었다.

　그는 차가 정거장에 정거할 때마다 내려서 으레 한참씩 거닐곤 하였다. 작년 여름 생각이 치밀 때마다 그는 거의 반동적으로 활개를 크게 내흔들었다. 그 사이로 늘 이날이 올 것을 생각하였거니와 지금 그날을 맞이한 그는 오고야 말 날이 오고야 만 통쾌한 생각을 새삼스러이 느꼈던 것이다.

3

　그날 석양에 그는 경성역에 내렸다. C의 형제가 나와 있었다. 이것은 전혀 생각하지 못하던 일이다.

　맨머리 바람에 두루마기도 입지 않고 적지 않은 보따리를 쳐들고 사치스러운 서울의 거리를 혼자서 헤맬 것을 생각하며 미상불 창피한 생각이 나지 않을 수 없던 차다. 의외의 동무가 곁에 있게 되어 한결 마음이 든든해졌다. 그는 그제야 아무리 행색이 누추하더라도 조금도 부끄러울 것이 없다는 슬기가 나서 일부러 목소리를 놓아가며 그들과 이야기를 주고받았다.

　그러나 그들 사이에는 그다지 오래 계속될 이야깃거리가 없었다. 동시에 그는 이 고마운 동무를 앞에 두고 자기 자신을 반성하지 않을 수 없는 이상한 순간을 가지게 되었다.

　―그는 아무 할 일이 없는 사람이다. 뿐만 아니라 천생 무능한

인간이다. 그러므로 다소의 촉망과 기대를 가지고 그를 사귀어주
는 대부분의 동무들은 하나씩 둘씩 그를 잊어버리고 있는 것을
아무리 둔감한 그이지만 깨닫지 못하는 바 아니다. 그럼에도 불
구하고 그다지 인연이 깊지 못한, 그가 일부러 나와준 것은 미안
하다는 것보다 차라리 부끄러운 일이다.

그는 C와 갈라진 후에도 이런 생각이 가끔 계속되었다. 그런데
이상한 것은 C 이외에도 여러 동무와 또 일찍 친하지 못하였던 새
벗들이 그가 서울에 내렸다는 소식을 듣고 찾아준 것이다. 그를
무능한 인간이라고 생각하던 동무 중의 몇 사람도 정을 새로 하
여가지고 반가이 찾아주지 않는가.

"고생했네. 그래 몸이나 과히 상치 않았나?"

이렇게 묻는 친구도 있었다.

"여러 가지 미안하이."

하고 무심했었다는 듯이 사과하는 사람도 있었다. 무엇을 사과할
일이 있으랴?──그는 이렇게 생각하였으나 그렇게 말하는 동무
들의 얼굴에는 다만 인사에 그치지 않는 어떠한 진실한 빛이 있
는 것을 그는 발견하였다. 책 한 권이나마 마음대로 얻어보지 못
하고 편지 한 장이나마 정으로 던져줌을 받아보지 못한 그는 세
상과 인심이 너무도 악착하다는 생각을 가지지 않은 바가 아니
다. 인심의 차고 엷은 것을 그 안에서처럼 뼈에 사무치도록 느껴
본 적은 일찍이 없었을 것이다.

그러나 동무들의 얼굴과 말이 주는 그 인상은 다만 우정에만 끝
나지 않고 더 나아가서 어떠한 감사──개인에게 대한 우정보다

훨씬 크고 높은 양심의 표현을 발견하였을 때에 그는 그 안에서 가졌던 그러한 생각——세상을 원망하고 동무를 미워하던 그러한 혼자의 생각을 완전히 일소할 수가 있었다. 온 지구를 포용하려는 커다란 마음의 극히 조그마한 토막이나마 하잘것없는 제 몸에 와서 부딪치는 것을 그는 희미하게나마 깨달았다.

서울에서의 며칠은 유쾌한 날이었다. 자기를 반성할 기회를 얻고 자기를 잘 살릴 방법과 계시를 얻었을 때같이 기쁜 때는 없을 것이다. 그것은 마치 어둠 속에 있던 사람이 태양을 쳐다보는 것 같은 일이요, 오랜 겨울을 지나서 움트는 봄을 맞이하는 것 같은 일이다.

4

그가 그의 고향인 H읍으로 돌아온 것은 그로부터 한 4, 5일 후이다.

고향이라야 그다지 반가울 것은 없었다. 거기는 말라가는 늙은 어머니와 처자가 있다. 납부일에 뛰어들 빚쟁이가 잔뜩 눈을 붉히고 있다. 이런 것을 미리부터 점치고 있던 그의 마음은 서울에서처럼 단순할 수가 없었다. 그러나 그런 중에서도 고향의 동무들을 만나는 것이 한 큰 반가움이 되었다.

집을 그사이에 세 번이나 옮겼어도, 본래부터도 맨 떨어진 한쪽 끝이었지만 거기서 세 번이나 굴러떨어진 결과는 장내 유락을 옮기라는 예정지인 비습한 마을이었다. 이 마을에는 옛날의 양반이요 부자였던 사람의 놀랍게 큰 기와집이 하나 있는데 그것은 마을 끝에 마치 검은 이단자와 같이 높게 솟아 있다. 이 집주인은 가산을 탕진하고 어디론지 옮겨 갔으며 집만은 어떤 요리업자가 사서 장차 영업을 개시할 모양이나 아직 시기가 일러서 수선하지 않은 관계로 담이 퇴락된 채로 있었다. 그 집 뒷담 가에는 늙은 밤나무와 배나무가 한 대씩 서 있다. 이 나무 아래 즉 이 기와집 뒤에 잘방게같이 짜그리고 있는 초가가 그의 가족이 세를 얻고 있는 집이다.

바로 이 마을 뒤에는 이층집 높이만 한 철도 둑이 있어서 분잡한 H읍을 지음 치고 마을 동편에는 너른 밭이 있어서 야외의 풍경을 펼치고 있었다. 그래서 그는 처음으로 이 집으로 찾아올 때에는 '거 괜찮은 데로 옮겼구나' 하고 야외의 새살림을 하고 이잖게 생각하였다. 그러나 막상 집이라고 들어서보니 집도 집이려니와 들악[3]이 손바닥만밖에 되지 않는다. 그런 데다가 더군다나 앞집 뒤에 있는 늙은 밤나무와 배나무의 수많은 가지가 그물같이 얽혀서 이 집에다가 늘 침울한 그늘을 던지고 있었다.

그놈의 나무를 잘라버렸으면——그는 이 집 마당에 떨어질 햇볕의 대부분을 가로막고 있는 그 나무들을 볼 때마다 이렇게 생각하였다. 북쪽의 겨울날은 쾌청이 계속되건만 이 집만은 그 나무 때문에 늘 음침하였다.

"저 나무 밑에 도깨비가 있대요."

여자치고 미신 안 좋아하는 여자가 없거니와 한 개의 평범한 여자에 지나지 않는 그의 아내는 이런 의미에서 그 나무를 꺼리었다. 그는 아내의 미신을 그리고 제가 받을 광명을 잃어버리고도 그것을 깨닫지 못하는 둔감을 더욱 불쾌히 생각하였다.

"여보, 저 닭들은 왜 저기다 가둬두는 거요?"

그는 어느 날 마당 서쪽 한가 밤나무 아래에 있는 조그만 계사(鷄舍)를 보며 놀란 듯이 이렇게 아내에게 물었다. 그러며 아내의 대답도 들을 사이 없이 그늘에 묻힌 계사를 열고 닭들을 밖으로 내어몰았다. 쪼그리고 앉아 있던 닭들이 웬 영문을 모르는 듯이 비슬비슬 밖으로 걸어 나올 때 아내는 이렇게 급한 소리를 질렀다.

"가만둬요. 남의 집에 가서 알을 낳기 때문에 그런 거예요. 글쎄, 가만두라니까요."

아내의 말을 들으면 닭들이 나락을 찾아서 이웃 농가에 가서는 그 집 허청이나 불 나뭇가리에 알을 낳기 때문에 그만큼 손해를 보게 되므로 위정 쇠 그물을 사다가 이틀 품이나 들여서 계사를 지었다는 것이다. 미상불 나락 한 알 없는 들악에 닭들이 있어줄 리가 없는 것이며 알을 낳을 만한 북덕이*조차 없는 이 집보다 나뭇가지며 허청이 있는 농가에 가서 알을 낳게 될 것은 너무도 당연한 일이다.

"아니, 계사에 잡아두고 먹이는 양식을 들악에다가 뿌려주면 남의 집으로 갈 리가 있소. 그리고 알도 낳기 편하도록 자리를 잡아주어야 하지 않소. 아무리 미물이라도 알을 낳는 것은 사람이 자식을 보는 것이나 일반인데."

그는 놓여나와서도 그다지 반가울 줄을 모르는 듯이 계사 근방을 어청거리고 있는 닭들을 보며 아내를 핀잔하듯이 말을 이었다.

"에— 그래 자식을 둘이나 낳아본 사람이 그만한 소견도 없담…… 거, 먹을 양식이나 좀 가져오우."

"인젠 들악이 얼어붙어서 곁집에도 주워 먹을 나락이 없을 테니 내어놔도 안 갈 테지."

하며 아내는 그 근방에 수수와 좁쌀을 뿌려주었다. 닭들이 그리로 모여들자 아내가 그중 큰놈을 잡으려고 하니까 이때까지 어청거리고 있던 닭들은 꼬꼬꼬…… 하며 달아나버린다.

그는 그 순간에 문득 생각이 난 듯이 아내의 손에서 나락을 가져다가 뿌려주며

"거 그렇게 해서는 안 되는 거야. 먹이기 전에 먼저 잡으려는 생각을 가지게 되면 안 되는 거란 말이오. 사람은 제가 제일 영리할 줄로 알지만 닭은 사람의 동정을 사람보다 더 먼저 눈치챈단 말이오. 새나 짐승은 영혼이 없는 대신에 영혼보다 더 민감한 무엇을 가지고 있으니까요. 자아, 이것 보우. 이렇게 쉽게 잡히지 않소…… 참말 마음으로 저희들을 먹여주려는 생각을 가져야 닭은 사람 가까이로 오고 손으로 만져주어도 상관이 없단 말이오."

그는 일찍 어디서 얻어들은 지식을 이 자리에서 시험해보고 그 시험의 결과 자기가 얻은 지식이 틀리지 않는 것을 기뻐하며 이렇게 장광설을 늘어놓았다.

그러나 아내에게는 그런 지식보다 더 필요한 것이 따로 있다. 알을 굵게 낳고 많이 낳는 것을 아내는 희망하는 것이다.

"인 주세요."

하고 아내는 남편의 손에서 닭을 받아다가 뒷배를 슬슬 어루만져
보다가

"이것 좀 봐요. 여기 알이 들어 있지 않아요. 요새 며칠 안 낳았
으니까 내일쯤부턴 또 시작하겠지요."

하고 만족한 듯이 남편에게 만져보기를 권한다. 남편은 문득 불
쾌한 생각이 났다. 남편과 닭을 관련시켜서—다시 말하면 남편
의 건강 회복과 닭 알을 관련시켜서 생각하고 또 그러는 것을 무
슨 아내의 자랑으로나 알듯이 기쁘게 생각하는 아내의 인간적인
너무도 인간적인 속된 생각을 그는 몹시 불유쾌하게 여기었다.

며칠 동안 좀 불유쾌한 일이 있어서 닭의 생각을 가져볼 사이가
없이 지나온 어느 날 일이었다. 밖에 나갔다가 집으로 돌아오니

"닭이 요새는 한결 알을 많이 낳아요. 자아, 이것 좀 보시우. 전
보다 크지 않아요."

하며 아내가 반가운 듯이 웃으며 금시 낳은 듯한 닭 알을 조심스
럽게 손바닥에 올려놓은 채 그에게 보인다.

"아, 그것 참말 크군그래."

그도 미상불 기뻤다. 제 마음대로 주워 먹는다는 단순한 사실이
닭에게 그만한 변화를 이루어준 그것이 기뻤던 것이다.

"같은 양식을 주건만 내어놓고 봐 먹이면 많이 낳고 크게 낳으
니 참 조화예요……"

아내의 말.

"태양을 먹으니까 그렇지요, 하하하……"

그는 일부러 너털웃음을 치며

"그러기 다시는 가두지 말우…… 참 인제는 남의 집으로 가지
않아요?"

하고 아내에게 물었다.

"안 가요. 이제는 문밖에만 사람이 어른하면 졸졸 따라다니는
데요."

"구구구……"

하며 그는 다리에 감기는 강아지를 발등에 태워가며 햇볕이 비치
는 마당 한가로 가서 닭을 불렀다. 닭들은 처음으로 계사에서 놓
여났을 때보다는 훨씬 빠른 걸음으로 그리고 훨씬 친숙한 태도로
조르르 따라 들어온다.

나무와 나무 사이를 새어 오는 조그만 햇볕에서 자기가 뿌려주
는 나락을 쪼아 먹는 닭들을 보며 그는 모파상의 『여자의 일생』의
한 장면을——우거진 수목 사이를 흐르는 째지는 햇볕을 따라서
이름도 없는 여러 가지의 벌레들이 모여드는 그 장면을 연상하였
다. 그리고 수도원에서 나온 '잔느'가 동쪽 수림 위에 금반과 같
이 솟아오른 달을 바라보며 그리고 제방에 흐르는 그 달빛의 시
내를 건너며 잠을 이루지 못하던 것과 처음으로 자기가 그 '붉은
빛의 도성'에서 나오던 날 그믐밤 하늘의 별들을 헤던 것을 비겨
생각하였다.

"만일 사람이 저만 귀를 기울여 들으려고 하기만 하면 이 조그
마한 미물이라도 이 한 폭의 햇볕이라도 얼마든지 재미있는 얘기
를 속삭여주는 거야."

그는 혼잣말 모양으로 중얼거렸다.

닭들은 햇볕에서 나락을 쪼아 먹고 있다.

그는 이 닭들을 내려다보며 그리고 이 햇볕을 내려다보며 잃었던 광명을 찾은 기쁨을 느끼는 동시에 이때같이 아직도 얼마나 잃은 것이 많은지를 심각히 깨달은 적은 일찍 없었다.

임금 林檎

가을이다.

하늘은 수다스러운 여자와 같이 하루에도 몇 번씩 태도를 고치는지 알 수 없다. 조각구름들이 파아란 높은 하늘을 미끄럽게 쏘다니며 득의(得意)의 군사같이 거칠 것 없는 하늘에 마음 싼 골방진[1]을 펴고 있다. 삽시간에 모였다가 금시 또 헤어진다. 어떤 때는 겹겹으로 싸이고 해를 가려서 불시에 비가 떨어질 것 같기도 하다. 하나 변덕쟁이 구름은 오래 한 모양을 지키고 있지 못한다. 거미 새끼가 흩어지듯 또 헤어지기 시작한다.

하나 높고 너그러운 하늘은 이 장난꾸러기들을 저 하는 대로 내버려두고 있다.

마른 나무 잎사귀가 소리 없이 떨어져 구른다. 무르익은 실과가 가지에서 떨어지는 것이나 별다른 것이 없는 자연스러운 일이요 또 내년의 봄을 약속해주는 일이건만 그래도 여기에는 사라져가는 것의 가느다란 애수가 있다.

허나 사람의 마음도 결코 이 애수에 오래 머무르지 않는다. 실로──사라지는 반면에서 새싹을 약속하는 가을의 감정은 그 어느 때보다도 파문이 많다. 비등점에 가까운 물같이 끓기 쉽고 빙점에 가까운 물같이 차지기 쉬운 것이다.

경수는 술이 잔뜩 취해가지고 집으로 돌아온다. 가을의 애수와 흥취가 그에게도 있었던 것은 물론이다.

그는 주의를 해서 걷고 있으나 가끔 웅덩이에 빠지는 것같이 다리가 터드렁하며[2] 눈이 팽그르 돌아간다. 겉으로는 그렇게 취한 것 같지 않으나 속은 아주 곤드레만드레다. 워낙 기름기 쏙 빠진 그인데 오늘은 빈속에다가 다모토리(소주)를 마시었으니 그나마 제 딴에는 첫사랑이어니 하는 다정한 여자의 손에서 기껏 마시었으니 견디어내는 장수가 있으랴.

복순이──이 예쁜 여자가 '플래시백'같이 머릿속을 쏘다닌다. '얼굴도 도저하려니와 마음씨 고운 여자야! 나같이 허전한 사람을 알아보는 기특한 여자야!' 그는 이렇게 생각하였다.

그러나 좁은 골목이 많아지고 넝마전 행렬같이 남루한 장난꾸러기 아이들이 많은 어두운 자기 집 골목이 가까워왔을 때 그는 자기의 아내를 생각하였다.

바가지 잘 긁고 또 요새 와서는 강짜에 문리가 활짝 트인 아내를, 무 뽑듯 아이를 잘 낳는 아내를, 그리고 가난과 아이 낳기와 바가지 긁기와 강짜에 험상궂은 주름살이 잡힌, 남은 애교를 풍겨내는 입가와 눈가에 찌부듯한 독살이 잡힌 아내를 생각하였다. 아니 생각한 것이 아니라 그의 뜻과는 반대로 저절로 연해 떠왔다. 안 생각하려고 하건만 그러면 그럴수록 더욱 성가시게 떠오는 것이다.

술이 취해서 여느 때와 같이 몸서리까지는 나지 않았으나 그러나 눈을 흘기고 얼굴을 찌푸린 아내의 치명적인 표정을 생각하니 아닌 게 아니라 진저리가 나고 약간 다리가 떨린다. 그리고 콧방울 가에서 시작되어 입가에까지 패어진 굵은 선에 에워싸인 좀 내민 입에서 우박같이 쏟아질 우악스러운 말소리와 한바탕 단병접전[3]을 할 생각을 하니 제 몸이 너무 약한 것 같기도 하였다.

아내도 무리는 아니다. 뼈대가 성하고 남 가지는 힘도 있는 멀쩡한 사람이 아무 하는 일 없이 빈둥빈둥 놀고만 있으니 어찌 가난한 아내의 심사가 편하랴. 그나마 그럭저럭 살아갈 수나 있으면 또 모르겠지만 남편이 벌지 않으면 아내와 숱한 어린것들이 배를 곯을 수밖에 없는 그들의 처지니 어찌 그저 보고 있으랴!

"왜 나만 가지구 이러는 거냐. 너는 왜 입이 있겠다 손이 있겠다 발이 있겠다. 왜 좀 못 벌어들이냐."

하고 남편은 짜증을 내고 툭 튀어나가버리면 진종일 안 들어오고 때로는 모두 잠이 든 틈에 살짝 들어와서 궁둥이 쪽에서 꼬부리고 잔다.

아내의 속이 편할 리가 있으랴.

한데 요새는 또 갈본지 칠본지 하는 오도깨비 같은 화냥년한테 미쳐서 둥둥 동떠다닌다.

오늘 아침에도 남편은 한바탕 싸우고 나갔다. 감자깨나 남은 것을 오늘 아침까지 끓여 먹고 나니 저녁은 아주 한지다.[4] 아무리 구변이 좋아도 어린 자식의 배를 속여내지 못하는 아낙이어니 하는 수 없이 남편에게 바가지를 긁을밖에……

하나 남편에게도 별수가 없다. 아내에게 되넘겨씌우는 수밖에 없는 것이다.

"왜 요새는 뜰에 오만 가지 풀이 다 나겠다. 어째 그거라두 가서 캐오지 못하냐. 발에 조개바람이 나냐."

하고 남편은 툭 튀어나가버렸다.

그런 것이 진종일 감감한 채 벌써 석양이 되었다.

자기 집 앞 좁은 골목에 이르렀을 때에 경수의 걸음은 그만 서먹거려졌다. '대체 어떻게들 허구 있누, 무얼 좀 얻어왔는가, 그래도 산 사람 입에 거미줄은 안 치는 법이니까' 하며 그는 바자 틈으로 흘깃 집안을 엿들여다보며 손바닥만 한 마당에 쑥 들어섰다. '일부러 비틀거려볼까, 아니 더 도저히 병정같이 걸어 들어갈까' 하나 이렇게 생각했음에도 불구하고 또 술기운이 보채고 있었음에도 불구하고 그의 어깨는 아까보다 처져버렸다.

아낙은 보이지 않았으나 취중에도 실로 무서운 광경이었다. 정주 가마 맡에 모여 앉은 올망졸망한 다섯 어린것들이 열어놓은 되창문 안에 얼른 뵈었던 것이다. 개중에도 맨 귀애하는 응석받이 막내딸이 고작 울고 있었던 것을 곧 알 수 있었다. 무어니무어니 해도 이게 사람 죽이는 풍경이 아니냐……

어린것들이 한결같이 부엌 바당 쪽으로 눈을 주고 있는 것으로 미루어보아 아내가 거기 있을 것도, 또 아이들이 먹을 것을 조르고 있었던 것도 추측할 수 있었다.

"엄마! 아버지 왔네!"

하는 말소리가 아이들 얼굴에서 읽혔다. 그래도 아내는 내밀어보지도 않는다. '흥! 무얼 좀 마련했나……' 하는 생각이 순간에 경수의 머리에 왔으나 곧 다음 순간에는 보다 큰 짝벼락⁵을 준비하는 아내의 선전 준비를 그는 생각하였다.

폭풍우 전의 짧은 침묵이 방게 같은 오막살이를 누르고 있다.

"야, 길순(막내딸)아. 엄마 없니?"

하고 그는 일부러 흐늑한 목소리로 호기 있게 불렀다. 그래도 아내는 대답이 없다. 복순이 화냥년의 집에 갔다 오면 늘 되지도 않게 기분이 좋아서 엄마니 임자니 마누라니 하고 추스르는 것이 잔뜩 미워난 아내는 지금 부엌에서 얼굴에 무서운 무장을 차리고 있는 것이다.

막내딸 길순의 때 묻은 얼굴에는 눈물에 씻긴 흰 자국이 남아 있다. 어린애들 뺨과 손등과 저고리 앞섶과 소매에는 검은 콧더데기⁶가 들러붙어서 흑뚤⁷같이 번들번들 빛난다. 고래 싸움에 새우 뿔이 부러진다는 격으로 내외의 살림 싸움에 치가 떨리는 어린애들은 어머니와 아버지에게로 연달아 시선을 보낸다. 그 얼굴에는 주림보다도 평화를 바라는 어린것들의 부자연한 아부가 어스름히 나타나는 것이다. 눈치 빠른 아홉 살 된 둘째 놈이 앞니 빠진 홍살문 같은 입을 삐죽 열며 어머니와 아버지의 벌어지는 사이를 꿰매려는 듯이 얕은 웃음을 어머니와 아버지에게 보내고 있지 않은가. 얼마나 아픈 광경이랴. 경수는 머리를 돌려버렸다.

아내는 아직도 말이 없다. 남편이 복순의 집에 갔다 왔을 것을 생각하면 사흘 굶은 범이 원님을 가릴 여지도 없는 것이지만 한편 그래도 혹시 남편이 돈이나 얻어가지고 왔나 하는 생각이 들어서 화전양양(和戰兩樣)의 태도를 그 어느 남편으로도 결하지 못하는 것이었다.

……유자도 나무련마는……

남편은 좁은 마루에 나자빠지며 별안간 청승맞게 노랫가락을 떼기 시작한다.

"돈 가져왔소?"

그때에 무중[8] 아내의 게궂은[9] 소리가 남편의 덜미를 때렸다.

약간 더수기[10]가 근지러웠으나 그래도 남편은 못 들은 척하고 일부러 비린 목청을 길게 뽑아 노래를 외친다.

"창피한 대루 돈이나 내놔요."

"뭐?"

하고 경수는 그제야 게검츠레한 눈으로 아내를 보며 빙긋 웃고는 아이들에게 보내듯이 목청을 높여 일부러 길게 노래를 뽑는다.

……유자도 나무련마는 한 가지에 둘씩 셋씩…… 아니…… 한 가지에 넷씩 다섯씩……

"흥!"

하고 아내는 어이가 없는 듯이 코를 분다.

「한 가지에 넷씩 다섯씩」이란 노래는 자식들을 가리키는 말인 줄을 아내는 곧 알았다. 이 대구같이 자식을 잘 낳는 아내는 자식의 말을 들으면 여느 사람으로는 생각할 수 없는 깊은 애착을 느낀다. 그런데 더욱이 가정에 대하여 책임감이 없고 자식에게 대하여 애정이 얕은 남편의 웃는 낯과 들뜬 목소리로 자식을 노래하는 데 대해서는 맺힌 마음의 한마디를 짐짓 풀지 않을 수 없는 것이다.

"싸움은 이따가 할 섬하고 돈부터 내봐요. 글쎄 지금 어느 때요. 때가……"

하는 아내의 소리는 한결 부드러워졌다.

"돈! 여보 돈이고 뭐고 노래나 부릅시다."

경수는 아내의 풀어질 듯한 태도에 적이 안심도 되고 또 반갑기도 하였다.

"노래—노래는 이쁜 사람한테 가서 하구려. 돈이나 내봐요…… 짝판국이 나서 동네방네를 웃기지 말고……"

"헌데, 여보 마누라!……"

"흥, 마누라?…… 그따위 속창이 뵈는 소리는 하지도 말구 어서!"

"암, 마누라지 마누라구말구, 조강지처요, 강짜지처요, 요조숙녀요, 그러구 또 바가지쟁이요…… 헌데 여보. 인제 아일랑 낳지 말고……아니 아이도 잘 낳는 솜씨고 허니……기왕이면 돈도 점 낳어보구려."

"날더러 그러지 말구 돈 잘 빨아먹는 년허구 낳으라구려."

하고 말하던 아낙은 제 김에 다시 고불통이 치밀었다. 돈도 안 가지고 오고 온종일 복순의 집에 가서 자빠져 있었을 것을 생각하니 목대는 못 늘여놓는다 하더라도 하다못해 얼굴이라도 썩 허비어놓고 싶었다.

"얼굴에 붙은 것두 사람의 살일 테지. 사람의 살이면 붉어질 줄도 모른담…… 화냥년의 궁둥이에 처백였다가 인제야…… 어린 자식들을 생각해봐요. 생각해봐……"

하고 탁 쏘아붙이는 아내의 머리에는 못 박힌 몇 가지의 아픈 기억이 다시 살아왔다.

바로 엊그제다. 셋째 아이가 감기 들린 것을 그대로 내버려두어서 결국 폐렴이 되어서 거의 죽게 되었다. 남편은 밤이 새도록 들어오지 않았다. 그래서 아내는 하는 수 없이 복순의 집으로 찾아가보았다. 거지들이 벌써 거제기[1]를 쓰고 웅크리고 있는 좁은 골목 복순의 집 뒤창을 두드리며 남편을 불렀다. 남편은 그제야 비슬비슬 나왔다.

"왜 그래?"

"아이가 다 죽어가요."

"가만 내버려두면 살아나는 수 있어."

"내버려둬요? 죽어버려도……"

"죽으면 천만복망(千萬伏望)지 꽤[卦]지."

남편은 이렇게 말하였다. 그렇게 영악한 아내이지만 이 호랑이 새끼보다도 더 인정머리 없는 남편을 어찌하랴!

옛날에는 그래도 무슨 회니 무슨 모임이니 강연이니 대회니 하고 쏘다니느라고 허파에 바람이 든 허튼 장난은 하지 않았다. 하던 것이 웬 영문인지 그도 이제는 없어지고 모두들 거리의 방랑자로 술이나 마시고 신문 지국 같은 데 모여 앉아서 허튼 말이나 하고 턱을 쳐들고 넘어가는 해를 기다리기나 한다. 룸펜! 이리하여 남편은 가장 아름답지 못한 이 무리에 떨어지고 말았다. 방향을 찾지 못하고 어둠에 헤매기 시작한 남편은 스스로 또 어둠을 찾았다. 매음부에게로 갔다.

"우리와 같은 처지에 있는 사람이다!"

남편은 자기의 추태를 이런 말로 합리화하려고 들었다.

아내가 가난을 한탄하고 짜증을 내면

"이년아, 그게 내 죄냐 세상의 죄다. 나를 미워하지 말고 세상을 미워할 줄 알아라."

하고 남편은 자기의 책임을 벗어버리려 하였다. 하나 아내의 곧은 눈에는 남편이 벌써 미워해야 할 세상의 값없는 한 사람이 되어버렸음을 어찌할 수 없었다.

해는 떨어졌다. 아이들의 주림은 어버이들의 싸움에 대한 무서움을 물리쳤다. 아내의 마음은 바지지 죄어들었다. 하잘것없는 남편을 금시 박박 쥐어뜯고도 싶었다. 그러지 않으면 제 몸이라도 기둥에 탁 박질러보고 싶었다. 자포자기가 된 것이다.

"돈 한 푼도 못 얻어오는 화상이 툭하면 여편네와 애들이나 때리구…… 밖에만 나가면 할 말도 청청히 못하는 주제에……"

"흥! 잘난 놈을 얻어 가려무나, 가!"

남편은 아직 골통을 부려야 할지 그만 웃어버려야 할지 모르는 엉거주춤한 생각으로 혀 꼬부라진 소리를 외친다.

"가란 말 안 해도 갈 테야. 그까짓 등신을 믿고 살다가 한지에 방아를 놓지."[12]

"가, 지금 당장 가…… 아수할[13] 사람 하나두 없다."

하는 남편의 소리는 좀 높았다.

"가게 해줘 가게…… 나그네 국맛 없자 쥔집에 장 없자……"

"난 돈 없으니 위자료 대신에 애들을 죄다 가지고 가……"

"흥, 되기는 되겠다!"

하며 아낙은 남편의 곁으로 다가선다.

"이 도적놈아 갈 테니 가게 해줘 가게……"

그러자 이 어마어마한 풍운을 본 막내딸이 '으앙!' 하며 굴러 나온다. 다른 애들은 무서워서 여차하면 들고뺄려고 벌써부터 고무신들을 쥐고 들먹거리고 있었지만 길순이만은 아버지의 귀염을 받는 까닭에 무서움을 무릅쓰고 달려 나왔던 것이다.

경수는 그저께 한바탕 싸우고 난 뒤에 아비 성미가 누그러지는 눈치를 보아가며 막내딸이 제 무릎에 안기던 것을 생각하였다.

"아버지! 아버지……"

하고 아버지가 싸우지 않는다는 의미로 고개를 끄덕끄덕하고 웃음을 보일 때까지 길순이가 가슴을 두드리던 기억이 난 것이다. 그러며 마음의 날이 적이 무디어졌다.

"워낙 사람이 뚱뚱한 품이 나 같은 가난뱅이와 해로할 배 만무하지……"

"애 못 낳는 집에 가서 그만침 앨 낳아줘봐. 발바닥에 흙도 안

묻게 할걸……"

"암……"

"흥, 그래두 그대로는 안 가…… 고년허구 멋대루 살라구……"

"건 남 때문에 제 몸을 죽이는 게지."

"남?……"

아낙은 그 말이 원통하였다. 무엇보다도 그는 남편을 사랑했던 것이다. 가난에 절은 얽힌 정이 있다. 개중에도 피를 나눈 어린것들이 그물과 같이 그를 이 집에 얽어두지 않는가. 그런데 남편은 남이라고 자처한다. 그는 벌써 이 자리가 싸움자리라는 것도 또 남편이 그저 해보는 말로 하는 말이란 것도 생각지 못한다. 분하다니보다 설움이 왔다. 이 영악한 아내는 한편 몹시 싹싹하고 센티멘털한 반면을 가지고 있는 것이다.

"남? 그래 나두 남이 될 테니 가게 해줘 가게……"

"흥, 그래두 가기는 싫지……?"

"왜 싫여, 왜 싫여?"

하며 아내는 남편의 곁에 펄썩 걸치며 행역하듯이 그에게 몸을 탁 쓸친다.

"물…… 물…… 점……"

남편은 갑자기 목이 말라서 이렇게 외쳤으나 아내는 일어서려 하지 않는다.

……물 마시고 팔을 베고 누웠으니 대장부 살림살이 이만하면 넉넉하리……

남편은 팔을 도두 베며 성수가 난 듯이 또 한 곡조 뗀다.

"왜 못 해…… 왜 가게 못 해?"

아내는 남편이 한 다리를 다른 한 다리 무릎 위에 얹고 거들거들하는[14] 것을 탁 밀쳐 떨구며 소리를 높인다.

"발로 걸어가지……"

"발로 걸어가?…… 흥, 염체 좋다. 안 돼, 물어내……"

"뭘?"

"시집오기 전같이 만들어놓으란 말이야!"

"내 총각은 어쩌구?"

"그런 되지도 않은 소리 말구. 당장 물어놔……"

남편은 별안간 웃음집이 터졌다. 이레 동안에 세계를 창조했다는 하느님일망정 도저히 물어놓을 수 없는 처녀를 제 손으로 물어놓을 생각을 해보니 허파가 흔들릴 만치 우스워났다.

얕은 어둠이 오막살이부터 먼저 기어든다.

싸움은 짐짓 멈췄다.

아내는 들악에 널린 북데기와 바람에 불려온 낙엽을 걷어 들여다가 군불을 때고 있다. 가마에는 물 이외에 물론 아무것도 앉히어 있지 않았다.

"흥, 그래도 마누라가 마누라지. 주변성이 좋단 말야."

남편은 아무것도 끓일 것이 없을 것도, 또 이웃이란 이웃은 뱅뱅 돌아가며 예수[15] 구멍이 꽉 막힌 아내가 어디 가서 무얼 얻어오지 못했을 것도 번연히 짐작하면서 이렇게 넘겨짚었다.

"얻어오긴 뭘 얻어와…… 점두룩 처먹고 들어와서 염량 없는 소리나……"

아내는 가마 뚜껑을 열어젖혀 보일 듯이 움쭉하다가 다시 주저 앉는다.

"그러면 불은 왜 때?"

"굴뚝에서 연기가 끊어져봐…… 뉘 집에서 황조미 한 되나마 뀌는가."

아내의 소리는 가늘어졌다.

사실 가는 연기마저 끊어지는 것은 이따가 목숨이 끊어지는 것을 의미하는 것보다 당장 쌀 꾸러 가는 실낱같은 용기를 그만 끊어버리는 것임을 아내는 생각하고 있는 것이다. 가는 연기조차 올리지 못하면 뉘 집에 가서 '때쌀이 점 모자라서' 하고 말해내랴!

"하하, 그럼 인제 연기 끊어지기 전에 쌀 좀 뀌오지……"

남편은 아내의 쌀 꿀 준비 공작을 그럴듯이 생각하는 것이었다.

"쌀 뀌와? 지금 때가 어느 때여…… 흑싸리 껍데기 같은 걸 남편이라구……"

사실 남편을 믿지 않았다면 어찌하든지 아이들의 간에다가 기별이 나는 것을 해주었을 것이라고 아내는 생각하였다. 한데 행여나 하고 남편을 믿었기 때문에 이미 쌀 꾸러 갈 시간조차 늦어지고 말았다.

그것을 생각하니 더욱 골이 치밀었다. 그까짓 것을 남편이라고 한종일 바라고 있었던 자기를 스스로 미워하였다.

"위불없이 남편이 꼭 돈을 가지고 올 것인데 아직 안 들어오니 쌀 좀 뀌주시우…… 하지."

"술 처먹고 지랄하는 소린 남의 귀에 안 들리나. 실컷 떠들어놓
고는…… 없으면 차라리 없거니나 하지."

아내는 부지깽이 끝으로 낙엽을 하나 둘 헤듯이 조금씩 아궁이
에 밀어 넣고는 이따금 부지깽이 끝으로 빈 바당을 똑똑 두드리
고 있다. 아무 능력이 없으면서도 집 안에 들면 공연히 우락부락
하는 아버지 앞에서 찍소리도 못하고 빈 코만 들여마시는 아이들
을 생각하니 아내의 눈에는 불시에 원통하고 쓰린 눈물이 괴었다.

부지깽이 끝으로 바당을 치는 가는 소리가 들려올 뿐이다.

"오냐, 그래라 그래, 내가 없어지마…… 네 배가 곯을지라두 내
배 곯는 걸 보면 네 속창이 열릴 거다."

하고 남편은 거짓 골난 체하며 툭 튀어나왔다. 어디 가서 날아가
는 돈이라도 좀 채와야겠다는 생각이 그의 가슴에 더위잡힌 것
이다.

그 이튿날 오후에야 경수는 어떤 친구에게서 돈 5원을 얻어가
지고 급히 집으로 돌아왔다.

"아이구, 큰일 났수!"

들어오자마자 아내는 드설레며 창백한 얼굴로 이렇게 말한다.
악마디진 마른 손을 약간 떨고 있다.

"왜?"

"길호(넷째 자식)가 기차에 붙들려갔수?"

"언제…… 아까?"

경수는 벌써 대강 추측할 수 있었다. 바로 이 동네 서쪽을 지나

가는 경편 철도의 '후미끼리'에 나가 놀다가 붙잡혀갔을 것을……

인구 5만이 넘는 이 H부의 서쪽을 흐르는 S강의 서안(西岸)에는 바로 연전에 120만 원의 공비를 들여서 새로 쌓은 높고 넓은 방축이 길게 가로누워 있다.

이 방축 근가는 대개 다 그렇지만 개중에도 경수네 사는 이 아랫동네에 와서는 낡고 조그만 집들뿐인데 이 동네와 방축 사이로 경편 철도가 남북으로 달리고 있다. 한데 가난한 동네일수록 인총이 빽빽한 법이지만 더군다나 이 동네는 서쪽에 바로 S강으로 넘어가는 '후미끼리'가 있어서 빨래하는 계집들이 끊일 새 없이 이리로 싸댄다. 뿐만 아니라 이 동네의 올망졸망한 남루한 장난 꾸러기 어린애들이 이 '후미끼리'에 나와 놀다가 기차 통행을 멈추게 하는 일도 종종하다. 향락이 없는 어린애들에게는 둔하게 빛나는 두 줄의 레일이나 붉고 푸른 거울알이 박힌 시그널(애들은 곱패라고 부른다)이나 팔자 좋은 사람들이 타고 다니는 기차가 눈을 즐겁게 하는 구경거리다. 그래서 그들은 고동 소리가 빽 하고 어디서 들려오면 곧 레일에 귀를 대고 의사가 청진기나 듣듯이 기차가 달리는 소리를 듣는다. 주로 석탄과 목재를 운반하는 이 경편차는 거리를 달릴 때면 더욱 속도가 뜬다. 해서 일쩍이 기차라고 타보지 못한 어린애들은 이 기차에 뛰어올라보고 싶은 엉뚱한 생각까지를 가지는 것이다. 그래서 기차에 방심하게 되고 따라서 가끔 통행을 정지시키는 일까지 생기는 것이며 또 그 끝에는 붙들려가게까지 되는 것이다.

이러한 장난은 늘 대가리 큰 놈들이 앞코를 서는 것이지만 결국 붙들려가는 것은 달음박질이 더딘 어린놈들이다.

더군다나 어젯밤과 오늘 아침을 거푸 두 끼나 굶고 오늘 낮에나 어째 얻어먹었을지 모르는 자기의 자식이 어청어청하다가 붙들려 갔을 것을 경수는 추측하기가 어렵지 않았다. 맏놈, 둘째 놈, 셋째 놈도 한 번씩 붙들려간 일이 있다.

"우라질 놈의 새끼! 바람이 불어도 씨드러질 주제에 또 후미끼리에서 장난을 쳤든 게지?"

경수는 슬며시 골이 나서 견딜 수 없었다.

"그러구저러구 얼른 정거장에 가보시우. 지금 막 역부가 와서 쥔을 곧 오라구요. 서슬이 딩딩합디다……"

"쳐 죽일 놈, 가만 내버려둬."

"경찰에 고발한다든데요, 한두 번두 아니구……"

"할 테건 하라지…… 그놈도 갔다가 한 절반 얼주검을 맨들어 놔야 다신 거겐 안 가지……"

"개만 잘못인가요. 배 곯린 부모 죄지. 사과를 주워 먹다가 그랬다는데……"

"사과? 사과는 웬 사과야."

"저 S강으로 사과랑 돌배랑 흘러내려오는 걸 주워 먹으러 가다가 그랬다우. 대가리 큰 새끼들이 나가니까 따라갔겠지……"

아내의 이 말을 듣자 경수는 곧 생각나는 것이 있었다.

때가 마침 추석밑이 되어서 농촌의 아낙들이 썩은 실과와 지레 떨어진 익지 않은 실과를 함지에 이고 S강으로 놓인 M다리로 날마다 수없이 몰려든다. 한데 이것은 부민의 소중한 위생을 위하여 그대로 둘 수 없는 일일 뿐 아니라 겸하여 다릿목은 잡답[16]을 이루어서 교통까지를 방해하는 것이다. 값싼 것이라면 쉬파리같이 민감한 축들이 가을의 미각(味覺)을 찾기 위하여 이 다릿목으로 범벅덩이의 파리[17]처럼 모여든다.

그리하여 가을이면 이 다릿목은 교통정리의 중요한 곳으로 세어지게 된다. 함지박의 실과가 통으로 S강물에 날아 들어간다. 그리고 교통정리의 덕대 같은[18] 말이 사과 장수를 몰아가며 긴 목을 늘이고 실과 장수 머리 위에 놓인 함지박에서 실과를 집어 먹기도 한다.

아낙네들이, 옆구리에 찬 신발이 덜석거리도록 엉덩이를 추며 도망을 치게 되면 말은 기역 자 주둥이로 함지박을 홱 그러챈다. 그러면 그 바람에 실과가 우르르 떨어져서 다리 위에와 강물에 굴러떨어진다.

그래서 그것이 강물에 떠서 아래로 흘러내려갈밖에……

"이거 웬 떡이냐."

하고 아이들은 얕은 강물을 다행으로 그리로 몰려들었을 것을 경수는 짐작할 수 있었다.

경수는 무언지 모르게 골이 나서 가보지 않을까 하였으나 결국은 가고야 말았다.

역장실 한구석에 길호란 놈이 쪼그리고 있다. 하다가 아버지를 보더니 한결 더 허리를 꾸부리고 외면하듯이 저편으로 고개를 떨귀버린다. 어마어마한 곳에 붙들려온 것도 무서운 일이었지만 몰풍스러운 아버지의 눈살이 더 무서웠던 모양이다. 그놈은 눈앞과 두 볼에 눈물 자국이 있었고 두 손등은 눈물을 씻기에 때가 군데군데 벗어져버렸었다.

경수는 한번 픽 그놈을 보고는 성큼성큼 역장 앞으로 갔다. 그리하여 우선 넌지시 인사하고 온 뜻을 말하였다.

"네, 저게 바루 당신 자식이오?"

하고 역장은 서슬기 있게스리 물은 다음 오늘 경과와 맏놈, 둘째놈, 셋째 놈의 지난 일과 또 장래 교통상 그대로 둘 수 없으니 고발을 할 텐데 부형의 말을 안 들을 수 없어서 부른 것이라고 한다.

그리고 또 늦게 온 것을 핀잔주고 난 다음 교통 방해가 사회의 안녕질서에 큰 영향을 준다는 것과 또 부모의 무책임으로 해서 그런 일이 생긴다는 것을 중언부언하는 것이다.

그래도 경수는 그저 듣고만 있었다. 말할 대로 죄다 말해보라는 듯이 경수는 역장을 이윽히 쳐다보았다.

"고발하시우."

경수는 역장의 입이 닫히어버린 것을 보며 퉁명스레 이렇게 한마디 해 던졌다.

"곱게 고발을 당하지요."

"부형으로서 그런 태도를 가지고 있으니까 교통사고가 생기는 거야."

역장은 우뚝 몸자세를 고치며 노기를 띤다.

"아까 당신이 말하기를 부모가 어린애들을 잘 감독하라고 했지요. 허나 넉넉한 사람도 아이 하나에 어른 하나씩 매달려 살 수는 없는 거요. 하니까 우리같이 그날그날을 벌어서 사는 사람이 당신들 일 때문에 아이들을 수직[19]하고 있을 수 있겠소. 아까도 말했지만 나는 고발을 당헐 테니 당신들 회사에서는 속히 거기다가 수직꾼을 두게 하시우. 요전에 사고가 생겼을 적에 당신 회사가 동리 대표들에게 언명한 일이 있지 않소. 일시 허투루 말해놓고 시간이 지나는 사이에 흐지부지해버리기 때문에 오늘 같은 일도 생긴 거라구 나는 생각하오. 허나 일은 크게 벌어질수록 우리 동리에는 좋으니까 지금 당장 고발 수속을 하시우."

경수는 간발(間髮)을 넣을 사이 없이 버젓이 들이댔다.

"고발은 다음 일이고 나는 부형으로서 그런 태도로 나올 줄을 몰랐소."

하는 역장의 소리는 어느새 가늘어졌고 얼마큼 당황해지기도 하였다.

"아니지요. 그것이 부형으로서의 당연한 태도지요. 이런 사고가 없기를 바라는 우리들 부형의 너무도 의당한 태도지요. 이런 사고가 없게 하자면 당신네 회사가 '후미끼리방'(수직꾼)을 두는 것 외에는 없으니까. 한데 나 개인이 바라는 것은 결국 우리 동리 전체가 바라는 것이니까, 나 개인이 고발당하는 것을 면할라구 그 당연한 말을 하지 않을 수 없는 거 아니우. 또 후미끼리방이 생김으로 해서만 내 자식도 남의 자식과 같이 그런 화단을 면할 테니까 그 외에는 취할 태도가 없는 거지요. 요전에 당신네 본사무소에서 언명한 사실을 당신도 알 테지요. 또 후미끼리방을 두

어야겠다는 것은 당신도 역장으로서 그 필요를 인정하고 있을 테
지요."

경수는 급소를 찌르듯이 추궁하였다.

첨에는 곱닿게 훈계를 듣던 이 허전한 사나이의 갑작스레 변해
진 태도에 역장은

"헌데 여보."

하고 목소리를 낮춘다.

"그곳에 제일 교통이 빈번한 것두 잘 아는 터이오. 또 그래서
회사에서 앞으로 후미끼리방을 두랴고 하는 것도 사실이지
만……"

"아니 거게뿐 아니라, 그 아래에 두 곳이나 또 있지 않소. 그걸
일시에 다 해준다고 언명했으니까. 우리 집 앞 후미끼리만 문제
되는 게 아니지요."

"아니 글쎄, 그건 나로서 이러니저러니 말할 수 없는 일이지만
워낙 경비가 많이 들어서……"

역장은 자기가 섣불리 고발 운운해서 뜻밖에 회사가 가장 성가
시게 아는 문제가 재연될 것같이 생각하는 동시에 속으로는 좀
당황한 생각이 났다. 그러나 그것을 얼굴에 나타내지 않기 위하
여 일부러 점잖은 체면을 세우듯이 느린 청으로 또박또박 말을
잇는다.

"하여간 지금은 당신네 앞이 제일 사람이 많이 다니지요?"

"물론 그건 사실이겠지만 돈과 목숨을 바꿀 수 없는 인정은 어
디나 매일반이니까요. 하고 또 멀지 않은 거리요 돌아가랴면 갈

190

수 있음에도 불구하고 세 곳에다 후미끼리를 내게 된 것은 회사나 감독 당국이 함께 교통이 빈번하다는 것을 인정한 관계겠지요…… 하여간 당신과 창황히 말할 필요는 없소. 나는 그만 갈 테니 고발하고 안 하는 것은 당신의 자유에 맡기우. 동시에 우리가 우리의 요구를 회사에 말하는 것은 물론 우리의 자유일 것이오. 자아……"

"아니, 여보시우……"

하고 역장은 경수를 만류하며

"고발 운운한 것은 부형에게 당부하기 위해서 한 말이고 또 너무도 성가신 때가 많아서 말이 좀 지나갔는지 모르겠소만 금후는 좀 주의 잘 시켜주기 바라오. 어린애는 데리고 가시우. 참 오늘 저 애가 호사는 잘 했습넨다. 오로촌까지 갔다왔으니까. 그리구 또 아까 역부들이 사과를 주는가 보드군요. 하하하……"

하고 웃는다.

경수는 아무 말 없이 어린애를 흘금 보고 그대로 성큼성큼 걸어나왔다. 역부들이 조심스러이 어린애를 일으켜 경수의 뒤에 따라보내는 것을 그는 일부러 못 보는 체하였다.

해는 이미 넘어갔다. 붓다새 싸다니던 조각구름들이 인제는 피곤한 듯이 검스레한 얼굴을 낮은 하늘에 쉬이고 있다.

대지에도 차차 어둠이 기어든다.

경수는 한참 걸어오다가 흘금 뒤를 돌아다보았다. 쌀쌀한 가을 북풍이 턱밑으로부터 뺨을 스치고 간다. 길호란 놈은 허리를 딱

꼬부리고 두 손을 옆구리에 찌른 채 슬몃슬몃 앞을 살피며 걸어
오다가 아비의 시선과 마주치자 얼결에 바른편 철도 관사 쪽으로
외면을 해버린다.

경수는 길호 놈의 배가 불쑥 내민 것을 보며 걸음을 뜨게 하였
다. 그러자 길호란 놈도 걸음을 뜨게 한다. 아버지의 곁으로 오기
가 무서운 꼴이다. 한 손으로 코 앞을 쓱 씻으며 아버지를 흘긋
보고는 수삽한[20] 듯이 이리저리 곁눈을 팔더니 저편 철도 관사 앞
으로 가서 담배 딱지를 집어가지고 들여다본다.

"애 이리 온."

경수는 높으나 한결 부드러운 청으로 아들을 불렀다.

길호란 놈은 누구 딴 사람이나 부르나 하듯이 짐짓 곁눈질을 하
며 망설이다가 물 만난 오리걸음으로 삐두덕거리며 반달음질을
해 온다.

"거 뭐냐?"

하고 경수는 그놈의 배를 가리켰다.

길호란 놈은 대번에 얼굴이 질리며 좀 떨리는 손을 옷자락 밑으
로 집어넣는다.

"꺼내봐."

그러자 길호란 놈은 겨우 손을 내들었다. 그 손에는 반편이 벌
레 먹은 검은 자국이 난 비뚜름한 사과와 되호박같이 오글쪼글한
시든 사과가 쥐여 있었다.

"누가 주던?"

하는 물음에 대하여 길호란 놈은 대답하는 대신에 돌아서서 정거

장을 손질한다. 무슨 잘못한 일이나 한 것처럼 그의 얼굴은 불안에 싸여 있다.

"어디 보자. 이리 보내."

하고 경수는 그 사과를 제 손에 집었다.

"우라질 놈들, 말이 먹다가 남을 걸……"

경수는 대번에 팔매치듯이 땅바닥에 팽개쳤다. 땅바닥에 거먼 두 자국이 나며 사과는 산산이 갈려서 먼 데 가까운 데로 날아가고 말았다. 아버지의 성난 얼굴을 보며 비슬비슬 가버리려던 길호란 놈은 그 소리에 기가 질려서 발이 땅에 들러붙은 듯이 옴쭉도 못한다.

"이리 온……"

경수는 앞서서 그 아래 구멍가게로 갔다. 그리하여 사과 5전어치를 샀다. 열 개였다. 이곳은 사과가 감자만치나 싸다. 그러므로 5전에 열 개짜리면 썩 좋은 사과다.

"옜다!"

하고 경수가 내맡길 때에 길호란 놈은 안심되듯이 한숨을 호 내쉬며 사과를 받았다. 사과는 길호 놈의 좁은 옷자락에 하나 잠뿍 되었다.

아버지의 얼굴을 인제야 확실히 읽은 길호란 놈은 그제야 발씨익게[21] 앞으로 걸어간다. 짧은 다리를 한껏 길게 뜯는다. 그 바람에 있는 것 같지도 않던 조그만 엉덩이가 삐죽삐죽 좌우로 내밀어진다.

길호란 놈에게 사과를 내맡길 때에 이상하게도 갑자기 눈물이

고인 경수의 눈에서는 기어코 눈물이 떨어지고야 말았다.

앞서서 가는 길호란 놈의 야위고 마른 뺨과 목에서 경수는 분명
자기 자신을 발견하였다. 가난과 박해에 시든 자기의 모습을 발
견하였다. 그러나 발견한 자기는 결코 자기의 알몸에 그치지 않
았다. 눈물 어린 눈에는 수다한 '자기'가 만화경처럼 번득이는 것
이었다.

"엄마! 사과 샀네……"

길호란 놈이 외친다. 그러자 올챙이 떼같이 다른 자식들이 우르
르 달려 나온다.

"야! 사과 봐라. 죽기로 많이 샀다."

"누가?"

아이들은 웬 영문을 모르는 상이다. 아직 한 번도 무얼 사다가
준 일이 없는 아버지를 아이들은 생각에 올릴 여지가 없었다.

"길호냐? ……응, 사과…… 아버지가?"

하고 구정물을 버리러 갔던 아내가 다 쫓아나오며 야단법석이다.

그러나 경수는 아내의 시선이 제게로 올 때에 무슨 잊은 일이나
있듯이 픽 돌아서 나와버렸다. 아내의 말이나 표정이 보기 싫었
던 것이다. 다만 한 개의 남편으로서나 아버지로서 비춰지는 이
속된 인정의 찰나를 그는 물리쳐버리고 싶었던 것이다. 그의 머
리에는 지금 수다한 자기와 아내와 아들이 서리어서 더위잡히고
있지 않은가.

경수는 높다란 서쪽 방축에 올라섰다. 상기된 얼굴에는 쌀쌀한

194

가을바람도 알려지지 않는다.

자기 집 굴뚝에서는 가는 연기가 오르고 있다. 아까 돈을 얻어다 준 생각이 난다. 그리고 어젯밤에 싸우던 일이 생각난다. 하나 거기에는 별로 큰 감상이라고는 짝하지 않았다.

저 위, 서편 방축에서는 아직도 매약행상(賣藥行商)의 장난감 같은 줄 달린 모래차가 연기를 퍽퍽 뿜으며 탁탁 소리를 내고 있다. 그러고는 그다음 것은 M다리에 막혀서 보이지도 들리지도 않는다. 하나 그의 눈에는 그리고 귀에는 그 치수공사장에서 트럭에 모래를 파 싣는 인부들의 모양이며 목도꾼들의 '영치기 헝치기'하는 소리가 분명히 보이고 들리는 것 같았다. 그전에도 또 바로 아까에도 그 앞을 지나보았던 까닭이다.

그와 가장 친하던 동무 몇 사람도 얼마 전부터 거기서 일을 하고 있다. 옛날에 같은 단체에 있었을 때는 물론이었지만 그 후 룸펜으로서도 친분이 두터웠던 그들이지만 지금은 저기서 일하고 있다. 제 머리에 남아 있는 몇 자의 글자와 과거에 가졌던 턱없이 높은 자만이 그를 가로막는 외에 그 무엇이 그가 그리로 가는 것을 막으랴. 몸도 퍽 튼튼하다. 일할 뜻도 죄다 마르지는 않았다.

경수는 자기가 높게 보아야 할 몇 사람의 친구를 새로 그곳에서 발견하였다. 늘 남의 뒤에서만 쫓아갈 줄이나 아는 자기 자신이 부끄럽기도 하였으나 그러나 그는 옳은 길이면 부끄러움을 무릅쓰고 가볼 만한 신념과 양심이 새로 솟았다.

그는 이날에 비로소 제가 갈 길을 찾은 듯하였다. 맨 밑바닥을 걸어가자! 거기서부터 다시 떠나기로 하자!

그는 물론 이 동네의 '후미끼리'에 수직꾼을 두게 해야 할 것을
이때도 결코 잊지 않았다.

　아니 도리어 그는 이 시간에 가장 그것을 깊이 결심하였다.

　어둠 속에서 아니 어둠 속에 있느니만치 분명히 자기 동리가 한
덩어리로 더위잡혀서 지금 그의 눈에 비쳐온다.

딸

1

그가 S형무소에 있을 때 일이다.

아내에게서 오래간만에 편지가 왔다. 이 안에서는 편지 받는 것이 가장 즐거운 일의 하나다.

아내는 두 달 전에 한 번 면회 왔다 갔다. 절대 면회 올 필요가 없다고 미리 편지해두었음에도 불구하고. 그는 반가운 마음보다도 거북히 불쾌한 생각이 났다. 위로 칠십을 바라보는 늙은 어머니를 모시고 아래로 세 어린 자식을 거느린 가난한 아내가 백 리 길을 바쁜 걸음으로 허우적거리며 찾아온 것을 그는 반가움으로써 대할 수 없었다.

더욱이 두 살 난 어린것을 업고 온 것과 와보니 그대로 업고 들어올 수가 없어서 형무소 앞 사식 집에 앙탈을 하는 어린애를 맡겨두고 혼자 들어온 것을 안 때에 남편의 불쾌는 거의 노염으로 변하여졌다.

집안 형편을 묻고 자기는 아무 염려가 없다는 말을 간단히 말한 후 그는 별말이 없었다. 아내가 "밖에서 고생하던 체중은 어떤가, 거처는 어떤가, 식사는 어떤가!" 하고 세속 아내의 예사로운 물음을 보낼 때 그는 모두 아무 걱정이 없다는 뜻을 약간 흘긴 눈과 강정(剛情)을 실은 턱으로 표시했을 뿐이다.

그리고 자기가 가지고 온 돈이 한 2원 50전 남았으니 그만치 사식을 차입시키겠다는 것을 다짜고짜 막아버렸다.

아내가 등허리에 어린애를 업고 가슴에 섭섭한 생각 하나를 더 처달아가지고 비뚜덕비뚜덕 걸어갈 것을 생각하니 공연히 찾아와서 피차 불쾌한 생각만 가지게 한 아내가 미워나기도 하였다.

그 후 아내는 한동안 편지가 없었다.

성가시게 속스러운 인정이 많은 아내가 자기의 편지를 받고서도 회답을 주지 않는 것을 보면 아마 톡톡히 노염이 났던 모양이다.

하나 그렇게 값싼 인정이 많은 아내가 노여움이 생기고 그리하여 편지까지 주지 않는다는 것은 결코 감정을 일으켜주는 일이 아니었다. 차라리 일종의 호젓한 감상을 일으켜주는 것이었다.

사람은 분노와 불만과 불평을 가질 줄 알아야 하며 그리고 더 나아가서는 자기를 누르고 업신여기는 그것에 대하여 반항할 줄을 알아야 한다는 그의 '철학'이 이윽고 움직여났던 것이다.

그는 이때까지 발견하지 못한 좋은 한 모퉁이를 그 아내에게서 찾아낸 것 같았다.

남편의 맹목적인 사랑을 바라던 아내가 아니냐. '남편은 아내가 지은 밥이라야 배불리 먹는다'라고 생각하던 아내가 아니냐. '남이야 어찌되었든 자기의 남편만이 지금의 곤경을 모면했으면 그만이다' 하고 자기에게 거듭 그 뜻을 편지하던 아내가 아니냐?

하나 편지가 끊어진 지 달포가 넘고 두 달이 잡히는 사이에 남편의 걱정은 오는 체 없이 쌓였다.

'늙은 어머니나 혹은 잔병꾸러기 자식들이 이번은 필시 한물 곯아떨어지는가 보다' 하고 생각하니 미상불 마음이 편할 수가 없었다. 죽는 것은 죽는다 하더라도 이 안에 있을 동안에는 그런 일만은 없었으면 하고 그는 바랐다.

극도의 빈곤 속에서 가시덤불을 헤쳐온 그는 가난과 수난을 같이해온 가족에 대하여 저도 모르는 사이에 속 깊은 애착을 가지게 되었던 것이다.

그러는 중에 편지를 받고 보니 불안한 마음과 반가운 생각이 한데 얽혀서 솔깃한 긴장으로 더위잡혔다.

그는 편지를 보아 내려가는 사이에 집안에 큰 탈이 없는 것은 알게 되었다. 허나 그 편지에 쓰인 기분은 이상하게 첨부터 따분한 느낌을 주었다. 무슨 사과나 하는 듯한 문구가 거푸 나왔다. 그는 무언지 모르게 어리둥절해졌다.

편지를 다 보고 난 때에야 그는 그 까닭을 알 수가 있었다.

아내는 임신한 것이었다.

그는 다른 동무보다 거의 1년이나 늦게 들어왔다. 그사이 집에 있지 못했던 것은 사실이나 극도의 빈궁 때문에 이따금 들러보지 않을 수 없는 딱한 사정이 생겨서 깊은 밤중에 몇 번 집에 들었던 일이 있다.

세 아이의 어머니인 자식 잘 낳는 아내는 벌써 달포 전부터 임신인 줄을 알게 되었으나 그렇다고 곧 알리기도 짐짓해서 이때껏 주저해왔다는 것이다.

그렇게 자식을 사랑하는 어머니이건만 가난 때문에 애낳이를 무슨 죄와 같이나 생각하는 것이다. 잔칫집 같은 데 가면 자식을 꼬집어가며 더 먹이지 못해 하는 아내는 먹여야 할 길이 아득한 그 속에서 또 자식을 낳는다는 것을 자식에게나 남편에게 대하여 한가지로 죄를 짓는 것이라고 생각했던 것이다.

2

그가 다시 세상에 나온 때에는 아내는 만삭이 가까워서였다.

"저런!……"

그는 아내의 부른 배를 보고 우선 놀랐다. 엎친 데 덮치기로 하나도 아니요 쌍둥이나 털썩 낳아놓으면 어쩌나 하는 생각까지 났다. 그만치 아내의 배는 몹시 불렀던 것이다.

"왜 띠 같은 것을 허리에 감아두지 않소? 속담에 아이는 적게 낳아서 크게 기르란 말이 있지 않소……"

그는 일찍이 들은 말이 있어서 이렇게 말하였다.

"그걸 누가 알았어야지요."

"온, 여자 되고 그런 것도 모른담. 내가 다 아는 걸……"

하나 때는 이미 늦었다.

아내는 여전히 선 일 앉은 일에 무거운 몸을 골몰히 치다르고 있다. 그럴 때마다 몸을 뒤로 젖혀서 배는 더 불러 보인다. 남편은 그 염려되는 아내의 무거운 몸을 볼 때마다 위정 아이를 수월히 낳는 촌 아낙네들을 생각한다. 촌에 가면 밥을 짓다가 낳았다는 부엌돌이, 뒷간에서 낳았다는 쟁냥쇠, 쌀 푸러 갔다가 낳았다는 노고리…… 이런 생각을 한다.

해산기가 가까워왔다.

아내는 하루 낮에 갑자기 배가 아프다고 자리에 드러누웠다.

그(남편)는 얼마간 잡풍이 덜한 윗방을 대수 치워내고 아내를 그 방에 눕게 하였다. 자기의 모자며 양복 등속은 모조리 정주로 내어갔다.

하나 아내는 얼마 되지 않아서 다시 일어나 정주로 나왔다. 배 아픈 증세가 그만 지나가버렸다는 것이다. 1분 동안에 한 번씩 아픔이 몰아쳐야 되는데 그렇지 못하니 아직 해산하기에는 시기가 이른 모양이다. 그 후 한 닷새 동안 이렇게 가끔 느린 아픔이 왔다. 어떤 친구의 말이 영양이 나쁘고 따라서 건강이 좋지 못해서 진통의 정도가 그같이 약한 것이니 곁에서 누구든지 진통을 도와주는 것이 좋다고 하나 아내는 그것을 꺼리고 또 그도 그리 해볼 생각을 하지 않았다.

그러던 중 하룻날 석양부터 아내는 몸져 자리에 누워버렸다. 그러더니 밤이 되어서는 아픔이 꼬리를 물고 맴을 돌았다. 아내의

얼굴은 상기하고 이따금 이마에서 선땀이 흐른다. 아내는 사람을
꺼리는 대신 자기 혼자서 이를 악물고 배에 힘을 준다. 몹시 괴로
운 중에서도 사람의 살려는 본능 때문인지 또는 한 생명을 세상
에 보내는 노력 때문인지 아내의 얼굴은 여느 때보다 한결 예뻐
지는 때가 있다. 아내는 견디다가 못해서 이따금 머리를 쳐들고
비스듬히 일어난다.

"매우 괴로워?"

그는 아내의 머리를 짚으려 하였다.

늙은 어머니는 몹시 당황해난 듯이 드설레며 힘줄이 불끈불끈
솟은 마른 손을 덜덜 떨고 있었다.

"아니에요."

아내는 이렇게 말하면서도 견딜 수 없는 듯이 문턱을 붙들고 온
몸을 엄습하는 아픔을 얼른 몰아내려고 아래로 아래로 지그시 힘
을 주고 있다.

밤은 깊어간다.

아내의 아픔은 급한 파도와 같이 주름을 잡으며 연달아 몰아친
다. 무거운 신음 소리가 묵철같이 흐른다.

어머니도 남편도 몹시 당황해났다. 늙은 어머니는 어쩔 바를 모
르며 뭐라고 입속말을 중얼거리며 얼빠진 사람같이 서둔다. 그는
이 출생의 괴로움을 차라리 처참히 생각하였다. 너무도 긴 고통
과 싸우고 있는 아내가 일찍이 생각지 못하던 다할 줄 모르는 정
력을 가진 사람같이도 보였다. 동시에 그 정력이 끝까지 계속되
기를 바랐다. 아내를 도와줄 가장 좋은 방법이 자기에게 있었으

면 하기도 하였다. 그러니만치 그의 밤은 몹시 조급해났다.

아내는 별안간 일어나서 밖으로 나갔다. 음력 2월의 밤은 아직 쌀쌀하다. 하나 아내는 조금도 그런 줄을 몰랐다. 땀발이 완전히는 걷어지지 않았다. 아내는 헛간 소나뭇단에 한참 드러누워 있었다. 아내는 얼마 후에 다시 방에 들어와 누웠다. 괴로움이 짐짓 물러간 듯하였다. 밤은 몹시 고요해졌다.

3

"아—앙, 아—앙."
하는 아기의 첫 울음소리가 순간의 침묵을 깨치고 야무지게 들려온다. 그는 그때 정주에 있었다.

잠시 후 그는 소스라쳐 일어섰다. 어리둥절한 가운에서 한 가지 생각이 번득 솟아 든 것이다.

지금 출생한 아이가 사내인지 계집애인지도 물을 사이 없이 그는 문밖으로 뛰어나왔다.

음력 열아흐렛날 달이 엷은 봄 구름에 가리어서 희미한 빛을 대지에 던지고 있다. 좁은 골목길을 요리조리 빠져서 넓은 행길에 나섰을 때에 몽롱한 제 그림자가 가끔 발 앞에 비추어진다.

거리에는 인기척이 없다. 그와 그의 그림자가 바쁘게 반달음질을 칠 뿐이다. 출옥 후 아직 건강이 채 회복되지 못하고 또 입때 달음질을 쳐 다녀본 일이 없는 그였지만 숨찬 것도 깨닫지 못하였다.

그는 유리창이 달린 가겟집 앞에 이를 때마다 멈칫하고 그 안벽을 들여다보았다. 행길가 은행 길가였지만 시계가 달린 가게라고는 아직 하나도 없다.

저녁 후 바로 아까 오줌을 누었으니 인제 자정이 되었을 것은 짐작할 수 있었다. 어찌하면 벌써 새날이 왔을는지도 모르는 일이었다. 그는 아이가 난 시간을 똑똑히 알아두고 싶었으나 시계를 가지지 않았으므로 거리로 나왔던 것이다.

맨 번화한 거리에 가까이 왔을 때에야 그는 한 가겟집에서 시계를 발견하였다.

"11시 50분!⋯⋯"

하고 그는 이윽히 생각하였다. 그 시계가 틀리지 않는다면 아이의 출산은 바로 오늘일 것이다. 하나 시계란 틀리지 않는 것이라고는 믿을 수 없는 것이다.

그는 다시 달음질을 쳤다. 맨 번화한 D거리를⋯⋯

우편국 안에 성큼 들어섰을 때에 그는

"11시 55분!"

하고 차근히 시계의 바늘을 읽었다. 그러며 한편으로는 집에서 예까지 오는 사이의 시간을 추산해보았다. 대략 20분이나 걸렸을 것이다⋯⋯

"2월 19일 오후 11시 35분!"

아이는 어김없이 이날에 났던 것이다. 그는 다시 반달음질을 쳐서 집으로 돌아왔다.

"어디 갔다 오니?"

찰밥과 미역국을 끓이던 어머니가 놀라며 이렇게 물었으나 그 얼굴에는 안심하는 빛이 분명히 나타나 있다.

"우편국에요……"

"우편국에는 왜?"

"시간을 알아둬야지요."

"시간은 알아서 뭘 하게…… 계집앤데……"

하는 어머니의 말을 들으며 그는 적이 놀랐다. '계집애는 시간도 알아둘 필요가 없는가?' 하고 그는 생각하였다.

"그래도 정밤중인데 열아흐렛날인지 스무날인지 알 수가 있어야지요."

"열아흐렛날이지 뭐……"

어머니는 첫닭 울지 않으면 새날이 아니라고 생각하는 묵은 관념을 가지고 있는 것이다. 책책 내리 세 아들을 둔 그는 딸을 낳았다는 섭섭한 생각을 조금도 가지지 않았다. 하나 어머니의 말에서 그는 암만해도 꺼리지 않는 야릇한 생각을 받았다.

그 이튿날 아침을 먹으며 그는 웃는 낯으로 아내와 어머니에게 다시 물었다.

"계집애는 난 시간을 알 필요가 없는가요?"

그는 남녀가 약혼할 때에 여자의 사주를 남자의 집으로 가져가는 종래의 풍속을 생각하여보고 또 그렇다면 여자도 생시(生時)를 의당히 알아둬야 할 것이라고도 생각했으나 그보다도 여자이기 때문에 생시를 알아둘 필요가 없다는 것은 이 어인 잘못된 생각일까? 하는 의문이 더 컸다.

아내도 어머니와 비슷한 생각을 가지고 있다……

"어느 날 어느 때쯤 낳았다는 것만 알면 고만이지요."

하는 아내의 얼굴에는 괴로움이 지나간 뒤의 유쾌한 빛이 떠 있다.

"온, 그럴 수가 있는가?"

그의 의문은 불평으로 변하였다.

아내는 한때 여성단체에 관계하여 여권을 부르짖던 사람이다. 아내가 아직 시집오기 전 어느 때에 연단에 서서 이런 말을 외치던 것을 그는 여태 기억하고 있다.

——어떤 서양 사람이 어떤 조선 사람의 가정을 방문하였을 때에 아버지 되던 사람에게 자식이 몇이냐고 물은 일이 있다. 했더니 아버지 되는 사람은 자식이 셋이라고 대답하였다. 하나 그 서양 사람이 보는 바로는 그 집에는 아이가 모두 넷이 있었다. 해서 "한 아이는 어찌된 거냐? 얻어다 기르는 아이냐?" 하고 물었다. 한즉 아버지는 아주 심상한 얼굴로 한 아이는 계집애라고 대답하였다.

아내는 이런 의미의 말을 해놓고는 다시 성색(聲色)을 가다듬어가지고 높게 외쳤다.

"가장 사랑한다는 부모로서 이러한 관념을 가지고 있으니 어찌 옳은 생각이라고 하겠습니까? 이것은 물론 사회가 여자에게 보내는 태도가 가정에 반영된 것이라고 하겠지만 그러나 참말 새 시대의 양심을 가진 사람은 이러한 관념을 스스로 포기하지 않으면 안 될 것입니다. 사회의 한 무리의 인간 층을 인생의 테 밖에다

두려는 생각과 같이 이런 그릇된 생각은 가정에서나 사회에서나 철두철미 뽑아버리지 않으면 안 될 것입니다. 물론 오래도록 피할 수 없는 토대 위에서 뿌리박힌 생각이니만치 쉽사리 없어지지 않을 것은 사실이지만 그러나 이것을 고치는 것은 우리들의 거룩한 의무인 동시에 또한 권리입니다. 이것은 물론 우리들 여자만이 부르짖을 것이 아닙니다. 남자나 여자를 함께 인간으로 보고 또 그러한 당연한 관념을 낳을 토대를 쌓으랴는 양심 있는 인간이 손과 소리를 한가지로 맞추어가며 끝까지 이루어야 할 문제라고 나는 생각합니다."

하나 오늘의 아내는 어떠한가? 자기의 딸을 스스로 아들과 차별해서 생각하지 않는가? 가정과 가정에 불어오는 사회의 거친 바람에 아내는 어느새 이만큼 변하였다. 그릇된 생각을 스스로 그릇된 생각이라고 깨닫지 못하는 사람이 되고 말았다. 그(남편)는 이때에 차라리 인간을 휩쓸고 누르는 사회의 커다란 힘을 다시금 미워하였다.

4

그는 네 자식 중에서 딸을 제일 사랑한다.

"아버지는 딸을 사랑하고 어머니는 아들을 사랑한다."
라고 아내는 인간의 본능인 성(性) 문제와 관련해가지고 이렇게 말한다. 사실 아내는 아들을 더 사랑한다. 늙은 어머니는 맏손자를 제일 사랑한다. 아내도 좀더 나이가 먹으면 맏아들을 더 사랑하게 될 것이다.

"아들은 많고 딸은 적으니까 아버지는 딸을 더 사랑하는 게지."

아내는 이렇게도 말한다.

하나 그는 그 어느 의견에도 반대를 해왔다. 아내나 어머니의 말에도 일리가 없는 것은 아니나 그가 가지는 생각은 그것과는 같지 않았다. 아들이라든가 딸이라든가 하는 생각을 한 걸음 초월한 생각이 움직이고 있다고 그는 생각하였다. 딸에게 보내어지는 아내와 사회의 차별관에 대하여 그는 분개하고 있다.

딸은 비교적 순조로 잘 자란다. 그가 공장에 취직한 관계로 예전처럼 끼니를 떨구는 일이 없어서 그런지 아내도 건강이 좋고 따라서 젖먹이 딸도 매우 원기가 좋은 편이다. 울음소리도 한결 여무지다. 배곯은 때에 젖을 먹이지 않으면 영악을 부리고 발버둥을 친다. 그것이 매우 기운차 보인다.

아들놈들도 매우 씩씩해졌다. 따라서 그만치 장난이 더 세차졌다. 성냥통을 밟아 납작여놓기도 하고 갓 입은 옷을 가시철에 걸어서 찍찍 꿰여가지고 들어오기도 한다. 그럴 때마다 그는 눈을 붉히고 소래기를 지르나 아이들 장난은 여전하다.

어느 날 셋째 놈이 방바닥에 잉크 한 병을 죄다 엎질러놓았다.

"요놈의 새끼!"

하고 그는 어린아이의 뺨을 후려갈겼다. 그리고는 더 혼을 떼어주려고 아이의 뒤 허리춤을 감아쥐고 들악에 나가서 김칫독 파낸 구덩이에 처박을 듯이 눈을 부라리며 으른다.

"글쎄, 정신이 있소 없소? 그만큼 때리고도 뭣이 부족해서……"

아내가 젖먹이를 활 내던지고 다 쫓아나와서 셋째 놈을 빼앗아 간다.

갓난아기의 울음소리가 점점 높게 들려온다. 그러더니 나중은 화침이나 하듯이 빽빽 악을 써 울어댄다.

"앨 저렇게 팽개쳐놓구 뭘 허구 있어?"

그는 방으로 들어오며 밖에서 아들을 달래고 있는 아내에게 쏘아붙이며 아기를 집어 들었다. 아기의 앙탈은 좀 짐짓해졌다.

아내는 아직도 입이 삐죽해가지고 들어와서 아이에게 대수 젖을 먹이더니 다시 철썩 방에다 내려누인다. 하더니 아기는 또 빽빽 울기 시작한다. 턱에 닿는 옷깃을 쫓아서 고개를 이리저리 돌리며 고사리 같은 주먹과 꼬부장한 다리를 내저으며 악을 쓴다.

그래도 아내는 집어 들려는 동정이 없다. 아기는 발을 톡톡 차기 시작한다. 그러는 때마다 몸이 조금씩 솟는다. 하더니 나중은 아주 악이 나서 발을 탁 내차는 바람에 몸이 방문 쪽으로 내솟는다. 납작한 베개가 목 아래 들어가버렸다. 그리고 연거푸 앙탈을 하는 통에 아기의 몸은 한 뼘이나 앞으로 움직이고 베개는 그 허리 밑에 깔렸다.

그는 부지중 아기를 집어 들었다. 아직 핏덩이 같은 어린것의 놀라운 힘을 그는 첨으로 보았다. 그것이 무언지 모르게 그에게도 한 가지 힘을 던져주었다. 그는 어린것의 가슴에서 잊을 수 없는 싹트는 가여운 반항을 읽었다.

그는 아기를 팔에 껴안고 둥실둥실 추슬러주었다.

5

은숙(딸)은 벌써 다섯 살이 되었다. 그(아버지)는 언제까지든지 어린것의 조그만 반항을 잊을 수 없었다. 그리고 그것이 커가는 것을 무한히 바라고 또 기뻐한다. 딸도 장차 사회의 한 사람이 될 생명이니까 한 가정 안에서보다 훨씬 크고 거친 세상의 파도에 대하여 기가 꺾이지 않기를 아버지는 깊이 바라는 것이었다.

여자는 지금의 보는 바로는 남자보다 약한 것이 사실이다. 셰익스피어가 햄릿의 입을 빌려 말한 '약한 자여, 너의 자(字)는 여자다'라고 한 말은 널리 세속에 퍼져 있다. 하나 이것은 영구불변의 운명일까? 그는 이런 의문이 날 때마다 그 의문에 멈추지 않고 더 나아가서 남자보다 여자에게 보내어지는 보다 무겁고 많은 인습과 역사와 법률과 정치와 경제의 중압을 생각한다. 여자뿐 아니라 근대의 절름발이 문명이 인류 전체의 한쪽 다리를 옛날 중국 여자의 발(전족)과 같이 줄여 붙여놓았거든 그보다 훨씬 오랜 역사를 가진 여자에의 가중한 짐이야 말하여 무엇하랴!

그는 차라리 갑갑한 생각이 났다. 자기의 생각이나 딸에 대한 사랑만이 홀로 그 짐을 가볍게 해주지 못할 것을 알기 때문이다. 하나 이런 생각이 거의 부자연하게 딸에 대한 편벽한 사랑으로 변하여진다.

"그까짓 갓난애(계집애)를……"

딸을 더 사랑하는 데 대하여 불평이 있는 아내와 어머니는 무슨 기회가 오는 때마다 씩 웃으며 이렇게 말한다.

"갓난애를 그렇게 양해서 뭣에 쓰겠소. 말괄량이나 됐지……"

이렇게도 말한다.

하나 이 쾌활하고 말솜씨 좋은 딸을 그는 그지없이 사랑한다.

어느 날 어느 소년소녀의 잡지 편집을 보는 S라는 친구가 찾아왔다. 워낙 어린애를 좋아하는 S는 곧 그의 딸과 가까워졌다. 하나 이 씩씩한 딸은 따분한 놀음을 오래 계속하기에는 너무도 날파람이 세다. 곧 말솜씨를 걸어보려고 하고 무슨 내기를 걸어보려고 한다.

이 동정을 안 S는 하룻날

"애, 팔씨름 한번 해볼까?"

하고 기를 낚아보았다.

"응!"

하며 그의 딸은 얼굴에 맑은 웃음을 띠며 곧 S의 팔에 매어달렸다.

"어쿠, 꽤 세다."

하며 S는 힘을 주어 팔을 내밀었다.

은숙은 얼굴이 질리도록 힘을 써가며 S의 팔을 꺾으려 하였다. 그러다가 발이 미끄러지며 S의 팔힘에 잔등을 내치고 넘어졌다. 그러나 곧 다시 일어났다.

"이눔!"

하고 S는 일부러 이눔이라고 부르면서 팔에 힘을 꽉 주어 팩 돌렸다. 그렇게 몇 번 거듭하는 통에 은숙은 그만 넘어져버렸다.

"이눔 졌지? 항복해……"

하며 S는 은숙의 몸을 꽉 누르고 있다.

"아, 안 졌어……"

은숙은 얼굴이 빨개서 낑낑거리며 빠져나려고 힘을 쓴다.

"항복 안 헐 테야?"

"안 해……"

"이눔 항복 안 허면 이렇게 헐 테다."

하고 S는 노끈으로 팔을 동여매고 한참 실히 그대로 누르고 있었다.

"얘 누가 이겼니?"

하고 아버지가 이렇게 물을 때에 은숙은 '으앙' 하고 끝끝내 울음이 터졌다. 하나 그러며 다시 기를 써 S를 차기 시작한다. 얽혀가지고서도 그리고 울면서도 은숙은 반항하고 있다.

하나 그 후에도 은숙은 S를 몹시 때렸다. S만 오면 펄쩍 매어달린다. S도 커가는 이 어린 혼이 그리운 듯이 이따금 찾아온다.

철로 교차점 鐵路交叉點: 후미끼리
──『임금(林檎)』의 속편

1

'간조날'이요 겸하여 장날이 되어서 경수는 지난 닷새 동안에 번 임금 전표(賃金傳票)를 돈으로 바꾸어가지고 여느 때보다 일찍 집으로 돌아왔다.

*

그가 S강 제방 공사장에서 일하게 된 지도 벌써 거의 한 달이 된다. 날삯 40전에서 의무 저금으로 2전씩을 제하고 나면 하루에 겨우 38전이 질리는데, 그나마 돈 쓸 일이 바쁜 사람은 '간조날'을 기다릴 여유가 없어서 그날그날 전표장에서 미리 팔면 한 장에 3전씩이나 더 떼이게 되지만, 그래도 불퉤가 나게 구차한 농민들은 이런 큰 벌이가 없다고 범벅덩이에 파리같이 이 일판으로 덤비어든다.

그래서 하루 2백 명 내외밖에 붙을 수 없는 이 일판에는 새벽마다 3백 명도 넘는 일꾼이 알감자 씻듯이 오글오글 몰려치는 것이었다. 그러나 결국 세 맡고 날 샌 패들이 눈알이 까뒤집힐 듯이, 이 공사장의 감독과 십장들이 내어던지는 부삽을 잡게 되고, 나머지 늙고 손줄이 굼뜬 족들은 백 명 가까이나 날마다 까불려서 그대로 돌아갈 수밖에 없게 된다.

때마침 추수 후가 되어서 농촌 사람들은 빚단련에 껍데기 벗어질 지경이매 요새는 날부일 이런 경쟁이 심하여갈 뿐이다. 말하자면 이 일하는 농촌의 곤경을 반영하는 한 마당의 활화면(活畵面)이라고도 할 것이다.

하나 경수는 아직 별로 일자리에서 까불려본 일은 없다. 나이 젊고 또 부중[1]에서 치여난[2] 그이매 농민들에게 비하면 한결 팔팔한 편이다.

비록 짧지 않은 사이를, 거리의 방랑자——룸펜으로 하는 일이 없이 술집을 엿보고, 객담꾼을 찾고, 선술이나 살 만한 사람을 물색하고 다니던 그였지만, 몇몇 친구들의 연줄로 일손을 잡게 되면서부터는 짜장[3] 딴사람같이 변하였다. 지난 한때, 잊어지지 않는 호화로운 시절——그들의 활동이 자못 씩씩하던 그때의 의기가 지금은 ××때의 일부로서의 노동에 되살아나는 것을 그 스스로가 깨닫게 되었다.

그는 지금 생활을 결코 창피한 것이라고 생각지 않는다. 소사

없이 비 맞은 삽사리같이 어깨를 축 늘이고 같은 거리를 하루에 몇 번씩 오고 가던 그때에, 때 따라 일어나던 것 같은 얼굴 가렵고 마음 찔리던 그러한 창피와 수모가 이마적⁴의 자취를 말끔 거두어버렸다.

흙냄새 나는 제 몸이 향기를 품기는 유두분면(油頭粉面)⁵의 한가한 미인을 스쳐도 아무런 가렴증을 느끼지 않고 기름진 신사에 좋다고 차림과 겨루어도 어깨가 떠지는 일이 없다. 어두우나 번한⁶ 저희들의 세상이 따로 있는 것같이도 생각되었던 것이었다. 누구를 부끄러워하랴 하는 버젓한 생각도 연성 일어나고 내로라 하는 억센 자존심도 때 따라 들솟는 것이었다.

더군다나 한 달 가까이 일하는 사이에, 일동무들과 함께 이런 결점은 이렇게 다스려가고 저런 불만은 저렇게 채워가야겠다고 피차 의사가, 공통히 흐르게 된 것을 생각하매 그는 적이 믿음과 힘이 커가지 않을 수 없었다. 부상자가 나게 되면 대부분 인부들의 동정금으로 군색한 치료를 받게 하는 것을 이마적은 부상 수당으로 고쳐주게 하고 동정금은 가족에게로 보내도록 하였으며 군둔한 농부들의 부상자를 작게 하고 설비에 부속을 하나씩이라도 고치게 하였다. 하나 갈수록 이렇게 했으면 혹은 저렇게 했으면 하는 일이 새로 눈에 뜨인다. 눈에 뜨이면 어찌해서든지 뜻대로 해보고 싶었다. 해보고 싶은 생각은 그의 맘에 긴장을 가져오고 그의 손에 뜻 맞는 손을 찾게 하였다. 그는 이만치 딴사람같이 변하였다. 그는 지난 일을 생각하는 때마다 '나는 일없이 노는 것같이 나쁜 일이 없다'고 생각하였고 술 마시기를 일삼고 계집질하는 것을 자랑으로 알던 것을 돌아다보며 지금의 노동이 얼마나 깨끗한 일인지를 깊이 깨닫게 되었다.

이런 생각을 하는 사이에 그는 4마장이나 되는 M다리를 건너와 버렸다.

2

M다리를 건너서, S강가를 남북으로 달리는 경편 철도 동쪽 큰 길에 잡아드니 아낙네 장꾼들이 패패 떼를 지어 올라들 오고 있다. 장을 보아가지고 촌으로 돌아가는 길이다. 벌써 장꾼이 빠지기 시작하는 석양이 되었던 것이다.

서울 사람들이 들으면 말쌈질을 한다고 생각하리만치 이북도 여인네들은 입심이 좋다. 머리 위에 커다란 함지를 이고 등허리에 혹은 엉덩이에 어린것을 처업고 유성기 개타령같이 왈왈거리며 걸어오는 패도 있다.

하나 한참 내려오는 사이에 경수는 그 말 많은 아낙네들의 말소리가 점점 낮아지고 그 얼굴이 이상하게 찌푸려진 것을 발견하였다, 하면서도 첨은 물론 그는 심상하였다. 하다가 자전거를 끌고 오는 순사와 때기름기 바들바들한 '쯔메에리'[7]에 학생 모자 같은 둥그런 모자를 쓴 얼굴 검은 젊은 사나이를 그 장꾼들 속에서 발견하면서부터 그는 무언지 모르게 이상한 생각이 스르르 돌기 시작하였다.

216

잿빛 같은 얼굴을 해가지고 조상꾼[8]같이 굼뜬 발을 어디다 놓이는지 모르듯이 가끔 허전거리는 검은 '쯔메에리' 입은 사나이라든지 바로 그 뒤에 바싹 붙어 서서 자전거를 타지 않고 끌고 오는 순사의 모양이 아무려나 예사롭지는 않았다.

경수는 그들을 지나놓고는 웬일인지 그대로 가버릴 수 없어서 되돌아다보았다. 어린애 몇 놈이 따라선 것과 장꾼들이 유난히 그들을 엿보며 비슬비슬 따라가는 것을 새로 발견하였다. 그는 고개를 뒤로 돌리며 걸어가다가

"앙이 참 불쌍해."

하는 장꾼들의 낮은 말소리에 그 가슴이 쩔렁하며 선뜻 고개를 돌렸다.

무표정한 여인들의 얼굴에도 정녕 슬픈 빛이 서린 듯하였다.

"아매 대여슷 살 먹었겠습데."

"앙이 다 자라와서……"

"×원[9]에나 가져갔는지?"

"가져간들 소용있습메. 배리가 다 나왔는데……"

"에미 애비가 여복[10]하겠음."

이런 이야기에 경수는 벌써 정신이 아찔해졌다.

한데 그다음 패는 또 이런 말을 하며 걸어오지 않는가!

"앙이 쌍둥이랍데."

"쌍둥이는, 하나 죽으면 그담 애도 죽는다는데."

그담은 더 들을 수 없었다. 아니 더 들리지 않았다.

경수는 그만 정신이 팽그르르 돌아가며 발이 허둥지둥해졌다.

쌍둥이요 게다가 대여섯 살이면 자기 아들이 분명하다. 사고가 많기로 이름난 자기 동네 '후미끼리' 쪽에서 올라오는 장꾼들이요 또 그 동네에는 쌍둥이라고는 자기 아들밖에 없다. 그리고 아까에 순사 앞에서 가던 젊은 사나이는 정녕 경편 철도 운전수인 것이 틀림없다. 아이는 분명 늑살(勒殺)[1] 이 된 것 같다.

순간, 모든 생각이 죄다 물러가고 '이 일을 어찌할까?' 하는 생각이 천 근 철퇴와 같이 머리를 때렸다. 눈이 팽 돌아가고 다리가 사시나무같이 파르르 떨리었다.

집으로 가려면 아직도 이 길을 한참 실히 걸어가야 한다. 조철(朝鐵) H역을 지나 그 관사 앞에 이르러 바로 자기 동네 어귀를 내려다보았을 때에 그는 그만 주춤하고 발을 멈췄다. 그 일대에는 사람이 하얗게 몰려 있다.

"틀림없구나!"

그는 순간, 저도 모르게 이렇게 부르짖었다. 미처 날뛸 아내를 어떻게 보랴——골통이 뻐개질 그 죽음을 어찌 보며 또 그 뒤치다꺼리를 어찌할까! ——이런 생각이 방아벼락같이 머리를 후려갈겼다.

그는 정신없이 다시 걷기 시작하였으나 한참 가다가 그만 멈칫하며 슬며시 돌아섰다. 그 길을 걸어서 그 숱한 사람 속으로 걸어갈 수 없었던 것이다. '죽은 아이 애비 온다!' 하고 우우 몰려드는 군중이나 게거품을 우구구 처물고 나자빠질 아내를 그대로 가서 만날 수 없었던 것이다.

경수는 얼마큼 되돌아 올라오다가 동쪽으로 빠지는 좁은 골목

218

으로 잡아들었다. 그 골목을 한참 가다가 바른편으로 꺾어서 한 3,4마장 내려가서 다시 바른편으로 꺾이어 조금 서쪽으로 나가면 그의 집으로 들어가는 얕은 막다른 골목이 나진다.[12]

그는 이 두름길을 취하기로 한 것이나 그 길도 대숨에[13] 주르르 가버릴 수는 없었다. 비록 사람들은 보이지 않고 말 많은 아낙네들의 쑥덕대는 불길한 소리는 들리지 않았으나 어차피 무서운 그 마당이 오고야 말 그 길을 혼 손바로[14] 붓다새 걸어갈 수는 없었다.

그러나 또, 가보지 않을 수도 없는 터이다. 그는 얼빠진 사람같이 걷고 있다. 하다가 어느 만치 왔는지 저도 모르는 그는 선뜻 놀라며 멈칫하고 섰다. 옆으로 뚫린 좁은 골목 어귀에서 두세 아낙네가 수군거리는 것을 언뜻 발견하였기 때문이다.

아낙네들의 얼굴이나 말소리로 미루어보아서 오늘의 참변을 수군대는 것임이 틀림없다. 그 말의 내용을 샅샅이 알아들을 수는 없었으나 다만 한마디— "붉은 저고리……"라는 말을 그는 똑똑히 들어내었다.

그의 네 자식 중에서 붉은 저고리 입은 아이는 하나도 없다. 동넷집 고양이 알이라도 빌려 쓰고 싶도록 줄창 선도래[15]를 치는 바쁜 아내는 아이들 옷 한 가지 꿰맬 틈이 없어서 찬바람이 떨어지기 시작한 엊그저께야 겨우 고물상에서 검정 '고구라' 양복 아래위를 이것저것 주워 사다가 가까스로 걸쳐준 기억이 그의 머리에 새로워졌다.

아무리 피투성이가 되었다손 치더라도 검정 양복이 붉은 저고리로 뵈었을 리는 없는 것이다.

그는 한 가지 안심에 줄을 잡은 듯하였다. 다만 한 가지 안심에 지나지 않았지만 그 안심은 아까의 불안에 비기면 천리만리의 거리를 가지고 있는 것 같았다.

자식을 애꿎이 사랑하는 깊은 감정이라고는 별로 가지어본 일이 없는 그였고, 또 내 자식을 사랑하면 남의 자식도 그만치 사랑해야 한다고 생각하며 나아가서는 자기보다 더 구차하고 더 불쌍한 사람의 자식이면 따라서 그만치 더 사랑해줘야 하리라고 생각하는 그였지만 이 순간에는 '내 자식'이라는 가냘픈 감정이 모든 감정의 꼭대기를 디디고 맨 꼭대기에 올라섰다.

그는, 자기 집 골목을 바라볼 수 있는 마지막 굽이를 간신히 돌아섰다.

아! 이 어인 요행이랴?

그의 집 앞에는 사람의 그림자도 없다. 사람의 떼가 욱적욱적 몰켜서서 불행을 구경하고, 구경하는 남아에 한줄기 조상의 빛을 던져주리라고 생각하던 그의 눈에는 평온무사한 텅 빈 광경이 뵈지 않는가?

그는 얼른 자기 집 앞에 와서 수수 바자 사이로 쭈볏이 들악을 엿보았다. 그의 아내는 마루 앞에서 올망졸망한 네 아이를 제 앞에 모여 세우고 두 손으로 한꺼번에 안아줄 듯이 팔을 벌려 머리와 어깨를 슬슬 어루만지며 동네 아낙네와 무슨 말을 하고 있다. 아내는 모진 놀람에 얼굴이 아직 울긋불긋하고 말소리가 뛰는 가슴에 띄엄 끊어지는 듯하였으나 그 어느 구석엔지 우수의 빛이 서리어 있다.

그는 수수 바자 사이를 통하여 턱으로 네 아이를 한 번 더 세어 보고는 선발로 '후미끼리' 편으로 뛰어나갔다.

아직도 그 근방에는 사람들이 성깃성깃 남아 있어서 무슨 이야 기들을 수군거리고 있다.

경수는 첫머리에 한 사람을 잡아가지고 말을 물으려다가 말고 그 다음다음 사람——철도길 가까이 선 면안 있는 젊은 사나이에게

"어떻게 됐소?"

하고 곁눈을 팔며 나직이 물었다.

"허!"

하고 그 사내는 입만 다신다.

"병원엘 가져갔는가요?"

"아니요."

하는 그 사내의 표정은 입원시킬 형지(形址)[16]도 없다는 것을 분 명히 하고 있다.

이윽고 쓴입을 연 그 사내의 말을 들으면 어린아이는 기차에 깔 려가지고 열 발[17] 이상이나 끌려가는 사이에 아주 말 못 되게 웅크 러지고 배가 통 까디벼져서 창자가 빨끈 내물렸다는 것이다.

그러며 그 사내는 제동기를 디디자 기차 바퀴가 돌지 못하고 레 일 위를 빠드득빠드득 쓸어놓은 흔적을 따라가며 가리킨다.

사실, 둔하게 빛나는 레일 낯짝에는 바퀴에 갈린 자국이 길게 남아 있다.

"그래, 부모는 없던가요?"

하고 경수가 다시 물으니까 그 사내는

"웬걸요. 애비라는 사람이 곧 달려왔드군요. 허지만 오니 뭘 하오. 기가 콱 맥혀서 말도 변변하게 못 하드군요."

하고 인제야 제창[18] 경과를 죽 이야기한다.

　놀라운 기별을 들은 아버지는 하늘이 꺼질 듯이 천방지축 달려와서는 위선, 일을 저지른 후, 곧 경관에 현장 조사를 받고 있는 운전수를 보더니 "이눔, 눈깔이 없느냐" 하는 말 한마디만 겨우 하고 곧 달려가서, 아직도 온기가 있어 보이고 가끔 풀풀 뛰는 것 같은 밀려나온 창자를 두 손으로 푹 싸쥐자 배 속에 얼른 밀어넣어가지고 아이를 성큼 가슴에 안으며 피투성이가 된 어린애 얼굴을 제 얼굴에 비비어보더라는 말을 저저이[19] 한 후

　"이곳 사람이 아니라는군요, 평안도에서 막벌이로 이곳 온 지 얼마 안 된답디다. 겨를이 없어서 그런지 억이 질려서[20] 그런지 말도 변변히 못 하고 벌벌 떨며 저도 모르는 눈물만 죽 흘리구 있드군요. 헌데 파출소에서 경관이 오고 정거장에서 역장인지 뭔지 한 사람이 와서 현장을 조사하고는 인차 운전수를 데리고 가버렸으니 더 할 땅이 있어야죠."

　"그래, 아이는 정거장으로 가져갔는가요. 집으로 가져갔는가요?"

　"애비가 안고 집으로 갔어요. 역장인가 한 사람이 주소 성명을 묻고는 역부인가 누군가 하나 달아서 집으로 보내드먼요."

　"그래, 이 동네 사람은 하나도 따라가보지 않았는가요?"

　"몇 사람 따라는 가는 모양입디다만 어데 이 동네라구야 말마디나 할 사람이 있어야죠."

그 사내의 말이 필하기 전에 경수는 곧 다쫓아가보려다가

"헌데 참, 아이는 이곳에서 놀다가 그렇게 됐는가요?"

하고 그제야 깔리게 된 사정을 물어보았다.

"내 집 남의 집 헐 것 없이 아이들이 낮이면 늘 이 근방에 모여 놀고 또 그러다가 크나 적은 사고를 일구는 것이지요."

그는 잘 알면서도 한 번 더 따져 물었다.

"아니, 그 애는 이 동네 애가 아니랍디다. 저 동쪽 말 뉘 집 제 각에 있다는데. 한 들악에 사는 아낙네가 빨래하러 가는 델 따라 가다가 그렇게 됐답디다."

"아니, 그러면 어른이 데리고 왔는데 그렇게 깔리게 했단 말이 오?…… 온."

"그런 게 아니라 그 아낙네가 빨래를 잠뿍 이고 먼저 후미끼리 를 건너가놓고 기차가 오는 게 염려되어서 돌아서며 아이에게 건 너오지 말라고 소리를 쳤다는데 그만 기적 소리에 맥혀버렸는지 그 말은 들리지 않고 되려 건너오라는 뜻으로 뵈었든 모양이에 요. 해서 애가 급히 뛰어 건너다가 그렇게 된 건가 봐요. 그리기 에 이것 보시우. 기차가 바루 요게 와서야 정거를 시키랴 한 것 아니우."

하며 그 사내는 운전수가 제동기를 디딘 첫 목을 레일 위에서 찾 아내며 말한다. 사실 그 갈린 자국은 '후미끼리'에서 얼마 안 되 는 곳이니 아무리 뜬 경편차라 하더라도 그 짧은 사이에서 정거 될 수는 없을 것이다.

"그래, 그런 말을 다 했습니까? 역장헌테와 순사헌테!……"

"대강 말은 했지요. 아이를 데리고 온 아낙네와 물으니 아주 정신 빠진 사람같이 갈팡질팡한 소릴 하기에 내가 대강 보고 들은 대루 말은 했소만!"

"네, 그러면 하여간 여기 모여든 사람도 대강 그렇게 된 사정인 줄 알았겠군요? ……좌우간 다시 뵙겠쇠다. 참, 댁이 어데든지요?"

하고 경수는 그 사내 주소를 물은 다음 발달음질쳐서 집으로 들어왔다.

배리가 사나우면서도 서근서근하고 눈물이 많은 아내는 슬픔 반 울음 반인 야릇한 얼굴을 지으며 지금 듣고 온 이야기의 몇 토막을 말한 후 푸넘 비슷이 말을 잇는다—

"쌍둥이두 아닌데 쌍둥이라구……"

"쌍둥이가 아니야?"

하고 경수는 놀라는 듯이 물었다.

"아니래요. 외살 터불[21]이 형이 있는데 개가 몸이 약하고 잘 얻어먹지 못해서 동생과 키가 그만그만하다는군요. 형제니까 얼굴도 어슷비슷할 것 아니우."

하는 말을 들으며 경수는 곧 자기의 자식들을 생각하였다. 쌍둥이는 물론이지만 영양이 좋지 못하고 터불이 작은 아이들은 키나 얼굴이 모두 그렁그렁하다 하니, 겨우 외살 터불인 그 집의 형제는 짜장 그놈이 그놈일 거니 쌍둥이란 말도 남 직한 일이다.

이런 얘기를 하고 있는 사이에도 아이들은 쉬지 않고 장난을 하고 있다. 어미가 밖으로 나가지 못하게 한 탓인지 손바닥만 한 들악과 쥐굴 같은 집 안을 나와 들어가 하며 "으악, 하하하" "앙―
엄마, 에금마" 하고 야단법석을 친다.

경수는 무언지 모르게 슬며시 소이틀빗해졌다.[22] 그러며 그제야
오한이 도는 제 몸을 깨달았다. 벌써부터 온몸이 후들후들 떨리
고 있었던 것이다.

"따신 물 좀 있소?"
하고 묻다가, 묻지 않아도 뻔한 일임을 깨달으며 말을 돌렸다.

"참, 그 집이 어디랍디까?"

경수는 아내에게서 그의 집을 물어가지고 곧 밖으로 나왔다.

까닭 모르게 불쾌한 생각이 가슴 한구석을 누르고 있었다.

마뜩지 않게 장난을 치고 있는 아이들을 그러지 말라고 할 생각
도 없고 또 공연히 가슴이 뛰고 오한이 드는 자기가 몹시 약하게
생각되었다.

경수는 걸음을 빨리하며 "경칠, 줏대 없는 놈!" 하고 스스로 제
몸을 꾸짖었다. 기운이나 버쩍 나주었으면 하길 하였다.

바로 아까에 일어난 참변을 그만 잊어버린 듯이 쓸쓸한 한 거리
를 걸으며 자기의 슬기 없음을 그는 께름히 생각하였다. 좀더 강
하고 좀더 의젓한 자기가 되었으면 하기도 하였다. 저를 위하여
서나 남을 위하여서나 한가지로 충실한 몸이 되어보았으면 하는
의욕도 적이 타올랐다.

"왜, 오한이 드는 거냐?"

그는 속으로 제게 외치며 위정 다리에 힘을 주어 가뜬가뜬 걸어
갔다.

그러며 경수는 생각한다.

우선 참변당한 그의 집을 찾아가서 위문하고 그리고 다시 무슨 통지가 있을 때까지는 회사에서 조의금을 가져와도 받지 않을 것과 이 동네의 주민 대표가 회사로 방문하고 '후미끼리방'을 어느 기한 내에 꼭 설치하도록 하는 동시에 이번 일에 대한 마땅한 조처를 결정짓기까지 죽은 아이 아비도 피해자로 행동을 같이할 것을 당부하고, 그담으로 이 동네 대표들을 모아놓고 오늘 밤중으로 선후책을 강구하리라고 생각하였다.

'후미끼리방' 문제는 벌써부터 있어온 지 오래다. 동네에서 이미 대표까지 선정하여 조철 당국과의 교섭 일체를 일임하고 있는 터이나 아직도 결말을 짓지 못한 채로 ×다.²³ 조철 당국이 '후미끼리방'을 둔다고 한 지도 이미 오래다. 하나 대표들은 그 언명만을 듣고 와서는 들뿌리를 풀어놓은 셈이다. 그래서 여태 그것은 실현되지 못하고 있다.

회사가 무책임한 것은 물론이지만 대표들도 성의가 부족했던 것이 사실이다.

그것은 이 동네 주민에게 있어서는 직접 생명에 관계를 가진 중대한 문제다. 그러니만치 한시도 그대로 내버려둘 수 없는 시급한 문제다.

작년에는 그 말썽 많던 화재 문제가 여러 해의 운동 덕으로 해결되었다. 즉 기차 굴뚝에서 나오는 불똥이 철길 가 초가지붕에 떨어져서 가끔 불이 나는 일이 있었는데 그것은 오래도록 말썽이 되어오다가 결국 작년에 와서야 조철 당국은 그 연선 초가집을 양철로 바꾸어 이어주게 되었던 것이다.

그래서 그 걱정 하나는 덜었으나 그보다 더 큰 문제인 '후미끼리방'은 여태껏 그대로 밀리어왔다. 한 곳도 아니요 세 곳이나 되므로 경비가 많아서 회사는 손을 대지 않는 모양이다.

버스가 다니고, 국철에서도 기동차를 새로 부리게 되어, 교통기관의 삼각선이 맹렬해진 관계로 찻삯을 내리게 되고 따라서 그만치 수입이 줄어졌다 하여 조철 당국은 이 문제를 밀깃밀깃해왔다.

저희들의 ×쟁[24] 때문에 수입이 준 것은 사실이라 하더라도, 개인 경영인 버스도 이익을 내거든 크나큰 회사가 결손[25]을 볼 리는 없는 일이다. 그리고 교통기관이 느는 것이나 또 감독 당국이 그것을 인가하는 것은 그만치 교통량이 늘기 때문이 아닌가?

교통량이 늘면 수입도 따라서 늘어갈 것이다. 그러므로 비록 교통기관이 더 생겨났다 하더라도 한 회사가 혼자 결손 보게 될 리는 없는 것이다. 인가 당국은 어디까지든지 경영자를 옹호하는 입장에 있는 것이다. 초록은 동색이라, 승객의 이익을 위하여, 회사들이 유지 곤란에 빠지도록 경쟁하지 않으면 안 되도록 만들어 줄 리는 없는 것이다.

경수가 처음 이 동네에 이사 올 당초에는, 이 조철 경편차의 왕복이 하루 10여 회에 불과하였다. 한데 지금은 20회도 훨씬 넘는다. 그리고 또 이 동네의 인총도 사뭇 빽빽해졌다. 해서 교통사고가 한결 더 많아지게 되고 따라서 '후미끼리방' 문제까지 일어났던 것이다.

이 동네는, 가난한 동네가 거의 다 그런 것같이 아이들이 많다.

그리고 그 어린애들은 대부분 유치원이나 학교로 갈 수 없고 또 모여 놀 적당한 장소를 가지지 못한 까닭으로 조그만 빈터가 있는 '후미끼리' 대목으로 낮이면 모여든다.

기차와 기찻길에 레일과 침목이, 그리고 색유리 달린 '시그널'이 그들의 주린 눈에는 한 가지 유혹의 대상이 되어 있다. 사람은 물론, 석탄과 재목을 실은, 뙤낮고 속력이 뜬 경편차를 바라보며

"야, 조까짓 데 뛰어 못 올라!"

하고 한 놈 외치면

"야, 난, 엇것대(요전에) 자동차 뒤에 달려서 큰 다릿목까지 갔다 왔다."

하고 다른 놈이 맞장구를 친다.

"히, 하이칼라상, 하이칼라상…… 야— 에미네 색주경(안경) 썼네."

"거, 양국 복장 개화장 좋—다."

이렇게 승객을 놀려먹다가는 제창 성수가 나서 잦은 청으로 한 곡조 떼는 놈도 있다.

—신고산이 우르르 기차 가는—소리 구고산 큰애기 밤보따리만 싼—다……

그러다가 기차가 다 지나가버리면 주르르 몰려들어 레일에 귀를 대고 기차 달리는 소리를 엿듣기도 한다.

이런 광경이 지금 경수의 머리에 새삼스러이 환히 떠올랐다.

그의 네 자식도 찻길에 나가 놀다가 기차 통행을 방해하였다는 이유로 여러 번 붙들리어 간 일이 있다.

조철 당국은 부모에게 모든 책임을 돌리려 하고 아이 간수 잘못함을 매무섭게 으르려 하나 그것은 도저히 될 수 없는 일이다. 그날그날 벌어야 살아가는 이 동네의 부모로서는 도저히 될 수 없는 일이다. 아이 하나에 어른 하나씩 달려 있을 집이 뉘 집이라?

회사가 '후미끼리방'만 두면 문제는 그만 해결될 것이다. 극히 간단한 일이다. 하나 이 간단한 일도 결코 쉽사리 이루어지지 않는다. 같은 부내면서도 밤거리에 전등 하나 볼 수 없는 터이고 오뉴월 장마에 고인 물 빠질 개천 하나가 변변히 되어 있지 못한 그들의 동네다.

바로 지난여름에도 경수네 앞집 상투쟁이가 들악에 물이 괴어서 부엌으로 숨어드는 것을 빼기 위하여 그 앞길에 지렁이만 한 도랑을 파서 건너편 개천으로 인수하다가 도로 훼손이니 뭐니 해서 혼쭐이 난 일이 있다.

이런 동네니만치 회사가 노상 얕밟아 보고 드는 것이다.

하나 이번은 기어코 약속을 이행시키고야 말리라고 경수는 생각하였다.

그것은, 그 사람뿐 아니라 온 동네가 모두 한가지로 열망하는 문제다.

그리고 또 찻길 가 동네는 물론, 그 인근 각 동네에서도 아낙네들이 빨래하러 다니고 아이들이 가서 노는 일이 많기에 늘 위험을 느끼고 있는 터이다.

그 이튿날 경수네 동네 주민 대표 여덟 사람은 조철 회사로 찾아갔다.

어젯밤 경수는 참변당한 박 서방의 집을 위문하고 선발로 동리 대표들을 한 집에 불러 모아가지고 교섭에 대한 전후사를 밤늦도록 협의하였던 것이다.

이 얘기 끝에 참변당한 아이 아비 박 서방도 데리고 가는 것이 어느 편으로 보든지 유리하리라는 것으로 말이 일치하게 되어 함께 데리고 갔다.

회사 경리과장이라는 조그만 사나이는 그 몸집에 상당치 않게 당당한 태도로 저바로²⁶ 앉아서 시종 묵묵히 대표들의 말을 듣고만 있더니

"네, 잘 알겠소."

하고 뜨젓이²⁷ 입을 연다.

그의 말은 요컨대 전과 같이 '후미끼리방'은 물론 두기로 하겠는데 다만 경비 관계로 그 시기까지는 확언할 수 없다는 것이다.

"예산 문제가 있고 또 연도(年度) 관계가 있으니까요……"

하고 의외로 간단히 막아버리자는 상이다.

"그러면 작년도에 언명한 문제를 금년도 예산에도 넣지 않았단 말씀이오?…… 벌써 금년도도 반년이 넘지 않았소."

하고 제일 나이 먹은 K라는 사람이 말하는 것을 경수는

"아니, 그건 우리가 알 필요 없는 문제요."

하고 말을 막았다.

"예산이니 연도니 하는 문제는 회사 내부의 문제일 것입니다. 우리는 그걸 들으러 온 것이 아닙니다. 이미 약속한 문제를 이행해달라고 왔을 뿐입니다. 벌써 2,3년째 있어온 문제니까 지금 해

준댔자 결코 이른 문제는 아니니까요."

"그건 당신네 사정일 테죠. 네, 물론 당신들 사정도 짐작은 합니다. 그러기 때문에 회사도 서슴지 않고 이렇게 피차 협의하는 거 아니우. 허나 회사도 지금 경쟁 때문에 결손 보는 지경이니까요……"

새로 갈려 왔다는 키 작고, 되똑한 경리과장은 볼 성보다는 어디까지든지 침착하고 익먹는[28] 태도로 슬슬 구슬리려 한다.

"그러면 주민에게 위험을 주는 것으로써 회사가 이익을 보아야겠습니까? 물론 크나큰 회사가 그런 인색한 생각을 하리라고 우리는 생각지 않습니다. 그리고 사고가 생겨서 조의금이니 장례비니 하는 걸 지출하느니, 차라리 얼른 '후미끼리방'을 두었으면 피차 이익 될 거 아닙니까. 이익이라는 것보다도 주민으로 보면 생명을 건지는 거라고 할 겁니다."

대판에 가서 메리야스 공장에 다니다가 각기를 만나서 돌아온 Y라는 사람의 말이다.

"사고에 대해서는 회사도 늘 머리를 앓고 있는 터이지만, 그것은 무엇보다 부형들이 각별히 주의해줘야 할 것입니다. 회사에서 말하는 것보다도 경찰에서 말하는 것보다도 가정에서 잘 보살피는 것이 제일 효과가 있으니까."

"아니, 우리들 가정 형편이 그리해낼 수 없다는 것은 누누이 말해온 거지만…… 회사는 늘 모든 책임을 주민들에게만 밀려고 드니 정말 딱합니다. 어저께 참변당한 당사자가 저게 와 있고 또 회사에서도 그 전말을 대강 조사하였을 줄 압니다만……"

"인제 와서는 사고의 책임이 주민 측에는 전혀 없다고 해도 과언이 아닙니다. 회사에서 약속대로 해주었으면 그런 봉변이 없을 거 아니우."

경수는 '후미끼리방' 문제와 어저께 사고를 여기서 연결시키기를 잊지 않았다.

"아니, 거게 대해서는 벌써 조사한 바도 있고 또 더 상세히 조사해보겠습니다만 지금까지의 조사로서는 그 가정의 불찰이라고밖에 할 수 없소. 어른이 데리고 가다가 그리 되었으니까요."

"아닙니다. 그것은 우리와 해석이 전연 다릅니다. 원인을 내버려두고 결과만을 말하는 것이라고 나는 생각하오. 회사가 왜 언명한 문제를 여태 실행하지 않소? 그 때문에 그런 사고가 또 생긴 거 아니우."

경수는 좀 흥분되었다.

"아니, 물론 그렇기 때문에 회사도 그저 있으라는 것은 아니오. 어떤 형식으로든지……"

과장은 이렇게 말하며 슬몃슬몃 박 서방을 본다. 박 서방은 맨뒤에 꾸부리고 앉아서 고개를 숙이고 눈만 꺼벅꺼벅하고 있다.

"물론 어저께 사고에 대해서는 회사로서의 적당한 처리가 있을 줄 믿습니다만……"

하고 경수는 거기 대해서 의견을 말하였다. ─바로 '후미끼리' 대목에 와서야 정거시키려고 한 것, 현장에서 즉사한 것, 아들인 것, 부모는 이미 단산기(斷産期)는 된 것, 극궁한 사람이요 또 타곳 사람이라는 것을 저저이 말한 다음, 그 사고는 회사가 약속을 이행치 않은 데서 생긴 것이라는 책임감 위에서 고려해야 할 것을 저저이 말하였다. 과장은 그 말을 들으며 빙긋 웃고는

"네, 그건 당신네가 말하지 않아도 회사로서의 정규가 있으니까……"

하고 일부러 서근서근한 태도를 보인다. 사실 과장은 이 문제를 누그럽게 대답함으로써 '후미끼리방' 설치 문제를 흐려버리려는 것이었다.

"허나 문제는 거게만 끄치는 것이 아닙니다. 이번에 곧 '후미끼리방'을 설치해줘야겠습니다. 이번 사고도 이 문제와 관련된 문제이므로 둘을 다 완전히 해결지어주도록 바랍니다."

하고 Y가 말하자 경수가 곧 받아 이었다.

"이미 '후미끼리방' 설치는 언명한 바이니까 두느니 안 두느니 하는 문제가 아니라 언제 설치해주겠느냐 하는 문제입니다."

하나 과장은 약간 눈초리에 냉소를 띨 뿐으로 아무 대답도 없다.

그러다가 이편에서 재촉하다시피 그 말을 되풀이하매

"그건 명언할 수 없소."

하고 입을 딱 닫아문다.

"명언할 수 없다니요? 그러면 처음부터 해줄 생각이 없는 걸 빈말로 해준다고 했던 건가요?"

Y가 따졌다.

"아니, 아까도 말한 거고 또 그런 문제는 나로서는 어떻다 말할 수 없는 문제입니다. 중역회를 거쳐야 하고 또 예산이 서야 하는 거니까요."

하고 과장은 이어서 오늘날 주식회사라는 것이…… 더욱이 이런 큰 철도 회사라는 것이 얼마나 범절이 크고 계제가 층층한지를 요령 있게 따서 말한다.

"아닙니다. 이 문제는 어제오늘에 생긴 문제가 아니고 벌써 수년째 있어온 문제니까 여태 논의되지 않았을 리도 없는 거고 또 우리 주민들은 절대 더 기다릴 수 없는 터입니다."

경수는 이렇게 말하고는 한층 기를 가다듬어가며

"우리 주민 측의 사정은 충분히 말했으니까 인제 주민의 요구를 결론지어 말하겠습니다. 오늘부터 1개월 이내로 '후미끼리방' 3개소를 전부 설치해주기를 관계 주민의 대표로서 요구합니다. 주민 측에서는 참을 대루 참아왔으니까 부당하다고 할 이유는 절대 없을 것입니다."

하고 따라서 말하였다.

이리하여 교섭은, 이 중심 문제를 싸고 한참 긴장히 전개되었다.

하나 끝끝내 회사 측은 확실한 대답을 하지 않는다. 다만 그러면서도 쌍방의 정면충돌을 교묘히 피하여 대표들이 격앙하는 때면 저편은 슬쩍 꺾이듯이 부드럽게 늦추고 그랬다가 이편이 조금 사정 귀가 뜨인 듯하면 저편은 맹랑히 냉담한 태도로 감돌아들곤 한다.

과장은 공개하지 못할 비밀이나 누설하듯이 또는 관계 주민에게니 폐부 없이 털어놓는다는 듯이, 근자의 교통기관 사이에 경쟁과 그 때문에 생기는 손해를 지루하게 되풀이하고는

"물론 이런 사정은 회사 체면으로는 터놓고 말하고 싶지 않으

나 당신들 관계 주민에게니까 말하게 되는 거고 또 감독 당국도 이런 사정은 잘 양해하고 있지요. 그렇지 않으면야 당신들보다 감독 당국이 더 먼저 간섭했을지도 모르는 일이지요. 기실은 회사가 지금 이만큼 곤경에 처해 있단 말이오. 하하하…… 참 딱한 일이지요."

하고, 회사의 곤경을 말하는 반면에서 배후에 딴 방패를 슬쩍 비춰주는 것이었다.

대표들은 생목이 바짝 올랐다.

"한 개 회사의 손해를 그같이 문제시하는 당국이라면 주민의 생명은 보다 더 중대시해야 할 것입니다."

하고 경수는 흥분으로 말이 끊어졌다. 그러자 나이 먹은 K가 곧 말을 이었다.

"회사의 손익을 우리가 이러니저러니 참견할 배 아니지만 우리가 보는 바로는, 승객도 전보다 훨씬 늘어나고 또 운전 횟수도 엄청나게 잦아진 것이 사실입니다. 지금 하루 왕복이 꼭 스물여덟 번이니 그 얼마나한 발전입니까. H읍에 질소 공장이 생기고 요즘은 또 B촌에 대두백(大豆粕) 공장이니 뭐니 하는 것이 된다고 해서 이 인근 일대는 인구가 날부일 늘어가고 사람의 내왕이 연락부절하는 형편이 아니오. 이전에 한 사람 타는 것이 지금은 세 사람 네 사람이 되는 폭이니 찻삯이 조곰 내렸다기로 무슨 문제가 되겠소."

하고 창황히 늘여 뱉는 사이에, 경수는 마음을 사려[29]가지고

"좌우간 긴말이 없이 확답해주십시오."

하고 결론을 외목으로 몰아세웠다. 문제의 중심을 떠난 객담은 길면 길수록 자기네들의 약점을 보이는 것이라고 경수는 생각하였다. 그래서 딱 중심을 잡고 의젓이 버틸 필요를 느꼈던 것이다.

그가 경험한 바로는 이 세상은 손을 짚고 머리를 조아리는 것보다 발을 벋디디고 배통을 내미는 것이 항상 유리한 결과를 가져오는 것이었다.

더욱이 권세와 금력을 가진 축들은 정의감이 극히 박약하고 정의감이 없으면 따라서 약자를 동정하지 않을 뿐 아니라 도리어 얕잡아 누르는 것이 보통이다. 그러기 때문에 버티어주어야 한다. 더군다나 이편저편 하는 무릎에서는 때를 헤아려 줏대를 세워봐야 하는 것이다.

"1개월 이내에 설치해준다든지 못해준다든지 그 어느 편이나 가부간 똑똑히 따서 말해주시오. 우리 대표들은 관계 주민에게 보고할 의무를 가지고 있으니까요."

하고 경수는 그만 일어설 듯이 선뜻 허리를 펴며 과장을 건너다본다.

순간, 대표들은 거의 동시에 긴장해졌다. 자기들의 배후에서 이 문제의 하회를 지키고 해결을 고대하는 주민들의 모양이 방불히[30] 떠올랐다.

"거게 대해서는 벌써 다 말한 줄로 생각하오."

하는 과장은 힘써 침착을 꾸미나 어딘지 모르게 당황한 빛이 보인다. 그의 손은 테이블 위의 서류를 까닭 없이 뒤지고 있다.

"그러면 설치해줄 수 없단 말이죠?"

경수는 간발을 넣지 않고 말끝을 받아쳤다.

"네, 이를테면…… 글쎄 아까도 말한 바지만 예산 관계로 보든지 시기 문제로 보든지……"

과장은 조금 갈팡질팡하는 어조다. 경수는 한 손으로 테이블을 짚으며

"네, 잘 알았소, 그것은 물론 회사의 의견일 테죠?"

하고 다시 추급하였다.

"암 물론이지요. 허나 당신들 의견은 한 번 더 전달해보겠습니다."

"그건 당신의 생각이겠지요…… 자아 우리는 가겠습니다."

하고 경수는 자리를 차고 우뚝 일어났다. 그리고 도고히[31] 몸을 가다듬으며,

"회사의 태도는 당신으로부터 충분히 들었습니다. 그것을 관계주민, 3개리 1천5백 명에게 그대로 보고하지요."

하고 앞을 서서 가뜬한 보조로 걸어 나왔다. 다른 대표자와 박 서방도 이어 뒤미처 나왔다. 아닌 게 아니라 미상불 발길이 허든거렸다.

하나 이 순간 그들의 머리에는 주민의 그림자가 까만 밤중의 횃불같이 어물거렸다. 일찍이 이때같이 그 그림자가 선명히 그려진 때는 없는 것 같았다.

아무도 믿을 사람은 없다. 또 도와줄 사람도 없다. 그러니만치, 처지가 같은 관계 주민에 믿음과 기대가 실리어졌다. 오직 그들이 있을 뿐이다!

그들 여덟 사람은 확실히 힘이 약하다. 힘이 무척 세어야 할 이 마음에서 그들은 힘이 약함을, 그리고 힘을 보태어야 함을 어느 때보다도 절실히 느꼈다.

오직 관계 주민만이 힘이 될 수 있다.

주민대회로!

막다른 골목의 강아지는 호랑이를 향하고 돌아선다.

그날 밤이다.

경수는 웬일인지 몹시 피곤하고 여름과 같이 찌물쿠는[32] 듯함을 느꼈다. 자리에 누워서 이 생각 저 생각이 오고 가는 사이에 어느덧 정신이 흐릿해졌다. 그러자 이상한 세계가 눈앞에 전개되었다.

그것은 어둡고 막막한 혼돈천지다. 그 아래에 꺼먼 방축이 길게 가로누워 있고 그 위에 웬 사람이 장승같이 우뚝 서 있다. 일순 그 방축은 자기 집 서쪽 방축으로 변해지고 그 사나이는 박 서방으로 변해졌다. 그러자 바로 철도 길 위에 엎드러진 붉은 저고리 입은 어린애가 또 눈에 비쳐온다. 그 어린애는 분명히 움직이고 있지 않은가? 그는 날새같이 재바르게 턱석 그 애를 안아 들었다. 확실히 산 아이다.

"여……!"

하는 된소리가 뒷덜미를 콱 꽂아준다. 그것은 어김없이 기차가 오니 얼른 비키라는 '후미끼리방'의 고함이다. 그는 꼭 그렇게 생각하였다. 그러며

"기차가? 와?"

하는 생각이 번개같이 지나가는 순간, 머리가 팽그르 돌아가며

238

그는 황겁히 박 서방을 부르려 하였다. 그러나 웬일인지 소리가
나가지 않는다.

"박 서방! 아이가 살았어 살았어……"

하고 부르려는 생각이 가슴에서 네굽을 안고[33] 달구질을 하나 소
리가 나가야 말이지.

그는 가슴이 뻐개져라 하고 소래기를 질렀다. 그러나 여전히 소
리가 안 터진다. 또 한 번 악을 써 외쳤다. 소리가 날 것도 같았
다. 그래서 죽을힘을 다해서 고개를 숙이며 외쳤다.

"어—"

하고 길게 끄는 소리가 차츰 들리는 듯하였다. 아니 들렸다. 하나
그 소리를 듣게 된 때는 이미 꿈이 깬 때다. 머리가 베개에서 떨
어지고 고개는 가슴에 처박혀 있었다. 땀이 호조고니[34] 흐르고 숨
이 몹시 가쁘다.

잠은 다 깨었다. 꿈에 본 박 서방과 어린애의 모양을 생각하니
그 무서운 양이 몸서리를 치게 하였다. 그리고 그보다도 언듯 꿈
속에 들은 '후미끼리방'의 소리와 그 뒤에 유령과 같이 거멓게 솟
은 '미하리쇼'〔見張所〕[35]가 더욱 요괴하게 생각되었다.

현대 문명이 던져주는 암담한 반면을 그는 이 꿈속에서도 발견
하였다.

*

'후미끼리방'이 된 것은 그로부터 달포 후 일이다.

그는 공사장에서 늦게 돌아오는 때 날씨가 흐리고 음침한 밤이면 피와 땀으로 된 이 동네 앞 '후미끼리방 미하리쇼' ──비둘기통 같은 조그마하고 높은 집은 마치 꿈속에 본 유령과 같은 박 서방으로 뵈는 때가 종종하다.

그러며 그 집이 엎더지며, 창자가 내밀린 어린애를 턱석 안아 드는 피투성이의 광경을 연상한다.

이 조그만 한 가지 성공에도 얼마나한 땀과 힘이 요구되었던가?

경수는 지금도 여전히 제방 공사장에를 다니고 있다.

벌써 겨울이 되었다.

부역

1

가을도 이미 깊었다.

엷은 구름 떼가 금시 하늘을 덮었다가 자발없이[1] 고작 또 헤어지곤 하던 수다스러운 첫가을이 지나가고 요즈막은 줄창 내리 맑은 날씨가 계속된다.

홍수 뒤 거친 산지대(山地帶)로서는 분에 넘치는 좋은 일기다. 그러나 서릿발〔霜氣〕을 머금은 아침 바람은 소리 없이 대지를 스치고 사람의 뼈짬까지를 아삭바삭 훑는 것 같다.

방축 부역을 나가던 기술은 끼었던 팔짱을 죄어 올리며 오싹 몸을 떨었다. 그러며 그는 파란 하늘을 치어다보았다. 그리고 황량한 땅으로 다시 시선을 떨궜다. 눈에 보이지 않는 무거운 시름이 납덩이같이 지그시 대지를 내려누르고 있는 것 같았다. 그는 자기의 몸이 너무도 외롭고 조그만 것을 문득 깨달았다. 겹겹으로 내려 실리는 베차맞은 분위기를 헐치기²에는 너무도 작은 자기의 몸이었다.

작년 여름까지도 이렇게 고독한 자기가 아니었고 이다지 줄난³ 자기가 아니었다. 의지할 곳도 있었고 무슨 일이든 겨뤄볼 용기도 있었다. 그러나 작년 여름에는 때 아닌 회리바람⁴에 곁을 모조리 잃어버리고 금년 여름에는 홍수 때문에 살길을 빼앗기고 말았다. 마음에 받은 상처가 낫기 전에 금년에는 주림이 그 육신을 엄습하여 온 것이다. 하늘을 쳐다보아도 땅을 굽어보아도 호소할 곳이 없는 것 같았다. 사람의 꼬부라지가 아직 남아 있다고는 하나 그것은 몸뚱어리가 쪼그라진 늙은이 아니면 하잘것없이 마음이 허거운⁵ 못난이들뿐이다. 실로 이런 한 푼에 석 드럼짜리⁶만 남아 있는 것이다. 자기 자신도 그 종류에 속하는 한 사람이 아닌가?

그는 또 한 번 파란 하늘을 우러러보았다. 버드나무 흐느러진 옛날의 그 마을의 평화한 풍경이 새삼스레 눈에 선해진다. 목동의 호들기 소리에 푸르러가던 벌판 천리에 휘황한 달빛 아래에 끊일 줄을 모르던 다듬이 소리, 땅을 다듬는 격양가와 누런 곡식 단을 실은 수레 위의 멍에가(농부들이 소를 몰며 부르는 노래), 그것은 꿈속 같은 열 살 전의 남은 기억이다. 어찌해서 그때는 그렇게 아름답고 평화했던지……?

그러나 어떤 의미로는 그보다 사뭇 깊게 그의 맘을 물들인 기억은 최근 몇 해 사이의 생활이었다. 생전에 처음 듣는 연설이니 강좌니 하는 것도 맛보았고 얄팍하나마 안통이 단단한 책자들도 얼어보았다. 그리고 추수니 타장(打場)이니 하는 때에 난생처음으로 삯전도 쥐어보고 보통학교나 다녔던 덕으로 야학도 가르쳐보았다. 가난을 뚫고 나갈 용기도 거기서 얻었다. 그리고 또 의중(意中)에 그리는 금순이는 하루도 빼지 않고 자기가 가르치는 야학으로 꼭꼭 와주지 않았는가. 금순이는 말할 수 없이 예쁜 계집애였다.

금순의 속에서 피어나는 붉은 삯[7]은 검푸른 생활고를 물리치고도 남음이 있었다. 정구지역[8]에 모지라진 그의 손 밑에서는 윤기 있는 흰빛이 내비치고 눈바람에 튼 볼편에서는 불그스레 으늑한[9] 꽃이 피어오르는 것 같았다. 그러나 이렇게 피어날 무렵에 그만 된서리가 쳤다. 그는 단 하나인 오빠를 작년 여름에 태양이 없는 그곳으로 보내고 말았다. 친근한 동무요 더욱이 금순이의 오빠인 그를 잃은 것은 기술에게도 물론 큰 타격이었으나 그러나 금순이에게는 더한층 뼈저린 한이 되었다. 요전 어느 땐가 오래간만에 금순이를 보았을 때에는 그의 손톱이 여지없이 닳아 떨어졌었다. 그리고 산 나무를 하다가 그랬는지 손등을 몹시 긁혀서 피더데기가 엉키어 있었다. 예쁘기는 여전히 예뻤으나 그러나 그의 몸속에서는 기어드는 가난과 피어나려는 젊은 혈기가 뿌리 부러지도록 악착스레 서로 싸우고 있는 것만 같아서 그것이 불시에 기술이를 서럽게 하였다. 하마터면 그는 울 뻔하였다.

"흐흐흐……"

그래서 기술이는 위정 이렇게 선웃음을 쳤다. 그러나 그 부자연한 웃음 밑에서 무엇이 지그시 눌리는 것을 느끼며 그는,

"그래 이지간은 요새는 아바지가 망댕이(몽둥이)로 땅을 갈기지 않소?"
하고 또 한 번 위정 웃어 뵈었다. 그러자 금순이도,
"아니요."
하고 서글픈 웃음을 뵈어주었다. 금순의 아버지는 자기 아들 동무들이 굶건 헐벗건 어쨌든 태양 아래에서 제 발로 걸어다니는 것을 보면 아들 생각에 화가 버럭 나서 지게 받침대로 땅을 갈기고 한번 시원히 한숨을 톺고라야 배기는 것이었다.
기술은 이런 생각을 하며 그들의 농장으로 방축 부역을 나갔다.

*

부역 나온 작인들은 아직 몇 사람 되지 않았다. 그렇게 형지 없이 터져버렸던 방축도 인제 거의 옛 모양으로 돌아왔다.
"아아, 그 무섭던 방천(방축)이……"
그는 한숨을 한번 크게 쉬었다. 묵직한 찰짐을 부려놓은 것 같은 가뿐한 기분이 삽시에 왔다. 역시 무슨 일이든지 하면 안 될 것이 없을 것 같았다.
여름 홍수로 말미암아 스물여섯 군데나 갈라 먹힌 방축을, 무짠지같이 절은 작인들이 처음으로 개미가 재[城] 쌓듯이 엉기적덩기적 흙을 파 메울 그 당초에는 쑥백년을 지나도 본래 제대로는 복구될 성싶지 않았다. 터지기가 보면 볼수록 진저리나도록 엄청나게 실지보다 곱백 갑절 크게 눈에 비쳐오는 것이었다.

거의 사람의 힘으로는 어선도 대지 못할 것같이 뵈었다. 그런데 또 인제는 소작도 다 해먹었구나 하는 가냘픈 낙망이 들어서 처음은 일이 통 손에 닿지 않았다.

그러나 일이란 하기만 하면 언제든가 바닥이 나고야 마는 것이었다. 그때그때에 있어서는 하루가 삼추와 같이 지리한 생각이 들던 일도 지금은 대수롭지 않았던 듯이 생각되었다. 지나간 고역(苦役)의 날이 둔감한 그들의 기억 가운데서 마치 눈 껌벅 사이같이 지나가고 어느덧 부역은 거의 필하여갔다.

'이만하면 내년 농사는 걱정 없지!'

이렇게 생각하니 마음이 좀더 튼튼해졌다.

지주한테 공사비나 좀 달래보고 싶은 뱃심도 났다. 그리고 내년 가을까지 먹고 쓰고 농사짓기에는 부족이 없도록 마련해줄 것이라고 그들은 믿었다. 그러나 생각하면 줏대 없는 것은 자기 아버지와 같은 노토리(늙은이)들이다.

개중에도 자기 아버지처럼 허거운 사람은 또 없을 것이다. 모든 일을 하늘에 돌리고 사람은 다만 거기에 순종하여야 하는 것이라고 생각한다. 그리하여 육십 평생을 곱다랗게 인종(忍從)의 미덕을 졸업하여온 사람이다. 김 갑산(농장 임자)이 터지기를 건부역[10]으로 해대려 할 때에 선참으로,

"그러니 어찌겠소. 명(命)이거니 했지 별수 있소."

하고 굽석굽석 나선 사람은 그의 아버지였다. 그러자 다른 노토리들도 역시 같은 생각으로 거기에 따라서 마침내 작년 여름 그 난리 이후 처음으로 없어졌던 건부역이 다시 실시되었던 것이다.

젊은 축들은 처음 거기에 반대하였다. 그러나 그렇게 되자 노토리들은 또,

"그저 지 빼(제 뼈) 공신(功臣)이지."

하고 꺼벅꺼벅 저희들이 먼저 이 난공사를 메고 나섰다. 그래서 젊은 축들도 하는 수 없이 결국 나서게 되었다. 첫째 골삼년을 해도 다하지 못할 노토리들의 일손을 보기가 화증이 나서 떠다밀듯이 하고 나서버렸던 것이다.

그러나 그러고서도 이따금 화가 나면 기술이들은 노토리들에게 해대었다. 말썽이나 걸어 보았으면 하다못해 신발값, 담배용이라도 줄는지 모르는 일이요 그렇지 않으면 점심이라도 먹여주든가 혹시 점심 쌀을 꿔주든가 할 것인데 무엇이 데바빠서[1] 자발없이 망령이냐고 소패들이 욱다지르면 노토리들은 그저,

"그러나 별수 있나. 누구는 하구 싶어 하겠나…… 목숨이 원수지."

하기도 하고 혹은,

"내년은 곱절이 나네, 그저 두고 보랑이. 그게 그 속에 있을 거니…… 그 무서운 벼를 그대로 처박아 썩였으니 알조가 있지."

하고 딴전을 허비는 배포 유한 웃음을 웃는 사람도 있었다.

"저리 비켜요, 비켜…… 꾼 방구를 대맡으니 방구다툼을 하구 있는가."

기술은 어느 때 노토리들이 터지기 물가에 모여 서서 이러쿵저러쿵 뜬소리를 하고 있는 뒤에서 흙을 담은 지게를 탁 쏟아 젖히며 외쳤다. 부리어진 흙이 터지기 물에 출렁 떨어지며 흙물이 뛰

어올랐다. 노토리들은 그제야 이마와 입과 뺨에 뛰어오른 흙물을
혹은 씻으며 혹은 튀튀 불며 물러들 섰다. 그 바람에 공교히 기술
의 아버지가 짓밀려서 엎어질 듯이 비켜서는 것을 기술은 한참
멍히 바라보고 있었다. 참 순간에는 '거 잘했다' 하는 생각이 났
다. 그러나 늙은 어머니가 지어준 겹옷에 뛰어오른 흙물을 털며
자기가 삼아준 짚세기가 발에서 벗어져서 나뒹구는 것을 소중히
털어 신는 것을 볼 때에 기술은 갑자기 맥이 풀려서 그만 돌아서
버렸다.

그러다가도 문득문득 밸머리가 치밀곤 하였다. 아버지의 소갈
머리 없는 꼴을 보다가 못해서 젠벽[12]에 마른침을 탁 뱉어주고 집
을 뛰어나오기도 하였다.

그러나 그러고 나와보아도 맘은 시원치 않았다. 그래서 돌멩이
고 개새끼고 뭐고 뵈는 대로 함부로 막 차주고 싶은 충동까지 났
다. 지난여름 홍수 통에 다친 허리가 불시에 뜨끔하고 결린다든
가 또는 요전에 소짚새(소짚을 써는 일)를 하다가 다친 손을 무심
코 보게 된다든가 하는 때면 그 아픔보다도 아버지에게 대한 악
심이 더 크게 불끈 치미는 것이었다.

그러며 '방아허리를 넘어가면 어버이가 죽는다' 하는 속담을 생
각하고, 또 어렸을 때에 몇 번인가 '이 간나 늙은 기 죽어봐라' 하
고 방아허리를 넘기까지 하던 일을 생각하며 금시 방앗간으로 뛰
어들어가는 자기의 모양을 방불히 머리에 그리기도 하였다.

다른 사람에게 대해서는 유순하고 텁텁하면서도 아들에게는 몹
시 강박한 아버지였다. 기술의 동생이 죽은 뒤로는 외아들인 그

를 사랑하지 않은 것이 아니었으나 무심히 구는 때에는 도무지 사정모가 없는 아버지였다. 누그러진 듯하면서도 멋없이 팩(신경질)하기도 하였다.

보통학교로 다닐 때에 먹 한 자루 사고 남은 돈 2전을 가지고 눈깔사탕 열두 개(다섯 개는 신문지에 싸서 금순이를 주었다)를 사 먹고 혼쭐이 난 일이 있다.

"이 패가재 간나 새끼…… 그기 무슨 돈인 줄 아니. 지신제 지낼 소지(燒紙) 사자던 돈이다."

하고 아버지는 비슬비슬 피해 나가는 그에게 낫자루를 내던진 일이 있다. 지금 생각하니 그것이 미운 것은 차치하고 여편네들보다도 더 미신꾸러기인 것이 새삼스레 더 미워났다.

그리고 또 하나 이런 기억도 남아 있었다. 그것은 보통학교를 마치고 사사키 교장네 양잠소에 다닐 때 일이다. 그때는 워낙 나이 먹어서 늦게 학교에 입학하던 때이지만 개중에도 그는 더 늦게 학교에 든 관계로 졸업하였을 때에는 더부룩한 숫총각이었다. 그런데 더욱 그때는 언제 스무 살이 될까 언제 어른이 될까 하고 기다리던 때라 하루는 양잠소에서 급료를 받아가지고 그길로 T읍에 가서 난생처음으로 이발소에 들어가 상고머리를 깎았다. 그리고 일부러 좀 어둑어둑해서 집에 돌아왔는데 아버지는 어유 등불에 희미하게 비친 그의 머리를 바라보더니만 대뜸 이발소에 간 줄을 알았던지,

"이 종재야, 거 대가리 복판에 개가 찌를 갈겼다. 어째서 꼭대기를 파냈니?"

하고 성을 내었다. 그러고는 이제 양잠소에서 받은 돈을 모조리 훑어갔다.

"이기 어째 요것뿐이냐? 썩 더 내놔라."

하고 아버지는 연방 졸라맸다. 기술은 어느 동무한테서 머리를 깎았다고 거짓말을 하였다. 사실 그날은 머리 깎은 외에도 15전을 주고 비누 한 개를 사서 금순이를 준 일도 있고 해서 고박한 그는 그것이 들켜날까 봐 속으로 몹시 황황해났던[13] 기억이 아직도 역력히 남아 있었다.

그런 것을 모두 생각하면 아무리 아버지의 일이라 하더라도 철통하지 않을 수 없었다. 더욱이 방축 부역을 하게 되면서부터 더욱 아버지가 미워나는 일이 많았다. 홍수 뒤에 이것 보아라 하듯이 날씨가 맑게 갠 것을 쳐다보며 "지금 개면 무얼 하는가? 빌어먹을 놈의 하늘" 하고 아버지를 미워하는 나마에 하늘까지 껴서 욕지거리를 퍼붓기도 하였다.

2

역부는 지억 진고개를 넘어서 착착 진행하였다. 까마아득하게 내다보이던 아름찬 공사도 어느새 절반을 넘겨놓고, 인제 준공이 가까워오고 보니 한결 힘에 부치지 않는 것 같았다. 아버지에 대한 감정도 그 도수가 적잖이 떠졌다. 그리고 이따만큼씩 김 갑산에게 어떻게 걸고 들어볼까 하는 엉큼한 뱃심이 얼마큼 여유 생

긴 그들의 가슴에 오고 가는 것이었다. 어느 모로든지 무슨 갚음
이 있도록 서둘러보리라고 하였다. 물론 잘 들어주지 않을 것은
뻔한 일이나 어쨌든 말은 걸어보아야 할 것이라고 내심으로 다짐
을 두었다.

그래서 젊은 축들은 지게를 지고 흙을 나르는 사이에 여기 대한
얘기들을 바꾸기도 하였다. 그랬대야 눈앞이 어두워지고 상론할
결[14]이 없어진 그들이고 보매 그 얘기는 별로 질서나 방법이 있는
것은 아니었다. 다만 삯을 좀 달래보자든가 용량을 좀 넉넉히 꿔
오자든가 하는 정도를 넘지 못하였다. 안 들어주면 어떻게 하겠
다는 것까지는 말해본 일이 없으나 어쨌든 그만치라도 서로 막힌
속을 털어 붙이고 보니 말 아니 낸 때보다는 거뿐한 기분이 생겼
다. 그러다가 나중은 부역이 필하면 축하 겸 한번 모두들 우 몰려
가서 그 말을 걸어보자고까지 의논이 되었다.

작인들은 굽석굽석 일들을 잘 해대었다.

노토리들은 부삽을 쥐고 흙텀에서 흙을 파서 젊은 축들의 지게
에 담아주었다. 흙텀을 파서 물이 날 지경이면 다른 텀으로 옮겨
가곤 하였다. 그래서 방축 바로 옆은 거의 돌아가며 웅덩이가 되
도록 파내었다. 저 건너편 산 여부대기[15]에서는 뗏장[芝]을 떠다
가 새로 흙을 다져 넣은 곳에 덮기도 하였다.

젊은 사람들이 흙과 뗏장을 지게로 나르는 동안, 노토리들은 허
리춤에 꽂았던 곰방대를 내어가지고 뽕잎 가루가 절반 이상이 섞
인 담배를 담아가지고는 뿌지직뿌지직 댓진 끓는 소리를 내어가
며 담배들을 뻑뻑 피우기도 하고 악마디[16]진 주먹으로 잔허리를

툭툭 두드릴 만한 여유는 있었다. 그리고 범 영감의 날파람 있던 젊은 시절 얘기도 청하곤 하였다.

범 영감은 인제 비록 늙었으나 아직도 꼬장떡같이 꼬장꼬장한 조그만 다부진 늙은이다. 뱀〔蛇〕수염같이 빳빳한 그의 성긴 수염은 아마도 옛날의 파랑파랑한 기질을 방불케 하였다. 소를 부려도 받는 소만 부리고 개를 잡아먹어도 닫는 개만 때려 먹었다. 그리고 어느 해엔가 이곳서 50리 되는 H감영에 갔었는데 때마침 민요가 일어나서 성문을 닫아걸고 야단법석 이른바 도리깨 난리가 난 판에도 그는 사람들이 범벅덩이가 되어가지고 이리 몰리고 저리 몰리는 그 머리 위로 허궁[17] 솟아서 사람들의 꼭대기를 달려 빠져나왔다는 이야기를 다른 노토리들은 벌써 몇 번 들었건만 또다시 듣고는 재미있다고 웃어들 대었다. 그런 중에도 평생 홀아비로 지내는 그의 오입하던 얘기는 듣는 때마다 노토리들의 허리를 잡는 것이었다. 그의 어투가 독특한 맛을 가지고 있기 때문이다.

"영감, 그래 중 오입하던 이애기 한번 하우다."

한 늙은이가 이렇게 말하자 모두 그리 해롭지 않다는 듯이 입들을 씨무룩하고 그 얘기 나오기를 기다린다. 그러나 범 영감이,

"누가 중 첸신(맛보이는 것)을 시켜줬습데?"

하고 시침을 뗀다. 그러자 곁에 있던 늙은이들이 제가끔 제멋대로 범 영감의 흉내를 내어가며 그 얘기를 펴놓았다.

"그게 바루 기미년 이듬해였다. 기미년 대창[18] 뒤라 살아갈 수 없는 아낙네들이 중이 돼가지고 동냥을 다니는 때야 바루…… 하하하…… 한 여중이 드놀아드니까 저 두상(늙은이) 집으로 들어

갔단 말야…… 하하하……"

"그래서……"

아직 그 얘기를 듣지 못한 한 늙은이가(그는 불과 몇 해 전에 이 마을로 이유 온 사람이다) 구미 있이 그렇게 묻자 말하던 영감쟁이는 더욱 신이 나서,

"듣기를 잘못 들었지…… 아따 사흘 굶은 범이 원님을 가리겠음…… 한데 저 영감이 엉큼하단 말야. 마츰 신을 삼고 있다가 밖에서 여편네 소리가 나자, 야 이거 무슨 떡이냐 하고 이불을 쓰고 드러누웠단 말야……"

"옳지, 김칫국부터 마시구…… 하하하……"

"앙이지(아니지)…… 이불을 쓰구 드러누워서는 끙끙 앓음 소리를 내는데 여승이 마당문을 비죽 열고 동냥을 청하지 앵겠소(않았겠소). 한즉 저놈의 숭물(흉물)의 말이…… 나는 모진 병이 들어서 꼼짝 못하니 어서 뒷고방에 들어가서 쌀을 떠가우. 그래서 불공 덕으로 내 병을 하루바삐 낫게 해주우다…… 하고 연신 죽어 넘어가는 소리를 내니까 여승은 맘 턱 놓고 뒷고방으로 쌀 뜨러 들어갔단 말이오…… 그리자 저 두상이 그만 앓음 소리고 뭐고 네 갈 데로 가라 하고 비호같이 뒷방으로 뛰어들며 예 들었구나 하고 벼락같이 소리를 지르는 통에 여승이 그만 덴겁을 집어먹고 히뜩 나자빠졌단 말요…… 하하하……"

"하하하……"

"으흐으흐…… 캑…… 어규 허리야."

노토리들이 이렇게 맥없는 웃음을 웃고 있을 때에 기술이들 젊

은 패가 흙텀으로 돌아왔다.

그들은 늙은이들이 담아주는 흙을 지고 4, 5인이 일렬로 서서 방축 쪽으로 걸어갔다. 방축 밑 흙 파낸 웅덩이에 다다라서 그들은 내리막을 잔달음질하여 그 힘으로 방축을 올려 달렸다. 그까지가 제일 힘에 부치는 것이나 그담에 방축에만 올라서면 좀 완완해서 뜬걸음으로 잡담도 하고 때로는 전쟁이 나느니 쌀 시세가 무턱 올라가느니 하며 저편 터지기로 걸어갔다.

아직 오전 중이기 때문에 원기도 있었고 또 기분들도 비교적 맑은 편이었다. 오후와 달라서 높은 소리로 떠벌려도 웃어대도 또 방귀를 뀌어도 그다지 원기의 소모는 되지 않았다.

이 농장 북쪽──당초에 지저변〔沼地〕이었던 곳은 여름 홍수 때에 맨 첨으로 이 방축의 운명을 터트린 곳인데 그만 착 첫 물살의 된탕을 맞아서 제일 깊게 패어나갔다. 그래서 엷은 터지기부터 메우고 이곳을 지금 마지막으로 윽수한 것이었다. 중년 남자들은 바지를 오금까지 걷어붙이고 아침부터 찬물 속에 들어서서 말뚝을 박아 걸창을 만들었다. 흙이 잘 걸려 있도록 하기 위하여서다.

이곳저곳의 흙텀에서 모아온 젊은 사나이들은 지게의 흙을 이곳에 가져다가 철썩철썩 비워버린다. 그러고는 빈 지게를 외어깨에 걸치든가 그렇지 않으면 두 어깨에 메고 한 손으로 지게를 떠받들어가며 땀난 잔등에 바람을 몰아넣곤 하였다.

그러다가 누가 담배 피우는 눈치만 얼씬하면 모두들 쉬파리 떼 같이 우 몰려들어 너두나두라고 야단법석이었다. 그들은 모두 담배 기근에 들었을 뿐 아니라 그렇게 되면 한결 더 먹고 싶은 것이

인정이라 밥보다 담배가 더 먹고 싶었다. 배가 호랑이 배같이 홀
쭉하게 졸아붙어도 담배만 한 대 먹으면 원기가 돈다고 그들은
말하였다. 징역을 가면 첫째 담배를 못 먹어서 죽겠다고 감옥살
이 얘기를 들은 어떤 젊은 사나이는 말하였다.

　사음은 저편 수문 위에 서서 작인들에게 무엇을 지휘하고 있다
가 또 휘둥그런 방축을 어슬렁어슬렁 이편으로 걸어왔다. 그는
온종일 돌아다니며 일하는 품을 감시하는 것이었다.

　역부가 시작된 후 얼마 지나서 작인들의 희망도 있고 또 일을
속히 마치게 하기 위하여 지주는 작인들에게 점심을 먹도록 소미
(만주속) 얼마씩을 돌려주었다. 사음은 그것을 자기가 주선한 덕
이라고 내세웠으나 그러나 작인들이 인차 점심을 먹다가 말다가
하는 것을 보자 꿔준 쌀을 종작없이 처먹었느니 팔아먹었느니 하
여 눈을 까뒤집고 욕지거리를 하더니 그만 그것조차 돌려주지 않
게 되었다.

　그러나 작인들은 팔거나 처먹은 것은 아니었다. 이틀 동안 점심
을 먹으면 하루치 식량이 공중[19] 날아나고 따라서 그만치 목숨이
줄어드는 심이지만 만일 이틀 동안 그것을 먹지 않으면 하루치
용량이 남아서 그만치 연명이 된다는 타산으로 자연 점심을 먹지
않게 되었던 것이다.

　그러나 막상 쌀 예수가 끊어지고 본즉 악색한 사음[20]에게도 또
그리고 괜히 제 속는 줄 모르고 점심을 굶은 빙충맞은 자기들 자
신에게도 무척 밸머리가 나는 것이었다. 생겼을 때에 흠썩 먹어
줄걸 공연히 아끼다가 되레 손을 보았구나 하는 후회도 났다.

"장진 놈은 외상이면 소두 잡아먹는다는데……"

생각하면 자기들은 '장진 놈'보다 더 우둔하고 배짱이 없는 것이었다. 점심때가 되고 보니 그런 생각이 더 절히 왔다.

참경선의 두번째의 북행이 땅바닥을 울리고 지나갔다. 벌써 점심때다. 허기가 배로부터 명치끝으로 쌀쌀 기어올랐다. 그들은 군침을 삼키며 바지띠를 바싹 졸라매었다.

그러나 공복의 절정이 차츰 몽롱한 의식 가운데 흐리어갔다. 그러고는 그저 전신만신에 맥이 탁 풀려서 지게를 등지고 아무 데나 털썩 주저앉기도 하고 또 흙을 나르다가 쓰러진 것처럼 시더더 방축에 쓰러지기도 하였다. 사음이 눈을 찌그리고 지나가면 그들도 마주 찌그리어주었다. 그래야 사음은 말을 하려다가도 미우나마 그대로 지나가는 것을 그들도 잘 알기 때문이다. 머리를 숙이면 숙일수록 누르고 싶은 것이 누르는 사람의 버릇인 것을 그들은 육신으로써 배웠다.

세번째 남행이 지나가고 인차 화물열차가 지나갔다. 인제 한 시간쯤 있다가 서울 가는 급행열차가 지나가면 그제[21]는 바로 긴역[22] 때다. 기차는 그들에게 있어서 틀림없는 '시계'인데, 오후가 되고 석양이 되는데 따라서 이 '시계'의 돌아감이 어쩐지 몹시 뜬 것같이 그들에게는 생각되었다.

인제는 아무도 별로 떠벌리는 사람이 없었다.

3

하루의 부역을 마치고 기술은 동(桐) 건너 남녘 마을로 갔다.
왼편으로 어떻게 결례가 되는 차손이네 집으로 구루마 기름을 얻
으러 간 것이다. 그의 집 소가 얼마 전부터 한쪽 발을 살룩거리기
에 굽을 들고 들여다보니까 까치벌레가 발뒤꿈치 짜개진 골을 상
당히 파먹었기에 기술은 구루마 기름으로 지져주어야 되겠다고
생각하였다. 그러나 그의 동네에는 구루마 있는 집이 한 집도 없
었다. 그래서 차손이네 집으로 갔던 것이다.

그는 깨어진 토기 조각에 기름을 조금 얻어가지고 오며 자기가
어려서 목병이 자심해서 늘 어머니가 참기름을 끓여가지고 목을
지져주던 일을 생각하였다. 어느 때엔가 한번은 어머니가 사기창
(깨어진 사기그릇 조각이 창끝같이 뾰족하게 된 놈)을 싸릿가지 끝
에 단단히 매어가지고 잔뜩 부은 목(편도선)을 찔러 악혈을 빼고
기름으로 지진 일도 있다. 앙탈을 쓰는 자기의 입에 받침대를 물
리고 악을 써가며 기어코 목을 째고 지지고 하던 내강한 어머니
가 멋없이 울뚝 배리만 사나운 아버지보다 지금 생각하니 얼마나
고마운지 알 수 없었다. 또 그 강기가 구차한 실자기집 살림을 끌
어매어오는 데 얼마나 큰 힘이 되었는지 알 수 없었다.

그는 오늘 밤으로라도 솜뭉치에 끓은 구루마 기름을 묻혀가지
고 소발의 까치벌레를 지져주리라고 생각하였다. 소가 시원해하
는 것이 완연히 보이는 것 같았다. 아무리 갈 힘이 센 둥글황소라

도 채찍 끝으로 뒷다리 샅을 살근살근 긁어주면 그 큰 몸을 내맡기고 차츰 꼬리를 쳐드는 것처럼 자기 집 소도 아픈 곳을 시원히 지져주면 얼마나 좋아할까? 그는 곱이 낀 검둥그런 눈으로 자기를 멍히 바라보는 소를 생각하였다. 하나, 둘, 셋, 넷…… 아버지, 어머니, 소, 자기…… 그는 이 넷이라는 숫자로써 자기 집의 전부를 연상하는 것이었다.

날은 어둑어둑해졌다. 어둠은 발밑으로 기어들었다. 서쪽 하늘은 아직 해 넘어간 뒤의 희멀끔한 자취가 남아 있었다.

남녘 마을 뒷등성이로부터 잔솔밭이 검은 띠같이 남으로 뻗어 있다. 그 솔밭이 끝나는 곳부터 창리의 살진 평전이 있다. 그러나 그 등성이 북쪽은 자름자름한²³ 구릉에 사로잡힌 그다지 넓지 못한 척박한 신개간지들뿐이다.

그중에서는 기술이들이 부치는 김 갑산의 동이 제일 크고 또 오래다.

기술은 조그만 도랑 옆을 걸어왔다. 도랑은 물이 죄다 말라버렸다. 그는 물이 마른 시커먼 도랑판을 멍히 내려다보았다. 여름 홍수 때에 이 도랑으로 흙물이 콸콸 쏟아져오던 일이 다시금 생각났다. 그러다가는 물이 도랑을 넘어서 그 곁의 밭으로 올려밀었다. 그리하여 마침내 물은 곡식밭을 이제 갈라먹기 시작하였다. 조와 수수때기가 하이얀 뿌리를 드러내놓고 연신 나자빠졌다. 기술은 아직도 그 기억이 역력하였다. 그 곡식 뿌리는 자연의 무서운 채찍 아래에 벌벌 떨고 있는 것 같았다.

그는 그 무거운 기억을 털어버리듯이 숨을 후 내쉬며 하늘을 쳐다보았다. 역시 맑은 하늘이나 달은 없었다. 별들이 차츰 희미한 빛을 나타내기 시작하였다. 날은 낮보다 한결 차졌다. 이따금 어디서 일어나는지 알 수 없는 싸늘한 바람이 불시에 몸을 휘감아치곤 하였다. 추운 겨울이 성큼성큼 달려오는 것이 바로 눈앞에 보이는 것 같았다.

사방은 죽은 듯 괴괴하다. 땅도 도랑도 마른 풀과 잔디도 그리고 철도 둑도, 집들도 모두 묵묵한 가운데 잠겨 있다.

기술은 도랑둑으로부터 철도 둑 옆으로 통하는 수릿길(큰길)로 나섰다. 철도 둑 북쪽으로 늘어선 전봇줄의 가늘게 우는 소리가 들렸다. 그러고는 아무 소리도 없었는데 철도 다리 밑을 지날 때에 별안간 무엇이 푸두둑하여 나타났다. 그는 솜털이 오싹토록 놀랐다. 그러나 알고 보니 까친가 무엇이 다리에서 잠을 자려다가 놀라서 날아간 것이었다. 희미한 하늘로 날아가는 모양이 어슴푸레 보였다.

그러고 나서 조금 지난 후였다. 뒤에서 인기척이 나며 으흠 하고 건기침을 뱉는 소리가 낮게 들려왔다. 기술은 힐끈 돌아다보고 사람인 것을 안 다음 고개를 수깃하고[24] 그대로 걸어갔다.

뒤에서 오는 사람의 걸음은 기술이보다 좀 빨랐다. 어느새 그의 뒤에 가까이 와서 그를 지나쳤다. 지나치며 그는 힐끗 기술이 편으로 눈을 주었다. 그러고는 얼씬 고개를 저편으로 돌렸다가 인차 다시 기술이 편으로 눈을 주어내,

"어, 기술이 앙인가?"

하고 부른다. 그 소리에는 오래간만에 만나는 놀람과 반가움은

별로 없었으나 퍽 무관하게 들렸다.

"어—"

기술이는 삼시에 어떻게 대답할지를 모르듯이 이렇게 외마디를 내다가 인차,

"어, 문근인가?"

하고 자기도 힘써 버젓이 말하였다.

문근이와는 보통학교 동창일 뿐 아니라 어렸을 적부터의 동무다. 동리는 서로 달랐지만 풀 깊은 곳으로 소 먹이러 가는 때마다 만나는 동무였다. 그리고 보통학교 다닐 때에 T읍 바로 남쪽에 있는 중국 사람 채소밭에서 홍당무(붉은 무)와 우방(牛蒡)을 함께 뽑아 먹기도 하였다. 그 밭을 지나다가 문근이가 기술이를 탁 밀치면 기술이는 일부러 커다랗게 그 밭에 탁 쓰러지면 그 틈에 슬쩍 무를 뽑아가지고 달려 나와서는 문근이를 때려주듯이 쫓아갔었다. 그리고 청인이 안 보는 눈치를 보아가며 같이 노나 먹었다. 그리고 수수밭을 추며 감부지(黑穗)도 같이 뽑아 먹고 뽕밭에 들어 오디(桑實)도 함께 따 먹었다. 수수때기도 잘라서 빨아 먹고 '핫도리 상'네 과수도 올가미질을 해서 따 먹었다.

그러나 보통학교를 졸업한 이후로는 피차 자주 만날 기회가 없었다.

문근이는 보통학교를 마치고 이곳에서 50리 되는 H읍(지금은 H부가 되었다) 농업학교에 입학하고 기술이는 사사키 교장 선생의 양잠소(다른 사람의 명의로 경영하였지만)에서 일을 보았다.

기술이는 그 봄부터 양잠소에 가서 잠박(蠶箔)[25]을 냇가에 나가

씻고 '무시로'[26]의 주어진 곳을 수선하고 그리고 '하키다데〔掃立〕'[27]란 춘잠(春蠶)을 잠박에 펴서 '다나'[28]에 올려놓았다. 한란계[29]를 보아가며 방 안의 온도와 습도를 맞추어주고 계집애들이 따오는 애상(어린 뽕잎)을 넓죽한 상도(桑刀)로 기사미같이 보드랍게 썰어서 개미같이 검스레한 치잠(稚蠶) 위에 골고루 뿌려주었다. 뽕밭에도 나가보았다. 금순이도 뽕 따는 처녀의 한 사람이었다. 그 애들이 뽕잎을 따오면 기술이가 저울에 달아서 치부해두곤 하였다. 한 관을 따는 데 3전씩인데 역대 같은 계집애라도 하루 열 관을 따는 사람은 없었다.

기술이는 늘 계집애들의 후론을 들었다. 금순이 뽕잎은 늘 관수(貫數)를 더 적어준다고……

계집애들은 금순이 뽕잎과 자기들이 딴 그것을 들어보았다. 들어보아야 자기들의 뽕잎이 더 무거운 것 같은데도 불구하고 막상 기술이한테 가서 저울에 달고 나중에 회계할 때에 보면 금순이 편이 더 많았다. 그래서 계집애들은 늘 푸념을 하였다.

기술이는 물론 학교로 더 다니고 싶었지만 양잠소 일도 차츰 재미가 났다. 금순이가 있은 탓도 컸을 것이다. 그래서 첨은 상급학교로 들어간 문근이들을 몹시 부러워하였으나 양잠소 재미에 그런 공상을 어느 만치는 눌러갈 수가 있었다.

그러나 문근이도 학자 관계로 얼마 못 되어 이 농업학교를 퇴학하였다. 그러고는 H읍에서 무슨 직업을 구하다가 그도 뜻대로 안 되어서 다시 집으로 돌아오고 말았다. 그러나 그때까지도 가세가 그렇게 곤궁하지 않은 관계로 오래 농토에 묻혀 있지 아니하고 다시 H읍엔가 어디로 가서 어느 가게의 사환이 되어가지고 한편 무슨 회니 동맹이니 하는 데에도 다닌다는 말을 기술은 풍편에 들었다. 그때는 기술이도 T조합 B동리(그의 마을)반에 관계한 때였다.

그는 거기서 지식도 새로 얻었다. 또 이것저것 새로 깨달은 점도 적지 않았다. 그리고 지금 생각하면 차라리 우스운 일이지만 어쨌든 자기라는 위인도 한다는 사람보다 별로 못한 것이 없거니 하는 일종의 자만심까지 생겼다. 그렇게 부럽던 사람들이 그다지 놀라울 것이 없는 것같이도 생각되었었다.

기술이는 작년 봄에 문근이가 다시 집으로 돌아왔다는 말과 또 그가 T군도범청년강습회에 다닌다는 말을 풍편에 들었다. 그리고 그해 가을엔가 문근이가 그 강습회를 마치고 자기 면 면사무소 서기가 되었다는 말도 역시 풍문으로 알았으나 만나보기는 오늘이 첨이다.

기술은 오래간만에 그를 만났으나 별로 할 말이 없었다. 생래 첨으로 만나는 사람보다 더 야릇한 무엇이 둘 사이에 끼어 있는 듯해서 몹시 께름하였다. 이상히 군색하고 지루한 순간이었다.

기술은 사실 얼른 그와 갈라지고 싶었다. 그러나 그의 마을로 삐여지는[30] 길은 아직도 아스랗고 문근이는 먼저 훌쩍 지나쳐버리려는 동정도 없었다.

그러며 그는 인차 이런 이야기를 꺼냈다. 요즘 바로 H부 연대(聯隊) 추기 연습이 있어서 자기들도 괜히 바빴다는 말을……

"……연대장이랑 도청 내무부장이랑, 사회주사(기술은 첨 듣는 이름이었다)랑 면소에 왔기에 그것을 인도해서 여기저기 돌아다니노라고 어떻게 바빴는지 아주 죽을 뻔했다. 발이 다 부르텄다."

문근이는 이렇게 말하고 혼자 픽 웃는 상이었다. 그리고 그는 내일 또 돌아다닐지 모르겠다는 말을 하며 연대장에게서 탄 선사 ─종이에 싼 무슨 벤또 같은 것을 기술에게 뵈었다. 기술은 얼핏 눈만 주었으나 어두워서 그저 무엇이 희멀끔하게만 보였을 뿐이다. 그는 아무 말도 하지 않았다.

"참, 사사키 선생도 오늘 같이 돌아다녔다. 이 지방 형편을 잘 아니까 내가 설명을 하는데 우리가 모르는 것을 다 알더라. 농사 이치도 어떻게 밝은지 농부를 찜쪄먹겠네."

문근이는 이렇게 말하며 또 웃는 모양이었으나 기술은 여전히 잠자코 있었다. 그도 요즈막에 추기 연습이 있는 줄은 잘 알고 있었다. 바로 철도 선로 북쪽 사방 10여 리 지대가 군용지요 그중에는 옛날 자기네 마을 터도 있었다. 그리고 얼마 전에 구장이 그얘기를 하며 그 사이에는 국기를 달아야 한다고 한 폭에 15전씩으로 온 동리에 골고루 노나준 일이 있었다. 그러고는 오늘 아침에 구장이 붓다새 돌아다니며 죄다 일깨워주고 기를 속히 달도록 말한 관계로 기술이도 물론 잘 알고 있었다. 그러나 오늘 연대장의 일행이 동네동네를 돌아다녔다는데 자기네 동리 근방으로는 온 일이 없는 듯해서,

"이 허양(근방)에도 왔다 갔는가?"
하고 혼자말 비젓이[31] 우물거렸다.

"앙이다. 온 이 허양에야 무서거 보자구 오겠니? 모범 부락 시

찰인데……"

"엉……"

기술은 문근의 말을 듣고 보니 자기의 말이 엉터리없었던 것 같아서 혼자 고개를 끄덕끄덕하였다. 그러며 평생 말을 안 하다가도 어쩌 하게만 되면 온 생통 같은 실수를 하게끔 마련된 자기인 것같이도 생각되어서 그는 그만 입을 닫아물었다.

그래도 문근이는 이러니저러니 잔사설이 끊어질 사이 없었다.

"여기는 교장 선생 농장도 있고 해서 시찰하러 온다는 말도 있기는 있었으나 오늘은 시간도 모자라고 또 상기 동(垌)도 좀 낮고 해서 그런지 교장 선생님도 그다지 안내하구 싶어 하는 눈치가 없더라."

문근이는 이렇게 말하다가 별안간 생각난 듯이,

"그리구 나는 이 허양 동내는 뵈이구 싶지 않더라. 조선 사람 숭(흉)이나 났지……"

하고 마치 이 지방의 면목을 위해서 안내하지 않았다는 듯이 서글픈 어조로 말한다. 그러나 인차 도로 말소리를 살리어가지고 모범 부락의 형편을 이야기하였다. 교장 선생은 농촌에서 자란 자기보다도 더 소상히 농촌 사정을 설명하더라는 말도 하였다. 선생이 지금 갱생 부락 모범 부락이 실행하고 있는 여러 가지 일을 낱낱이 헤아리는 데에는 입을 딱 벌리지 않을 수 없더라고도 말하였다. 선생은 그 부락 인민들의 추경여행(秋耕勵行), 축산여행(양돈, 양계, 양견, 축독),[32] 퇴비 증산(堆肥增産), 앙판정지 개량(秧板整地改良)과 양상보급(揚床普及), 정조식(正條植) 등 농사

개량에 관한 것과 부업(잠업, 임업, 수산, 농산 가공, 관태, 운반), 연료비림 조성(燃料備林造成), 해조 채취 등 부대사업에 관한 것과 의례 준칙 실행, 색복 착용, 절주 절연, 허례 폐지, 미신 타파, 근검저축, 부녀자 근로(옥외 노동, 기업여행(機業勵行)), 온돌과 부엌 개량, 부채 근절 등 생활 개선에 관한 것과, 납세 기일 엄수, 자력갱생, 지방 진흥, 국기 게양 엄수, 경로사상 등 정신 작흥에 관한 것을 낱낱이 들어가며 설명하더란 말을 기다랗게 늘여대었다. 그리고 교장 선생은 전선에서 엄지손가락을 꼽는 모범 교장이라는 것과 이런 궁벽한 곳에 그런 선생이 있다는 것은 참말 이상한 일이라는 것을 입을 다시어가며 말하기도 하였다.

그러다가 그는 문득 이런 말을 말끝에 꺼내었다.

"참, 그 선새미 내년 봄부터 김 갑산 동을 경영하게 된 거 니 아니?"

김 갑산 동이란 즉 지금 기술이들이 부치는 농장이다.

기술은 금시초문이었다. 그는 그 말을 들으면서도 그저 정신이 멩 해서 무슨 소린지 잘 알 수 없는 말인 것 같았다. 그리고 원 그렇게 될 일이 있으랴 하는 믿어지지 않는 맘도 있었다.

"나도 자세는 모르겠다만 저 벌말 나카무라 상한테서 들으니까 꼭 그렇게 된다구 그러더라."

문근은 또 이렇게 말하였다. 나카무라 상이란 사람은 교장 선생이 3년 전엔가 그 고향에서 데려다가 벌말에 있는 자기 토지를 소작시키는 다섯 사람 소작인 중의 한 사람이다.

그들은 좁은 땅에서 많은 추수를 거두고 있었다. 보통 1단보 3백

평에서 일곱 말까지 소출을 내니까 조선 농민의 약 3배를 거두는 셈이었다. 그들은 앞으로 1단보에서 여덟 말까지 날 수 있다고 말한다. 그들은 검은 판자를 둘러쌓은——퍽 평화로워 보이는 집 속에서 살고 있었다. 그들의 아낙들은 손등만 가리는 장갑을 끼고 짜개 보선 신발로 들일을 하는 것이었다. 기술이도 몇 번 그 집 앞을 지나친 일이 있다. 뜨거운 물을 호—호 불며 마시는 것이 몹시 평화롭게 보였다. 뿐만 아니라 보이지 않는 가운데 무슨 범하기 어려운 은혜로운 공기가 늘 그들과 그들의 집과 심지어 그들의 발바리까지를 에워싸고 있는 것 같았다.

교장 선생이 농사 한창때에 학생들을 데리고 그들의 농텀에 가서 구경시킨다는 말도 기술은 일찍 들은 일이었다. 그리고 한번은 그들을 데리고 광포로 해수욕 가는 것을 멀찌감치서 바라본 일도 있다. 그러니까 그들이 교장 선생의 사정을 누구보다도 잘 알 것은 뻔한 일이다.

문근이는 말을 이어 여러 가지 사정을 또 이야기하였다.

김 갑산 동은 T회사 지점에 10년 연부로 저당에 들어갔는데 그 연부상환금(年賦償還金)이며 심지어 이자까지도 가리지 못해서 불원간 회사에든지 그렇지 않으면 다른 사람의 손으로 들어가고야 말리라는 것이 문근의 말이었다.

못해서 김 갑산은 빚을 가리려고 백방으로 주선하고 나중은 팔아서 다만 얼마라도 우수리를 쥐고 나앉으려고도 하였으나 살려는 사람은 기껏해야 잡혀먹은 돈 정도밖에 값을 치지 않아서 매매는 종내 성립되지 못하였다.

그러던 중 올해는 예외 없이 농형이 썩 좋아서 청초를 껴서 팔면 상당히 여재가 나리라고들 하였으나 마침 그 무렵에 대창이 나서 그만 그도 틀어졌다. 그러나 그렇다고 그대로 내버려둘 수도 없고 또 아직도 팔아볼 욕심이 남아 있어서 김 갑산은 성화같이 작인들에게 부역을 시킨 것이었다.

　"땅은 묵힐수록 좋은 것이다. 3년을 묵혔다가 지으면 부자 안 되는 사람이 없는 법이다. 어서 부역들 해라."

　김 갑산은 이렇게 졸라대었다. 그런데……

　"아, 그러면 교장 선생님이 아주 샀는가?"

　기술은 이렇게 물었다. 그러나 문근의 말을 들으면 아주 산 것은 아니었다.

　선생은 처음 같은 학교 박 선생을 시켜서 저당금에 약간 꼬리나 달아서 사려고 하였으나 그 교섭이 시원치 않아서 그것을 단념하고 직접 T회사 지점에 넘겨 붙었다. 회사에서 그 처치에 골머리를 앓고 있는 것을 염탐하였기 때문이었다.

　그래서 그러한 이면 사정 때문인지는 몰라도 회사에서는 그 후 연거푸 김 갑산에게 연체금을 독촉하였다. 그러나 여전히 돈이 들어서지 않는 까닭으로 마침내 회사는 경매 수속을 취하여버렸다. 그 최후 기한이 발밑에 다가올 때까지 김 갑산은 백방으로 뛰어가며 매매 운동을 계속하였고 동시에 연체금 갚을 주선을 하였다. 그리고 일변 우치다라는 금융 브로커를 내띄워가지고 T회사에 연기 운동도 하고 또 그 사람이 이전 C은행에 오래 있었던 관계로 그 은행에 바꿔 맞추려고도 해보았다. 그래서 아낙네들의 패물 등속까지 톡톡 팔아서 교섭 비용이니 토지 감정료니 하는 것을 주변해보았으나 결국 모두 헛물켜기가 되고 말았다.

일방 저편에서는 유력한 사람들의 힘까지 빌려가지고 T회사에서 토지를 경락(競落)해 가진 후에 그것을 대부(貸付) 맡을 운동을 착착 진행하고 있었다. 자력갱생 농사 개량 게다가 심전 개발이라는 웃짐까지 쳐가지고 그 토지를 그러한 방면에 이용한다는 것이었다. 즉 자기 고향에서 모범 농민을 더 옮겨 오는 동시에 T교 졸업생 중에서 중견 분자를 가려서 그 토지를 소작시켜 다수확(多收穫)과 온건 착실한 근로 정신을 아울러 심물 양면의 전형적 모범 농장을 만든다는 것이었다. 그래서 그 교섭은 이미 십상팔구는 성공할 것이라는 것이었다.

기술이도 문근의 말의 어느 정도까지는 이미 풍편에 들어온 바이나 정작 그렇게 넘어가게까지 되었다는 것은 전연 첨 듣는 말이었다.

"앙이 그러면 작인들은 어떻게 되능가?"

기술은 조바심이 나서 그렇게 물었으나 감당키 어려운 괴롬을 당한 때에 제 눈을 슬쩍 감는 것 같은 일종의 허약증이 돌아서,

"설마한들 작인들이야 일없겠지? 선새미, 글이나 쓸 줄 알았지 제 손으로 땅을 팔라구……"
하고 혼자 벙긋이 웃었다.

"무스거…… 정신없는 소리…… 말은 듣는지 먹는지 모르겠다…… 저어 고향에서 모범 농민을 데려오고, 또 졸업생을 쓴다지 앵니."

문근은 기술의 어리석은 소리에 괜히 역증이 났다. '세상에 제일 미운 것은 미련한 인간이야' 하는——무지한 자기 아내에게 대한 답답스러운 생각까지 문근에게로 돌아갔다.

'저러니까 돌음돌이³³가 굼뜨고 한뉘르(평생) 고생만 하지……' 하는 미움 반 조소 반으로 그는 기술을 쳐다보았다.

"체…… 간나 거 두고 보지…… 어떻게 되는가……"

기술은 침을 테— 뱉고 입을 다물어버렸다. 문근은 기술의 그 질둔한 자포자기에 까닭 없이 웃음이 났다.

"나두 농사나 하겠다. 3년만 지나면 번듯한 자작농이 된다더라. 돈이 장수지 볼 거 있니."

문근이는 자기 마을로 삐여져 들어가며 이렇게 말하였다. 그의 집도 별로도 큰 실수도 없이 작년에 와서 제물에 내려앉아서 소작농이 되어버렸던 것이다.

4

얼굴보다도 더 큰 것같이 보이는 교장 선생의 커다란 '왕눈'이 기술의 눈에 선히 떠왔다. 그 눈에는 잔재주는 없으나 보다 무서운 술책과 재간이 품겨 있는 것 같았다. 굵다란 털이 난 최강한³⁴ 팔을 쓰담으며 껄껄 웃을 때에도 그렇지만 팔짱을 껴고 눈을 부릅뜨고 무엇을 생각할 때의 그 눈은 확실히 보통 사람의 생각이 미치지 못하는 기상(奇想)을 빚어내는 것이었다.

다음으로 그의 농장이 머리에 그리어졌다. 그것은 바로 저 앞 평전에 거연히 가로누워 있었다. 그 널따란 검은 농장의 몸뚱어리에 번쩍거리는 무섭게 큰 '왕눈'이 박혀가지고 지금 바로 자기의 머리 위로 엉큼엉큼 기어오르는 것 같았다. 그리고 일순에 자기의 몸을 그리고 자기들의 동을 두꺼비 파리 잡아먹듯이 냉큼 감아 넣을 것 같았다.

그는 지난여름의 홍수를 또 연상하였다. 이 골 저 골에서 콸콸 흘러내리는 물이 자기들의 동으로 합수쳐 흐르는 광경을 그리고 동이 쩍 갈라지어 물이 들이밀리는 광경을 생각하였다. 그러나 그 아래 동은 아무 일 없었다. 그리하여 그것은 어깨를 살구고[35] 연신 일어나는 것 같았다. 도깨비는 쳐다볼수록 키가 무척대고 하늘을 올려 버친다는 범 영감의 말과 같이 그놈의 동은 지금 자꾸 치솟는 것같이 그의 머리에 비쳐왔다. 그래서는 그 곁에 있는 동들을 모조리 삼켜버리는 것이었다. 그리고 그 먹히는 동을 지키는 개미같이 조그만 그림자들을 눈 깜박 사이에 들이그어버리는 것이었다. 그러자 그 조그마한 흰 그림자들이 그 거멓고 무서운 괴물의 밑구멍으로부터 마치 그전에 양잠소에서 본 누에똥같이 까맣게 되어서 좔좔 굴러내리는 것 같았다. 그러나 그 흐르는 가운데서 박 영감도 범 영감도 금순이도 그리고 자기의 낯짝도 그는 분명히 찾아볼 수 있었다.

그는 솜털까지 오싹 떨렸다.

무엇이 무엇인지 갈피를 출 수 없었다. 무엇 때문에 건부역을 하는 것인지 장차 어떻게 될 것인지, 지금 어디로 걸어가는 것인지, 그는 잠시 동안 분간해낼 수 없었다. 서릿발을 머금은 싸늘한[36] 바람이 땅바닥을 스쳐 올라오며 목덜미를 싹 핥아주고 어디로 발 빠르게 가버리었다.

동구 앞 잎 떨어진 백양나무의 성긴 가지가 개겹게 하늘을 쓰는 것이 어렴풋이 보인다. 옛 동리의 나뭇가지에는 까치들이 둥이를 틀더니만 이 마을에 옮아온 후 10년이 넘는 동안 아직도 날짐승 이 깃들인 나무를 본 일이 없었다. 자기 집 마당 천장에다가 나뭇 가지까지 꽂아주었으나 제비 한 마리 날아드는 일이 없었다. 어 느 해 봄엔가 제비 한 마리가 입에다 마른 나뭇가지 하나를 물고 날아들어왔다 간 것을 본 다음에는 첨으로 이 동리에 집들을 얽 어맬 때에 누구인가 이런 말을 한 일이 있다——이 마을은 빈 턱 석[37]에 새가 앉았다가 날아가는 형국이라고…… 그것은 벌써 몇 십 년 전에 어느 이름난 풍수가 이곳을 지나다가 한 말이라고도 누구는 말하였다. 지금 생각하니 그럴 법도 하였다. 붉은 언덕밭 이에 턱석 하나 펴놓은 데서 지나지 않는 마을이었다. 그나마 빈 턱석이라 새도 날개를 쉴 염이 나지 않을 것이다. 어찌 새뿐이랴, 믿던 동 하나만 꺼떡하면 안 날아나고 배길 장수가 누구랴?

기술은 진맥이 쑥 빠져가지고 집으로 돌아왔다. 뒷간 모퉁이에 구루마 기름을 담은 깨진 그릇을 내려놓고 오줌을 누며 집 안을 들여다보았다. 소미 포대로 만든 뒤청문이 바람결에 출렁거리며 정주의 등불이 꺼질 듯이 훌긴다. 그 사이로 아버지와 어머니와 그리고 암소의 얼굴이 분명히 들여다보이는 것 같았다. 그들의 낯짝은 더 보지 않아도 뻔한 것이었다. 한결같이 거멓게 절어 있을 것이다. 그의 머리에는 또 문득 아까의 환상이 떠왔다. 거떻게 생긴 커다란——말할 수 없이 커다란 괴물의 밑구멍에서 누에똥이 떨어지는 그 환상이 또 떠왔다. 그 까만 일개미 속에는 아버지, 어머니, 그리고 암소의 곱이 낀 눈이 분명히 섞이어 있었다. 그리고 얼굴보다 더 큰 것 같은 무섭게 큰 눈이 마치 별같이 하늘에 박여서 그 누에똥들을 내려다보는 것 같았다. 오줌을 다 누고 나니 몸이 경풍 난 것처럼 몹시 떨렸다.

"저, 이거 끓여야 하는데……"

기술은 기름잔을 들고 성큼 마당에 들어섰다.

"앙이 어째 이재(인제) 오니? ……아앙 지름으(기름을) 얻어 개애구 오는구나…… 징약으(기녁을) 먹구 해라, 참 불이 없는데."

어머니가 이렇게 말하자 아버지가 뒤를 받아가지고,

"네일(내일) 아츰 불에 끓여서 해라. 나무가 없는데……"

하고 말린다.

기술은 공연히 불끈 심화가 났다. 그래서 저녁도 먹기 전에 자기로 부엌에 불을 살리고 기름을 끓였다. 그리고 낡은 솜이 없어서 헌 헝겊을 막대 끝에 뭉쳐 매어가지고 소발을 지지기 시작하였다.

"워 워(소 달래는 소리), 이 쇠……"

기술은 문득 기름에 데어 죽는 까치벌레를 생각하였다. 그러며 더욱 소발을 꿰잡고 연해 지져주었다. 그는 제 몸속에서 억센 기운이 솟으며 그것이 가슴을 지나 팔을 더듬어 손아귀로 뻗쳐 오는 것을 깨달았다.

산촌

1

T읍 장날이다.

기술은 가마니를 팔아가지고 낱돈 얼마를 잘라서 아버지 시키던 대로 성냥과 장수연을 샀다. 그리고 언제부터 벼르던 제 고무신이나 한 켤레 살까 하다가 또 그만두고 가는 빗줄이 금시 눈이 될 듯한 눈깨비를 맞으며 집으로 돌아왔다.

어머니는 부엌에서 저녁을 짓고 아버지는 윗방에서 가마니를 짜고 있다. 자기를 바라보는 아버지와 어머니의 펀뜻 뜨이는 듯한 눈매를 보는 순간 기술은 고연히[1] 속장이 뭉클해졌다. 용돈에 불티가 나던 판에 돈푼이나 쥐면 되레 뒤숭숭해지는 그런 불안과도 다른 어떤 불안이 확실히 아버지의 얼굴에서 읽힌다. 아버지가 지금 참말 묻고 싶어 하는 사본[2]을 기술은 잘 알고 있다. 하나

272

그것이 밉성이다.

"가마니를 팔았니? 모두 얼마나 되디?"

아버지의 첫 물음은 아직 분명 딴전이다. 정작 알고 싶은 것은 그것보다 딴 데 있다.

기술은 눈결에 얼뜬³ 아버지의 까칠한 목뼈가 갈기(渴氣) 난 듯이 움직거리는 것을 보았다. 아버지가 참말 묻고 싶은 말이 지금 바로 목구멍에 다 밀려 있는 것이다. 이렇게 생각하니 실없이 더 고불통이 치밀어서 기술은 아무 대답도 하지 않고 그 대신 가마니를 걸머지고 갔던 질비로 비에 젖은 어깨를 번갈아 걸싸게 탁탁 털어댔다. 그러고는 가마니 판 돈과 장수연을 아버지 앞에 철썩 내던지고 성냥은 부뚜막에 내던졌다.

"야, 괴장 선생님을 만나 봤니?"

그러나 기술은 아무 대꾸도 하지 않는다.

"부침을 잃으면 살기르 어떻게 살겠니?"

어머니가 민망한 듯이 아버지에게 부동한다. 기술이네가 부치는 김 갑산 동(개간지)이 기술이가 다니던 T보통학교 교장 선생의 손으로 넘어가게 될 것은 이제 더 의심할 수 없는 버젓한 사실이다. 그러면 다른 사람은 다 몰라도 T학교 졸업생인 기술이네만은 부침을 그대로 이어갈 수 있으리라고 아버지 어머니는 염량하는 것이다. 그리하여 아들더러 미리 선손을 써서 날래 교장 선생에게 가서 승낙을 받아두라고 아버지는 벌써부터 안절부절을 못하고 성화를 먹이는 것이다.

그러나 기술에게는 그리 못 할 사정이 있다. 한데 웬일인지 기술은 그것을 아버지에게 오순도순 풀이해드리고 싶지 않았다. 또 말을 한대도 질둔한 아버지가 알아들을 성싶지 않다.

저녁을 다 먹을 때까지 기술은 단근질 참듯[4] 잠자코 있다. 말을 떼기만 시작하면 그것이 걸거침이 되어 악다구니 말쌈이 되고 그리하여 나중은 어떠한 복닥판이 벌어질지도 모르는 것이다. 그는 그릇 소리도 안 나도록 밥술을 조심하였다.

밖에서는 굵어진 빗줄이 모닥바람에 불려 우수수 추녀 끝을 때리고 간다. 무엇이고 모두 쓰러져버릴 것 같고 그러면서도 그 가운데서 보다 무서운 재단이 불거져 나올 것 같은 침묵이 왔다.

밥물을 마시는 아버지의 목에서 나는 꾸루룩꾸루룩 소리나, 또는 그럴 때마다 괴뿔만 한 아버지의 상투가 가볍게 떨리는 것까지 밉성이다.

"선생님은 부모와 같니라."

분에 없는 아버지의 이런 점잖은 소리를 듣다가 말고 기술은 무뚝[5] 집을 튀어나왔다.

그는 사사키 교장 선생에게서 3년나마 수신을 배웠다. 그리고 졸업하던 그해부터 그 선생이 경영(아우의 이름으로 하였지만)하는 양잠소엘 다녔다. 그러나 교장 선생은 이름난 모범 교장으로 몇 번 표창까지 받은 사람이니만치 기술이가 조합반에 관계한 것을 알자 든손에 내보냈다.

그리하여 시대의 바람이 어느 만치 자기 시작하면서부터 교장 선생은 때가 비상시라 교육보국(教育報國)에서 새로 생업보국(生業報國)을 메고 나서 자기 고향에서 모범농을 이주시키고 동시에 졸업생 중에서 가장 빠름 직한 청년들을 추려서 자기의 토지를 경작시켰다.

그가 T회사의 손으로 넘어가게 된 김 갑산 동을 대부 맡을 때에도 이 생업보국의 변(辯)이 크게 힘을 썼던 것은 물론이다.

"나는 학문을 가르치는 일개 교사에 지나지 않습니다. 그러므로 농부들에게 다수확 영농법(多收穫營農法)을 설명해주었대야 그들은 탐탐히 듣지 않습니다. 당신은 글 가르치는 선생인데 농사는 우리들에게 맡기시우…… 이렇게들 냉소한단 말이죠. 얼뜬 생각하기에는 어리석은 소리로 들리기도 하나 어쨌든 그도 사실임에는 틀림없기에 나는 우선 내지에서 모범농을 불러왔습니다. 그래서 무엇보다 실지로 이 고장 농부들이 개벽 이래, 꿈도 꾸어보지 못한 굉장한 실증을 뵈어주었습니다. 재작년부터는 이 모범농들이 1단보 일곱 섬을 받았습니다. 그러므로 이곳 백성들도 인제 와서는 나를 믿지 말래도 믿지 않고는 배기지 못하게끔 되었습니다. 실지로 보고 있으니까요. 작년부터는 졸업생들에게 시험 경작을 시키는 중인데 이 책상물림 청소년들도 헌다는 토백이 농군들보다 더 많은 수확을 내고 있습니다."

교장 선생은 T회사 지점 주임에게 우선 이렇게 설명한 다음 이 앞으로 취할 방침으로 말을 옮겼다.

"만일 요행으로 김 갑산 동을 대부해주신다면 내 고향에서 모범농을 더 많이 불러오고 또 우리 학교 졸업생 중에서 견실한 사람을 뽑아서 대대적으로 경작시킬 작정입니다. 이 지방은 장차 조선서 엄지손구락 꼽는 모범 농촌이 될 것을 나는 의심치 않습니다. 농부의 맘은 사람의 가슴보다 몇 백 갑절 더 깊은 땅속에 뿌리 박혀 있는 것입니다. 땅을 살지게 하면 사람의 마음도 살이지는 것입니다. 심전개발(心田開發)이란 두말할 것 없이 땅을 파고 땅을 살지게 하는 데 있는 것인 줄 압니다."

이리하여 유력자의 소개와 후원을 가지고 있는 교장 선생은 다시 시대의 힘을 빌려 T회사를 완전히 설복하였다.

기술은 물론 이런 깊은 사정까지는 알 길이 없었으나 그러나 교장 선생의 성격으로 보아서 한번 그에게 비점을 찍혔던 자기가 그 앞에서 용납되지 못할 것을 잘 알고 있었다. 그러기 때문에 아버지가 그렇게 오복전같이 졸라쳐도[6] 그 술로 머리를 들이밀 염을 못 한 것이다.

기술은 집을 나와서 바로 복례네 집으로 가볼까 하다가 그만두고 동리 소패들이 많이 모이는 동무의 집으로 갔다. 역시 이야기 끝에는 김 갑산 동 이야기가 또 나왔다. 모두들 그저 꿰온 보릿자루처럼 멀거니 있어서는 안 되겠다고 생각은 하면서도 인제 완전히 바람막이를 잃은 그들에게는 별 신통한 궁리가 돌지 않았다.

"논바닥에 물고 처지는 수밖에…… 꺼떡거리는 놈 팔때길 꽉 물어 떼구 말지."

"그담에야 귀신이 와서 씨름해줄 턱도 없지."

"글쎄 말이야. 그담에 해볼 땅이 있나."

이렇게 답답한 극담들을 하는 것이나 그러나 의지가지없는 이들을 휩싸는 모진 바람을 막기에는 그들의 힘이 아직 너무나 약하고 그들의 머리가 너무나 가난하였다.

2

이날도 아버지는 무슨 말을 할까 할까 하다가 기술이가 한 말 부어 있는 통에 암말 못 하고 저녁 후에 어디로 나가버렸다. 그러자 어머니가 설거지를 하고 가마니 짤 짚을 축이며 맥 풀린 소리로,

"야, 가봐라. 아버지 성화에 내가 견댈 수 없다…… 웃는 낯에 침 못 뱉는다구."

기술은 그래도 잠자코 있을 뿐……

"비는 사람을 그대루 쫓아내겠니. 그래도 선생님인데 이 동네에서야 너밖에 그 학교 다닌 사람이 있니. 다 안 돼도 우리 부침이사 떼겠니."

기술은 또 소갈머리가 치밀었다.

"안 돼요."

"안 되다니…… 그러면 어쩌겠니."

"차라리 학교 안 다니던 사람이 가면 몰라도 난 안 돼요. 그전에 양잠소에서 몰아내는 것만 보지."

기술은 퉁명스럽게 뱉고 성가신 듯이 가마니틀을 향하여 부산히 고드랫돌⁷을 주워 넘긴다.

그러나 그는 아버지보다 어머니가 성미에 맞는다. 어머니는 부지런한 사람인데 그보다 뜻이 굳고 또 아버지처럼 모든 것을 하늘에 돌리려 하지 않는 그것이 좋았다.

어머니는 인제는 늙어서 그도 안 되지만 예전에는 두부와 마늘

산촌 277

과 소금 같은 것을 받아가지고 행상을 다녔다. 기술이가 학교를 다닌 것도 그 덕이다. 기술이가 공일날 거의 하루 품을 들여서 짚세기를 삼아드리면 어머니는 웬만한 길에서는 그걸 신지 않고 허리춤에 차고 다녔다.

예전 살던 벌판(지금은 군용지가 되었지만)은 김을 맨다거나 밭갈이를 하는 일이 없이 괭이로 땅을 대수[8] 뚜지고 씨를 뿌려두었다가 곡식과 풀이 함께 자라는 것을 기다려 풀이 곡식보다 머리를 내밀 때쯤 해서 지난 밤새도록 잘 갈아두었던 낫을 들고 아버지와 함께 밭으로 나간다. 그리하여 낫으로 풀모개를 갈겨버린다. 그러면 이번은 곡식이 괴꼴을 빼고 이삭을 팬다. 그렇게 4, 5년 해먹고 이번은 다른 데다가 씨를 뿌려 예전 땅을 한 4, 5년 묵혀두어 재차 살지기를 기다려 다시 심기 때문에 수확도 상당히 좋았다.

기술은 그 당시 정경을 지금도 아슴푸레 기억하고 있다. 어머니는 뒤로 목이 축 늘어진 동생(어려서 죽었다)을 업고 행상도 하고 농사도 지었다. 밭으로 나갈 때면 기술이와 강아지가 앞서거니 뒤서거니 하며 즐겁게 들길을 걸어갔다. 강아지도 이따금씩 성금한 풀 때에 한 다리를 들썩하고 오줌을 갈기며 풀밭 청메뚜기 놀라 뛰는 것을 갸웃이 재미나는 듯이 바라보았다.

밭갈이 때나 가슬[9] 때에 밭 가운데서 먹는 점심 맛은 지금도 미각 중 제일 매력 있는 기억으로 남아 있다. 언젠가 한번은 어머니가 장에 가서 도미 대가리를 사온 일이 있다. 기술은 다 먹고 난 다음 봇날 같은 그 뼈다귀로 마당 앞 고추밭에서 밭갈이 장난을 해본 것이 지금도 잊히지 않았다.

그리고 콩밥 속에서 불은 콩을 골라내서 누런 가시로 곶감 꿰듯 조롱조롱 꿰어가지고 길을 걸으면서 아이들한테 자랑을 하면서 먹었다.

모든 것이 꿈과 같이 아름다웠고 유족하였다. 아무 시름도 부족도 없었던 것 같다. 보는 것 듣는 것이 아름답고 평화하였다. 학교에도 다녔다. 그것은 행상까지 다닌 남 없이 부지런한 어머니의 덕이다. 학교로 못 가는 동리 아이들은 그의 어머니가 사다 준 그의 필통과 책보를 부러운 듯이 만져보았다. 어떤 아이는 그 책보를 끼고 우줄우줄 걸어보기도 하였다.

어린 동생이 호역으로 죽은 후 아버지와 어머니는 더욱 외톨로 기술이를 사랑하였다. 혹시 잔칫집 같은 데로 어머니를 따라가면 어머니는 기껏 먹으라는 듯이 남몰래 그에게 눈질하고 심하면 깔보는 시늉을 하고 나중은 꼬집기까지 하였다. 많이 먹을수록 사람은 건강한 것이며 장수하는 것이라고 어머니는 생각하였다.

이런 옛일을 생각하며 그는 잠자코 가마니를 짜고 있었으나 속으로는 슬며시 유여한 생활을 해보았으면 싶었다.

아닌 게 아니라 지금 세상은 너무도 괴롬이 많고 성가신 일이 많다. 그런데 인제 아버지도 어머니도 아주 늙어서 옛날처럼 벌지 못한다.

생각하면 한심한 일뿐이다. 또 무슨 일이 내일을 기다리고 있는지…… 이렇게 생각하면서 가마니틀 고드랫돌을 걸싸게 주워 넘기는 때에 복례 아버지가 무중 바당문으로 들어섰다.

"저녁 잡수았소."

가마니 떤 짚을 두드리던 어머니가 짚을 한쪽으로 몰밀어놓으며 인사하였다.

"올라오우다."

복례 아버지는 별말 없이 정주에 올라앉아서 한참 숨만 갑자르고 있더니만 또 교장 선생 이야기를 꺼냈다—네 말이면 들어줄 것이다. 네 집 일이 바로 되면 내 집 부침도 안 떨어질 성싶다. 우리 집 복례도 교장 선생 양잠소엘 다니지 않았니…… 이렇게 더듬더듬 주워 뱉는 것이다.

'그렇지. 아버지한테 촉을 듣고 온 게로구나.'

이렇게 생각하니 기술은 고연히 골이 났으나 찾아온 사람은 복례 아버지다. 복례 낯을 보아서도 괄시할 수는 없다. 또 지금 저기에 들어가 있는 복례 오빠를 보아서도 그렇다.

"가봐도 소용없어요."

기술은 나직이 타이르는 조로 말하였다.

"그런즉 어쩐단 말이냐."

"글쎄, 설마 죽기야 하겠소."

"너의 집은 네가 있어서 걱정 없지만……"

그러고는 복례 아버지는 때여간[10] 아들 생각이 북받쳐서 말을 잇지 못하였다. 아들이 없는 자기의 앞은 그믐밤같이 가무칙칙할 뿐이다. 그는 금시 방망이라도 쥐면 하다못해 문턱이라도 힘껏 갈겨보고 싶었다. 가슴이 칵 막혔다.

복례 아버지는 본시 이 고장 사람이 아니다. 여기서 근 양백 리나 되는 S군 사람으로 무진년 장마 뒤에 조고만 반연을 더듬어 이리로 이유해 왔다. 그해 물난리에 그곳 주재소가 다 떠나가고 그 문패가 4백여 리 물길을 흘러 원산 포구에까지 떠갔으니 웬만한 곤돌막[11]은 말할 나위도 없었다. 그는 아무것도 없이 맨손으로 와서 김 갑산 동 작인이 되어 가랑가랑 목숨을 이어갔다.

그러다가 차차 아들이 장성해서 한숨 펴일 만한 때에 그 모진 회리바람이 불어서 천량 맞잡이 아들이 여러 사람과 함께 때여갔다.

그 후 기술은 자주 복례 집으로 드나들었다. 복례가 보고 싶은 것은 물론 그의 형과 친형제같이 지내던 터이매 때때로 아니 가볼 수 없는 처지였다.

복례는 농사도 조력하고 소깔(소 먹는 풀)도 베어들였다. 복례가 그러는 것을 보는 것이 어쩐지 기술에게는 심히 서글픈 일이었다. 갈잎에 눈을 다쳐 눈에 피진 것을 보는 때나 손등 손끝이 거치럽게 터가는 것을 보는 때마다 기술은 가슴이 서늘해졌다. 그리하여 자기 집 일을 제쳐놓고 복례 집 일을 도와주는 일도 종종하였다. 베어놓은 소깔[12]을 갈궈서[13] 복례 집으로 보내기도 하였다.

기술이 아버지도 그런 눈치를 알고 있었으므로 오늘 밤 복례 아버지를 뚜져서 보낸 것이라고 기술은 생각하였다. 그리고 본즉 아버지 한 짓이 밉기도 하고 또 가엾기도 하였다.

"부침을 떼우고 어떻게 살겠니."

복례 아버지는 이렇게 한탄하고 혼잣말 모양으로,

"만주로 갔지…… 만주는 살 만한지."

그 말이 기술에게는 뜨끔하였다. 만주로 가버리면 복례도 다시

볼 수 없는 것이다.

"걱정 마수. 가만히 있으면 안 되겠기 우리 모두 공론을 했소. 가서 빌었대야 들어줄 일 없으니 아마도 물고 처지는 수밖에…… 가만있소. 우리 또 공론해보겠소."

기술은 이렇게 말하고 끝으로 또 한마디를 더 달았다.

"만주로 가더라도 모두 같이 가야지. 혼자 가면 되겠소. 생소한 데로……"

복례 아버지가 집으로 돌아간 다음 기술 어머니는,

"참, 저 집 일도 걱정이야. 아들이나 속히 나왔으면 쓰겠는데…… 어찌 심사들인지."

묵철같이 무거운 침묵 가운데서 밤은 침침히 깊어갔다.

3

기술이는 아침 일찌감치 T읍으로 떠나갔다.

어젯밤 복례 집에 들렀을 때 복례에게서 K부 제사 공장으로 가겠다는 말을 듣고 오늘 아침 혼 손바로 T읍 교장 선생을 찾아가기로 결심하였던 것이다.

방금 K부 제사 공장에서는 대대적으로 여공을 모집하는 중이다. 마침 작년 수재로 변지 사람들은 호구지책이 막연한 판이라, 이 여공 모집은 상당히 큰 매력을 가지고 방년 된 딸자식을 둔 부모들을 붙들었다.

K부 제사 공장에서도 이 묘리를 미리 터득한 듯이 해변이며 궁벽한 산촌 지방 주재소에 공문으로 여공 모집에 대하여 알선해주도록 부탁하였다. 주재소에서도 이것은 빈민을 구제하는 한 가지 방도라고 생각하고는 이 소문이 민간에 널리 전파되기를 바라고 또 힘썼다.

"밥 먹구 한 달에 스무 냥(4원)이면 무던하지."

복례 아버지도 어디서 이 소문을 듣고 와서 군침을 흘렸다. 완전히 '스무 냥'에 미혹된 것이다. 얼마나 고된 일인지 또 어떻게 일하는 건지 그리고 그 '스무 냥'을 벌어줄 사람이 자기의 귀여운 딸이어야 할 것도 이때는 생각지 못하고 그저 스무 냥에만 구미가 쏠렸다.

그러나 정작 복례가 그리로 가볼 생각이라고 할 때 아버지는 다시 한 번 이 미혹에 대하여 궁리해보지 않을 수 없었다. 아들이 그리로 간 후 복례가 한 집의 가장 힘쓰는 기둥쯤 되어 있는 것이다. 정구지역으로부터 안팎일에 그의 도움이 여간 크지 않다. 그리고 막말로 좀 유여한 집에 시집이라도 보내는 날이면 그 반연으로 하다못해 부침이라도 나수[14] 얻을지 모르는 것이다.

그래서 아버지는 딸이 여공이 된다는 데에 얼른 찬성하지 않았다. 기술이가 와서 역시 반대하는 뜻을 말하자 아버지는,

"이담에 오래비 나오거든 가거라."

하고 단념하도록 일렀다.

그러나 기술이는 그와는 또 딴 의미로 반대한 것이다. 그는 도회지에 팔려가서 오도깨비같이 변해진 촌색시들을 본 일이 있다.

흙내 나는 숫색시보다 미혹을 느끼는 것은 사실이나 애당초 제게 실길[15] 배 만무한 그런 여자 따위를 곱거니 좋거니 생각하는 것부터 부질없고 오장 없는 일이라고 그는 위정이라도 그런 것들을 밉고 못된 것으로 돌려놨다. 눈에는 곱게 보일지 삼아도 맘으로는 짜장 침을 뱉는 것이었다.

복례가 만일 K부 같은 화려한 도시로 가보라. 자기 같은 것은 담방[16] 며칠 사이에 잊어버리고 말 것이다. 잊어버리지 않는다 하더라도 저 같은 것을 아는 것을 홀쩨[17] 수치로 여길 것이다.

"못써. 가지 마라. 공장에 가면 첨 몇 해는 밥만 멕여주지 돈은 온통 주지 않는대. 삯이 생기게 돼도 약값, 옷값, 무얼 한 걸 제하고 나면 한 푼도 안 남는대."

기술은 이렇게 운을 떼놓고 다음으로 또 딴전을 울렸다.

"요전에 K부에 가서 듣자니까 약물 친 김치를 먹고 모두 구토 설사가 나서 한 발씩 늘어졌대. 입이 부르터서 물도 못 마신다던 데……"

그러고 보니 또 좋은 궁리가 났다.

"참말 그러게 또 모집하는 거 아니야. 모두들 해소가 터져서 가슴을 웅키고…… 또 수종다리가 돼서 절룩거리며 밤 잡아 도망을 쳐 가니까 다시 모아 넣자는 거지. 그렇지 않으면 또 모집할 턱이 있는가. 그렇게 좋은 자리면 뉘기 내놓고 갈라구…… 돈은 못 벌어도 사는 기 장수지."

그러자 복례 아버지와 어머니도 짐짓 놀라는 상이다.

"아니 그게 참말인가 온……"

그래서 그들은 자기 딸의 신상에 관한 문제로 그 구수한 소문을 다시 캐어보는 것이다. 그렇다면 아무리 사는 일이 고단할지 삼아도 딸을 보낼 수는 없다고 생각하였다.

"복례야, 그만둬라."

아버지는 이렇게 다시 일렀다.

"그러믄요. 그만두지 않구…… 내, 낼, 읍에 가서 교장 선생님을 만나보겠소. 지자는 송사르 어디 가서 못 하겠소."

기술은 마침내 이런 결심을 털어놓았다. 그러자 복례 아버지는 아닌 밤중에 길동무나 얻은 듯이 반가워하였다.

"기술이가 가서 말하면 꼭 되지, 돼. 난 정녕 그럴 줄 아네…… 그러니 이왕이면 우리 부침도 굳겨주게. 난 자네만 믿네. 경수(그의 아들)가 나오면 자네 은혜를 모른다겠나."

"아니 은혜구 말구…… 되면 모두 같이 되는 거구 안 되면 모두 부침을 잃는 수밖에 없지요. 우리만 혼자 부칠 말이면 차라리 내던지고 하다못해 모두 같이 간도라도 가는 기 낫지요."

"좌우간 가보게."

기술은 교장 선생한테 가서 손이 닳도록 빌어보리라 싶었다. 그래서 안 되면 모두 죽는다고 떼라도 써보리라 하였다.

아무리 하더라도 멀거니 눈을 뜨고 복례를 유혹의 거리로 혼자 보낼 수는 없었다.

기술은 어릴 적부터 복례가 좋았다. 그러면서도 만나면 심술을 부려주고 심하면 꼬집어주는 일도 있었다. 설날 대보름날 널뛰기 판으로 쫓아다니며 심술궂은 밀치닥질을 하기도 하였다. 복례가 발을 구르고 널판에서 뛰어오를 때——복례의 늘어진 머리태 끝에서 붉은 댕기가 춤을 출 때 기술은 고연히 심사가 나서 널판을 발로 탁 밀쳐버린다. 그래서 공중 떴던 복례가 땅바닥에 빗떨어져 발목을 안고 아갸갸, 아갸갸 돌아가면 기술은 좋아라고 킥킥거리며 내빼곤 하였다.

"이 종간나 새끼."

그러나 기술은 복례의 팔매질하는 사금파리를 발로 받으며 재미나서 죽겠다는 듯이 놀려먹는 것이었다.

봄날 복례가 메 캐러 나가는데 뒤를 슬금슬금 따라가서는 광주리를 뒤집어놓기도 하고 캐어놓은 메나 나시를 훔쳐 먹기도 일쑤였다.

기술이가 보통학교를 마치고 양잠소에 다닐 때 복례도 같은 양잠소에 다녔다. 기술이도 복례도 인제는 나이 들어서 그전처럼 악다구니는 못 해도 그만치 터놓지 못하는 심정을 피차 태우는 이하 더하여졌다.

계집애들이 뽕잎을 따오면 기술은 목척에 이름과 무게를 적어두었다가 그날 돌아갈 때에 하루치 삯을 내주었다. 복례가 따온 뽕잎 근수가 나수 나가기를 바라던 나마에 기술은 마침내 무게를 얼마씩 더 붙여 적었다. 그러자 이제 그것이 초끼[18] 빠른 계집애들 눈에 나서 입에 오르내리게 되었다.

"기술이 사(私)를 쓰는 기드라."

"글쎄 정말…… 복례 해는 늘 더 적어주는갑더라. 내 오늘 복례 뽕잎을 들어봤는데 내 것만 못해. 그래도 5전이나 더 받지 않았니."

"아니 애 그리구 또 우리 뽕잎은 줄 적는가 보더라."

"그래그래, 우리 걸 줄여서 복례게 더 적어주는 기구나. 옳—
아, 야 그렇구나."

"고 눈깔이 멀 자식⋯⋯"

이렇게 계집애들은 재잘재잘 뇌까리다가는 결국 복례에게 불똥
을 떨구고야 만다.

"얘 복례야, 너 오늘 돈 얼마 탔니?"

그러나 복례는 벌써 그들의 눈치코치를 죄다 읽고 있어서 뾰로
통하니 대답이 없다.

"야 복례야, 너는 돈 더 타서 좋겠구나. 어쩌면 그렇니?"

"아무렴, 복례같이 이쁜⋯⋯"

"기술인들 잘 못났니⋯⋯ 참 좋겠더라."

그러면 복례도 더 참지 못한다.

"이 간나들아, 무시기 어째. 좋건 다 뭐냐. 말해봐라. 어서 말해
봐. 왜 말 못 하니."

복례는 발개서 덤비나 워낙 대수가 많아서 어디를 어떻게 찌를
지 모르고 빙빙 돌아 욕지거리를 하다가는 제 김에 울음이 터진다.

기술이도 이런 곡절을 잘 알고 있었다. 기술은 복례 오빠가 때
여간 후는 그전보다 더 자주 그의 집으로 갔다. 그의 늙은 부모를
위로해주고 일도 도와주었다. 그래도 조그만치도 괴롭지 않았다.
뿐만 아니라 항시 무엇에게 끌리듯이 그의 집으로 가고 싶었다.

복례·아버지도 기술이를 친아들만치나 믿었다. 자기 아들 연배

되는 젊은 사람을 보면——그들이 밝은 세상에서 자유로 쏘다니는 걸 보면 남의 집 자식은 저런데 이놈의 새끼는 왜 공중 나덤비다가 저 모양이냐고 눈에 불이 일어날 지경인 그의 아버지도 기술이를 보는 때만은 그렇지 않았다. 뒷간 거름을 뚜져 보이며 땅에다가 하소하듯 눈을 슴벅슴벅 혼잣말을 중얼거리던 복례 아버지도 기술이를 보면 아무 꼬부장한 생각 없이 읍에 가서 아들 소식을 듣지 못하였느냐고 묻곤 하였다.

이런 생각을 하며 기술은 T읍에 이르렀다. 아침 활기를 띠고 거리로 오고 가는 시정 사람들이 농촌 사람보다 퍽도 유복하고 되레 한가한 것같이 뵈었다.

이 T읍에서는 아마 제일 긴 건물일 듯한 T보통학교 양철 지붕이 아침 햇볕에 둔하게 빛난다. 그것을 바라보는 순간 기술은 이상히 서먹서먹한 생각이 나며 집을 떠날 때에 아버지가 점심 사먹으라고 주던 10전짜리 백통전이 눈 속에 선히 떠왔다. 커다란 건물과 구멍 뚫어진 백통전의 야릇한 대조가 한참시리 머리에서 떨어지지 않았다.

4

운동장에서 학생들이 와야와야 떠들어대며 달려다니는 가운데 이리저리 피해서 기술은 학교 현관에 들어섰다. 들어서 다시 휘돌아 보아도 자기가 다니던 학교 같지는 않았다. 자기가 이 학교로 다녔던지도 의심날 지경이다. 운동회 때에는 1등상을 탄 일까지 있고 학예회 때에는 습자가 뽑혀서 벽에 나붙은 일이 있으나 인제는 꿈인 듯한 이 사실을 알 사람은 하나도 없었다.

학교를 나온 지 5, 6년 사이에 그는 짜장 흙내 나는 농부가 되어 버렸다. 교육을 받은 사람의 풍신은 아무 데도 없는 것이다. 금방 이리로 들어올 때에도 학생들은 이 무지해 보이는 농도에게 아무런 조심도 없이 어깨를 떠받고 가슴을 박지르며 달려다니지 않았는가.

그는 울타리 쪼개지고 바닥이 종잇장만치 엷어진 고무신을 남의 눈에 뜨이지 않는 구석에 밀어놓고 조심조심 낭하로 올라섰다.

때기름이 괴죄죄한 도리우찌[19]를 낭하 모자 걸개에 걸려는 때에 약바르게 생긴 급사 아이가 지나가면서 흘끔 눈을 주는 바람에 그만 모자를 도로 벗겨서 겨드랑이에 끼고 어정어정 걸어 들어갔다. '인고단련(忍苦鍛鍊)'이라는 현판 아래에서 왼편으로 꺾이어 교무실 앞으로 갔다.

두어 번 숨을 가다듬은 다음 그는 빠끔히 문을 열었다. 요행 아무도 그를 보는 사람은 없었다. 그는 외면하고 교장석 앞 쓰이다테[20] 그 눈에 숨듯이 교장 선생 앞에 가서 공손히 허리를 꾸부렸다. 그리고는 저도 모르게 더수기를 만지기 시작하였다. 오는 도중에서 그같이 곰곰 생각해놓은 말이 어디론지 도망을 쳐버렸다. 무엇이라고 꺼낼지 캄캄하였다.

교장 선생이 무슨 서류를 뒤적거리다가 찻잔을 끌어다 마시며 이편으로 눈을 줄 때에 그는 급한 어조로,

"선생님…… 저……"

하고 말을 꺼냈다. 그담에는 무슨 말을 어떻게 하는지도 모르게 더듬더듬 온 뜻을 말하였다. 그러나 교장 선생은 듣는지 마는지다. 교장 선생의 무섭게 긴 눈이 옛날보다도 더 위엄이 있어 보였다.

　학교 정문을 돌아나올 때 교장 선생이 외던 말이 다시금 지그시 기술의 머리를 눌렀다. 선생과 제자라는 아름다운 관계는 아무데서도 찾을 길이 없었다. 다만 오랜 습관으로 말만은 점잖으나 요컨대 그 말 속은 일호반점도 의심할 것이 없었다. 터럭 하나도 매어달릴 수 없이 싹 자르는 태도다. 뿐만 아니라 기술이 같은 존재는 도리어 지금 세상에 있어 안 될 것같이 숨은 타박을 주는 것이었다.

　"다른 농장과는 다르다. 국난 타개 생업보국(國難打開生業報國)의 제일선에 설 모범청년을 양성하는 것이다."

　교장 선생은 이런 힘든 말을 거듭 외는 것이었다.

　"……가장 잘 하늘을 고이〔支〕는 것은 땅이다. 땅은 백성이다. 즉 농민이다. 그러기 때문에 한 사람의 농부라도 나는 신(神)의 허락 없이는 쓸 수 없다…… 가령 여게 한 사람의 극히 진실한 농부가 있다고 하자. 그러나 일만 부지런히 한다고 해서 참말 진정한 인간인 것은 아니다. 그 사람의 머리를——즉, 정신을 보아야 하는 것이다. 사람이 신에게 통하는 길은 오직 이 정신이 있을 뿐이다. 그러므로 나는 내 앞에서 진실을 맹서하는 어떤 사람이든지 위선 그가 신에게로 갈 수 있는 정신을 가지고 있는가 그것부터 보는 것이다…… 제 죄와 악 때문에 악착한 경우에 빠진 사람이 아무리 야단스레 소리를 친다 하더라도 그것은 결코 신에게는 들리지 않는 것이다. 신이 버린 사람을 구할 수는 도저히 없는 것이다."

교장 선생은 첨부터 기술의 말 같은 것은 오로지 들리지도 않는 모양이었다. 기술이도 교장 선생이 하는 힘든 말을 열에 하나도 그대로 이해할 수는 없으나 어쨌든 그 말하는 속심은 일호반점 의심할 나위가 없었다. 빤한 것이 없다. 아무리 손바닥과 무르팍이 닳아 떨어지도록 빈다 하더라도 또는 천길만길 날고뛴다 하더라도 교장 선생을 납득시킬 수는 도저히 없을 것이었다.

기술은 아버지가 주던 돈을 국숫집 앞에서부터 담배 가게 앞까지 주물럭거리다가 모두 그만두고 길가 난전에서 눅거리[21] 비누한 개를 샀다. 값보구는[22] 냄새가 제법이다. 그는 두어 번 냄새를 맡아보고 깊숙이 조끼 안주머니에 집어넣었다. 그러나 그리고 또 궁리해보아도, 오늘 경과를 듣고 되게 낙망할 복례의 걱정을 그 비누가 얼마나 덜어줄지가 의문이었다.

복례네 어머니 아버지도 또 자기 아버지와 어머니도 새삼스레 불쌍히 여겨졌다. 자기를 크게 바라고 있을 그들의 앞에 가서 무슨 말을 하랴.

어떻게 좀 잘살아보려고 대소변 한 번일지라도 한데 갈기지 않고 뒤이 짜장 내려앉는 것 같은 것을 입을 앙다물고 집 뒷간으로 굴러들어오는 아버지의 찡그린 상이 보인다. 여물을 먹고 나서도 눈곱이 괴죄죄한 검은 눈으로 정주를 올려다보는 여윈 암소의 낯

바대기도 보인다. 몹시 가슴이 답답해났다.

기술은 주머니 속에 간직했던 비누를 다시 꺼내서 흐뭇하게 냄새를 맡았다. 향긋한 자극이 그의 머리에 예쁜 복례의 얼굴을 방불히 그리게 하였다.

"아무리 한들 에미내(아내)를 굶게야 할라구."

그는 흐리터분한 겨울의 낮은 하늘을 멀리 바라보며 숨을 크게 쉬었다.

석양에 그는 마을로 돌아왔다. 번한 집으로 갈가라다가 발길을 돌려 복례네 집으로 갔다. 마침 복례 아버지는 집에 있지 않고 그의 어머니가 반겨 맞았다. 복례도 오늘 경과를 궁금히 기다리는 상이다.

"암만해도 안 되겠습니다."

기술은 한참 만에 이렇게 고지식하게 말하였다. 복례를 보아서는 위선 벙벙히 말해두고도 싶었으나 고작 드러날 일을 은휘할[23] 수는 없었다. 그러나 어떻게든지 복례에게 안심을 주고 싶었다. 또 인제 일이 이 지경 된 바에는 젊은 축들이 짝패 해서 한번 겨뤄라도 보고 싶은 내심도 있고 또 한편 10년나마 부치던 땅을 그렇게 식은 죽 먹기로 떼일 수 있느냐 하는 떡심도 있어서 아직까지도 그다지 낙망되지도 않았다.

"어떻게든지 되겠지요. 그리 문문히 떼우기야 하겠소. 걱정 마우다."

그러자 복례 어머니도,

"그렇지. 그런 대사를 한두 번 가가지구 되겠나. 자꾸자꾸 가봐야지."

그도 적이 안심해하는 속이다.

"기녁에 또 오겠소다."

기술은 이렇게 말하며 복례에게 슬쩍 눈질을 하였다. 어머니 안 보는 데로 나오란 말이다. 복례가 수상한 듯이 정주 문으로 머리를 내밀자 어머니의 시선은 막혀버렸다.

"자아, 이거……"

기술은 조금 떨리는 나직한 소리로 호주머니 속의 비누를 꺼내 주었다.

복례는 그것이 무엇인지 딱히 모르면서도 벌써 두 뺨이 흐뭇한 수태[24]로 발갛게 물들었다. 뒤에서 어머니의 소리가 들리자 복례는 얼른 비누를 받아 가비춤[25]에 찔러버렸다.

"밤에 또 오겠소."

기술은 어머니께도 들리도록 크게 외치며 가벼운 걸음으로 그 집을 나왔다.

5

눈기운을 머금은 찬바람이 불어친다. 인제 정말 진짜 겨울이 오는가 보다 하니 기술은 고연히 적막한 심사가 더하여졌다.

아버지는 섬을 짜고 있었다.

"온 무슨 바람이……"

아버지는 그렇게 말하며 기술이가 구들에 올라오기를 기다려,

"그래 만나 뵈었니?"

그 소리는 확실히 밉게 떨렸다. 기술은 또 고연히 심보가 틀어졌다.

"선생님 있디?"

"있어두 틀렸슈."

"틀리다니. 그래, 부침을 다른 사람에게……"

어머니가 또 참견이다.

"지금 작인들은 모두 뗀대요."

"그러면 그 손을 누가 부친다디?"

"그거야 사람이 없어서 못 부치겠소."

아버지는 여직 아무 말이 없다.

어머니는 잠시 무슨 궁리를 혼자 하는 속이더니,

"그래, 선생님이 널 알기는 알아보디?"

"그럼, 너무 잘 알아서 걱정인데. 졸업 후 일까지 죄다 알아요."

"그래, 다시 와보란 말 없디?"

"없어요."

기술이가 퉁명스럽게 대답하고 있는 판인데 빙충맞은 아버지가 또 붙는 불에 키질하듯,

"오라기 전에 자꾸 찾아가봐야지."

하고 덮어씌우는데 기술은 그만 입이 써서 더 말하지 않았다.

저녁을 먹고 그는 집을 나서 소패네들이 모이는 동무의 집으로 갔다.

"자네 오늘 장날도 아닌데 읍으론 어째 갔던가."

기술은 가슴이 좀 뜨끔했으나,

"나 오늘 교장 선생 만나러 갔었네."

하고 곧이곧대로 일렀다.

"괴장 선생? 내 그 참 뭐라던가."

"아버지랑 어머니랑 족장을 대서[26] 가봤는데 통 틀레마셍이데."[27]

"그래, 그 선생이 그 땅을 가지게 된 건 사실이던가."

아직도 대부분 이것을 반신반의하는 것이었다. 원 그렇게 쉽사리 넘어갈 수 없는 것이며 또 그보다도 부침이란 그렇게 훌훌히 뗄 수 없는 것이라고 그들은 생각하고 있었다.

평바닥 농민들은 농지령(農地令)이 발표된 이후 지주와의 사이에 소작 계약이 있어서 그 기한 안에도 변동되는 일이 별로 없고 또 기한이 되었더라도 상상한 이유 없이는 뗄 수 없는 것이나 이 고장은 산간이요 또 신개간지라서 아직 모든 범절이 째이지[28] 못한 채로 있다. 땅이 팔리더라도 소작권까지 따라 넘어가는 관례도 없다.

"땅은 넘어간 게 분명한데 부침은 안 줄 모양이데…… 왜 자기 고향에서 데려온 작인들이 있지 않나. 그 사람들을 시킬 모양인가 부데."

기술은 이제 궁리하니 아마 그렇게 될 성싶었다.

"하지만 그 사람들이 몇 돼야 말이지. 불과 서너 집밖에 없는데."

"그거야 얼마든지 또 데려올 수 있지. 갱변에 물이 마르면 말랐지 작인이 없어 농사 못 짓겠나."

"암, 그렇구말구."

"그러면 우리는……"

이 대목에서 이야기는 갑자기 어두워졌다. 한참 이러쿵저러쿵 공론들이나 별반 신통한 소견이라고는 나오지 않았다. 결국 춘경 시절이 당기거든 누가 무엇이라고 하든지 선손을 써서 논갈이를 시작할 것. 그래서 무슨 말썽이든지 흔단이 생기거든 땅에 물고 처지는 수밖에 없다는 것, 그밖에는 더할 도리가 없다는 것…… 이런 이야기에 그치고 말았다.

"작년 물내기²⁹ 때처럼 하다못해 턱석이라도 내다 깔고 거게서 잘 섬 대지."

"가부간 땅에다 목을 맺지. 별수 있는가."

이렇게 말하는 사람도 있었다.

그러나 아직까지도 자기들의 앞에 다가올 운명이 그다지 따갑게 육박해 오지는 않았다. 첫째 아직 김 갑산에게서도 또 교장 선생에게서도 아무런 말이 없다. 지금까지 아무 말이 없으면 내년 봄 한 대목에 가서 부침을 내놔라 할 수는 없으리라 싶었다. 사실 이때까지의 이 고장 관습으로 말하면 그런 앉은벼락은 없는 법이다.

기술은 밤이 좀 이슥해서 집에 볼일이 있다고 핑계 대고 동무들보다 먼저 나와 바로 복례네 집으로 갔다.

"아버지 아깨 그 집으로 찾아갔는데."

복례는 고연히 얼굴이 붉어진다.

"난 어디 들러 오누라구……"

"그래두 얼른 만나 봐야겠다구 벌써 나간 지 오랜데."

"그래, 아무 이야기도 안 했소?"

"아니, 하기는 했는데 온 그럴 일이 있느냐구."

"지금 우리 공론들 했는데 뭐 별일 없겠지. 칼 박구 삼간 띔[30]인 데."

"……"

"그러구 후년부터 떼면 뗐지 내년은 일없을 거야. 엽때 아무 말 없는 걸 보면."

이렇게 한참 이야기하는데 복례 아버지가 끙끙거리며 돌아왔다.

"이 사람, 그래, 대관절 어떻게 됐나."

그는 매우 초조한 상이다.

"뭐 상관없어요."

기술은 웬일인지 아까보다 뱃심이 굳어졌다.

"그래도 안 된다구 하더라면서?"

"그러면 우리두 안 된다구 하지요."

"그래서 될 일이 있지…… 제 당나귀 제 타구 가는데 누가……"

"내 혼자 가서 말한 게 되려 잘못 갔어요. 독불장군이라구…… 모두 가봐야 할걸 내 혼자 갔으니 될 택이 있소."

"모두 갔대야 당나귀 낯거리지."

아버지는 한숨을 크게 지을 뿐 벌써 기술의 말 따위는 그 지친 마음을 털끝만치도 추겨주지 못하였다. 아니 기술의 말은 첫째 말이 되지 못한다고 받아들이려고도 하지 않았다.

"야 복례야, 거 짚이나 가져오너라."

아버지는 짜다가 남은 가마니를 마저 짜버리려고 하였다. 장날이 또 하루밖에 남지 않았다. 요새는 고연히 남이 버성겨져서 이번 장에 가지고 갈 가마니가 전보다 많지 못하다.

복례가 어머니와 자기가 두들겨 온 짚을 아버지 앞으로 날랐다.

"휘―"

아버지는 숨이 칵 막히듯이 찬바람이 들어오는 문틈으로 코를 돌리더니,

"퓌― 어디서 병원 약내 이렇게니? 이런…… 코가 다 제리구나."

하더니만 수상타는 듯이 복례를 보며,

"네게서 나는구나 피―"

복례는 가슴이 뜨끔했다. 아까 기술에게서 받은 비누를 여태 가비춤에 찌른 대로 두었던 것이다.

"글쎄 어디서 이상한 냄새 나는 것 같애. 난 고뿔이 와서 냄새를 잘 모르지만……"

어머니가 이런 말을 할 때 복례는 얼른 뒷골방으로 들어가려다가 말고 뒤울안에 나가 다라치[31] 속에 비누를 넣어버렸다.

"작인들 다 죽었지. 쉬없다."

복례 아버지는 가마니를 짜며 별안간 혼잣말로 중얼거린다.

"질고 짜른 건 대봐야지요. 순순히 안 들어주면 모두들 해내는 수밖에 없어요. 그저 오는 굿을 기다리다가는 미처 굶어 죽지 못하겠소."

기술은 짚을 셈겨주며 안심시키려 하였다.

"성나서 바우 차기지. 발은 뉘 발이 부러지구."

"돼요, 돼."

기술은 하다못해 이놈의 영감쟁이 염소수염이라도 끌어주고 싶었으나 생각하면 복례 아버지가 아니냐.

"아버지, 글쎄 들어보우. 우리 만든 동인데 죽두룩 공들여 남 존 일 하겠소. 일없어요."

"어디 남의 공 알아주는 세상이라디? ……그런 소리 말구 또 빌어봐라. 비는 게 장수니라. 비는 낯에 침 뱉겠니. 또 가봐라."

"글쎄, 그렇더라도 이번은 모두들 같이 갑시다."

밤이 늦어서 기술은 집으로 돌아왔다.

6

봄이 다시 돌아왔다. 작인들의 생활은 더욱 말 아니었다. 여윈 손으로 세어내던 낱알도 인제는 바닥이 났다. 황조미(만주속)도 떨어졌다.

봄이 얼마간 다정하다면 그것은 몇 가지 풀뿌리와 나무껍질과 나물 잎을 그들에게 주는 그것뿐이었다. 아낙들은 그 근처 담방 솔밭으로 매일같이 찾아다녔다. 풀과 나물을 캐고 소나무껍질을 벗겼다. 솔잎을 따서 요기해가며……

개중에도 소나무 껍질은 가장 좋은 '진미'일 수 있었다. 그것을 말려서 방아에서 찧어 가루를 만들어가지고 거기다가 약간의 좁쌀가루나 초석을 섞어서 떡을 만들면 이런 별미는 다시없는 것이다. 한번 먹어놓으면 그 어느 음식보다도 오래도록 주림을 잊을 수 있다.

그러나 그도 오래지는 못했다. 삼림 간수에게 들켜서 몇 사람은 하마터면 삼림령 위반에 걸려들 뻔하였다.

춘경기가 다가오자 작인들은 그 땅에서 밀려나지 말려고 선손을 써서 예년보다 좀 일찌감치 땅을 갈기 시작하였다. 그러나 그것은 곧 중지를 당하였다.

검은 옷 입은 모범 농민과 T학교 졸업생으로 된 모범 경작생들이 와서 작인들의 논갈이를 중지시키며 여기여기다가 모래차 레일을 깔았다. 다단스러운 공사가 시작될 것을 작인들은 짐작하였다. 모래차도 왔다. 방축을 높이고 동안 북편에 있는 깊은 줄늪을 마저 메우고 높고 낮은 논판을 정리하고 또 김 갑산 동과 사사키 동을 연결시켜버리자는 것이다.

날마다 양편 충돌이 그치지 않았다. 작인들은 아무려나 맘대로 논을 갈 수가 없었다. 한바탕 걸리고 나서 좀 즐즛한[32] 때 지다위[33] 센 작인들이 논을 또 갈기 시작하면 또 으레 맞부딪치고야 만다.

"뉘 아들이 갈아먹나 보자."

작인들은 이렇게 소가 닭 보듯 지릅뜨고 있으나 저편은 늘어지게 태연스럽다. 어느 날 밤, 작인들이 밤을 타서 논을 갈고 종자를 뿌렸으나 그담 날 형지 없이 번경(飜耕)을 당하고 말았다. 씨 뿌린 논판을 한번 말짱 되뒤집어놓은 것이다. 종자도 건질 길이 없다. 이 땅의 옛 관습은 한번 파종만 하면 어떠한 일이 있더라도 번경은 안 되는 법이나 그러나 그따위 법이 지금 세상에 무슨 소용이랴 하듯이 손쉽게 번경되고 말았다.

그래서 충돌꺼정[34] 되었다. 교장 선생의 집으로들 몰려갔다. 그러나 어떤 사람은 끌려가기까지 하고 해산을 당하였다. 하는 수 없이 또 논으로 논으로 몰려왔다. 인제 하늘도 땅도 모두 남이요 오직 오직 그 손 하나밖에 더 믿을 것이 없다. 최후의 씨름판이었다.

그러나 마침내 그 통에 기술이와 몇몇 사람은 태양이 없는 우리 안으로 가고 말았다. 그리하여 충돌은 끝이 났다.

오곡이 무르익는 한여름이 다 지나가도록 기술이들은 그대로 있었다.

추수 뒤에 겨우 놓여났을 때에는 작인들의 절반 이상이 산지사방 떠가고 말았었다. 복례네도 어디로 가버렸다.

기술이 아버지는 겨우 사방공사장에서 노동해서 그날그날을 풀질해가고 있었다. 그러나 그나마도 일터는 좁고 사람은 꾀어쳐서 닷새에 이틀은 그 일도 얻어만나지 못하는 형편이다. 십장이 나와서 그날 필요한 인부 수만치만 부삽을 팽개치면 그것을 먼저 잡는 사람만 그날 일을 할 수 있고 그담 잡지 못한 사람은 울상을 하고 돌아가는 것이다. 기술이는 나이 젊고 기골이 있는 관계로 아버지보다는 일잡이 손이 빨랐다. 그래서 그날그날을 간신히 지나갔다.

복례네 집은 이 공사가 시작되는 것을 보지 못하고 고향인 S군으로 갔다고도 하고 또는 간도로 갔다고도 하여 그 종적을 바로 알 길이 없었다. 복례네 집은 십몇 원엔가 팔려서 대팻밥모자를 쓴 모범 경작생이 들어 있었다. 문짝도 고치고 토벽도 고쳐 발라서 봄보기[35]부터 그전보다 훨씬 신수가 트여 보였다. 그 외의 여러 집도 거의 이렇게 주인이 갈렸다.

이 조고만 동리에는 검은 판자를 두른 새 집도 섰다. 그 집에는 높다란 국기 게양 탑이 서 있다. 모범 경작생들이 와야와야 찌거리며 이 집에서 벼훑이를 하고 이따금 주인마누라가 주는 뜨거운 찻물을 마시며 씨무룩거리는 것이 지나가는 사람의 눈에 유표히 들었다.

지난여름에도 교장 선생이 60원이나 내어서 그들은 광포로 해수욕을 갔다 왔다는 이야기도 들렸다. 또 여읜 이 김 갑산 동이 10여 년 만에 첨으로 금년에 비싼 금비를 싫도록 처먹고 유들유들 퍼러둥둥한 벼를 키워주어 살진 나락이 놀랄 만큼 그득 났다는 말도 기술은 이야기로 들었다.

"서 마지기에서 여덟 섬인가 났다데."

그전 작인들은 이런 이야기에 입을 벌리고 닫지 못하였다. 농장은 전보다 훨씬 좋아졌다. 동도 높아지고 땅바닥도 골라졌다. 줄늪은 전부 메워지고 돌(물길)이 올이 바르게 이리저리 째여졌다. 그리고 김 갑산 동과 그 아래 사사키 동은 완전히 연결되어버렸다. 그 큰 동 북쪽에는 새로 저수지가 되고 그 남으로는 광포로 나가는 뺏돌[排水路]이 기다랗게 내를 이루고 있다.

모범 경작생들이 한여름 동안 얼마나 일하고 얼마나 벌었는지는 알 수 없으나 교장 선생은 8천 원이나 들여서 T우편소를 그 친구의 이름으로 새로 샀다는 소문이 차차 퍼지기 시작하였다.

이녕

1

　민우가 석후에 식곤이 나서 시들푸러[1] 한잠 자고 나니 정주에서는 지금 바로 아낙네들의 이야기가 한창이다.

　단 두 칸 방 집인데 전등은 웃방과 정주 어름에 하나뿐이다. 습뜬 손님이 오기 전에는 항시 샛문을 열어놓고 그 어간에 켜놓으면 아래윗방이 다 환하다.

　그런데 오늘은 알심[2]을 써서 민우를 편히 쉬라고 그런 것인지 그렇지 않으면 입심 좋은 아낙네 마실꾼들이 한바탕 늘어지게 옥화사담을 펼 양으로 그런 것인지 샛문을 닫아버려서 웃방은 아주 까마귀나라다.

　어린애들은 벌써 한잠이 들었는지 아무 소리도 없다. 여느 날과 마찬가지로 아마 방 윗목에 덧놓인 윷가락처럼 널려서 혼곤히 자고 있으리라.

　민우는 낮에 시장했던 탓인지 또는 다모토리(소주) 잔이나 좋이 걸었던 때문인지 물이 키이는 것을 눌러 참고 있다. 아내의 들뜬 웃음소리만 들어도 벌써 맘에 께름한 점이 있어서 약간 불쾌해질사 하였다. 아내가 어째서 저리 수선을 떠는지 민우는 그의 이야기를 차근히 받아 들을 것도 없이 벌써 잘 안다는 듯이 혀를 한 번 쩍 갈기고 저편으로 돌아누웠다. 아무 소리도 듣지 말려는 거다. 그러나 기실 귀는 더 감겨진다.

　민우가 거기서 나온 지도 벌써 거의 반년이 된다. 민우가 돌아온 후 온 집이 다만 반가운 빛과 소리로 찼던 한동안이 지나간 그 뒤에 온 아내의 당부는 제발 이제부터 되지도 않을 딴생각 말고 살아갈 연구——아내는 늘 이렇게 말한다——를 하라는 거다. 민우가 낸들 어디 살 일 안 하고 죽을 연굴 하느냐고 웃으면 아내는 아니 그런 게 아니라 인제 남의 일 다 아랑곳할 것 없이 집안일에만 고스란히 착념하라는 거다. 그리고 끼니마다 막 잠을 자고 난 누에처럼 밥을 처조기는³ 아이들을 보며 알아들으란 듯이,

　"글쎄, 저 애들 먹는 것만 좀 보우."

하고 식성 좋은 아내는 제 김에 침을 삼키며 흐뭇한 듯이 이번은 혼잣말로 비젓이 발을 단다.⁴

　"참 좀좀이 벌어가지구는 안 되겠다."

　그러다가 나중은 민우더러 글까지 쓰지 말라는 거다. 글 없는 사람은 글이 필요할 때면 아무 데 가서도 돈 안 주고 얻어오지만서도 곁집에 도끼 빌리러 가면 있구도 없답디다, 하는 아내는 사

실 민우가 그리로 가 있은 한 4년 동안에 글보다 장작 팰 도끼가 더 필요하다는 걸 육신으로써 체험한 것이다. 민우도 그만 것은 듣지 않아도 잘 안다.

그래서 민우는 거기는 별로 할 말이 없고 또 애써 그렇지 않다고 타이르기도 싫어서 그런대로 잠자코 있다가 그 후 한번 아내가 맏놈이 인제 소학 졸업도 오래지 않았으니 중학교에 넣어야겠다, 재산 증명을 맡을 수 없으니 누구 일가친척 중에서 돈냥 있는 사람을 미리 보호자로 당부해두라는 말을 할 때, 왜 그전에는 글보다 도끼가 낫다고 했는데, 나은 걸 주지 않고 못한 걸 주자느냐고 웃으니까 아내는 글도 시속을 잘 맞춰서 쓰면 팔모 야광주보다는 낫다는 거다. 그리고 실례로 왜 내지 신문을 보면 무슨 국민가요 한 수에 몇 백 원 현상이 붙어 있고 무슨 시국 영화소설이니 논문이니 하는 글 한 편에 몇 천 원 현상이 붙었으니 재주가 없어 그렇지 재주만 있으면 그게 다 제 주머닛돈이 아니겠느냐는 거다.

그러니 아내의 말을 따져보면 민우는 결국 글재주가 부족하다는 결론이 된다. 그러나 그렇다고 민우라는 위인이 무슨 장사치가 되겠느냐 하면 노상 그렇지도 못하고, 그렇다고 벼슬아치는 더욱 될 수 없고 보니까 결국 어디 허름한 취직이라도 하라는 말이 된다. 신이 나게 버쩍 떠들어봤댔자 그저 제 손해고 미운 놈을 밉다고 했댔자 성나서 바위 차기요 하늘을 우러러 침 뱉는 격이다. 속담에 미운 놈 떡 한 짝 더 주랬다고 아니꼬운 꼴을 당하더라도 더 좋게 해주라고 어디로 나갈 때마다 아내는 신신당부다.

아내는 본시 성미가 괄괄하고 왈패이나 애당초 켸가 안 될 일은

맘으로부터 항복하고 들지만, 민우는 그 반대로 약한 성격이면서
도 제 맘에 못마땅하다고 생각하는 사람이면 한때 그 서슬에 눌
리고 무섬을 타면서도 한 대목 늦어만 지면 속으로라도 욕하고
미워해야 하는 성격이다.

그래서 아내는 요새 세상이란 그저 싫거니 좋거니 덮어놓고 단
냥꿈⁵으로 청탁을 가리지 않고 두덮어 살아가야 한다고 생각하지
만 민우는 실지에 있어서 아내의 말대로 그저 그렇게 벙어리 3년,
장님 3년 격으로 비위 상하는 일이라도 그런대로 보아가고, 때로
는 속에 없이 남 좋다는 대로 좋다, 옳다 하고 꾸벅꾸벅 살아갈
수밖에 그는 것을 알면서도 그래도 아니꼬운 꼴, 옳지 못한 것을
보면 속으로 이따금 혼자 용골대⁶를 부려보고, 하다못해 남 안 보
는 그늘에 가서 침이라도 탁 뱉어줘야 맘의 한구석이 좀 들린다.

그러자니까 자연 아내와는 더욱 위치가 맞지 않을 수밖에……
그래서 민우는 이따금 속으로 '약자!'라고도 불러보고 심하면 '소
갈머리 없는 것' 하고 기껏 업신여기기도 해본다.

그러나 아내는 또 아내대로 남편이 아주 하치않게 보이는 것을
어찌할 수 없다. '재주도 없는 주제에, 아니 그보다 사람 모인 데
가선 변변히 말 한마디 못 하는 화상이 이불 속에서나 활개를 치
면 무슨 소용이람, 똥 찌른 꼬쟁이 따위가' 하고 속으로 욕지거리
를 하지만 겉으로는 아직 그까지 바닥을 들지는 못한다.

"당신은 마치 갑은⁷ 물 같소."

아내의 소견으로는 남편의 성미는 마치 충충 갑은 오랜 늪물처
럼 만날 그대로만 있어서 언제 보든지 전장끔이다.

도대체 변할 줄을 모른다. 물로 치더라도 쫠쫠 흐르는 물이라야 맑고 씨원하다. 그래도 남의 말을 들으면 남편은 퍽 재미나는 사람이라는데 집에 들어서는 가타부타 쇠통[8] 말이 없다. 그리고 무슨 생각을 하는지 이불을 돌돌 감고 돌아누웠거나 그렇지 않으면 책과 씨름이다. 그래서 아내는 그놈의 책 죄다 살라버리고 싶은 때가 적지 않다. 책이 아무리 좋다기로서니 온, 아내까지 모르고 살게 할 말이면 그따위 것을 그대로 둘 수 있으랴 싶었다.

그러나 한편 생각하면 민우는 그리로 갔다 온 후 성미가 변한 것도 적지 않다. 첫째 식성이 변했다. 김치 깍두기만 먹고 제삿날에도 입쌀과 핍쌀을 섞고 게다가 콩팥을 둔 밥이라야 먹던 남편이 인제는 흰밥도 그만이요 길짐승, 물고기도 고작이다. 평생 국을 안 먹어서 허리가 한 줌만 하더니 인제는 제법 국맛도 아는 속이다. 식성 좋고 지방질적인 아내에게는 우선 이것이 저으기 기뻤다.

그리고 자식에게 대한 태도도 많이 변했다. 그전에는, 어려서 다리를 앓아서 끝내 한쪽 다리를 살룩거리는 맏놈은 물론, 그다음 아이들 이름조차 잘 부르려고 안 하고 무슨 잘못이 있든가 울든가 하면 당장 욕하고 때리고 했는데 지금은 그 버릇이 없다.

민우는 무엇보다 우는 것이 제일 질색이다. 그래서 맏놈이 세 살 때엔가는 우는 아이를 앞 개천에 팽개친 일이 있고, 둘째 놈은 한번 무슨 책장을 찢어놓아서 마당 김칫독 파낸 구덩이에 절반이나 파묻은 걸 아내가 파낸 일이 있고, 셋째 놈은 방에다 잉크를 엎지르고 따귀를 맞아 코피 터진 일이 있고, 제일 귀염을 받는 것이 그담 딸인데 그도 에밀 닮아서 울길 잘 하기 때문에 여러 번 휘태손이를 먹었다.' 그다음 다섯째 놈은 민우가 그리로 가던 바로 그날 새벽에 낳았는데 그래서 그런지 그 안에서 이름을 지어보내고 자주 안부를 물었는데 거기서 나와서 첨은 안아보는 일도 없더니 다섯 살밖에 안 되는 놈이 제법 형놈들을 따라 글씨도 쓰고 그림도 그리는 흉내를 내어서 못내 만족해하는 속이다. 막내놈 말고는 모두 학교에 다니는데 말로는 그까짓 학교 성적 같은거야 나쁘면 어떠냐고 심상한 체하지만 그러면서도 이따금 아이들 몰래 아내에게 학교 성적을 묻고 어느 놈이 제일 재주 있느냐고도 묻는다.

그런데 또 요새는 회심이 들어서 취직 운동을 하는 중이다. 그전에는 "내가 왜 무직업쟁이란 말이냐, 나는 생각하고 있다, 그게 직업인 줄을 모르니 답답하지 않으냐" 하고 말하여 아내가 "그까짓 가난뱅이 되는 연구!" 하고 비꼬아도 끝내 직업 같은 데는 구미가 없었다. 그런데 요새는 별말 없이 취직 운동을 다닌다. 더구나 그 취직 운동은 예전과 달라서 재판소 판사니 검사니 하는 사람들이 배후에 있어 힘써준다는 말을 민우에게서 직접 들은 건 아니로되 풍편에 들은 아내는 이런 별세상 별시대가 있느냐고 못내 놀랐다.

그러나 알고 보니 사실은 사실이다. 보호관찰소라는 것이 생겨서 직업을 주선해준다는 말을 아내는 남편이 나와서 얼마 만에야 딱히 알았다.

또 오늘 낮에 민우가 그리로 갔다 온 것도 아내는 잘 안다. 민우는 딴 데 놀러갔다 온 체하지만 그건 집안에서 너무 조급해할까 봐서 위정 시치미를 떼는 거요 사실은 잠시 지나는 길에라도 들르기는 꼭 들렀으리라 싶었다.

"그래 만나봤소?"

아내는 넘겨짚듯이 웃으며 이렇게 물었다.

"누굴 말요?"

"거기…… 왜 요전부터……"

"응, 거기 말이지…… 들르나 마나 하지. 말은 다 해뒀으니까."

"그렇지만……"

아내는 이렇게 말하다가 민우의 동정을 살피며 더 묻지 않고 저녁상을 차리었다. 육중한 몸이 한결 개가워진다.[10] 밥도 수둑이[11] 담고 국도 남상남상이다.[12]

민우는 그러한 아내의 성미가 비위에 맞지 않아서 때로는 좀 담박하게 해보라고 일깨워주고 때로는 국을 조금 떠 마시고 삯은코를 찌푸려 불쾌한 빛을 보이며 국그릇을 통으로 집어 내려놔도 아내의 타고난 지방질은 어찌할 수 없었다. 그저 수북수북 담아놔야 맘이 놓이는 거다.

그런데 마침 오늘 저녁은 배가 몹시 고파서 아내의 떡심이 그다지 맘에 걸리지 않았다. 그래서 그런지 아내는 오늘 밤 대단히 기분이 좋다.

2

정주에 모여 온 아낙네들이란 거의 다 민우의 아내와 처지가 어슷비슷한 사람들이다. 한때는 그 남편들이 역시 민우와 같이 나라 밥술이나 좋이 얻어먹은 일들이 있으나 지금은 대개 직업을 가지고 있다. 옛날에는 어깨를 살리고 모여들 다니고 고작 형이니 아우니 하다가도 금시 핏줄을 세우고 말쌈질을 하고 직업 잡고 돈벌일 하라면 무슨 파문이나 당하듯이 꺼리던 사람들이지만 지금은 어찌 된 바람인지 하다못해 단돈 2, 30원 벌이라도 잡고 들었다. 그래서 아낙네들은 사람이란 나이 먹으면 지각이 드는 것이라는 옛사람 말을 여기서 또 한 번 참답게 되씹어본다.

"참, 저어 김 무언가 그전 연극두 하고 하던 얼굴이 곱상한 사람 있지 않소. 그 사람이 자동차부엘 다니더군그래. 요전에 보니까."

수득이 어머니가 이렇게 말하고는 잇달아서,

"요전에 내호로 가자고 다꾸시[13] 타러 갔더니만서두 그 사람이 자동차부에서 호각을 불구 있겠지."

하고 발을 단다. 그 자동차부에서 호각 부는 김동일이라는 사나이보다 갑절 나은 자리에 있는 자기 남편을 염두에 두고 이 말을 했던 것은 물론이지만 또 한편 어떻게 자기 남편 자랑을 터보았으면 해보기도 한다. 그의 남편은 어느 목재 회사 무슨 주임으로 있다.

"그 사람 취직한 지 언제라구…… 건데 그 사람보다 청년회 패 중에서는 그전에 극장에서 연설두 하구 제일 똑똑하던 박의선인가 한 사람은 출옥하자 얼마 안 돼서 재판소 누구라나 한 사람의 소개로 도청 무슨 과에 취직했는데 월급도 그 패 중에서는 제일 많이 받는대."

민우의 아내 말이다. 아내는 인제 자기 남편이 그 사람보다도 나은 자리를 얻으리라 생각하니 속으로 슬며시 기뻐진다.

"참 세월이 좋아졌어. 그전 같으면 거게 한번 다녀오기만 하면 아무 데두 명함 낼 엄두를 못 하더니만서두 지금은 그런 사람이 외려 더 잘 쓰이는구려 글쎄."

만수네 어머니 말이다. 만수네 아버지는 어느 촌 사립학교 교원을 무슨 일 때문에 밀려난 후 인차 목공을 배워가지고 조그마나마 지금은 자영하고 있다. 살림은 교원 노릇 할 때보다 차라리 나은 편이나 아내는 역시 선생 노릇 하던 그 시절이 낫다고 생각한다. 학생 집에서 달걀 꾸러미 가져오던 생각을 아무리 해도 잊을 수 없다. 그나 그뿐이랴. 그 동리에서는 모두들 안 선생 댁이라고 존대하지 않았는가. 그러나 지금은 쬐고만 까까중이 어린놈이 와서도 여기 목수 어디 갔소, 하고 성씨조차 부르지 않는다. 그리고 남편은 인물로 보든지 지식으로 보든지 수득이 아버지보다도 때가 벗었건만 그래도 수득이 어미 속성으로는 말속에 늘 지질한 직업을 가질 때에는 사람 나위가 그만밖에 안 되게 그런 거지 그럴싸하는 말투다.

"그때 그리구 다니던 사람들도 지금은 모두 돈벌이하고 얌전들

해졌어. 철들이 나서 그런지 세월이 좋아서 그런지."

수득이 어미가 이렇게 말하자 곁에서 따라서 누구는 수리조합에 다니느니, 누구는 부청 토목계 측량반으로 다니느니, 누구는 어느 회사 고원으로 다니느니, 누구는 무슨 장사를 하느니, 누구는 신문 지국 기자로 다니느니 하는 이야기를 창황히 주워댄다.

"글쎄, 신문기자도 요새는 세목이면 횡재가 생긴다는구려. 관청에서랑 회사에서랑 다문 얼마씩이라두 찔러준다니…… 그전에는 신문기자라면 제일 미워하더니만서두."

그전에 지방 신문 지국 기자로 있은 일이 있는 민우의 아내에게는 이런 일도 한 가지 이문(異聞)이 아닐 수 없다. 그전에는 돈 생기기는커녕 걸핏하면 때여가곤 하였다.

"그래, 이 집 쥔은 어쩌우. 또 신문사 일을 보게 되우?"

제 집 자랑하고 싶은 수득이 어미가 목이 간질간질해서 민우 아내에게 나지막한 소리로 묻는다.

"글쎄, 아직 모르겠소만 인제 신문사에는 한사코 안 있겠다구 하고……."

그러면서 민우 아내는 싱긋 웃는다. 남편은 좋은 취직 희망이 있다는 의미리라.

"그래 몸은 건강하오. 몸이 제일이지요, 그까짓 벌이야 있다가도 없고 없다가도 있는 거지만."

목수의 아내 말이다. 자기 남편이 교원 노릇 할 때보다 몸이 튼튼해진 것이 사실이고 또 각 중에 그것이 제일 유복한 일이거니 생각해야 할 자기인 것도 그는 잘 안다.

"그럼, 몸이 제일이지요. 우리 쥔도 나와서 첨은 창자에 털이 났다고 하며 안 자시던 고기도 자시고 국도 자시고 하더니만 지금은 몸이 팔팔결[14]인데 글쎄, 잔밥(아이들)을 수두구러[15] 늘어놓고 몸까지 성치 못해보오. 어떻게 되나."

날마다 닭의 배를 만져보고 알만 낳으면 남편 상에 올려놓는 민우의 아내도 목수 아내와 동감이다.

"아이규, 아일랑 인제 그만 좀 나소."

수득 어미가 위정 놀리는 투로 말해놓고는 다음으로 제 집 이야기로 넘어간다.

"나는 아이 둘을 가지고도 아주 죽겠소. 복개고[16] 성가시고……아이 보는 애년이 혼자 힘에 부쳐서 밥 짓는 애까지 하나 더 두었는데 그래도 연극 구경 한 번 맘놓고 못 다닌다우."

수득이 어미 팔자 늘어진 건 이만해도 알 일이지만 그에게는 그보다 더 나은 자랑이 또 있다. 그것은, 여태 별말 없이 듣고만 있는 덕근이 아내의 존재를 새삼스레 생각한 때부터 버쩍 더 말하고 싶어진 자랑이다. 그는 슬쩍 딴전을 써서 덕근이 아내에게 이렇게 묻는다.

"그래, 그 집 쥔은 요새 바람이 좀 잤소."

수득이 어미 남편 자랑하려는 차부는 이렇게 시작된다.

"자길 언제 자겠소. 제 말따나 복상사하고야 그 버릇 떨어지지요."

덕근이 아내는 벌써 가슴이 화끈해난다. 눈 밑에서 불이 튄다. 남편은 나이 먹을수록 외도가 더 심하다. 인제 나이 먹었으니 더

늙기 전에 하나만 더 하고…… 이렇게 염량 좋은 소리를 하는 것이나 그 하나라는 것이 바뀌고 바뀌어서 끝날 날이 없다.

덕근이 집은 선대 유산 냥이나 있어서 지금도 꽤 유족한 편이다. 촌에는 열흘갈이도 넘는 과수원이 있다. 옛날, 청년들 호기 놀랍던 그 시절에는 돈 드는 일은 누구보다 첫대 그가 대맡았다. 공용으로 쓰는 돈은 물론이지만 친구들 술 밑천도 어지간히 대주었다. 그러나 그 낱용보다 남몰래 나가는 오입 밑천이 훨씬 더 많았다. 가만히 따져보면 그는 밭날갈이, 논마지기를 소리 없이 져다가 숱한 계집에게 안겨준 폭이다. 그때부터 계집이라면 오금을 못 추고 계집에게 던지는 돈은 아낄 줄을 몰랐다. 그러나 때가 때라, 그 당시는 쥐 새도 모르게 하더니만 요새는 아내 소견으로 보면 아주 놓인 말이다. 삼십 넘은 여자의 남편 욕심이 남편 오줌 누는 소리에도 깊은 의혹을 가지게 하는 것까지 회계에 넣고 보면 사실 남편의 버릇이 더해지지 않은 것을 알 수 있는 것이나 타고난 이 아내의 욕심이란 한이 없다. 그의 눈과 귀와 머리는 다른 데로는 꼼짝 돌아가지 않고 목고대[17]로 오로지 남편 행장에만 쏠리고 있다.

남편이 아침밥만 좀 덜 떠도 "흥, 두 집에 신 벗고 두 벌 밥 먹을 사람 식사부터 다르군" 하고, 오늘 밤쯤 남편의 발이 우선 제 이불 속의 다리를 건드리려니, "아이규, 추운 데 다녔더니 발이 꽁꽁 얼었어." 이런 헛소리를 하려니 하고 있는데 점도록[18] 소식이 없으면 이 도둑놈이 일을 치고 왔구나 하고, 감기가 들어서 구미를 잃으면 어떤 년한테 잘 먹었구나 하지 않으면 아주 곤냐꾸다 됐구나 다 됐어 하고 바지 괴춤을 잡아 흔들어준다. 겨울밤 어디 갔다가 늦게 들어오면 아내는 우선 술 냄새 나는가를 맡아보고, 그다음으로는 발로 남편의 발다리를 진맥해본다. 그래서 술이 취하고 또 발이 차야 말이지 좀 푸근히 녹았던 기미만 뵈면 어느 년 궁둥이에 엎더졌다 왔느냐고 나중은 너 죽고 나 죽자고 칼까지 가지고 덤빈다.

그래서 덕근이가 아내를 광새 돋은 년이라고 욕지거리를 하면 아내는 으레 그래 내가 지금 몇 살이야, 마흔이야 쉰이야 하고 대들고 또는 반타작만 아니면사…… 그래 평생 한 계집 데리구 살아본 일 있어? 하고 설친다. 그러면 덕근이도 악이 받치다 못해 "너 이년, 꿩 잡아서 복장, 밑구멍 다 들어내고 솔잎 처박은 걸 봤지. 네년도 아마 꿩이 되구라야 말이 없을까 부다." 이렇게 악다구니를 해도 아내는 여전하다. 덕근이는 사실 인제는 실속 없이 강짜 받는 통에 머리가 셀 지경이나 그래도 놀기 좋아하는 버릇 때문에 여전히 밤늦도록 떠돌아다닌다.

"아니 그래, 여태 그러오?"

민우의 아내 말, 민우도 얌전한 체하면서도 옛날에는 헐치 않는 색시날뤼다. 그런데 그 버릇도 그리로 갔다 온 지 후로는 아직 찾아볼 수 없다. 생각하면 참으로 고마운 곳이다.

"그래, 이 집 줸은 어떻소. 예전에는 우리 집 줸과 밤낮 얼려다니지 않았소. 뒤로 호박씨 잘 깐다구들 했는데."

덕근의 아내 말이 민우의 아내에게는 동무 끌고 들어가는 물귀신 심사같이 들렸다.

"천만에 인제는 그런 버릇 다 없어졌다우. 요전에 한번 뉘 말을 하는데 그눔 여태 계집질하구 다닌다니 쳐죽일 놈 아니냐구."

"그래도 맘 놓지 마우, 인제 돈벌이나 해보지. 말 타면 견마잡이 생각 난다우."

여기서 입때 대기하고 있던 수득이 어미가 자기 차례라고 나선다.

"우리 쥔은 평생 그런 법 모르지 않소. 천에 없는 양귀비라도 제 계집만 못하다는구려. 그리고 술은 공짜 외에는 안 자시구, 연회 같은 데 갔다가두 슬쩍 먼저 빠져오구 그러니 돈 쓸 데가 있소. 월급, 상여금을 타면 꼭꼭 내게 갖다 맡기지요…… 참말 요전에 어떻게들 웃었는지. 숱한 돈이 모두 여자 손에서 죽는다고, 애써 벌어다 주면 모두 여자들 손에서 흩어져나가니 대체 여자처럼 돈 많이 쓰는 사람이 어디 있느냐구."

수득이 어미 남편 자랑 첫 대문이다.

"나 같으면 남편이 만약 외입한다면 죽지, 못 살겠소."

수득이 어미는 제 김에 목을 쩔레쩔레 흔든다.

"외입 못 하는 사내 데리구 살 재미 있소."

만수 어미가 위정 내붙여보는 말이다. 그저 못난 체 별말 없이 제 직업이나 부지런히 하고 있는 남편을 가진 그는 수득이 어미처럼 남편 자랑할 재미도, 또 덕근이 아내 본으로 남편 패담할 건지도 없다.

그러니만치 그 어느 편에도 슬그머니 증이 났다. 남편 자랑에 아가리를 닫지 못해도 정작 알고 보면 그 남편이란 중학도 변변히 마치지 못한 뜨내기 골생원이요, 그 반대로 나무라는 남편을 알고 보면 의외로 싹싹하고 늠름하고 물리 탁 틔운 사나이가 많다. 그러니 도대체 자랑하는 것들도 얌치없는 계집이지만, 그렇다고 나무라고만 다니는 계집도 고얀 년들이라고 생각한다. 따져보면 그 어느 편이고 홀쩨 남편 욕심이 육실(戮屍)하게 많아서 아가리를 가만두고 배기지 못하는 거라고도 생각해본다. 또는 엉치를 분질러 계집 구실 못 하게 해야 할 따위 즌판들이라고도 생각해본다.

"만수 어머니 말마따나 정말 외입두 좀 해야겠습디다. 그도 노비상 너무 안 하니까 어떤 때는 구찮어 죽겠습디다. 나만 가지고 못살게 구니까…… 글쎄 술잔이나 자시고 들어오면 귀를 다 깨물어준달밖에."

수득이 어미 남편 자랑은 점점 더 진경으로 들어간다. 워낙 입심 좋고 육담 잘하고 중구메(뱀장어의 일종)같이 징그러운 아낙네가 남보다 내외간 정분 좋은 근경 그리기가 천하 일쑤다.

"그저 그도 저도 말고 농사꾼이 제일이겠습디다. 촌사람이 덥덥하고 진정이고…… 반질벌게 출입깨나 합네 하는 사내치고는 외도 안 하는 사내가 어디 있겠소. 아따 글쎄 사내들 혼 빼먹으랴는 갈보 칠보가 올빼미 눈처럼 노리고 있는데 반반한 사내 치구 안 걸리는 장수가 있소. 열 번 찍어 안 드는 나무가 없다구."

남편 때문에 만날 속을 썩이는 덕근이 아내가 진심으로 세벌상투 촌보리동지[19]를 데리고 가난하나마 비둘기처럼 구구구 하고 살아보고 싶은 토심으로 한 말인데 수득이 어미 귀에는 그 말이 제 남편 치는 언사로 들렸다.

그저 촌사람이 좋다는 것부터 위정 엇가는 말인데다가 사내 잘
나면 외입 안 하고 배길 수 없다 한즉 외입 못 하는 내 남편은 무
슨 얼간이나 사람 사춘으로 치자는 심보가 아닌가…… 수득 어미
는 이렇게 생각하고 못내 비위가 상한다.

"석 냥짜리 말 이두 들어보지 말라구 흉내 나는 촌 사내 좋으면
얼마나 좋겠소. 그래도 사내랍시고 출입도 제법 하고 인물도 깨
끗하고 지식도 상당하면서 외입 안 하고 아내 하정 잘 알고 해야
지…… 아닌 게 아니라 사내 신사가 돌부처 아닌 담에야 계집들
꼬임 안 받을 사람 어디 있겠소만 그래도 거게 안 넘어가는 사람
이라야 가위 진짜지요. 좋아하자는 여자가 없어서 외도 못 하는
거야, 못 하는 거지 어디 안 하는 건가, 그리게 우리 켠 말이 우습
지. 이제 늙어서 여자들이 본숭만숭할 때쯤 해서 한번 손을 써본
다구."

수득이 어미 남편 자랑도 인제 종장인 줄 알았는데 또 발이 달
린다.

"그리구 또 여자들이 지지리 따르는 까닭은 꼭 돈이 있기 때문
이라고 생각하면 맘이 내키다가도 그만 쑥 들어가버린다는구려.
돈도 명색도 없이 돼서도 그렇게 따르는가 보구 싶다구. 글쎄 날
더러 말이, 임자 내 돈 없으면 설마 죽두락 따라 살겠소. 그러니
조강지처가 그럴 바에야 장삼이사 놀아먹는 계집을 어떻게 믿는
단 말이냐구."

이 여인들의 세계는 완전히 남편의 품행 여하로 어둡게도 밝게
도 되는 것이다. 또 그들의 세계의 전부요, 그러기 때문에 그 이

야기는 곧 세계의 문제요 또 그러기 때문에 이 문제는 한량없이 심각하고 너르고 끝날 줄을 모르는 것이다. 그래서 결국 이 밤도 남편 자랑이나 험담이 다 끝나지 못하고 만 것이다.

"계집질 좋아하는 사내는 그저 한 번씩 톡톡히 큰집 구경을 시켜야지. 그래야 버릇이 떨어진다니까."

민우의 아내가 이렇게 운을 떼자 모두 참 그렇다는 듯이 맞장구판이 벌어진다. 누구는 그리로 다녀오자마자 곧 취직해서 인제는 돈을 모으고, 누구는 책사를 해서, 누구는 토지 거간을 해서, 또 누구는 부자 과부를 얻어서 전장을 거느리고 아들딸 낳고 깨고소하게 산다는 등, 어떤 사람은 지위 있는 관리들과 상종하고 무슨 대표로 동경까지 갔다 왔는데 누구만은 아직도 징역살이가 부족해서 길이 좀 덜 들어 궁을 못 벗은 것이라는 등 이야기가 한창이다.

3

민우가 맘 가운데 저울을 들고 정주에 모인 아낙네들의 머리를 달아보기 시작한 지 이미 이윽하되 저울추는 거의 움직임이 없다. 아무것도 없는 것이나 일반이다. 그는 사막과 같이 텅 빈 공허감을 느끼는 한편, 사람의 지혜를 진창으로 반죽해주려는 무서운 우치(愚痴)의 세계를 또한 본다. 그것은 지옥을 보는 것보다 더 싫고 미운 일이다.

아내는 동리 아낙네들을 보내자마자 쪽대문을 절컥 건 다음 잠시 뒷간에 들렀다가 우두두 떠는 시늉을 하며 웃방으로 들어왔다.

"여보오."

아내의 목소리는 사뭇 가늘다.

그러나 민우는 일부러 모르는 척해본다.

"여, 여보."

아내의 목소리는 더 가늘고 안삽해진다.[20] 그러나 약간 떨린다. 아내는 지금 제 목소리에 일종 매력을 느끼고 또 간드러지거니 그렇게 생각하렷다 하고 궁리해보니 민우는 까닭 없이 이마에 핏줄이 선다.

"여보오, 일어나요…… 아이, 몸이 아주 반쪽이네, 어떻게 말랐는지."

아내는 민우의 몸을 매만지며 끔찍한 듯이 이런 말을 되풀이한다. 민우의 몸이 여윈 것을 오늘 첨 안 배 아니로되, 늘 하는 버릇으로 아내는, 이 몸이 언제 그전처럼 성해질까, 음식물이 나쁘니까 뼈만 남을 수밖에…… 나나 바꿔서 그 고생했더면…… 이런 혀아랫소리를 되씹으면서 민우를 흔들어 깨운다. 그러며 속으로는 민우가 '약하긴 왜 약해. 이래봬도 남만치 악세다네' 하고 손목을 꽉 쥐어주었으면 싶었다.

아내의 말과 손이 좀 즗즗해진 때에 민우는 우뚝 일어났다. 밖에 나가서 오줌을 누고 들어오니 아내는 치마를 벗고 단속곳 바람으로 자리를 펴고 있다.

"방이 추워서…… 남들은 한 달에 20원어치씩 불을 땐다는데 우리는 그 반의반도 널락 말락 하니……"

아내는 또 혼잣말로 중얼댄다.

"어서 어린애들이나 자라나야지, 혼자서 벌어서 숱한 식구를 살리자니 좀 좀한가. 오만 세상에 우리처럼 곁이 없는 사람은 없을 거야. 4, 5년을 그 고생해도 누구 하나 들여다보는 친척이 있나. 계봉이(막내아들) 낳고 사흘 만에 쌀 꾸러 갔달밖에."

이 말은 아마 모르면 몰라도 벌써 열 번은 들었으리라. 그때마다 꼭 같은 음성과 꼭 같은 사설로 되씹고 또 되씹던 말이다. 그러니 너무 들어서 귀찮은 것이야 물론이지.

그보다 같은 소리를 열 번, 스무 번, 또 앞으로도 무수히 들어야 할 그것과 그리고 무수히 외일 아내의 점액질이 지긋지긋하다.

아내는 남편에게 무슨 불만이 있든가 또는 남에게 무슨 앙치[21]가 있으면, 그 날짜, 그 경위, 그 증인까지를 하나 빼지 않고 몇 번이든지 곱집어 외우고 사설한다. 그런데도 그것은 증오심으로 욕지거리하는 때는 아직 좋다. 그렇지 않고 비창해지는 때라든가 또는 나약해지는 때면 그 소리가 비리고 못생겨진다.

그런데 오늘 지금 아내가 하는 조는 그도 저도 아니고 딴에는 한 가지 애교다. 사설은 열 번 듣던 그 소리 그대로이되 그 음성은 확실히 간드러져보려는 청이다. 워낙 건강하고 덥덥스러운 아내는 애교와 간드러진 목청에는 천은(天恩)이 없다. 그래서 거기다가 보고 들은 조로 다소 색채를 놓으려고 들면 얼른 듣기에는 하릴없는 신음 소리다. 그런 때는 응당 건강한 소리가 원수라는 듯이 비리고 뇌리치한 청을 내보는 것이다. 부드럽고 간드러진 음성을 용납할 줄 모르는 세관은[22] 건강이 때로는 원망스러우리라.

아내는 좀더 다정히 남편에게 묻는다.

"어디 몸이 아프오."

그러나 민우는 오줌을 누고 난 뒤처럼 몸을 한번 우두두 떨 뿐
—그것은 아무렇지 않다는 대답도 되려니와 또 한편 몸이 저절
로 아슬떼려지는[23] 표이기도 하다.

따뜻한 가정이라는 말이 지금 세상에서는 벌써 자취를 감춘 지
오랜, 수만 년 옛일인 성싶다. 달과 같이 차고 수정과 같이 맑은
그 위에 이루어질 정열과 인정과 풍속은 없을까. 그러나 아내는
남편의 기분 여하를 알 까닭이 없다. 아니 좋거니 생각한다.

"계란 좀 잡숫고 자겠소?"

"아니 또 소화가 나쁜걸, 감기가 왔는지."

민우는 얼른 이렇게 대답하며 제자리에 혼자 드러누웠다가 문
득 생각이 들어 다시 일어나 솜 보료를 집어다가 머리를 가리고
드러누웠다. 몸이 좀 불편하다는 표다. 그러나 그래놓고도, 지금
바로 눈앞에서 무척 애교 있어지려 하고, 요사이 무슨 회리바람
이 불었는지 갑자기 서울 여편네들 옷매무새가 부러워나서 인조
견 단속곳까지 해 입은 아내를 생각하고는 또 한 번 왕청되게,

"여보, 그런데 나 죽으면 임자 어쩔 테요."

이렇게 물어놓고 다시 발을 달았다.

"암만해도 오래 살 성싶지 못해, 요새같이 버쩍 쇠약해져서는
아닌 게 아니라 몇 날 볕 못 보지."

오늘 밤 기분으로 말하면 민우는 이런 말 저런 말 하고 싶지 않

322

앞지만 삼십 전후의 피둥피둥한 아내를 잡념 없이 수이 자게 하려니까 자연 이따위 된서리를 아내의 건강 위에 던져두지 않을 수 없다.

"말을 해도 왜 해필 그따위 복 받지 못할 소릴 한단 말요. 죽긴 왜 죽어요. 숱한 잔밥을 버려놓고 죽었으면 꼴좋겠소."

아내는 제 몸이 떨렸다. 민우의 말투는 모르면 몰라도 신수에 무척 화를 불렀으리라. 그는 지금 바로 보이지 않는 앙화가 남편의 머리를 향하고 내려오는 것 같았다.

"나 죽어도 살기야 살겠지."

민우는 그렇다고 푸시시해[24]버리기도 무엇해서 뒤를 한 번 더 조져놓고 나서 말을 슬쩍 돌려,

"여보, 나 등 뒤로 바람이 들어오니 이불 좀 꼭 눌러주오."

하고 저편으로 돌아누워 그러고는 암말도 더 묻지 않는다.

아내는 자리에 누워서 한참 좋이 신문을 버서석거리더니 그럭저럭 잠이 든 모양이요, 민우는 초저녁에 한잠 자고 난 탓인지 아닙때까지 이불 속에서 이 생각 저 생각 하다가 새벽녘에야 잠이 들었다.

민우는 아침에 어린애들 떠드는 소리에 눈이 띄었으나 보료 속에 얼굴을 파묻은 대로 있었다.

그는 떠들썩하는 어린애들 소리를 읽으면서 한 놈씩 성격을 생각해본다.

맏놈은 그저 순하다. 맏이치고 얼뜨기 아닌 것이 없다는 속담을 생각한다. 그러나 음식 덜 먹고 말없는 것이 좋다. 둘째 놈은 성

미가 팩하다. 재주 있다. 하나 그보다 자존심이 강한 것이 좋다. 셋째 놈은 역시 순하나 울컥이다. 비위성이 좋다. 그담 딸년은 왈패다. 사내 형제들을 깔고 들려는 게 좋다. 쌍까풀이 눈딱지도 이 집에서는 귀물이다. 또 단 하나 외갓집 모습을 닮지 않은 것이 좋다. 그담 놈은 욕심이 많다. 어쩐지 아비 성미에 안 맞는다. 하나 다섯 살밖에 안 되는 놈이 무슨 글자든지 써주면 그대로 받아쓰고 그림도 곧잘 그린다. 그래서 요새 공책 하나를 사주었다.

어쨌든 두루두루 보니 모두 그만그만하다. 그러나 어미를 닮아서 울기를 잘한다. 민우에게는 우는 것이 제일 질색이다. 성격들이 어느 연놈 없이 모두 너무 약하다. 저희들끼리는 씨름도 하고 싸움도 하고 사무라이 놀음도 하고 꽤 영악한 것 같지만 정작 남과 맞서면 그저 베베하고 물러서리라고 아비는 생각한다.

그러게 동리 애들과 다투는 소리만 나면 어미가 쫓아나가서 편역을 든다.[25] 그래서 그 때문에 민우는 여러 번 아내와 말다툼을 하였다.

"제 자식 편역 드는 집 연놈 잘되는 걸 못 봤다."
하고 민우는 도거리[26]로 욕하고 다음으로,

"못생긴 놈의 새끼들, 쩍하면 얻어패고 울고…… 그따위가 인간질하다 돼지는 걸 못 봤다. 왜 그놈의 허벅다리라도 물어 떼지 못해."
하고 아이들을 나무라는, 한편에는 그따위 약한 자식을 낳은 제 성격에 대한 발악도 다분히 있는 것이나 아내는 그걸 알 턱이 없다. 덮어놓고 제 아이 편역이다.

"이 애보다 곱절이나 되는 놈인데 당허길 어떻게 당해낸단 말요. 온, 그놈의 새낄, 목댈 시들귀놓지 못한 게 분해 죽겠는데 급살 맞을 놈의 새끼."

"듣기 싫어. 힘이 모자라 얻어팼으면 팼지, 울긴 왜 울어. 설사 분해서 울었다 치더라도 남 안 보는 데 가서 울 일이지 울면서 집으로 들어올 건 뭐람. 못생긴 망나니들 같으니라구."

"그래, 그놈한테 맞아 죽어도 알리지 않아야 옳겠소."

"에미란 게 저러구 주책없이 픽하면 새끼들 역성을 들고 나서니까 그렇지."

"참 답답한 소리 하구 있소. 양같이 순한 애들을 때리는 놈이 나쁘지 그래 얻어맞는 놈이 나쁘단 말요."

"얻어패는 놈이 더 나뻐."

"온, 별말을 다 듣겠네. 제 새끼 편역 든다고 나무라는 양반이 남의 새끼 역성은 어째 들우, 온."

"나쁜 놈이면 이로 물어뜯어도 좋고 돌멩이로 대가릴 까도 좋지. 왜 되려 얻어패고 울며불며 집으로 쫓겨 들어오느냐 말야. 맞어 죽는대도 불쌍한 꼴 하고 죽는 놈 하나도 불쌍할 거 없어. 기왕 죽을 바이면 우는 대신에 악을 좀더 써보는 게 옳지 울면 무슨 소용이란 말여."

"아이구, 참 답답허우. 당신 같은 사람 분복에 자식새끼 다섯씩 생기는 게 용소."

"그까짓 거, 대구처럼 무럭무럭 낳아서 남의 단밥 만들 거 뭐야. 그따위 새끼들 세상에 놔보지 어떻게 되나."

이것도 사실 민우의 뼈저린 체험에서 우러나온 말이다. 그는 차라리 자기의 약한 성격을 찢어발기고 싶었다.

"아이구, 그래 남의 새끼만 못 될 줄 알우. 그래두 당신은 자식 덕 입겠다니 걱정이지…… 그러나 그따위로 하다가는 말경에 자식들한테 들것에 들려나리다."

"제발 덕분에 그래달래, 그만침 영악해지란 말야. 그러면 돌 꼭대기에 올려놓은들 살아 못 갈까만 지금 그따위 새끼들은 밤낮 남의 손아귀에 들고 엉뎅이 아래 깔리고 짓밟히고 멸시받다가 마쳐버리는 거야."

"제가 착하기만 하면 그만이지 누가 뭘 어쩐단 말요, 남한테 못할 일 안 하니깐 아무 무서운 거 없습디다."

"착하고 악하고 간에 제 하는 일에는 그저 강해야 하는 거야. 극성스리, 악마같이 강해야 하는 거란 말야. 엉거주춤한 놈은 한평생 남에게 놀리다가 우물쭈물 죽어버리는 법이니 그래 제 새끼가 그 꼴을 해야 옳단 말인가. 그러게 범을 낳아. 양을 낳더라도 범으로 기르란 말야, 범으로."

그전에는 이런 쌈이 며칠 걸러씩 있었다. 그러나 사실 따져보면 민우의 이 쌈은 그가 약한 성격을 가졌기 때문에 30년 동안 세상에서 받은 가지가지 체험에서 우러나온 울분에 지나지 않는다.

맘만은 늘 속에서 격분에 타면서도 천생 약한 성격을 가지고 세상에 나왔기 때문에 겉으로는 필요 이상으로 공손히 살아왔다.

맘속에는 도적놈이 두세 놈씩 들어앉아 있으면서도 그것을 용케 숨겨가지고, 그리고 강한 성격을 가졌기 때문에 제 몸을 남에게 좋게 인식시키고, 그리하여 어진 사람보다 영화롭게 사는 것이다. 약하고 착한 사람은 못난이, 열패자가 되는 수밖에 없다. 그러니 제 자식이 그 꼬락서니로 일생을 살아야 옳을까.

목도래를 찬 강아지를, 목장에 갇힌 양의 새끼를, 암만 친들 무슨 소용이랴, 그따위 약한 놈의 새끼들, 얼간이 망나니들, 쩍하면 울고 약차하면 물러서고, 남의 힘 부러워할 줄이나 알고, 일껏해야 그 잘난 에미 역성이나 바라고 에미 아니면 못 사는 줄 알고 ──배 밖에 떨어지면서부터 어미 아비 없이도 사는 거 아닌가── 뭐 바쁜 일이 있으면 어미부터 찾고 싸움하다 울고 들어오기 일쑤고, 울고 들어와선 편역 들어줄까 바라고…… 이따위에 올 선물은 묻지 않아도 빤하다.

민우가 거의 반생을 살아온 경험으로 보아도 그것은 의심할 나위가 없다. 민우 자신이 그 성격 때문에 얼마나 가엾은 꼴을 당했는가. 비 오는 날 고무신을 끌고 가는데 자동차란 놈이 호기 있게 진창을 탁 끼얹고 지나가지 않았는가. 그러면 민우는 울상을 하고 입속으로 두덜거렸지 자동차 번호를 외워가지고 자동차부에 가서 한바탕 후려대려는 것은 아예 꿈도 꾸지 않았다.

또 조그만 물건 하나를 사러 상점에 들어갔다가도 이것저것 주물럭거리다가 종내 사지 못하고 돌아오는 때, 남의 조소나 손가락질을 꺼릴 것 없이 왜 버젓이 어깨를 살구고 나오지 못하는가.

길을 가는데도 하많은 사람 중에서 늙은이는 못생기고 순한 자기를 보고 길을 묻는다. 자기는 그만치 남에게 물쩍해[27] 보이고 만만해 보이고 어리무던해[28] 보이는 것이다. 제 약점을 행길가에서도 남에게 들키는 것이다.

그러나 새끼들만은 좀 뼈대가 있는 연놈을 만들고 싶다.

민우는 마침내 이불을 탁 차고 일어났다. 괜히 속이 찌뿌듯하다. 날씨조차 흐리터분해서 집 안은 더한층 침울하다.

4

그럴싸 보아서 그런지 아내의 서두는 품이 여느 날보다 한결 더 고분고분하다. 오늘 민우가 어디로 가는지 벌써 잘 알고 있는 것이다. 장차 민우가 돈벌이를 해서 한 집에는 늦게나마 안도와 즐거움이 오리라는 생활 설계도가 지금 아내의 가슴에는 정녕 그려져 있으리라. 민우만 약게 돌아서 직업을 구하자고 하면 누구보다도 유력한 소개자가 있는 터이니 안 될 리 없다. 그런데 민우도 일자리를 잡으려고 하고 또 오늘은 그 유력한 소개자에게로 가는 것이다.

민우의 밥상을 차리는 아내의 손은 벌써 약간 떨리기까지 한다.

"생계란 가져올까요."

아내는 감기가 들었는지 코를 약간 들여그으며 얕은 콧소리로 묻는다. 마땅히 애교가 없어선 안 될 마당이리라.

그러나 민우는 동작으로도 대답하려 하지 않는다.

"그 국에 말아 잡수시구려."

아내는 민우의 구미를 돋워주려는 듯이 제가 먼저 입을 다신다.

민우는 역시 잠자코 국그릇을 비긋 내려놓고 숭늉이나 달라는 뜻으로 가마를 흘끔 본다. 아내는 꼭 밥상 곁에 붙어 앉아서 혼잣말 모양으로 무슨 반찬을 좀 만들어야 하느니 사람이란 고기를 많이 먹어야 근력이 나는 법이니 하는 등 이러루한 소리를 되씹는다. 그리고 별안간 생각난 듯이 요사이 신문을 보니까 소위 무슨 강장제라는 것은 대개 소족이나 소꼬리 같은 것을 고아서 만든 것이라는 것도 이어 말해본다.

그러는 판에 저편에서 밥을 먹고 있던 아이 연놈들이 얼려서 짝자그르 야단이다. 쌈이 생긴 것이다.

민우는 한 번 찔 그편을 깔보고는 그대로 못 본 체한다.

아이들의 쌈은 더 법석판이 된다. 술치로 머리를 때리기도 한다. 필시 대가리 큰 놈들이 딸년의 밥이나 밥그릇 옆에 놓아둔 누룽지나 반찬을 슬쩍 차다가 먹은 속이다. 그래서 서로들 그랬느니 안 그랬느니 하고 얼려 싸우는 모양이다. 결국 울음이 터졌다.

"얘, 울지 말어!"

민우는 대번에 소래기를 질렀다. 민우의 성미가 비록 제 자식일지라도 차곡차곡 타이를 줄을 모른다. 그래서 웬만한 일은 보고도 못 본 체해버리고 매우 언짢은 일이면 한두 마디 툭 쏘아붙이고 만다.

"싸우면 싸웠지 쩍하면 울긴 왜 우는 거냐."

또 울면 진 놈 하나가 울겠지, 이긴 놈 진 놈 없이 쌍나팔을 부는 것이 더욱 언짢다.

울음소리는 딱 그쳤다.

"계집애년이 툭하면 제 형들을 깔고 들려니. 저년 이담에 시집 가서도 저럴까."

아내는 역시 사내새끼들 편이다. 어쨌든 계집애부터 나무라는 것이 아내의 버릇이다.

"뚱뚱보, 데부짱."²⁹

계집애년이 눈을 깔뜨고 술치로 어미 때리는 시늉을 한다.

"내 아버지한테 일러놀 테야. 점은 왜 치라 갔어. 아갸가 죽겠 지."

"저년 저 거짓말하는 것 봐. 너 어디 이따가 보자."

아내의 말을 민우가 채갔다.

"망할 놈의 새끼들, 밖에 나가선 찍소리 못 하는 주제에 집에만 들면 쌈굿이야. 쩍하면 울구."

아이들의 쌈도 울음도 딱 그쳤다. 민우의 화닥닥하는 손탁을 잘 아는 것이다.

"저 못난 놈의 새끼들, 꼴에 그래도 사무라이 노릇만 하지. 거 체격허구 훌륭허다."

민우는 한편으로 웃음이 났다.

아이들은 하나 영실한 게 없다. 모두 피들피들한 편편약질들이 다. 아내의 설명을 들으면 맏놈은 먹성이 적어서 약하고 둘째 놈 셋째 놈은 어려서 젖이 모자라는 관계로 우유와 그도 없어서 설 탕물을 먹여서 그렇고 딸년과 막내 놈은 어릴 적, 민우가 나라밥 먹는 사이에 굶기를 부자 이밥 먹듯 해서 그렇다는 거다.

"저놈의 새끼들 암만해도 죄인의 간을 좀 뼈 멕여야겠어."

민우는 이렇게 말하며 아내에게 웃는다. 그리고 나서 또,

"글쎄 그러면 말야, 아무리 쪼무래기 시라소니라도 담이 커진 다는구려."

"아이규, 끔찍끔찍한 소리 그만 허우."

아내는 대번에 기급할[30] 상이다. 그런 소리 듣는 것부터 무섭고 끔찍하다는 상이다. 그리고 아내의 속은 들여다 안 봐도 지금 '말 해먹는 것만 봐도 잘되기는 애당초 틀렸다. 돈 안 드는 말이사 푼 푼히 못 해' 하고 있는 것이 민우에게는 정녕 들리는 듯하였다. 그것이 민우에게는 밉성이기도 하고 또 재미성도 있는 일이다.

"아니 그러니까 살인 죄수의 간쯤 뼈 먹었으면 어쩔 거야. 그러 면 마지막 죽는 순간까지도 초라한 꼴은 안 하겠지."

민우의 눈에는 정말 아이새끼들이 너무 성질이 약해서 걱정이 다. 그놈들이 범광장다리처럼 날쳐도 지금 세상에 나가서 가엾은 꼴 안 하고 살아가기가 나나한데 지금 보는 바로는 어디 가서 어 떻게 곯아떨어질지 알 수가 없다.

아이새끼들뿐 아니라 자기 자신부터도 그렇다. 하나 민우 자신 은 그래도 부모덕에 공부깨나 착실히 했으니까 하다못해 대서쟁 이 서사 노릇이라도 하겠지만 이놈의 새끼들이란 돈 없는 데다가 외눈에 안질로 몸까지 약하고 보니까 어느 학교가 두드리라 열어 주리라 하고 받아줄 것인가. 그러니 겨우 소학교나 마친 놈들이 낮거미같이 약한 팔다리로 이 산 눈 뺄 세상을 어떻게 걸어가랴. 그나마 타고난 배리들이나 영악했으면 하련만 그것조차 은혜 받 지 못했으니 그놈들 눈물이 오줌같이 흔한들 누가 불쌍히 생각해

서 도와줄 것이랴.

민우는 밥상을 탁 밀치고 다 떨어진 외투 주머니에 책 한 권을 찌르고 총총히 밖으로 나왔다.

나와서 맨 첨으로 만나느라 만나니 보는 때마다 고연히 불쾌한 인상을 주는 돈비 입은 그 사내다. 요새는 뉘게 붙어먹는지 되지 않게스리 목도리에 가짜 수달피까지 달고 무슨 대단한 소사나 있는 듯이 분주히 싸댄다. 그런데 여기 또 걸음을 어떻게 느리게 떼는지 낭자가 땅에 닿을 것 같은 느릉태[31]가 지나간다. 중절모자를 사서 고대로 주름도 안 잡은 채 쓰고 다니는 무슨 관청에 스물몇 핸가 다닌다는 치가 지나간다.

그담 사람들은 또 어떤가. 오고 가는 사람이 모두 바보와 같다. 대체 무슨 생각이 있는지…… 저 쾡한 눈동자는 무엇을 말하는가. 대가리가 돌멩이처럼 굳어버린 치가 아니면 호박 속같이 서벅서벅한 축들이다. 좀 무얼 안다고 하고 뜻있는 구실을 하려는 사람들도 기실은 모두 머리가 새대가리만치 줄어들어서 양심도 비판도 없이 뉘 집 늙은이 상사인지도 모르고 진종일 어이퍼이를 부르는 강개의사가 아니면 그저 남 좋다는 대로 덩달아 따라가는 친구들이다. 그담 대부분의 인간들은 말하자면 기왕 살아 있으니까 그저 그런대로 할 수 없이 살아가는가 싶다.

촌사람들까지도 요새는 무슨 회장이니 위원이니 직원이니 또는 무슨 족보 편집이니 하고 동떠다닌다.

대체 그 오고 가는 사람들의 옷매무새와 걸음걸이만 보아도 밉성이다. 아무 광채도 영리함도 사람다움도 찾을 수 없는 그런 따위 바보의 그림자가 춤을 추고 있는 것이다.

차라리 범 잡아먹는 주지와 같이 사납고 솔직하면 어떨까. 맹수도(猛獸島)가 그리울 지경이다.

차라리 보지 않으리라. 그러나 이놈의 눈은 어떻게 된 놈의 것인지 보지 말려면 더 똑똑히 본다. 민우는 급기야 제 눈을 미워해야 할 지경이다.

민우는 바로 관찰소 전촌 씨를 찾아갔다. 그는 매우 반가운 낯으로 취직은 전부터 말이 있던 창고 회사에 거의 확정이 되었으나 자네 일이니만치 남보다 돈 좀 더 받게 하려고 지금 교섭 중이라고 한다. 그리고 또 요새는 물가가 비싸지고 또 민우 집 식솔이 여느 사람 집보다 많으니까 소불하 50원은 굳겨준다는 거다.

민우가 모든 것을 그에게 맡긴다는 뜻으로 네네 대답만 하고 돌아오려는 때에 역시 전촌 씨 소개로 도청 사회과에 취직한 박의선이가 카키 빛도 새로운 쯔메에리 양복을 입고 늠름히 들어온다. 본시 친밀한 사이일 뿐 아니라 그 사람이 그전에 그 안에 있을 때에 민우가 서적이니 지리가미[32]니 하는 것을 넣어주었고 또 그 사람도 민우가 그 안에 있을 때에 편지와 서적 차입을 자주 해주었던 것도 물론이다.

그런데 하도 오래간만이어서 그런지 두 사람은 잠시 서로 얼굴을 붉히고 몇 마디 바꾼 담에 민우가 먼저 돌아서 나왔다.

나올 때에 얼른 본 박 군의 왼편 뺨 모습이 이상스레 눈 밑에서 떠나지 않는다. 그러다가 깜박 그 생각을 잊었는데 별안간 무엇이 머릿속에서 번쩍한다.

"옳지, 꼭 그의 아버지 모습이야."

사람은 어쨌든 나이 먹으면 그 부모 모습을 나타내는 건가 보다고 민우는 생각하였다. 알은 작지만 그 씩씩하고 연설 잘하기로 이름난 박 군도 어느새 늙었구나 싶었다. 그리하여 박 군도 그렇게 서로 싸우던 그 아버지의 모습으로 차차 변하여가는 것이라 생각하니 사람의 일이란 실로 헤아리기 어려운 것이다. 그때 같아서는 박 군과 그 아버지는 짜장 물과 불로 서로 그 일생을 마쳐버릴 것만 같더니만 듣자니 지금은 그 아버지는 사 남매 중에서 박 군을 제일 사랑──사랑이라는 것보다도 요새는 명색이 그렇지 않아서 은근히 존경하는 터이라 한다.

민우는 뜻하지 않고 늙어 죽을 그때를 생각하였다. 아직 그때까지는 3, 40년이 남아 있는데, 지난 30년 동안에도 그만치 헤아릴 수 없이 세사는 변하고 또 변했은즉 장차 앞으로 올 그 시간은 또 얼마나한 변천을 남겨줄 것이랴. 실로 몸소름나는 일이다.

그는 또 뜻하지 않고 관 속에 가로누운 자기를 생각하였다. 그 관 뚜껑 위에 먹으로만 쓴 글씨──민우의 약력이 나타난다. 그담에는 주묵 글씨 또 그담에는 백묵 글씨…… 이렇게 수없이 바뀌어진다. 그러다가 이 가지가지 빛깔 글씨가 얼룩덜룩 섞여 쓰인 것이 보인다. 그는 또 한 번 몸소름을 친다. 차라리 관 뚜껑에 아무것도 씌어지지 않기를 바란다.

5

그는 산에 올라가서 움푹하고 향양[33]한 남역 바위에 기대어 가지고 간 책을 한참 좋이 읽다가 거리에 내려와서 신문 지국에 들러 요 며칠 동안의 신문을 대강 훑어본 다음 책사에 들렀다가 석양 편에 집으로 돌아왔다. 집에 돌아오니 아내가 쪽박 깨는 소리를 하며 울상을 하고 있다. 알고 보니 막내 놈이 이웃 아이들과 장난 질을 하다가 길바닥에 넘어져서 무르팍을 벗긴 것이다.

"어느 놈의 새끼가 떠밀어놨는 게지, 글쎄 이 피나는 걸 봐요."

그래도 민우는 잠시 암말이 없다.

"맨 무릎 고드리가 돼서 쉬 낫지 않을 건데…… 내복이 다 떨어진 걸 입었으니 다칠밖에……"

민우는 또 한 번 일부러 잠잠해본다.

"어쩌면 우리 집 애들만 밤낮 다친단 말이냐, 온."

그제야 민우가 무중 툭 쏘아붙인다.

"거기 약 가져와."

아내가 어정어정 책궤를 드비더니 무슨 약병을 꺼내 왔다.

"이거 뭐야, 소독부터 해야지."

그러나 아내는 어느 건지 찾지 못하고 잠시 망설이고 있다.

"거, 붉은 물약을 가져와, 다친 데 만수나 부르고 있으면 되나."

아내는 성이 났는지 아까보다도 더 어물어물한다.

"이리 비켜. 거미장을 지져 먹었는지 왜 어름어름하고 있어."

"아이규, 찾아보구려. 그놈의 새끼들이 어디다가 처박았는지 알길 누가 알어."

아내도 대뜸 고들머리까지 약이 오른 상이다. 또 눈물이 나오나 하고 흘끔 쳐다보니 그런 내색은 없다. 민우는 좀 안됐다는 생각도 해본다.

"글쎄, 다치면 인차 약새질[34]을 해줘야지 사설이 무슨 소용이란 말요."

말은 순하게 하였지만 속으로는 고연히 또 아내에게 일종 증오심이 났다.

그러고 나서 저녁을 먹는데 아내는 밥상을 비스듬히 내놓고 모른 척한다. 모른 척할 이 저녁일 수 없는 판국에 모른 척하자니까 화가 더 난다.

민우도 별말 없이 밥을 먹는다. 여느 날보다 성찬이다. 아내는 저래가지고 있으면서도 오늘 갔다 온 경과를 알려고 매우 궁금증이 나리라. 그러나 좀처럼 성이 풀리지 않는 모양이다. 눈결에 도적해 본 것이지만 아내의 눈은 약간 붉어진 듯하다. 노염만 풀린다면 아내는 곁에 다가앉아서 제 입을 씨루며[35] 밥 많이 먹기를 권할 것이요, 목소리를 병적으로 구슬려서 애교청을 낼 것이로되 성이 나면 사람이 좀 소갈머리가 서는지 시치미를 떼고 있다.

민우는 저녁을 먹고 나서 곧 자리에 누워 책을 보다가 시더더 잠이 들었다. 얼마 만에 잠이 깨니 아내는 자리에 누워서 여태 자지 않는 속이다. 맘이 편해야 잠도 자지 오늘 밤은 또 자기 틀렸다. 밥 안 먹은들 누구 하나 알아줄 사람 있나 아이새끼들도 말이 자식이지 홀쩨 도리깨아들[36]이나 마찬가지다──하는 아내의 혼자 한탄이 고대[37] 들리는 것 같다.

그래서 한참 동안 동정을 살피려니까 저편으로 돌아누운 아내는 이불 속에서 무엇을 부시적거리고[38] 있다. 신문이나 무슨 잡지를 들추고 있는 것인가 하고 비슬떼려[39] 넘겨다본 순간, 민우는 입속으로 혀를 갈기고 제대로 자리에 드러누워버렸다.

아내는 이불 속에서 금년 민력(民曆)과 무슨 비결책인 듯한 것을 드비적거리고 있다. 그는 오늘 경과를 민우에게서 듣지 못하는 대신, 비결책에서 금년 신수를 찾아보는 속이다. 얼핏하면 잘하는 버릇이다. 태세, 월건, 일진을 아내는 잘 안다. 육갑 세는 것도 민우보다 훨씬 낫다. 그런데 만일 그 비결책에서 금년 신수 길하다는 것을 찾아낸다면 민우가 꼭 취직되리라 믿을 것이다.

이번에 화가 난 것은 민우다. 그러나 얼마 후 그는 잠이 들었다.

얼마나 지났던지 민우는 아내의 아갸갸 하는 다급한 소리에 화닥닥 잠이 깨었다. 어인 영문은 알 수 없으나 대번에 가슴이 철렁 내려앉으며 기가 칵 막히는 것을 느꼈다.

"아이규, 저걸 어쩌나."

그러며 아내는 단속곳 바람으로 정주 허릿문을 차고 나간다. 민우는 그제야 나무 허청에서 닭이 꽥꽥 소리치는 것을 들었다.

"이놈의 쪽제비, 이놈의 쪽제비."

민우는 맨 셔츠 바람으로 우당탕 뛰어나갔다.

"거게 놔두고 가지 못하겠니, 이놈의 쪽제비."

아내는 나무 허청에 가서 무슨 작대기 같은 것으로 나뭇단을 두드리며 소리소리 외친다. 닭이 족제비한테 물린 것이다.

"이눔, 이눔의 쪽제비 죽어봐라."

민우도 손에 쥐는 대로 아무것이나 가지고 닭 소리 나는 데로 뛰어가서 나뭇단을 때리고 헤쳤다. 닭은 닭의 우리에서 물려가지고 나뭇단 속에까지 끌려 내려온 것이다. 민우는 재빠르게 나뭇단을 집어 넘겼다. 그러자 닭 소리가 딱 멈추고 동시에 이번은 또 아내의 짝 짜개지는 소리가 난다. 족제비가 닭을 내버리고 도망간 것이다.

"이놈의 쪽제비 죽어봐라."

그러자 대문이 짝 하고 소리친다. 족제비를 겨눈 작대기가 대문에 헛맞은 것이다.

"저놈의 쪽제비, 눈이 새파래서 도망을 가겠지, 아이 그저 그놈을……"

아내는 헐레벌떡거리며 못내 분해한다. 아내뿐이 아니다. 민우는 더 분하다. 민우는 닭을 찾으며 금시 손에 잡히기만 하면 그놈의 족제비를 오리가리 발겨놓으리라 하였다. 어째서 이렇게 분한지 민우 자신도 알 수 없다. 한편 또 아내의 오늘 밤 무용전(武勇傳)을 어떻게 취주었으면 좋을지 알 수 없다.

"그런데 닭은 어디로 갔나."

닭은 질겁을 했는지 찍소리도 없고 어디 가 박혔는지도 얼른 알 수 없다. 아내가 전등을 밖으로 내다 건다.

그러자 민우는 나뭇단 속에서 얼떠름해진 닭을 끄집어내가지고 정주로 들어왔다. 바로 볏을 물려서 대갈통이 온통 피투성이다.

"참, 그 약 좀 가져오우."

아내는 이번은 바로 그 붉은 물약을 가져왔다. 민우는 다시금 아내에게 감사했다. 그놈의 족제비를 놓치고 부들부들 떨던 아내가 어찌 고마운지 알 수 없다.

"인차 알았으니 말이지…… 그런데 참, 그때까지 안 잤소."

"아니 어슴푸러 잠이 들었는데 어디서 꽥 소리가 나기에 뛰어나갔지요."

"거 참 잘했소. 잠이나 깊이 들었더면 그놈이 물어가고 말았지."

"한동안 그런 일이 없더니, 그놈이 또 냄새를 맡구 온 모양이야요. 그게 바루 저 건넌집 쪽제비라우."

"건넌집?"

그 집까지 못마땅하게 생각되었다.

"그럼요, 그게 아주 그 집 자리 쪽제빈데 똑 남의 닭만 물어가요. 이 동리에서 얼마나 잃었는지 알우."

"저런, 그런 걸 그저 둬."

민우는 손아귀에 기운이 버쩍 솟았다. 손이 떨린다.

"그놈을 잡아 죽이지 못해. 당장 그 집 토고리⁴⁰라도 파헤치고 말지."

"글쎄 저놈이 인제 닭 있는 줄 알어났으니깐두루 밤마다 올 텐데…… 늘 꼭 같은 시각에 옵넨다."

"가만있어, 낼은 돝⁴¹을 사다가 놔야겠어. 내 꼭 잡고 말지. 이눔 밤을 새여가면서라도 내 잡구야 말걸."

닭은 정신이 뗑해서 세워놔도 자꾸 모로 쓰러진다. 그리고 눈가물[42]을 치는 꼴이 죽기가 십상이다.

"가만둬요, 흙냄샐 맡으면 살아납녠다."

"옳아, 흙냄새가 약이지."

민우는 정히 닭을 땅바닥에 뉘고 살아나기를 기다리나 좀처럼 일어날 성싶지 않다.

"설마 죽지야 않겠지."

민우는 날이 밝기를 고대하였다. 밤만 얼뜬 밝으면 돝을 사다가 밤을 기다려 족제비를 잡고 말리라 하였다.

*

아침에 민우는 닭이 눈을 뜨고 몸을 좀 가누는 것을 바라보며 어제 아침보다 매우 유쾌한 낯빛으로 집을 나섰다. 돝을 사러 나선 것이다.

모자

——어떤 소비에트 전사의 수기

1

우리 부대가 조선 북부 동해안에 있는 K시에 온 것은 바로 이 나라가 해방되던 직후인 1945년 8월 그믐께였다.

더위는 벌써 고비를 지났건만 그래도 몹시 무더웠다. 그러나 쨍쨍한 태양 볕이 정열적으로 반겨 우리를 맞이해주는 것이 못내 반가웠다.

나는 맑게 갠 높은 이 나라의 하늘에서 실로 오래간만에 평화를 느꼈다. 마음은 진정 고향에 돌아온 것 같았다.

우크라이나의 여름을 상상케 하는 K평야——산이 많은 이 나라에서는 보기 드문 평야다. 나무 우거진 개울가에서 멱 감는 어린이들을 바라볼 때마다 나는 문득 우크라이나에 서 있는 나 자신을 느끼곤 하였다. 더욱 멀리서 보기에 이 나라의 소수레는 꼭 우크라이나의 그것과 비슷하였다.

또 풍경도 그렇다. 나무숲이며 촌락들이며 더욱 초가집들이며가 흡사 우크라이나의 나의 고향 마을들과 같았다.

그중에서도 나는 K평야 한복판을 흐르는 넓디넓은 C강을 좋아한다. 아마도 나를 키워준 우크라이나의 젖줄기 드네프르 강의 자애로운 마음이 나로 하여금 이국의 이 강물을 사랑하게 하는 것이리리라.

하긴 이 C강은 넓긴 하나 물이 얕아서 드네프르의 웅심깊은[1] 가슴을 보여주지는 못한다. 그러나 그러면서도 나는 이 나라 사람들을 키워주는 크나큰 젖줄기——어머니의 강을 사랑한다.

그래서 우리들은 밤에도 이 강가 높은 방축 위에 우리들의 대형 자동차를 세우고 그 위에서 쉬고 자기를 즐긴다.

9월에 들어서도 이 땅의 한낮은 여름처럼 째진다. 그러나 이곳의 가을은 내가 아는 범위에서는 세계에서 가장 맑고 조촐하다. 낮이면 햇볕이 마치 금가루를 뿌린 듯 눈이 부시다. 그리고 밤에는 바닷물보다 더 푸른 하늘에 백금처럼 빛나는 별들이 수없는 보석 상자를 터뜨리고 있다.

이 별들을 세어보면서 저도 모르게 옛 노래를 부르고 그러다가 구수한 밤공기에 취하듯 잠이 드는 밤은 행복하다.

나는 오늘 밤도 별들을 세다가 깜빡 잠이 들었다. 아니 참말 잠이 든 것도 아니었다. 나는 여전히 무엇을 바라보고 있었다. 꿈같으나 꿈도 아니었다. 그것은 차라리 생시보다 더 또렷한 현실이었다.

그러므로 꿈에서 깨어나서도 나는 어디까지가 꿈이고 어디서부터 생시인지 알 수 없었다. 이 둘—꿈과 생시가 얼버무려져서 내 앞에 여러 가지 광경을 펼쳐주고 있는 것이다.

나는 꿈속에서 드네프르 강가 늙은 나무에 기대서서 그 검푸르고 웅심깊은 강물을 내려다보고 있었다.

드네프르 강은 우크라이나 사람들의 젖줄기다. 그 속에는 우크라이나의 자연도 있고 어머니도 있고 아내도 있고 아들과 딸도 있는 것이다.

그러나 그것뿐만도 아니다. 그것은 차라리 신비하다고 할까! 그러기에 푸시킨은 이 강을 두고 '이상하구나! 드네프르'라고 읊었고 셉첸코는 끝없이 아득한 벌판 절벽을 감돌아 흐르는 드네프르가 굽어보이는 정다운 우크라이나 넓은 들, 높은 언덕에 제가 죽거든 묻어달라 하였고, 그리고 거대한 가정—자유의 새 나라 이루거들랑 자기를 잊지 말고 부드럽고 정다운 말로 회상하여달라고 하지 않았는가. 나는 바로 그 고향을 거닐고 있었다.

꿈속에 보는 내 고향의 자연은 바야흐로 무르익는 여름철이었다. 그래서 이상한 젖줄기에서 자라나는 우크라이나의 보암직한 곡식, 그리고 무성한 나무와 길길이 우거진 풀— 그리하여 넓디넓은 지평선은 지금 자기의 가슴을 벌릴 대로 벌리고 부풀어오른 것이다. 그리하여 이중에 난 몸이 자연과 섭슬려² 분별없이 살아가고 몸 따라 마음도 너그럽고 굳세어지는 것이다.

우리가 아무리 큰 고난을 만났다 하더라도 이 자연 속에 영원히 깃들어 있는 '조국의 힘'은 우리로 하여금 반드시 그 고개를 넘어서게 하는 것이다. 또 이 고개 너머에는 결코 우리를 속이지 않는 행복이 틀림없이 우리를 기다리고 있는 것이다.

독일 파시스트들이 우리 앞에 유사 이래 처음 보는 어마어마한 죽음의 고개를 쌓아놓았을 때, 그리고 그것을 무찌르고 처박지르고 그 고개를 넘었을 때 우리를 기다리고 있는 것은 조국 러시아의 행복뿐이 아니라 실로 세계의 행복이었다.

고개 너머의 행복은 우리를 속이지 않았던 것이요, 또 큰 고개 너머일수록 큰 행복이 있었던 것이다.

그리하여 악마의 앞에 금수와 노예의 쇠사슬을 쓰고 있던 수없는 세계의 어린 양들이 우리가 돌파하여 넘어온 이 고갯길로 주렁주렁 고운 염주처럼 달려오지 않는가.

나는 정녕 꿈속에서 노래를 불렀다. 시인도 가인도 아닌 내가! 그러나 동무들이여 웃지 말라.

나는 또 늙은 어머니와 젊은 아내와 아직 나이 어린 한 아들과 한 딸을 꿈속에 보았다.

짜르의 사나운 말발굽에 시달린 늙은 어머니의 주름살에 꼬기꼬기 잡혀진 고난의 반생이 혁명 후의 30년 가까운 새살림 속에서 젊은 기운을 회복하고 있었다.

그리고 사랑하는 아내—정녕 내게는 과만한[3] 미인이었다. 그는 가난한 집에서 태어났다. 그러나 자연 속에서 노래하는 새처럼 자유로 살 수 있는 새 조국에 그는 태어났다.

나는 그가 소학교 시절에 학생 대회에서 물맴이 같은 고운 청으로 노래하던 것을 여태껏 기억하고 있다.

그리고 나와 결혼한 뒤 그는 나와 함께 콜호스에서 농사를 짓고 있었다.

그리고 우리 마을에서 뽑혀서 현으로 상 타러 갈 때의 그 새 빔을 차리고 나선 물찬 제비와 같이 아리땁던 자태를 나는 이국의 꿈속에서도 결코 잊지 않는다.

그 아름다움은 그가 나를 사랑하고 또 자기의 일을 사랑하는 성실한 생활 속에서 마치 곱게 자유롭게 피어나는 꽃포기처럼 자라난 것이다. 그것은 살롱 속에 거짓과 꾸밈과 분철로 이루어진 아름다움과는 어방없이[4] 다른 것이다.

그가 자동차를 타고 현으로 상 타러 갈 때 마을 사람들은 "와실렙스까야, 와실렙스까야" 하고 소리소리 외쳐주었다. 나도 물론 그렇게 불렀다.

그리고 그가 돌아올 때 콜호스의 농민들은 그를 껴안고 키스를 해주었다.

그 얼굴은 조금 해쓱해진 것 같았으나 한결 더 예뻐진 것은 사실이었다.

그리고 내 아들 빠브까란 놈——이놈은 물불을 가리지 않는 어쩔 수 없는 천둥벌거숭이였다. 그리고 어머니는 늘 이렇게 말하였다.

"이놈이 만일 국내 전쟁 당시의 꼼쏘몰[5]이었더라면 빨치산 속에서 훌륭한 일을 했을 게다. 그때 용감한 꼼쏘몰들은 빨치산을 검거해가는 헌병 놈을 때려눕히고 백파[6]의 감옥에 갇힌 동지들에게 몰래 식량을 찔러 넣고 또 그들을 탈환까지 해 왔느니라."

이것은 결코 늙은 할머니의 부질없는 손자 자랑은 아니었다.

이놈은 나더러 독일 파시스트 놈들의 대포를 선물로 가져다 달라고 졸라댔다. 그리고 나는 꼭 그러마고 약속을 했었다.

그담 프로쌰——나는 이 어린 딸을 가장 사랑한다. 내가 집을 떠날 때 프로쌰는 내 무릎에 안겨서 내 턱에 난 거친 수염을 한 대씩 세어보면서

"아버지, 왜 수염을 깎지 않아요."

하였다. 아닌 게 아니라 나는 조국의 원수면서 또 인류의 원수인 독일 파시스트들을 깡그리 때려잡을 생각에 골몰해서, 며칠 동안 수염 깎을 것까지 깜박 잊고 있었던 것이다.

"참말 면도할 걸 잊었구나."

하고 내가 웃으면서 귀여워서 꼭 껴안아주었더니 이 앙큼한 응석받이 프로쌰는

"아버지, 그렇지만 내 손풍금을 잊으면 안 돼요. 안 사다 주면 난 몰라요."

하고 한 번 더 일깨워주었다.

프로쌰는 벌써 며칠 전부터 손풍금을 사다 달라고 내게 졸랐던 것이다. 그리고 나는 결코 그것을 잊지 않으리라고 맘속에 단단히 다짐을 두었었다.

그 뒤 나는 전쟁 중에도 하마 프로쌰의 당부를 잊지 않았다. 그러나 그것을 살 수 없었다. 다만 그에게 줄 멋쟁이 모자 하나를 샀을 뿐이다. 그것은 지금도 내 가방 속에 있다.

2

이야기는 잠시 조국 전쟁이 시작되던 때로 돌아간다. 그때 독일 파시스트 강도들은 남의 꿈길을 밟고 쳐들어왔다. 그리하여 소비에트의 한 나무 한 풀도 남기지 않게 하기 위하여 닥치는 대로 깡그리 도륙을 냈다.

서부 러시아와 우크라이나의 수많은 촌락과 철도 기타 모든 시설은 놈들의 방화와 약탈과 살육으로 말미암아 참담한 폐허로 되고 말았다. 어떤 마을에서는 재빠른 고양이 한 마리가 겨우 살아났을 뿐이라는 이야기를 남겼다.

그러나 구경,[7] 그것은 자는 호랑이의 코를 쑤신 데 지나지 않았다. 그렇지만 물론 그렇다고 꿈적할 호랑이는 아니었다. 콜호스의 처녀들과 소년들까지 삼림과 또는 눈 속 오막살이 움 속에 숨어 있으면서 그들의 연장으로써 놈들의 으리으리한 비행기를 수없이 결딴냈다.

또 이 농촌 사람들의 손에서 쳐무찔린 놈들의 수효는 무려 50만이 넘는다는 것도 그 뒤에 우리는 알 수 있었다.

우리들은 누구나 인류의 백골 위에 홀로 안락의 보금자리를 펴려는 강도 파시스트들을 쳐부수지 않고는 인류의 자유와 평화가 없을 것을 알았다. 인류를 얽매고 있는 이 쇠사슬을 산산이 찢어버리지 않는 한 해방은 찾을 길이 없는 것이다.

전쟁 중에 독일 파시스트 속에서 소비에트로 넘어온, 이른바

'자유 독일 군대'도 많았으나 이들과는 반대로 끝까지 압박의 쇠사슬을 자기의 마음으로 하는 자들은 그 염통이 재가 될 때까지 우리에게 항거하였다. 그러나 그것은 결국 주검의 수효를 늘인 데 지나지 않았다.

수십만의 악마를 무찌르고 우리의 빛나는 스탈린그라드를 탈환한 때부터 붉은 군대는 승승장구 승전고를 울리면서 서쪽으로 서쪽으로 밀물처럼 내밀었다. 진실로 상상할 수 없는 힘이었으나 조국 러시아가 준 힘인 것은 의심할 바 없다.

지구의 새로운 심장──레닌그라드, 스탈린그라드, 모스크바 그리고 인류의 태양을 떠받들고 선 소련 사람들과 형제 인민들이 우리들로 하여금 새로운 피와 힘이 샘솟게 해주었다.

우리는 일찍이 아무 나라에도 아무 군대에도 있어본 일이 없는 무서운 속도로 악마의 마지막 소굴인 백림[8]을 향해 돌진하였다.

불란서를 두 달 만에, 파란[9]을 1주일 만에 무찌른 악마의 심장이 열흘도 못 해서 벌의 집이 되게끔 한 힘은 세계의 상식으로 상상할 수 없는 것이다. 즉 이것은 이미 과거의 상식으로는 상상할 수 없는 새 세계가 지구상에 찾아왔고 지구의 주인으로 되었다는 사실을 아는 사람만이 수긍할 수 있는 기적이다.

이것은 전쟁과 혼란 가운데서 이것을 극복하면서 새로운 질서를 창조하는 위대한 힘의 표현인 것이다.

그러나 이 싸움에서 나는 여러 번 죽을 고비를 겪었다. 눈먼 탄환이 언제 내 몸뚱어리를 송두리째 날려버릴지 몰랐고 그보다 바로 소총의 되알진 탄환이 내 귀청을 떨쿠고[10] 뺨을 스쳐가기도 한

두 번이 아니었다. 그리고 또 그보다도 바로 파시스트 병정들의 날랜 창끝이 내 심장에서 불과 네댓 치의 거리로 스쳐간 것이 내 기억에 남아 있는 것만 해도 열일곱 번…… 그러나 그때마다 나의 따발총과 창은 내 심장과 하나가 되어 그 위험을 용케 넘겨버렸다.

어디서 이런 힘과 재빠름과 슬기가 생기는지 나도 모를 일이다. 그러나 다만 내 목숨만을 위한다는 데서 이런 힘이 생길 수 없다는 것은 생각할 수 있다.

나는 위험을 박차고 넘어선 장쾌한 순간마다 내 곁에 거꾸러진 동지들을 찾아보았다.

한번은 바로 곁에서 누가 나를 쥐어질러도 모를 오밤중이었다. 중상 당한 병사가 고작 내 발 아래에서

"누구냐? 까딱 가까이 오지 마라."

하고 바로 의젓하게 외치는 것이다.

"하하, 너도 러시아 말을 하는구나."

내가 반겨 그렇게 말하였을 때 저편은

"따와리쉬!"[1]

하고 마지막 기운을 뽑아서 외쳤으나 내게로 올 힘은 없는 모양이었다.

그러나 만일 내가 독일 병정이었다면 그는 마지막 총알을 남기지 않았을 것이다. 그가 틀림없이 그 준비를 하고 있었던 것을 나는 어둠 속에서나마 방불히 느낄 수 있었다. 이런 전우는 다만 몇 백 몇 천뿐이 아니었다.

내가 이러한 전우들을 야전병원에까지 업어간 것도 열 스무 번에 그치지 않는다.

그러나 이러는 동안에 악마들은 내 고향의 늙은 어머니와 젊은 아내와 두 자식을 죽여버렸다. 고향은——아! 그 우크라이나의 아름다운 내 어머니의 마을은 개미 게저리[12]도 남기지 않은 완전한 폐허로 되고 말았다.

나는 그 악마 놈들의 창끝에 찔려 넘어지는, 그러면서도 살려고 악을 쓰고 덤볐을 나의 가족들의 생각을 할 때마다 이가 갈리고 치가 떨렸다. 때로 나는 이렇게 외쳤다.

"왜 죽는단 말이냐. 놈들을 오리가리 찢어발기지 못하고 왜 놈들한테 죽는단 말이냐. 약자들! 엥히!"

그러나 그래도 내 마음은 후련할 수 없었다. 아니 도리어 마음은 어두워지고 그 어둠 속에서 눈물이 고이는 것이다.

그러나 처음은 아직도 확실히 그것이 사실이라고 믿어지지 않았다. '설마한들' 하는, 또 '그래도 혹시' 하는 가냘픈 희망도 있었다. 그래서 벌써 백골이 되었을 내 가족과 또는 어디 가서 기적적으로 살아 있어 나를 기다리고 있을 가족들을 번갈아가면서 상상하였다. 그러나 하루하루 죽음에 대한 공포가 내 가슴에 쌓이는 것도 사실이었다.

나는 내 아버지의 이야기를 생각하였다. 아버지는 국내 전쟁 당시 따찬까(기관총을 싣는 수레)를 타고 산지사방으로 돌아다니면서 독일 병정과 용감히 싸워 게오르기 은패장(銀牌章)을 탄 용사인데 그는 어린 나에게 늘 이런 이야기를 하였다.

"독일 병정 놈들은 무고한 러시아 백성들을 창과 칼로 난도질해서 러시아 거리 거리는 주검의 사태가 났느니라. 놈들에게 항거하던 젊은이와 여자들이 천추의 원한을 풀 길 없이 헛되이 허공을 끌어안으며 쓰러진, 영원히 움직일 줄 모르는 그 파아란 눈동자들이 가없는 우크라이나의 타버린 벌판을 생시처럼 바라보고 있었느니라."

지금도 이 영원히 움직일 수 없는 파아란 눈동자가 유령처럼 내 머리에 매달려 떨어지지 않거니와 이것이 내 가족들의 죽음을 더욱 분명한 사실로 느끼게 해주고, 뿐만 아니라 이 두 사실이 가로세로 얽혀서 무서운 환상이 나를 치떨리게 하였다.

3

아직도 원수에게 불탄 그대로의 고향이고, 찾아갔대야 만날 사람도 없는 폐허이지만 그래도 나는 애꿎이 고향 땅을 밟아보고 싶었다.

누가 고향 노래를 부르고 거기 맞추어 손풍금이라도 켠다면 원수로 인해 기억 속에 파고든 검은 그림자가 뒤로 물러가고 고향의 멜로디에 스스로 성수 장단이 나고 어깨춤이 덩실거려지는 것이다.

나는 이 노래를 들으며 지금도 응당 고향에서 나의 가족들이 고스란히 나를 기다리고 있는 것을 느낀다. 그러나 사실인즉 가족은 이미 없고 고향 사람들도 간 곳 모르고 마을은 불타서 없는 것이다.

이것을 생각하는 때마다 원한에 질린 채 숨이 지는 마지막 순간까지 조국의 하늘을 우러러 치어다보았을 나의 사랑하는 가족들의 맑고 깨끗한 파아란 눈동자가 우크라이나의 하늘 어디에선가 반짝이고 있는 것 같은 뼈아프고도 그리운 환상에 사로잡히곤 하였다.

그렇건만 생각하고 또 생각할수록 고향은 가고 싶은 곳이다. 나는 그 전보다도 몇 배 더 아름답고 평화로운 고향을 폐허 위에 다시 이룩할 것을 골똘히 생각하고 있었다.

그러나 원수는 아직도 남아 있었다.

동방의 독사, 동방으로부터 서방을 노리는 강도 일본에 대한 조국의 공격이 개시되었다.

지구상에서 파시스트들을 모조리 청소해버리고 인류를 완전히 해방하려는 우리의 조국으로서는 당연히 취할 길이거니와 이것은 원수 격멸에 불타는 나의 가슴에 또 하나의 희망과 용기를 가져다주었다.

즉 이 전쟁에 참가하게 된 것은, 아직도 원수에 대한 원한과 증오에 불타고 있는 나에게 있어 요행한 일이었다. 이 전쟁은 고향을 잃은 나에게 보다 새로운 고향에의 길을 열어주는 것같이도 생각되었다.

일본은 만주와 조선을 마지막 발판으로 해가지고 미국과의 태평양전쟁을 될 수 있는 대로 길게 끌어보려는 심산이었다. 그리고 그때의 형편으로는 그것이 가능하기도 하였다.

미국의 군사 평론가들도 말하기를 일본이 만주와 조선을 가지고 그대로 버텨나간다면 금후 5년은 더 지탱해나가리라 하였고 또 세계 어느 나라도 그러리라는 것을 믿지 않을 수 없었다. 그것은 이제까지의 태평양전쟁의 행정을 미루어 얻은 결론이었기 때문이다.

그러나 우리 군대의 참전은 전국을 종래의 계산으로는 잴 수 없는 전연 딴것으로 전환시켜버렸다. 일본이 철옹성으로 믿던 만주와 조선은 붉은 군대의 앞에 겨우 5,6일의 지령도 얻을 수 없이 모래섬처럼 우시시 무너지고 말았다. 참으로 거짓말 같은 사실이었다.

또 여기서 낡은 세계의 총명과 낡은 시대의 지혜가 볼꼴 없이 두드려 맞고 산산조각이 났다. 이것은 무엇을 의미하는가. 두말할 것 없이 이것은 새 세기의 심장과 승리를 말하는 것이다.

이리하여 일본이 그처럼 금성철벽으로 자랑하던 소위 관동군도 조선 주둔 사단들도 썩은 고지박 떨어지듯 하루아침에 뿔뿔이 무너지고 말았다. 그러나 이 멸망은 동시에 한 개의 거룩한 탄생을 의미한다.

강도 일본에 의하여 숨통을 잡히고 있던 만주에도, 조선에도 잃었던 조국이 돌아오고 떨어졌던 태양이 다시 솟기 시작한 것이다.

그리하여 환호에 벅적 끓어번지는 조선의 땅은 이제 즉 바로 나의 고향과 한 젖줄기에 매어진 땅이 되었다. 나는 때로 요란한 환호 소리, 만세 소리를 바로 내 나라 사람들의 소리로 또 하나의 가족의 소리로 듣는 꿈속 같은 황홀 속에 빠지곤 하였다.

해방된 인민의 소리! 이에서 더 아름다운 음악이 어디 있으랴.
원수가 물러간 거리의 표정! 이에서 더 명랑한 풍경이 어디 있으
랴…… 이 밝음, 이 아름다움은 내 맘속 한구석에 때 따라 서리는
——원수가 남겨준 '어둠' '비애' '고민'을 찢어발겨주고 밀어젖혀
주는 것이다.

이 거리의 집집마다에서 펄럭거리는 깃발의 붉은빛, 푸른빛과
또 해방의 모든 빛깔들이 바로 내 가족의 잃어진 피와 영원히 조
국 하늘을 지키는 내 가족의 파아란 눈동자를 상상케 하는 것이
다. 아니 바로 꼭 그것같이도 보이는 것이다.

그러나 나는 여태도 이따금 꿈속에서 파시스트 독일 병정과 일
본 병정을 때려잡는 일이 있고 그것은 즐거운 일이기도 하다. 그
리고 그보다 더 즐거운 일은 파시스트의 군대로서 파시스트를 반
대하고 정의 앞에 항복하여온 그들과 이야기하는 그것이다.

그들에게도 죄 없는 부모와 아내와 자식이 있고 그리고 고향의
그 가족들은 아들과 남편과 그 아버지를 피타게 기다리고 있는
것이다. 그들을 제 고향으로 돌려보내고, 나도 역시 고향으로 돌
아가는 꿈을 꾸고 깬 때처럼 즐거운 일은 없다. 꿈을 깨어도 이
땅이 바로 내 고향같이 생각되기 때문에 더욱 그렇다.

나는 이때마다 셉첸코의 시를 다시금 읊조리곤 한다. 바로 내가
사는 이 거리에는 너르고 풍경 좋은 C강이 흐르고 있다.

이 땅 사람들의 젖줄기인 이 강은 드네프르를 연상케 하고 나의
고향을 방불히 내 눈앞에 가져다주기도 한다.

"이 젖줄기에 키워지는 나의 형제들이여! 행복하라."
고 나는 맑은 공기를 마시며 푸른 하늘에 부르짖곤 한다.

4

한번은 이런 일이 있었다. 어느 극장에 근무하는 박춘이라는 동무가 구경 오라고 해서 간 일이 있었다. 박춘 동무는 우리가 이 도시에 처음 들어왔을 때 환영 대회에서 안 친구다. 그는 노래를 잘 부른다.

그는 그날 밤 환영 대회에서 아주 훌륭하게 「볼가의 뱃노래」를 불러서 우리를 놀라게 하였고 기쁘게 하였고, 그리고 그것이 인연이 되어 우리들과 특히 친하게 되었다.

그래 그 뒤에도 우리는 그를 찾아 극장으로 간 일이 있는데. 이 날 밤은 마침 고전 음악 무용의 공연이 있었다.

나는 본시 무용에 취미가 있어 그가 나를 불러준 데 대하여 고맙게 생각하였다. 더욱 박춘 동무는 우리가 이 도시로 들어온 직후부터 노어를 공부해서 이제는 닭알 통변[13]이나 할 만치 되어 있었다. 그러므로 그는 내게 고전 무용에 대해 손짓, 고갯짓, 손마선까지 섞어가며 대충 설명해주어 나는 한결 재미있게 그것을 볼 수 있었다.

그중에도 나는 조선의 고전 무용 '승무'라는 것을 제일 재미있게 보았다. 나는 이미 조선 춤을 구경한 일이 있지만 이 '승무'처럼 재미나는 춤은 아직 본 일이 없었다.

물론 박춘 동무의 설명이 있었던 관계도 있었지만 나는 이것을
구경하는 동안에 잠시 모든 것을 잊고 고스란히 그것에만 도취되
어 있었다.

이 무용은 조그만 호수의 지극히 잔잔한 물결 같은 움직임으로
부터 시작되어 처음은 오로지 종교적 형식에 담긴 종교 의식의
움직임으로 보이나 그 동작이 점점 발전하는 데 따라 차차 포구
를 들이받는 바다 물결같이 리듬이 높아진다.

그것은 진행할수록 하나의 현상, 내면에 발생한 두 개 대립물의
투쟁에서만 볼 수 있는 내면적인 고뇌와 모순의 충돌을 여실히
보여주기 시작하였다.

마치 「볼가의 뱃노래」가 아주 고요한 멜로디로부터 시작되어
높은 물결의 외침으로 변해가듯이 이 무용도 고요한 속에서 서로
용납될 수 없는 감정의 충돌로 발전되어간다.

그것은 바로 중의 내부에 있는 두 개 정반대의 것이 서로 싸우
고 있는 것을 보여준다. 하긴 중이란 항상 종교 의식에 의하여 인
간 의식이 눌려 있는 존재이다. 그런데 지금 바로 무용 속에서 중
의 내면에 눌려 있던 인간성이 종교 의식에 반기를 들고 일어선
것이다. 그것은 타협할 수 없는 모순이요 싸움이다.

즉 종교 의식은 언제나 인간 의식을 깔아뭉개려 한다. 그러나
인간 의식은 결코 죽기를 원치 않는다. 그리하여 이 둘의 싸움은
결국 죽느냐 사느냐 하는 무서운 충돌로 발전한다. 여기서 무용
은 거의 광적인 액션을 전개한다.

그것은 결코 무용 예술의 약속을 무시함이 없이 하나의 높은 예술적 형상을 보여준다. 그리고 이 형상이 절정을 넘어서면서부터 점차로 다시 종교 의식이 인간 의식 앞에 무릎을 꿇기 시작한다.

무용가의 얼굴에는 승리에 빛나는 인간의 희열이 떠오르고 종교적인 동작은 인간적인 동작 속에 해소되어버린다.

무용가의 동작은 어느덧 자유와 광명을 향하여 나래치는 분방하고 아름다운 동작으로 변하여간다. 그리하여 무용가가 바라를 내던지고 몸에 걸쳤던 가사 장삼을 벗어던지고 그리고 고깔마저 쥐어뿌리고 하나의 생생한 인간으로 돌아가는 것으로써 무용은 끝난다.

이 무용은 종교 의식이란 구경 소멸될 운명을 가진 것이라는 것을 보여주는 동시 인간성은 영원히 살아남는다는 것을 보여준다. 자기 무용에서 인간성을 쟁취한 무용가는 무대 위의 사람이라는 것보다 선과 악의 대립 속에 싸우고 있는 긴 인생행로에서 싸워 이긴 승리자로 나에게는 보였다.

그러면서 무용가는 이미 아무 다른 사람도 아니요 바로 나의 동지요 전우로 보였다.

나는 그 무용가를 통해서 많은 이 나라 형제들 속에 싸여 있는 나 자신을 발견하였다.

이 나라 형제들은 내가 흉악한 원수 독일 파시스트에게서 받은 나의 상처를——사랑하는 가족과 어린 딸을 학살당한 너무도 아프고 사라질 줄 모르는 나의 상처를 이 시간에 얼마나 가볍게 가져주는지 몰랐다.

나는 박춘 동무에게 감사의 눈을 돌리며 말하였다.

"참 좋은 무용이오. 이런 무용이 당신 나라에 옛날부터 있었단 말이오?"

그런즉 박춘 동무는 싱긋이 웃으며

"옛날부터 있었지요. 그러나 옛날 것은 지금 본 것과는 후반이 다르오. 새 무용가들이 후반을 고쳤지요."

하고 대답하였다.

"어떻게?"

"전에는 미친 듯 자진가락으로 바라를 몰아치는 절정에서부터 다시 템포가 조금씩 떠지며 나중은 처음 시작한 때와 같이 고요하게 내려가다가 끝났소."

"중의 가사 장삼도 그대로 입고 고깔도 쓴 채로?"

"그렇지요. 처음의 중 그대로 돌아가지요."

"그런 걸 고쳤단 말이지요? 당신들 무용가 훌륭하오."

"물론 무용가의 누구나가 다 그렇게 춘 것은 아니오. 일제 탄압 하에서 그것을 반대하여 투쟁한 예술가들만이 자기들의 예술 사업을 진행하는 과정에서 그것을 그렇게 고쳤지요. 이 사람들은 결코 종교가 인간을 이길 수 없다고 생각했지요. 물론 조선을 영원히 강점하려는 일본 지배자들은 종교가 인간을 이긴다고 가르쳤지만 그러나 인민의 예술가들은 이를 반대했소. 그래 이 투쟁 속에서 새 승무도 생겼던 것이오."

"옳소. 투쟁은 당신들을 이기게 했소. 예술 창작에서 이기게 했소."

"그러나 옛날 것대로 하지 않는다고 시비하는 사람들도 있었소."

"물론 있었을 것이오. 그런 사람은 앞으로도 있을 수 있소. 그러나 당신들은 그 사람들을 이겨야지요."

박춘 동무가 어느 정도 내 말을 정확히 알아들었는지 모르고 또 박춘 동무의 의사 표시가 불충분하였지만 그러면서도 그와 나의 생각은 완전히 일치되었다고 나는 생각하였다.

나는 더할 수 없이 기뻤다.

나는 극장을 나서면서 먼저 하늘을 쳐다보았다. 맑은 하늘의 별들이 그 언제보다도 더 반가웠다.

나는 언제까지나 신선한 이 나라의 공기를 탐스럽게 들이마셨다.

극장 앞에서 박춘 동무와 작별하고 나는 우편국 쪽을 향하여 걸어가고 있었다.

그때까지 인간성이 종교 의식을 쳐 이기는 무용 장면을 머리에 그리고 있는 나는 문득 아름다운 것의 창조만이 파시스트들이 남긴 온갖 독소들과 더러운 것을 쳐 이기고 소멸시킬 수 있다고 생각하였다.

그러며 걸어가던 나는 문득 길가 어떤 가게 앞에 사람들이 그득 결진해 있는 것을 발견하였다.

나는 그 언제보다도 대견하고 탐탁한 마음으로 그 사람들을 바라보면서 그들을 향하여 걸어갔다.

그런데 사람들이 모여 선 곳에 이르러 가만히 보려니까 그 사람 답쌔기[14] 속에서 한 남자가 무엇 때문인지 여자 한 사람을 검쳐 잡고 실랑이질을 하고 있었다. 그것만으로 유쾌하던 나의 신경이 갑자기 날카로워지기 시작하였다.

여자는 저의 어린 계집아이의 손목을 단단히 붙잡고 있고 그 애는 질겁해서 어머니 곁에 꼭 매달려 있었다.

나는 멀찌감치 서서 잠시 그것을 바라보고 있었다. 지나가는 사람들이 연해연방 자꾸 그리로 모여들었다. 그때는 박춘 동무도 나의 곁에 와서 구경하고 있었다. 그는 극장 앞에서 일단 나와 작별했으나 멀리 이 광경을 바라보고 쫓아왔던 것이다.

계집아이를 데리고 있는 여자는 그만 가버리려 하나 가게 주인인 듯한 어깨가 쩍 벌어지고 허리가 좀 꾸부정해 뵈는 중년 남자는 그 여자의 옷깃을 잡고 놓지 않았다. 그리고 무어라고 힐난하면서 억지로 제 가게 안으로 여자를 끌고 들어가려 하였다.

나는 부지중 정신이 솔깃해지며 가게 앞으로 따라갔다. 한즉 가게 주인은 나와 딴 구경꾼들에게서 무슨 구원이나 청하려는 듯이 무어라고 알 수 없는 소리를 주워치며 그 여자를 끌고 가게 안으로 들어갔다. 그때 내 곁에 섰던 박춘 동무가 나에게 이런 말을 하였다.

"저 사내가 일제시대의 묵은 빚을 받으려고 여자를 붙잡고 놓지 않는군요."

내가 그 말의 의미를 겨우 알아듣고 무슨 말을 하려고 우물거리고 있을 때 곁에 사람들이 수군거리며 이야기하는데 무어라는 말인지 알아들을 수 없어 박춘 동무를 바라보았더니 그는 다시 다음과 같은 사연을 나에게 이야기하였다.

그 여자는 지난해 겨울에 어린애가 추워서 모자 하나를 저 사나이에게서 외상으로 사주었다. 그런데 그동안 가게 주인은 저 여자를 통 만날 수 없다가 요행 만났다고 지금 잡고 놓지 않는 것이었다.

워낙 가게 주인은 조만 사람이 아니었다. 어려서부터 일본인 상점에서 치여나서 눈치도 빠르고 물건 파는 수단도 능숙해서 주인의 신용을 얻어 서사까지 된 사람이었다.

그런데 사실은 지금의 가게 물건도 제 것이 아니고 일본이 패망하자 가게 주인이 뿔뿔이 쫓겨 돌아갈 때에 그에게서 공으로 물려받은 것을 가지고 자리만 슬쩍 옮겨 앉아 제 장사를 펴놓고 있는 것이었다. 그는 일본인 상점 서사로 있을 때에도 가게 물건을 몰래 가무려서[15] 뒤로 팔아먹곤 하였는데 실상 저 여자에게 판 계집아이의 모자도 그때 그렇게 집어내다가 꽁무니로 판 것이었다.

내가 박춘 동무의 이런 이야기를 듣고 있는 동안에도 거기 모여 선 사람들은 여전히 수군거리고 있었다. 확실히 그들의 얼굴에는 가게 주인에 대한 비난의 빛이 나타나 있었다.

그래서 가만히 그 눈치를 살피고 있으려니까 입이 뾰족한 한 중년 여인이 나의 얼굴을 바라보며

"그까짓 해방 전 빚 무슨 소용이야. 저 어린애 입은 걸 보라구. 빚은 고사하고 내사 돈이 있으면 신발이라도 사주고 싶다."
하고 못마땅해서 말하였다.

그런즉 그 곁에 섰던 젊은 남자 하나가 그 말이 옳다 하듯이 고개를 끄덕하며

"왜놈 것을 공으로 먹었는데 돈은 무슨 돈이야."

하고 시뜻해서[16] 말을 받았다.

나도 그 말뜻을 대강 짐작하고 있었으나 박춘 동무는 좀더 똑똑히 알려주려는 듯이, 그리고 가게 주인에 대한 증오의 빛을 노골적으로 표시하면서 사람들이 하는 이야기를 다시 나에게 설명해 주었다.

그러나 그때 나는 벌써 그 말들을 더 옴니암니 캐어 들으려는 것보다 다만 한마디

"어린애 모자!"

라는 말에 온 정신이 솔깃이 쏠려 있었다.

5

나는 그때 문득 내가 프로쌰에게 주려고 산 모자를 연상하였다.

나는 더 견딜 수 없었다. 나는 포켓에서 손을 찔러 돈을 거머쥐고 가게 안으로 뛰어 들어갔다.

그때 가게 주인은 어머니와 어린아이 몸에서 빚값으로 처가질 것이 없나 두루 살펴보고 있다가 나를 보더니만 전방에 있는 어린아이 모자 하나를 쳐들고 흔들어 보이며 이런 것을 이 여자가 훔쳤다는 듯이 나에게 알리려 하였다.

한편 어머니는 죄지은 사람처럼 말없이 우두커니 서 있고, 어린아이는 질겁해서 울 듯 울 듯 어머니에게 매달려 떨어지지 않으려 하였다.

그러다가 나를 보더니 어린아이는 살며시 어머니의 옆구리를 흔들며 나를 보라고 하였다. 그것은 확실히 나를 무서워하는 눈치는 아니었다. 나는 나와 함께 해바라기 씨를 나누어 먹던 여러 조선 아이들의 얼굴을 생각하였다.

나는 이 가엾은 어머니와 딸의 초라한 모습에서 압제자와 착취자의 증오스러운 자취를 발견하며 순간

"옜소."

하고 선뜻 가게 주인에게 돈을 내주었다.

그런즉 주인은 여자의 옷자락을 놓고 내 손에 쥐어진 지전을 바라보았으나 너무 의외라는 듯이 얼른 받으려 하지 않았다. 그러나 그러면서도 주인은 대체 지전이 몇 장이나 되는지 알려고 하는 것 같아서 나는 일부러 지전을 흐트려 보여주며 여자에게

"당신 가시오, 좋소 좋소."

하고 말하였다.

그런즉 여자는 수삽한 듯이 고개를 숙이긴 했으나 이내 내 말을 믿어도 좋다는 확신이 생긴 것 같았다. 그는 고맙다는 듯이 허리를 굽실하며 어린애를 앞세우고 밖으로 걸어 나가더니 도망치듯 어두컴컴한 속으로 사라져버렸다.

어머니가 허리를 구부리고 머리를 숙이는 동작이 오랜 억압 아래에서 생긴 눌리운 사람의 습관인 듯 내 눈에 몹시 거슬렸으나 나는 그런 것을 더 생각할 여유 없이 돈을 가게 주인 앞에 내던지고 뚜벅뚜벅 걸어 나와버렸다.

그러나 어쩐지 지금의 그 여인과 계집아이의 모습이 내 머리에

분명히 남아서 떠나지 않았다. 그 어머니의 공포에 싸인 표정, 계집아이의 질겁한 듯 까맣게 질렸던 얼굴——이것들이 내 머릿속에서 꼬리를 물고 맴을 돌았다.

해방된 사람에게 어떤 모습으로든지 다시 불행과 압박이 달려드는 것을 보고 싶지 않아서 나는 혼자 쩔레쩔레 고개를 저으며 걸어갔다.

나는 진실로 해방된 이 나라 사람들의 신생하는 탐탐한 모습에 의하여 빚어지는 공기 속에서 오랜 포연탄우[17]에 적시었던 나의 마음을 새 환희로 비다듬어 키울 수 있었다. 그것은 더할 수 없이 기쁜 일이었다.

나는 더욱 이 나라 사람들에 대한 깊은 애정을 느끼고 이 사람들의 나라와 강과 산을 사랑하는 마음이 커지고 널려졌다.

또 이 사람들의 감정은 나 자신을 키워주는 신선한 영양소로도 되었다. 나는 또 내 어린 자식들을 생각하고 또 어느 하늘에서든 영원히 사라지지 않을 그 파아란 눈을 생각하였다. 물론 그 언제나와 같이 아픈 생각이었다. 그러나 그것은 나로 하여금 더 힘차게 아름답게 그리고 참답게 살 것을 요구하고 그리고 나를 인도해 주는 나의 영원한 길동무로 나는 생각하였다.

나는 매우 거뜬한 걸음으로 이 거리를 걸을 수 있었다. 여전히 괴롭던 기억도 떠왔지만 그래도 정신은 허뜨러지지[18] 않았다. 나는 이날처럼 나 자신을 스스로 단단히 붙들어 매어본 일은 전후에 일찍이 없었다.

그러나 나는 역시 무엇에 흥분해 있었다. 벌써 진작 생각해냈어야 할 한 가지 일을 잊고 있었던 것을 나는 문득 깨달았다. 나는 내가 가지고 있는 어린아이 모자를 이날 밤의 그 계집아이에게 씌워줄 것을 깜빡 잊고 있었던 것이다. 그것은 내 사랑하는 어린 딸 프로쌰에게 주려던 선물이다. 그러나 프로쌰는 이미 이 세상에 없다.

또 이 세상에 없는 프로쌰에게 씌우려고 그 모자를 지니고 있는 것도 아니었다. 그러면 어째서 간직해두는 것일까? 나도 모른다. 알 필요도 없다. 그저 두어두고 싶을 뿐이다.

그러나 나는 문득 이런 생각을 하였다. 응당 그 모자를 아까 그 자리에서 생각해내가지고 그 자리에서 조선이 낳은 나의 딸 그 어린 계집아이에게 씌워주었어야 할 것이라고…… 그러나 그때 나는 그것을 깜빡 잊고 있었다.

만일 그때에 생각해냈다면 그 계집아이를 거기 그대로 서 있게 하고 내가 달려가서라도 가져다가 씌워주었을 것이다. 그러지 않으면 그 아이를 내 거처로 데리고 가서 씌워 보냈을 것이다. 나는 오래도록 이런 생각에 사로잡혀 있었다.

밤거리는 아직도 어두웠다. 일본이 패퇴한 후 이 거리는 한때 아주 보잘것없이 영락하는 듯하더니 차츰 살아는 나나 아직도 밤거리는 너무 쓸쓸하였다. 그러나 이제 이 속에서 살아나는 것이 참말 이 나라 사람들의 것이 아닐까 하고 나는 생각하였다.

사실 이 거리는 보이는 체 없이 한 껍데기씩 벗어버리면서 자라고 있었다. 날이 갈수록 강점자——일본인의 소리와 색채가 벗겨져가고 이 나라 사람들의 진정한 소리와 빛과 호흡이 돌아오면서 있는 것이다.

나는 무언지 모르게 기운이 났다. 내 가슴에도 확실히 새로운 그 무엇이 움터 자라고 있는 것을 나는 느꼈다.

6

그 뒤에도 나는 그날 밤에 본 조선의 고전 무용 승무를 잊을 수 없었다.

가끔 이것이 내 머리에 떠오고 그리고 무엇을 생각하게 하였다. 그 무용 중에 미칠 듯한 동작——죽어라고 자진가락으로 북을 두리둥둥 박아치는 그 고조된 심리는 분명 해방 조선의 새날의 핏줄과 연결되어 있는 것 같았다.

즉 무용 예술에 나타난 그 고조된 인간의 심리가 더욱 발전해서 새로운 인간성과 인간 생활을 반드시 이 땅에 펼쳐놓으리라 싶었다.

그리하여 그 승무는 이 나라 사람의 속에서 인간의 재생과 새 시대의 장성을 재촉하는 무용으로 될 것이라고 나는 믿었다. 그리고 이 믿음과 이 나라의 예술은 나에게 새 희망과 환희를 키워 주었다.

나는 내 가족과 내 고향이 전멸된 소식을 들었을 그 한때 미칠 듯한 심정에 빠지는 순간도 있었다. 그런 때는 비록 삽시나마 광적인 여러 가지 환상에 스스로 지지눌렸다.[19] 금시 총을 들고 뛰어나가는 일도 있었다. 그러나 이제는 그러한 심정이 완전히 새 희망과 환희에 의하여 바뀌어졌다. 옛 기억이 하나씩 뒤로 물러가며 잊어지고 마는 것을 나도 의식하고 있다.

생각하면 아주 다행한 일이다. 만일 무서운 고통이 언제까지나 물러서지 않고 잊히지 않는다면, 그리고 그것이 언제까지나 꼭 같은 무게로 사람의 가슴을 물고 늘어진다면 사람의 생명은 구할 길 없이 찔리고 말 것이다.

다시 말해서 만일 사람이 잊어버리는 일이 없다면 사랑하는 가족을 잃은 사람 또는 불붙는 분노와 참을 수 없는 모욕 가운데 있는 사람의 대부분은 그 타격으로 말미암아 목숨을 보존하기 어려울 것이다.

그러나 나는 아니 나와 같은 많은 사람이 견딜 수 없는 고통을 체험하였고 그것이 아직도 생생한 기억으로 남아 있으면서도 생명이 내처 썰리우기보다 점차로 새로운 생기를 가지면서 있다.

그렇다고 물론 체험한 괴로운 심정이 저절로 소멸되어 없어진 것은 아니다. 또 그것은 그렇게 구름 사라지듯 없어질 수는 없는 것이다.

그러나 그 모진 기억에 마음이 깎이던 것이 점차로 엷어져가는 것은 무슨 까닭일까. 나는 나의 심리 변천의 과정을 오래도록 생각해보았다.

또 그것들이 신생하는 조선의 새로운 공기 속에서 아주 빠른 속도로 장성하고 있는 것도 알고 있다. 그런데 이 새로운 환경 속에서의 새것의 산생이야말로 내가 이미 가지고 있던 괴로운 심정을 낡은 것으로 만들어주고 뒤로 밀어젖혀주고 잊어버리게 해주는 것이다.

그래서 나는 속으로

"아, 잊음! 그것은 참말 좋은 것이로구나. 그것은 바로 창조의 뒷면이다. 즉 창조의 반증인 것이다."
라고 생각하였다.

즉 내가 여기서 말하는 '잊음'이란 결코 내가 이미 가지고 있던 괴로운 심정이 자연 소멸되어 없어지는 그것을 말하는 것은 아니다.

내가 말하는 '잊음'은 잊음으로 해서 잃은 것보다 더 크고 새로운 것을 낳아주는 이 미묘한 심리적 과정을 말하는 것이다.

진실로 이러한 잊음에서만 잊음은 인간 정신의 부분적 죽음을 의미하는 것이 아니고 도리어 정신의 신생과 발전을 의미하는 것이라고 나는 생각한다.

그러면 이 '잊음' 대신에 내게 무엇이 새로 생겼는가?

나는 그것을 딱히는 모른다. 그러나 나는 이것만은 안다. 나는 이전에는 이 나라 어린이들을 보아도 결코 미워서가 아니지만 내가 가지고 있는 고통에 좀더 불이 붙는 것을 느꼈다.

처음에 조선의 어린아이들이 내게서 해바라기 씨를 얻기 위해서든지, 또는 러시아 말을 배우기 위해서든지 또는 무슨 이야기를 하기 위해서 나 있는 데로 비슬비슬 가까이 오게 되면 나는 모른 체하고 슬며시 돌아서버리곤 하였다.

귀찮다는 것보다 차라리 무서웠다는 것이 나의 그때 심정에 근사한 표현인 것이다.

그러나 어느새 어떻게 되었는지 나는 이 나라 어린애들과 차차 친숙해졌다. 이 나라 어린이들이 내게로 주렁주렁 몰켜[20] 와서 내 어시러운[21] 바지를 만져보고 아니 그보다 권총을 만져보고 따발총을 만져보아도 나는 빙그레 웃고 있을 수 있게 되었다.

그러다가 요즈막은 아이들과 곧잘 반벙어리 대화를 씨불이게 되었다. 아이들도 나를 보면 '로스께(루스끼) 호로쇼, 오첸 호로쇼' 하기도 하고 또 내 가슴에 고비 감은 손가락을 겨누고

"로스께……"

하고 무슨 질문이나 하듯이 크게 불러서 내가 빙그레 웃으며 고개를 끄덕하면 이번은 제 가슴에 손가락을 돌려 대고

"꼬레스끼……"

하고 외쳤다.

그러다가 점점 더 무간해져서 나중은 아주 제 동기들에게나 하듯이

"쎔쓰께(해바라기 씨) 다와이……"

하고 손을 내밀기도 하였다.

또 이놈들은 치근거려놓던 할아비 머리에 푸상투[22] 트는 격으로 의심 조심 없이 별 장난을 다 건다.

혹시 몰래 내 뒤에 살금살금 기어와서 별안간 내 허리를 탁 쥐어지르기도 하고 까치걸음으로 뛰어와서 술래잡기를 하자고 조르기도 하였다.

나도 이 애들과 노는 것이 마음에 더없이 유쾌하고 탐탐하였

다.[23]

이것은 생각건대 내 자식을 잊은 때문이 아니라 어린애들을 다시 사랑할 수 있는 새 마음이 탄생되었기 때문이리라.

이 맘속에는 물론 내 자식을 사랑하는 사무친 감정이 그전보다 더 강렬하게 살아 있으면 있었지 결코 못하지는 않다.

또 이 나라의 가엾은 늙은이는 내 늙은 어머니를 생각하게 하고 이 나라의 젊은 아내를 보는 때마다 내 젊은 아내를 생각하게 되는 것이다.

동시에 내 가족의 악착한 운명을 아파하는 나는 이 나라의 인민이 길이 행복하기를 비는 맘이 더욱더 간실해졌다.

내가 이 나라에 온 뒤 내 가슴속에 이 맘이 새로 탄생하여 더욱 자라고 있는 것이다.

나는 지금도 이따금 '하많은 사람 중에서 어째 나만 어머니도 아내도 자식도 없는가' 하고 탄식하기도 하고 행복한 사람들과 나 자신을 구별해보기도 하지만 그러나 인제 내 주위에 보이는 사람들이 꺼려지거나 무서워 보이는 일은 결코 없다.

아니 차라리 그들은 누구나 내 벗이요 겨레인 것 같다.

7

하늘이 몹시 맑던 어느 날——이날도 어린아이들이 내가 있는 숙소 앞으로 우야 몰려왔다.

마침 일요일이어서 나는 숙소에 있었다.

맑게 갠 화창한 날씨였다. 무언지 모르게 나는 기분이 좋았다. 실없이 번둥거려보고도 싶고 무슨 바위 같은 데라도 몸을 탁 부딪쳐보고 싶은 기분이 나는 그런 판에 아이들이 몰려온 것이다.

나는 별생각 없이 두 손을 번쩍 쳐들며 일부러 우악스럽게 한번 꽥 소리를 질렀다. 그래도 어린애들은 '응 괜찮아, 아무리 고함친대도 무섭지 않아. 로스께 참 좋아' 하듯이 무서워는커녕 도리어 재미난다는 얼굴로 느물거리기까지 하면서 내게로 몰려왔다.

나는 팔짱을 끼고 한동안 아무 동작도 보이지 않고 가만히 서 있었다.

한즉 한 놈이 내 뒤로 살금살금 걸어와서 주먹으로 내 엉덩이를 죽어라고 쥐어지르고는 킥킥거리며 내뺐다.

그래도 나는 가만히 내버려두었다. 그러나 나는 그 순간 불시에 몸이 거뿐하고 맘이 상쾌해졌다.

내 몸속에서 지금 세괄게 꿈틀거리는 강렬한 감정은 차라리 아이들이 돌멩이로라도 내 몸을 탁 때려주었으면 싶도록 사무친 것이었다. 몸과 마음이 함께 비상한 충격을 바라는 기쁨 속에 있었던 것이다.

그럴 판에 아이놈 하나가 주먹으로 나를 되게 꽂아댄 것이다. 그놈의 어린 주먹이나마 제 힘의 거의 전부가 들어 있는 것을 느끼며 나는 삑 돌아서 후다닥 쫓아가 붙들려는 시늉을 하다 말고 하늘을 우러러 깔깔 웃어주었다.

했더니 아이들은 저희들이 재미나서 웃으려던 것이 내게 선손

잡힌 것이 싱거운 듯이 돌아서 소리 없이 헤벌쭉이 웃으면서 다시 내게로 비슬비슬 몰려들었다.

그 순간 나는 가슴이 쩔렁하는 사실을 발견하였다. 그 아이들 중에 제일 나이 어리고 귀엽게 생긴 계집아이 하나가 있는데 그것은 바로 요전날 밤에 어떤 가게 주인에게 붙들려 빚단련을 받던 그 여인의 아이와 꼭 같이 내게는 보였던 것이다.

'옳다. 꼭 옳다!'

나는 몇 번이고 이렇게 내 맘속에 외치며 그 애를 유심히 바라보았다. 보면 볼수록 꼭 그 애 같았다.

어둑컴컴한 거리에서 더욱이 흥분한 가운데서 본 아이의 얼굴 모습이 분명히 내 머리에 남아 있을 까닭이 없건만 그래도 나는 이 아이가 위불없이 그 아이라고 생각하였다.

물론 내 심정에는 꼭 그 아이가 아니라도 좋다는 생각도 있었고 또 그 아이가 아니라 하더라도 꼭 그 아이라고 생각하고 싶은 마음도 있었던 것이다.

그 계집아이는 아이들 중에서 제일 나이 어리니만치 다른 아이들보다 초간히[24] 뒤에 떨어져 있었다. 내게 가까이 오려고도 아니하고 또 그렇다고 멀리 물러가려는 기색도 아니었다.

나는 별안간 맨 앞에 선 아이를 붙잡을 듯이 달려가다가 위정 그놈을 지나쳐 뒤에 선 계집아이 있는 데로 달려갔다. 한즉 그제야 그 애는 제게로 오는 줄 알아채고 냉큼 놀라서 어깨를 추며 종종걸음으로 달리기 시작하였다.

그 달리는 모양이 어쩐지 또 내 맘에 몹시 귀엽게 보였다. 내 맘은 전기에나 닿친 듯이 짜릿짜릿하였다.

"옳다, 바로 그 애로구나!"

나는 오래 맘속에 그리던 그 아이라고 꼭, 그렇게 생각하였다.

나는 덥석 계집아이를 껴안았다. 한즉 그 애는 내 손에서 빠지려고 몸을 바시대었으나[25] 내 손의 부드러운 힘에서 저에게 대한 나의 마음을 느꼈는지 무서워하지도 울지도 않았다.

그러나 그 애는 여전히 내게서 빠지려고 나의 억센 손아귀를 풀기에 낑낑 애를 쓰고 있었다. 그 애씀이 나에게는 도리어 어찌 귀여운지 몰랐다.

나는 도리어 더 힘을 주어 그 애를 껴안으며 호주머니에서 해바라기 씨를 꺼내서 그 애 손에 쥐여주려 하였다.

"어서 받아, 더 맛나는 것을 또 줄 테니."

내가 그래도 그 계집아이는 첨은 수이 받으려 하지 않았다. 한즉 다른 놈들이 부러운 듯이

"야 받아라, 받아라."

"로스께 다와이 다와이."

하면서 자꾸 졸라댔다.

그리고 그때는 벌써 내가 그놈들에게 있어서 만만하고 물씬한 맞적수로 보였던지 그놈들은 연신 내게로 몰려와서 내 어깨를 치고 옆구리를 찌르고 엉덩이를 쑤시었다.

그리고 해바라기 씨를 움켜쥔 내 손을 어서 풀어보라는 듯이 제 손으로 내 손을 때리는 놈도 있었다.

"로스께 로스께, 나 좀 안 줄 테야."

하며 아이놈들이 히드득거리었다. 나도 마주 웃어주었다. 물론 나는 주머니를 툭툭 털어 그 아이들에게 다 주고 말았다.

내게 안긴 계집아이가 내게서 빠져나가려고 바둥거릴 때마다 그 부드러운 충동에서 나는 문득 내 아들과 딸을 느꼈다.

그전 같으면 나는 필시 아무 말 없이 그 애를 놓아 보냈을 것이다. 그리고 혼자 울기라도 했을 것이다.

그러나 나는 이미 이 세상에 없는 내 자식을 이 아이에게서 느끼면서도 그전처럼 그 파아란 눈을 상상하지도 않고 또 치 떨리는 환상에 사로잡히는 일도 없었다.

내게 붙잡힌 계집아이에 대한 따스한 애정은 바로 죽은 자식에게로 가는 나의 맘――아버지의 맘이었다.

나는 이 순간 내 고향을 생각하였다. 폐허가 된 내 고향을 그전보다 몇 갑절 더 훌륭하고 아름다운 고장으로 다시 만들어놓으려는 욕심이 불같이 치미는 것을 나는 느꼈다.

무한한 애정과 함께 고향은 내 맘속에 부활하였다. 내 넋은 어느덧 고향의 노래를 불렀다.

「이상하고나 드네프르!」라는 시도 읊었다.

그리고 사무친 추억은 어느덧 다시 그 강가의 늙은 나무 아래로 돌아갔다.

이제는 그 나무에 기대어 낮잠을 자면서 독일 놈들에게 죽은 가족과 또 내가 죽인 독일 파시스트의 꿈을 꾸어도, 아니 생시에 멀거니 그 광경을 그려본대도 결코 무섭거나 비애에 자지러지거나 미쳐 날뛸 일은 다시 없을 것이다. 나는 건설되어가는 아니 벌써

374

다 건설되었을 내 고향이 방불히 눈에 밟혀 한없이 그립다.

나는 이 고향에다 전쟁에서 잃은 것보다 몇 백 갑절 아니 몇 천 갑절 더 놀랍고 아름다운 것을 살려놓으리라 다짐하였다.

그래야 나는 내 잃은 것을 찾을 수 있을 것이다. 내 가족도 찾을 수 있을 것이다. 나는 계집아이를 껴안은 채 내 방으로 들어가려고 대문 안에 붙어서 넓은 정원을 걸어갔다.

사내아이들이 해바라기 씨를 까먹으면서 주렁주렁 내 뒤를 따라 들어왔다.

나는 나의 가방 속에 깊이 간직한 내 딸 프로샤의 모자를 생각하였다. 모자도 이제야 임자를 만난 것이다.

내가 그렇게 정성을 다해서 고른 모자를 프로샤는 오늘에야 써 보는 것이다.

나는 내게 안긴 계집아이가 이 모자를 쓰고 이 거리로 아장아장 걸어가는 귀여운 모습을 방불히 머리에 그려보았다. 그리고 이 계집아이와 함께 섭슬려 즐겁게 놀 이 거리의 모든 어린이들을 생각하였다. 장차 이 거리에 새것을 낳고, 또 세울 주인공은 이 어린이들인 것이다.

낡은 것이 완전히 없어지기 위해서는 반드시 새것이 생겨나야 하는 것이다. 이 거리는 지금도 날마다 낡은 것이 가시어지면서 새것이 생겨나고 있다.

자연과 인간을 행복한 길로 인도하는 나라의, 구름같이 일어나는 창조의 고동이 역력히 내 귀에 들리는 것이다.

내 입에서 흐르는 흥겨운 수파람[26]은 나의 고향 노래를 실어 때

따라 이 하늘에 부친다.

　가을 햇빛에 물든 금모래 마당을 밟으며 나는 계집아이를 안은
채 내 방으로 걸어 들어갔다.

　새싹이 무럭무럭 자라나는 이 거리로 귀엽게 아장아장 걸어가
는——프로샤의 모자를 쓴 프로샤의 동생, 아니 바로 프로샤……
그리고 모든 이 나라의 어린이들이 파노라마처럼 내 머릿속에 떠
돌고 있다.

혈로 血路

1

산허리 숲 사이로 압록강 푸른 물이 언뜻언뜻 내려다보였다. 깎아지른 절벽 위의 우거진 수림 속으로 인민 혁명군 부대가 행군하고 있었다. 그것은 김일성 장군 친위대로 한 8,90명의 소부대였다.

언제 보아도 맑고 푸른 물이었다. 대원들은 다짐했다. 마치 동기나 친우를 만난 것처럼 그 물에 속삭였다. 그러며 조국을 생각했다. 거기에는 겨레들의 숨소리가 있었다. 가쁘나 영원히 끊길 배 없는 소리——어머니 젖 먹을 때부터 뼈와 핏속에 박힌 소리였다.

강물은 힘차게 대원들의 가슴을 끌어당겼다. 대원들의 가슴속에서는 벌써 깃발이 휘날리고 북장구가 두리둥둥 울리고 있었다.

조국으로 돌아가는 소리다. 그것은 꿈이 아니었다. 바로 내일이었다.

내일과 이야기하는 것은 오늘의 고난을 이기는 길이었다. 어떤 괴로움도 밟고 넘고 차고 나가려는 그들이었다.

이따금 뗏목이 흘러내렸다. 용솟음쳐 흐르는 급한 굽이에 와서 뗏목은 바위 벼랑을 들이받고 자빠질 것 같았다. 그러나 용케 또 머리채를 채쳐 돌리며 쏜살같이 내려 꼰지곤 했다.

급류와 싸우는 떼꾼들이었다. 그 싸움은 연달아 가로막히는 험난을 밀어제끼었다. 그 모습은 바로 싸움이 삶인 사람의 기쁨 그것이었다. 심평 좋게¹ 곰방대를 피워 물고 이따마끔² 생각난 듯이 질림조로 배따라기까지 섞는다. 분명 조선 사람의 소리였다. 그것이 즐거웠다. 그것이 강 건너 삼천리 방방곡곡에로 대원들의 앳줄³을 끌어당기었다.

강 건너를 바라보니 높고 낮은 느릿느릿한 구릉이 멀리 펼쳐져 있다. 높고 험상궂은 산은 보이지 않았다. 구릉 저편에서 소리소리 부르는 것 같았다. 그도 그럴 일이다. 그곳이 바로 조국인 것이다. 강 하나, 그나마 강은 본시 나라와 나라, 사람과 사람을 가르기 위해서 흐르는 것은 아닐 것이다. 그런데 강 하나를 사이에 두고 이편은 딴 나라인 것이다.

그러나 이 강이 사람과 사람을 갈라놓을 수는 없다. 마음도 하나이고 길도 하나이다. 그러한 조선 사람이 사는 땅이 결코 왜놈의 땅일 수는 없다.

왜놈은 조선 지도 위에 제 물감을 칠할 수 있었다. 그러나 우리

조선 사람의 마음에 물감 칠을 할 수는 없다. 그 물들지 않은 마음에 기름을 주고 불을 달아야 한다. 우리의 땅을 짓밟는 이리 떼의 피 묻은 걸음에 종말을 주어야 한다. 치욕으로 물들여진 땅을 조선 사람의 손으로 깨끗이 씻어야 한다.

그리고 우리 땅의 아들딸들이 주인으로 돼야 한다. 그 맘같이 아름다운 빛으로 내 나라를 물들여야 한다. 꽃을 피우고 노래로 차게 해야 한다.

매개[4] 싸움이 대원들에게 이것을 가르쳐주었다. 사실 이 길뿐이었다. 대원들은 천만 번 옳다고 생각했다. 불과 피로 여는 길만이 광명으로 가는 길이었다. 어둠이 무엇이랴. 그것은 그것을 인정하는 사람에게만 있는 것이다. 그러나 그것을 무시하고 부정하는 사람에게는 있을 수 없다.

밤낮 엿새 동안 싸움을 이어댔다. 조국과 겨레가 준 힘이었다. 그리하여 눈에 모닥불이 나도록 적을 때려 부순 피비린 싸움은 이제 잠시 물러갔다. 대원들은 여기서 또 한 고개를 넘었다. 물론 싸움이 끝난 것은 아니었다. 아직도 넘을 고개가 천인지 만인지 몰랐다. 그러나 넘고 또 넘을 그들이었다.

생각하면 무서운 전투였다. 원수들은 진작 관동군 회의까지 열었다. 그리고 사무라이의 맨 우두머리 '히로히토'에게 아뢰었다. 그 결과 만주에 병력을 더 투입하게 되었다.

골짜기를 훑고 산에 불질하였다. 산막은 모조리 파헤치고 불 질렀다. 큰길가에는 수수, 옥수수도 심지 못하게 하였다. 그리고 각

부대에 호기 있게 내려먹였다.

"탄환은 아끼지 마라!"

"먼저 베고 뒤에 사실(査實)하라."

그리하여 총알도 왜군도 남북 만주에 지천으로 쏟아져 끓었다. 굶주린 이리 떼들이 피 묻은 잇바디를 갈며 미친 듯 덤비었다. 밀림 위로는 비행기도 날았다.

그러나 그들의 앞에는 막을 수 없는 '내일'이 있었다. 그것의 특징은 현명과 용감성이었다.

"많으면 더욱 좋다. 더 많이 잡을 수 있다."

이것이 김 장군의 타산이었다. 여기 맞추어 전략과 전술이 마련되었다. 수량을 믿고 미쳐 날뛰는 오만한 놈들의 콧날을 두드려 부숴야 하였다. 그리고 원수들이 침묵할 때까지 싸워야 하였다.

그것은 모든 조선의 아버지, 어머니와, 아들딸들의 염원이었다. 그러므로 생명이 있는 한 그 일에서 결코 물러설 수 없었다.

2

장군은 이때 주장⁵ 국경 가까운 지대를 이동하고 있었다. 왜군들도 이 지대에 보다 많이 포치되어 있었다. 장군은 그중의 어느 지점을 골라 칠까 여러 날 구상하였다.

먼저 적정을 세밀히 잡아 쥐어야 하였다. 그래서 일변으로 정찰 활동이 계속되었다. 인민들이 이 활동을 도와주었던 것은 두말할 것이 없다. 뿐 아니라 계속 식량을 보내고 피복을 보냈다.

그러나 적은 결코 이편 정형을 알 길이 없었다. 인민들은 어떤 위협과 고문에도 겁내거나 굴하지 않았다. 왜군은 인민들에게서 귀 떨어진 정보나마 한 번 받아본 일이 없다.

그러나 자기편에 대해서는 지극히 다심한 인민들이었다.

한번 장군 부대는 어떤 부락에서 지성 어린 환대를 받았다. 왜군을 쳐달라는 것이 부락 사람들의 소원이었다. 그 부락을 떠날 때 장군은 부락 사람에게 이렇게 물었다.

"만일 왜군들이 우리가 다녀간 사실을 알고 이 부락으로 쳐 온다면 어찌하겠습니까?"

그때 한 부인이 장군 앞에 선뜻 나서며 말했다.

"장군님, 걱정 마십시오. 내가 환대했다고 말하겠습니다. 나 하나가 희생되면 다른 사람들은 화를 면할 것입니다."

장군은 웃으며 다시 말하였다.

"옳습니다. 그 맘은 우리 혁명군의 맘입니다. 우리는 매개 사람이 나라와 인민을 구하기 위해서 자기의 생명을 내놓고 싸웁니다. 내가 죽고 남을 살리겠다는 이 큰 사랑——이것이 진정한 애국심입니다."

장군은 혁명군이 인민의 사랑 속에 살며 싸우고 있는 것을 다시 한 번 확인하면서 새 전투를 구상하였다.

먼저 공격 지점을 결정하였다. 이 결정은 복잡한 예견 위에서 되었다. 또한 거점만 잡아가지고 계획을 세운 것도 아니었다. 이번은 적의 작전 체계에 계속 경련이 일도록 혼란을 주자는 것이었다. 그러니만치 예견된 작전 행정이 복잡하였고 사까로웠다.

이편의 공격이 시작되면 적의 그 지점은 단통[6] 돌갱이[7] 빠진다고 해도 이내 부근의 적들이 준동할 것이었다. 또 사실인즉 준동하라는 것이었다. 즉 적들로 하여금 여기저기서 추격해 나서게하자는 것이었고, 그래서 놈들을 한곳으로 유도해서 무더기로 제끼자는 것이었다. 그러므로 전투 시간도 길어야 하였고 전술도다양해야 하였다.

작전은 어느덧 장군의 머릿속에 창작되었다. 그래 그때 벌써 머릿속에서 전투는 이기고 있었고 이것이 실전에서의 승리의 기초가 되었다. 그렇게 해서 전투는 시작되었다. 최초의 공격 지점은아주 짧은 시간 안에 돌갱이를 뺐다. 이 전투와 아울러 일변으로별동대 두 대를 두 방면에 매복시켰다. 바로 그 앞으로 적의 응원부대가 달려올 것을 장군은 손금 보듯 예견했던 것이다.

첫 전투는 구상대로 전격전이었다. 그러나 적도 자고 있지는 않았다. 이를 악물고 덤비었다. 부근에서 응원 부대도 출동되었다.그러나 이것은 진작 기다리던 바다. 이미 별도로 매복시켜두었던부대가 기다리고 있다가 이를 급습했다. 그리고는 이내 대오를수습해가지고 밀림 지대를 향하여 이동하였다.

적들은 이를 퇴각이라고 생각했다. 그러므로 패배를 생각하기보다 보복할 앙심이 급했다. 아니나 다를까 적들은 남과 병력을수습해가지고 추격해 왔다. 이것도 바로 주문대로였다. 장군은따라오는 정형을 시시로 정찰시켰다. 장군은 적군이 야습을 무서워하여 야간 행군을 삼가는 것을 알고 있었다. 그래서 장군은 적들이 야영하는 것을 정찰해가지고 유격 부대도 적당한 지점에서 자게 하였다.

그리고 적들이 잠든 밤중에 소부대를 보내어 그 바로 후방에서 총질하게 하였다. 잔나비 같은 놈들은 놀라 발끈 끓어번지었다. 그러나 그때 유격 부대는 도리어 떡심 좋게 쉬고 앉아 있었다. 그러다가 적의 사격이 끊기고 고요해지는 것을 기다려 다시 총질하였다. 또 저편에서 소란이 벌어졌다. 그래서 왜군은 종시 잠 못 자고 종밤[8] 들끓고 있었다. 하늘에 헛총질도 무수히 하였다.

그러나 그동안에 유격대들은 잘 잤다. 사람도 쉬고 총도 쉬었다. 왜군을 습격해서 노획한 무기 탄환도 고스란히 그대로 남아 있었다. 다만 왜군에게 줄 선전 삐라를 만드는 선전원 동무와 적의 잠을 빼앗으러 간 소부대만이 한두 시간씩 잠을 덜 잤을 뿐이다.

다음 날 또 행군이 시작되었다. 겉보기에는 쫓기는 판이었다. 왜군은 꼭 저희들이 쫓고 유격대들이 쫓긴다고 생각했다. 그리고 말경은 쫓기는 편이 먹히고 만다고 떡심 좋은 주먹구구를 하고 있었다.

그러나 김 장군으로 보면 끌고 끌리어오는 행군이었다. 장군은 계속 왜놈의 동정을 세심히 정찰시키고 있었다. 망원경으로 고지에서 놈들의 일거일동을 살피게 하였다. 그리고 거기서 놈들의 심리 상태를 잡아내면서, 또 작전을 짜면서 행군했다.

왜군들은 행군하다가 주춤 섰다. 바로 걸어가는 수림 속 나뭇가지에 걸린 붉은 관지 맞은 선전 삐라를 발견했던 것이다.

"일본 군대 제군! 제군은 자기 자신을 생각하라. 제군의 가정을

생각하라. 제군은 가난한 사람의 자식이 아닌가. 제군의 아버지
는 불쌍한 농민이 아닌가. 노동자가 아닌가. 그리고 실업자가 아
닌가. 제군은 누구 때문에 무엇을 위하여 총 들고 싸우는가. 제군
을 유격대의 포구로 내모는 것은 일본의 자본가며, 자본가의 사
환꾼인 정부며, 정치가며, 지배자들이다. 그자들은 제군과 제군
의 부모를 압박하고 착취하는 자들이다. 제군은 그자들을 위하여
싸우려는가. 그만두라. 총을 하늘에 대고 쏘라. 그러면 제군은 조
선 인민 혁명군의 탄환을 먹지 않을 수 있을 것이다. 그러나 혁명
군을 쫓아다니다가는 만주 까마귀밥밖에 더 될 것이 없다."

선전 삐라를 읽는 왜군의 얼굴을 장군은 상상할 수 있었다. 물
론 놈들은 튀튀하며 투레질할 것이다. 그러나 그들의 가슴속에서
딴소리가 울리고 있는 것을 장군은 또한 듣고 있었다. 그것이 어
떤 의미에서는 총알이 준 보람보다 더 큰 것이라는 것도 알고 있
었다. 장군은 지난날의 전투에서 일본 군대 하나가 유격대 선전
공작에 걸려들어 고민 끝에 유서를 남기고 자살한 사실을 기억하
고 있었다.

3

행군은 계속되었다. 밤마다 왜군은 유격대 총성에 잠을 빼앗겼
다. 그래서 사흘 되는 날부터 잠 못 잔 피곤이 왜군의 행군에 헨
둥히[9] 나타났다. 허청거리는 것이 망원경 속에 잡혔다.

왜군의 병력은 세 곳 것이 합쳐서 수월찮게 많았다. 그러나 그
것이 도리어 좋았다. 장군은 은근히 기뻤다. 자기 머릿속에 창작
한 전투가 외착[10] 없이 밀림 속에 재현되면서 있는 것이다. 그러니
만치 막장의 광경이 벌써 방불히 내다보였다. 그 많은 적들을 몰
칵[11] 쓸어엎는 장쾌함이 장군의 가슴을 쥐어흔들었다. 그러나 탱
탱한 정신의 시위는 결코 늦추지 않았다.

마지막 날의 행군이 시작되었다. 장군은 이미 적을 소멸하기에
알맞은 지대에 들어선 것을 알고 있었다. 장군은 앞길 산록에 목
재 채벌장이 있는 것을 알고 있었다. 장군은 대열의 선두를 목재
채벌장 있는 골짜기로 내려보냈다. 적의 망원경에 그 광경이 아
득히 잡혀질 것을 장군은 알고 있었다. 동시에 그것을 본 왜군 장
교의 머릿속에 벌어질 생각도 벌써 들여다보고 있었다.

"옳다. 빨갱이들도 배고픈 줄은 아는구나. 그래서 지금 인가 있
는 데로 점심 얻어먹으러 가는구나. 닭의 목도 비틀 것이고 술도
한잔 마실지 모르지. 제놈들도 사람일 테지. 무쇠 다리 무쇠 배일
수는 없지. 하긴 아군이 오늘은 쥐도 새도 모르게 따르니까 필시
우리가 딴 길로 잘못 삐여졌거나 그렇지 않으면 따라가지 않는
줄로 아는지 모르지. 그러니까 갑자기 배도 고프고 다리도 아플
밖에. 그러나 황군[12]이 여기 가신다."
하고 왜군 장교가 손바닥을 치며 다우쳐[13] 추격해오는 몰골도 장
군은 분명 보고 있었다. 원래가 그렇게 생각하라는 것이 장군의
주문이었다.

그러나 장군은 이에 대비해서 시급히 포진해야 하였다. 그리하

여 일변으로 주력 부대를 바른편 산상으로 돌게 하여 밀림 속에 먼저 매복시켰다. 그리고 목재 채벌장으로 내려간 부대도 재빠르게 그것을 에돌아 포복 전진하여 왼편 산상 밀림으로 기어올랐다.

이윽고 왜군은 유격대가 지금 목재 채벌장에서 시장에 취해 밥을 처먹고 있으리라고 생각하며 그곳으로 잡아드는 골짜기로 얼씨구 좋다고 반달음을 쳐서 몰려오고 있었다. 그들은 그것이 저희들에게 있어 함정골인 줄은 하마 몰랐다.

그러나 장군이 본 지세에 틀림이 없었다. 그것은 이남박 같은 함지였다. 거기서 왜군은 별안간 좌우로부터 맹렬한 협격을 받았다. 왜군은 그때 벌써 몹시 지쳐 있었다. 배도 고팠다. 하긴 그날 유격대가 최대 마력을 내어 나는 듯 행군했기 때문에 따라오는 왜군의 오금에서 불이 날 지경이었다. 그리고 점심도 먹을 사이 없었다. 까딱하면 다 잡은 공산군을 놓친다고 생각했던 것이다. 그러나 구경 불을 맞은 것은 이리 떼들이었다.

왜군은 전멸되었다. 왜군은 엿새 동안 죽을 악을 써가며 무기와 탄환을 져 나른 끝에 까마귀밥이 되고 말았다. 하긴 죽음으로밖에 사람에게 이익을 줄 수 없는 존재들이었다. 그러니만치 놈들은 이제야 유격대에 의하여 오직 이 하나의 봉사를 한 셈이었다.

대원들은 뛰고 놀았다. 압록강에 뛰어내릴 뻔한 대원도 있었다. 하긴 강물이 어찌 그리 반가운지 몰랐다. 그 물에 싸움 티끌을 씻고 갈 맘도 있었다. 때도 마침 삼복이라 미상불 덥기도 하였다.

더욱 장군은 이 강에 감회가 깊었다. 장군은 소학 시절을 이 강가 팔도구(八道溝)에서 보냈다. 동무들과 함께 이 강물에서 멱도

감았다. 물쌈도 얼음타기도 하였다. 개신재 모래무지에서 씨름도
하고 군사 놀음도 했다.

　한번은 이 강 얼음을 타고 왜놈잡기 놀음을 하다가 그때 왜놈으
로 되었던 중국 동무를 청얼음판[14]에 지내[15] 메따[16] 때린 일이 있
었다.

　장난임을 잊고 지내 힘을 주었던 것이다. 왜놈으로 되었던 동무
도 툭툭 털고 말았다. 그러나 장군은 그 애가 몰래 손목을 주무르
는 것을 보았다. 조금 다친 모양이었다. 그래서 곧 그 애를 데리
고 집에 가서 아버님에게 치료를 받았다. 장군의 아버님은 독립
운동 자금을 얻기 위해서 병원을 차리고 있었다.

　아버님은 장군의 동무를 치료해 보내고 나서 장군에게 말했다.
동무를 사랑해야 한다고…… 그리고 사람은 모름지기 자기의 힘
과 지혜를 옳게 써야 한다고 말하였다. 소소한 일에 끓고 볶고 들
떠서는 안 된다고 하였다. 그리고 이담에 자라나서 진짬[17] 왜놈들
과 싸워야 한다고 말하였다. 장군은 기착하고 그 말을 들었다. 듣
고 싶은 말이었다. 수십 번의 봄과 가을이 오고 갔어도 여태 가슴
에 박혀 살고 있는 말이었다.

　장군은 이 강물을 굽어보며 다시금 아버님을 생각하였다. 바른
일을 하라, 값있는 일을 하라, 큰일을 하라고 가르치던 깊은 사랑
이 이제금 가슴에 살아 강물처럼 출렁거렸다.

　그러나 장군은 이 강에 이런 옛이야기만 가지고 있는 것은 아니
다. 이 강으로 왜놈의 선혈을 벌써 기수 없이 흘려보냈다. 이 강
에 흘린 조선 사람의 눈물을 왜놈의 피로 죄다 씻으려 했다. 그러

자면 아직 멀었다. 얼마나 더 많은 왜놈의 피를 이 강에 흘려보내야 할지 몰랐다. 이 강을 넘어 고국으로 가는 길은 피로만 열릴 것이었다.

장군은 벌써부터 국내 진공을 구상하고 있었다. 물론 진작부터 정치 공작은 국내에 펴고 있었다. 그러니만치 그 토대 위에서 이제 전투가 필요했다. 끓는 조선 사람의 맘에 불을 달아줘야 하였다.

장군은 이제까지도 보다 많이 압록강 유역에서 왜적을 쳤다. 국내에 보내는 신호였다. 조선 사람은 10월 혁명 이후 벌써부터 일제를 반대해서 일어났다. 그리고 그것은 갈수록 치열해졌다. 이 속에서 조선 인민 혁명군이 탄생하였다.

혁명군을 낳은 인민 역시 혁명군과 함께 싸웠고 함께 자랐다. 인민의 정신은 더욱 불타올랐다. 여기에 계속 기름을 주고 불을 주어야 하였다. 그러자면 무엇보다 국내의 강점자에게로 화력을 돌려야 하였다. 물론 지난날에도 여러 번 진공하였다. 그러므로 이것을 끊지 말고 이어 대야 하였고 보다 발전시켜야 하였다.

그러나 이것은 용이한 일이 아니었다. 왜군은 국경 지방에 5리만큼 10리만큼 주재소를 지어놓고 밤낮 보루에 매달려 있다. 포구는 언제나 열려 있고 군대와 경찰은 지천으로 욱실거리고 있다.

특히 선발된 사냥개인 국경 경비대는 눈깔에 쌍심지를 켜 달고 밤낮없이 까지르고 다녔다. 타남에는 왜군 19사단이 있다. 경비 전화는 거미줄처럼 늘어져 있다.

더욱 왜놈은 국경에 군사 도로를 닦아놓고 언제든지 대부대의 군대를 동원시킬 잡도리[18]를 차리고 있다. 놈들은 스스로를 철옹성이라 부르고 난공불락이라고 부르고 있었다.

그런데 이것을 뚫고 들어가자는 것이요, 들어가서 납청장[19]으로 으깨어주자는 것이다. 조선 사람들이 원수 놈들의 피를 밟는 맛을 알아야 한다. 왜놈의 깃발을 찢어 불속에 던지는 것만으로는 부족하다. 그놈들의 악의 원천인 그 피를 바닥이 나도록 쏟게 해야 한다.

장군은 오래도록 구상했다. 장군의 머리는 순시도[20] 지나간 승리에 머물러 있지 않았다. 다음의 고지로 올라설 새 전투──조국에서의 전투 구상에 장군은 언제나 심혈을 기울이고 있었다.

4

몸이 구름이 되고 바람이 되어 날고 싶은 날씨였다. 멀리 남쪽 하늘에 흰 구름이 송이송이 소담스럽게 피어 있었다. 그 구름 뒤의 푸름과 맑음…… 그것이 바로 조국의 모습이요 맘인 듯하여 그 하늘을 안고 한라산까지 훨훨 날고 싶었다.

그러며 문득 생각했다. 부대에서 제일 나이 먹은 최 아바이가 강산 자랑 끝에 부르던 「청산별곡」이라는 노래 중에서

살어리 살어리랏다
청산에 살어리랏다
멀위랑 다래랑 먹고

청산에 살어리랏다

얄리얄리 얄라셩 얄라리 얄라

라는 귀익은 구절들이 새삼스레 맘에 울렸다. 나라를 사랑하는
맘에는 예이제가 없었다.

대원들은 지난봄의 무송 만강 전투에서 부상당하여 지금 후방
요양소에서 옛이야기며 옛 노래를 동무들에게 들려주고 있을 최
아바이의 잘 웃는 얼굴을 생각했다. 그 얼굴은 다름 아닌 자기들의
할아버지, 아버지의 얼굴이며 참된 조선 사람들의 얼굴이었다.

사람도 강산도 더한층 그리웠다. 압록강 가 낮은 언덕배기를 걸
으려니 정은 더욱 겨웠다. 풍경도 더 아름다웠다. 이따금 숲이 우
거져 진한 물감이 흐르는 것 같은 녹음이 언덕과 물을 절반씩 가
로타고 늠실거린다.

장군은 이윽고 부관을 불러 행낭을 뒤지기 시작하였다. 잠시 좋
아하는 낚시질을 하려는 것이었다. 본시 장군은 행군하다가도 가
끔 강가에 낚시를 드리곤 하였다. 그러면 대원들은 벌써 다 알아
차렸다.

"야, 내일도 또 대판 싸움이 벌어진다."

"무기 공급 받고 좋지. 까마귀는 생일잔치 받고."

사실 대원들은 장군의 낚시질이 한낱 휴식이 아닌 것을 잘 알고
있었다. 정녕 드리운 낚싯줄을 더듬어 그때마다 물속에 왜놈 잡
기 쌈판을 그리는 것이다. 그러기에 낚시질 뒤에는 대개 쌈이 왔
다. 고기도 물론 잘 걸어 올렸다.

장군은 본시 낚시질이 명수다. 대원들은 장군이 낚시질을 시작하면 무턱대고 기뻤다. 고기도 많이 잡고 원수도 많이 잡힐 것인데 또한 잠시 동안일망정 그것은 맘 놓고 쉬어도 좋은 시간이었다.

오늘도 대원들은 맘을 턱 놓았다. 장군이 자라목처럼 들어갔다 나왔다 하는 조립식 낚싯대를 강가에 던지고 있는 것이다. 보초들은 물론 요소요소에 벌써 포치되었다. 대원들은 낚시터에서 초간히 떨어진 곳으로 밀려갔다. 떠드는 소리는 고기잡이에도 전투구상에도 방해가 되는 것이다.

"한 대 피우세."

한 대원이 그러자 모두 한 마디씩 셍겼다.[21]

"오늘은 잔나비 새끼 만나기 틀렸네."

"까마귀가 재수 빗났어."

"그래도 만주 까마귀 같은 팔잔 없지."

그러며 담배를 피워 물고 이야기로, 또 고누두기[22]로 쉬는 대원들이 있는가 하면 소리 없이 한편에 앉아서 글을 읽는 대원도 있었다. 총 닦는 대원도 있었다.

그리고 선전원 동무들은 글짓기도 하였다. 노래를 부르는 대원, 새 노래에 곡조를 붙이느라고 흥얼거리는 대원, 시 낭송을 해보는 대원, 연설 공부하는 대원…… 가지각색이었다. 그런 중에도 제일 인기 있는 것은 이야기판이었다.

입심 좋은 대원의 옛이야기며 왜놈 잡던 이야기가 구수해서 대원들이 하나 둘 모여들었다. 재미 끝에 구미까지 나서 이야기 쉬는 참에 담배를 돌려 피우며

"이야기도 좋지만 담배 맛이 천하 일미야."

"텁텁할 때 한 대 피우면 기운도 나고 정신도 나거든. 그런데 대장 동무는 왜 담배를 안 피울까? 거참 갑갑해서⋯⋯ 생각할 수 없는 일이야."

"하지만 우리들 담배 떨어지게 한 일은 없어. 담배 안 피는 양반이 담배 알심은 무던하거든."

"만사가 다 그렇지. 안 그런 일 있나. 난 그보다 왜놈이 어디서부터 어떻게 쳐올지 미리 아는 재주가 참 귀신이 곡하겠네. 대장 동무가 한 말을 뒤에 따져보면 영합부절²³이거든. 참 조화야. 그래서 귀신같다고 했다가 선동원 동무한테 귀신이 어디 있느냐고 한대 단단히 맞았는데 그럼 어떻게 생각하란 말인가."

사실 대원들은 그렇게 생각하는 일이 많았다. 지난 싸움만 해도 줄곧 엿새를 뒤에 도적을 달고 다니다가 별안간 평전으로 내려갔다. 평전이 고지보다 싸움에 불리할 것은 뻔한 일이다. 장군의 변화무쌍한 전법을 믿게 말이지 그렇지 않았던들 더수기가 뜨끔거렸을 것이다.

그러나 믿음이 힘이고 담이었다. 사실 지내놓고 보니 그것은 왜군을 함정으로 유도하는 작전이었다. 그러나 대원들도 처음은 무슨 영문인지 갈피를 잡지 못했다. 그러니 왜군은 더 말할 것이 없다. 두말할 것 없이 적으로 하여금 이편의 내정을 감감 모르게 하는 것이 가장 중요하였다. 그러나 그 대신 저편 심리 상태를 꼭 미리 잡아 쥐어야 하였다. 그리고 또 저편의 생각을 이편의 필요에 맞추어 잡아 돌려야 하였다.

장군은 이것을 아주 잘하였다. 저편의 사고를 먼저 유도함이 없이는 저편을 맘대로 끌 수 없다. 그리고 끌지 못하면 이길 수 없다. 그래서 장군은 이번 쌈에서 왜군으로 하여금 꼭 저희가 이긴다고 단정하고 신이 나서 따라오게 하였다. 그리고 그것이 모두 주문대로 됐다. 그래서 이겼던 것이다.

"어쨌든 대장 동무만 있으면 하늘이 무너진대도 맘이 든든해. 그런데 대장 동무와 떨어져 있을 때면 아닌 게 아니라 조바심 나는 때가 있어. 원수 놈들의 움직임이 수이 판단되지 않거든. 그러니까 그런 때는 공연히 손톱 여물만 썰게²⁴ 된단 말야."

한 동무가 이렇게 말하니까 다른 동무가

"아따 그렇지만 대장 동무가 어디고 다 총찰하고 있어. 그러나 우리들의 창발성을 도와주기 위해서 자주 독자적으로 행동하게 하는 거야. 작은 부대를 별도로 내보내서 싸우게 하는 일이 있지 않아. 전투 속에서만 강해지는 법이거든. 눈도 귀도 밝아지고……

그래서 대장 동무는 각지에 유격대를 조직하게 하고 시시로 그것을 돌아보며 키우고 있지 않나. 그리고 자주 지방 유격대와 협동 작전해서 그들을 훈련하고 전투력과 자신심을 키워주지 않나. 이번에도 그럴 기회가 있을 걸세. 행군은 쌈이자, 순시고, 교양이고 대결의 확대 강화니까."

"하긴 그렇지. 작년에 대사하 유격대가 적의 포위를 당했을 때 대장 동무는 이내 그 변죽을 되게 공격했지. 그래서 적이 뿔뿔이 그리로 몰리는 판에 포위가 터지고 말았지. 그뿐 아니라 그 담은 먼저 포위를 뚫고 나간 부대가 돌따서며 적의 배후를 쳐서 포위 속에 있는 부대와 발을 맞추어 앞뒤로 후두들겨내지 않았어."

"그담 또 한 번은 어쨌나. 그게 아마 액목(額穆)[25] 지경이었지. 대부대의 적들이 좌우로 다가들었단 말일세. 대장 동무가 이것을 곧 포착하고 어둠을 타서 적들이 가까이 육박해 올 무렵에 총소리만 요란히 내고 살짝 한편 적의 배후로 돌아 빠졌단 말일세. 적은 이것을 감감 알지 못하고 여전히 불질했는데 밤새 하고 보니까 좌우에서 저희끼리 맞불을 놨단 말일세.

대장 동무는 낮에 적이 좌우로 쳐 온다는 것을 알자 이놈들을 저희끼리 맞붙여놓기 위해서 알맞은 곳으로 유도해놓고 몰래 살짝 빠졌단 말일세. 우리 부대가 총질 안 해도 적을 잡기만 하면 되잖나. 이것은 더욱 좋지. 아주 높은 전술이야."

"그러고 보면 기기괴괴한 일이 기수 없지. 어느 때엔가는 부대가 잠시 농민 속에 들어가버려서 저놈들은 유격대가 죄다 없어졌다고 떠지껄하며 좋은 김에 술 처먹고 망탕[26] 지랄했지. 글쎄 저희 병사들 총에다가 '김일성 전사'라고 써주기까지 했다니까. 그런데 별안간 우리가 대오를 수습해가지고 놈들이 술잔을 채 놓기 전에 후두들기지 않았나. 그래서 놈들이 우리 대장 동무를 여덟이라고도 하고 열이라고도 했거든. 또 축지법도 하고 김 첨지 감투를 쓰고 다닌다고도 한단 말일세."

"하긴 놈들, 솜뭉치로 가슴 칠 일이야. 유격대가 동에 번쩍 서에 번쩍 하는 바람에 40만 왜군이 볼꼴 없이 갈팡질팡이니……"

"천 길 물속 같아. 대장 동무 전술 말야. 우리도 모르겠는데 왜

놈들이 알아낼 재주 있나."

"하기야 그러니까 쌈이 되지. 대장 동무가 있는 한 저놈들의 무기 탄환이 막비[27] 우리 거고 수송까지 제 놈들이 해주는데 좀 좋아서 싸우지 못할까. 고생하면서도 싸우는 재미, 이기는 재미에 사는 거야. 왜놈들이 많음 더 좋지. 대장 동무 말같이 더 많이 잡을테니까…… 무기를 지고 죽으러 오는 놈이 그치지 않는데 무슨 걱정인가. 신문을 보니까 왜놈 정부에서 또 무기 수송 부대를 부쩍 더 늘릴 모양이야. 탄환을 아낄 것 없이 잘 쓰게 됐어."

대원들은 이런 이야기에 꽃을 피우고 있었다. 여태 골똘히 책을 들여다보고 있는 동무도 있었지만 그들도 이야기 재미나는 대목은 빼지 않고 일쑤 듣고 있었다.

5

대원들이 이야기하고 있는 동안에 장군은 강가에서 고기를 낚고 있었다.

경위 연장 키다리 임 동무는 허우대가 엉성해서 싱거운 것 같지만 실상은 속이 단단하고 지각 있는 동무다. 그는 장군에게서 배워선지 낚시질에 취미가 대단했다. 그래서 늘 장군에게서 낚시질 묘리를 듣곤 하는데 오늘도 그 곁에 붙어 앉아서 실지로 견습하고 있었다.

"이렇게 물에 그늘이 져야 큰 고기가 모이는 법이오. 그러게 우

선 장소를 잘 잡아야 하오. 그저 아무 데나 낚시를 던졌다고 고기
가 무는 건 아니오."
하고 장군은 웃으며 나직나직 임 동무에게 설명했다. 장군은 낚
시질 묘리를 잘 알고 있었다. 낚시질할 때마다 연구하고 그래서
한 가지씩 새 묘리를 찾아내곤 하였다.

　장군의 전술이 영합부절 적의 심리의 움직임을 잘 잡는 데 그
묘법이 있는 것처럼 낚시질에서도 장군은 고기의 습성을 늘 연구
하고 있었다.

　아닌 게 아니라 장군에게 있어서 낚시질은 전쟁과 연줄이 통하
는 것이었다. 즉, 장군의 낚시질은 심리적으로 어딘가 전쟁과 통
하는 것이었다. 장군은 낚시질을 하면서 고기와 사람과 때와 장
소와 그때그때 주어진 모든 조건의 관계를 손바닥 위에 올려놓고
판단 지었다.

　장군은 낚시질을 하면서도 다른 사람들처럼 그린 듯이 앉아 있
지 않고 쉴 새 없이 몸을 놀리고 있었다. 전투 지휘하는 때의 기
세나 다름없었다. 장군은 본시 어느 때고 몸을 가만히 가지고 있
지 않았다. 속에서 쉴 새 없이 새것이 창조되고 그것이 용솟음치
기 때문이었다. 한마디로 말하자면 장군의 생활은 철두철미 창조
의 연속이었다.

　그러나 어쩐지 이날은 고기가 수이 물지 않았다. 그렇건만 장군
은 근기 있게 내처 앉아 있었다. 나뭇가지를 꺾어 만든 받침대 위
에 낚싯대를 얹어놓고 곤대 놀기를 기다렸다. 장군은 이 곤대 노
는 것을 보고 큰 고기가 왔는지 잔사리[28]가 왔는지 곧 구별하였다.

바로 며칠 전에는 어떤 깊은 도랑에서 낚시질을 하는데 곤대가 자깝스럽게 까불거려서 장군이 웃으며

"요놈의 잔사리."

하고 줄을 채치니까 아니나 다를까 버들잎만 한 모래쟁이[29]가 달려 올라왔다. 곁에 있던 임 동무는 신기해서 입만 다시고 있었다.

또 그전에 한번은

"요놈의 고기, 미끼는 안 물고 테두리만 돌고 있을 테냐."

하고 마치 물밑을 들여다보듯이 말하며 한편으로 낚싯줄을 탁 휘어들이며 채치니까 낚시가 한 뼘이나 되는 고기의 옆구리를 걸어가지고 올라왔다.

"고기도 오래 묵으면 지각이 드는 거야. 경험이 생기거든."

하고 장군은 크게 웃었다. 그 말을 들으며 임 동무는 생각하였다.

'옳지. 저렇게 고기의 습성을 연구하니까 장군은 낚시질에서도 명수가 되었구나.'

임 동무는 이제부터 자기도 낚시질을 해보리라 생각하였다. 장군의 이야기를 들으니까 해낼 자신이 생겼다.

"일은 실지로 해봐야 하오."

장군이 웃으며 이렇게 말하였다.

그러나 어쩐지 이날은 고기가 잘 물지 않았다. 하긴 이때 장군은 낚시질에만 고스란히 정신을 주고 있지 않았다. 이날따라 장군의 머리에는 복잡한 생각이 떠돌고 있었던 것이다.

왜군의 중국 침략은 더욱더 흉악성을 드러내고 있었다. 또 따져보면 이것은 구경 소련을 침략하려는 전조이기도 하였다. 즉 결

국에 있어서는 소련을 침공하자는 것이 왜군의 뱃속이었다.

그래서 왜군은 만주로 주린 이리 떼처럼 연달아 몰려들고 또 그 배후 진지인 조선 안에다가 무력과 군비를 근감스럽게[30] 굉장히 늘이는 것이었다.

그러나 이 왜군의 계획을 위협하는 것이 만주와 조선의 인민인 것을 잘 아는 것도 왜군들이다. 그래서 왜군은 이 후환을 끊으려고 조선의 인민과 살길을 찾아 싸우는 그 인민의 싸움을 무찌르기에 피눈이 되어 있는 것이다.

그래서 한때 인민의 기운이 꺾이고 혁명 운동이 불길을 감추었다. 그런데 바로 이때에 김 장군이 무장 대오를 이끌고 온 조선 사람의 마음을 담아 실은 깃발을 들고 일어섰다. 그러므로 그 깃발은 삼천리에 휘날렸고 삼천만에 의하여 지켜졌다.

이 사실은 일제의 콧날을 시큰거리게 하였다. 그러나 인간의 생명을 아낄 바 없는 도적들은 자꾸 분별없이 설쳤다. 그리고 일변으로 별별 어리석은 술책을 다 써보았다.

한때는 '김일성 전사'라는 선전에 몰두하여 빈소리로나마 죽여보려 하였다. 그러나 맘이 산 사실을 이겨낼 수는 없었다. 그래서 다음은 공산군이란 말을 '공비'라고 고쳐서 그 말로 복수하려 하였다. 그러나 암만해도 반향이 없고 질림이 약해서 다음은 '비적'이라고 불러보았다. 그러나 세상은 결코 그 말을 따르지 않았다. 도리어 인심은 저들이 하는 일을 도적이 몽둥이를 들고 "도적이야" 하고 소리치는 것으로 돌리고 김 장군 편으로만 기울어져 갔다.

혁명군의 기세는 더욱 올라갔다. 장군은 어떤 경우에도 흉계를 늦추지 않고 전투를 계속하였다. 그것은 혁명군의 사기를 길러주었고 조선 인민의 맘에 불을 달아주었다. 원래가 조선 인민을 모이게 하고 싸움으로 나서게 하자는 것이었다.

장군은 더욱 인민의 기세를 올리고 등불이 가물거리는 까만 조선 천지에 불빛을 던져주려고 하였다. 그러나 실상 이것은 어려운 일이었다.

주린 이리와 같은 왜군과 하루에도 몇 차례씩 맞불질하는 장군이었다. 하긴 그래도 눈 한 번 깜짝하지 않았다.

그러나 생각이 한번 조선과 조선 사람에게 미칠 제면 그 생각이 늘 천근 같은 무게로 장군의 머리를 지지눌렀다.

지금도 장군의 머리는 무거웠다. 낚시질이 실상은 전투 구상이었다. 종국적 승리를 향하여 생각은 자꾸 줄달음쳤다. 장군은 여전히 웃고 태연한 얼굴이었으나 정신은 도가니처럼 끓고 있었다.

어떤 곡경에서도 번개 같은 생각이 번뜩하여 그것을 열어젖히는 장군이다. 그런데 이날따라 무엇이 잡힐 듯 잡힐 듯하면서 종시 잡히지 않았다.

그러나 끝내 그것이 보이고 잡히게 될 것만은 자신하고 있었다. 지금도 무엇이, 무한히 큰 무엇이 성운(星雲)과 같이, 머릿속에 자욱이 덮여 있었다. 그러나 그 구름 뒤에는 확실히 별이 있는 것이다. 장군은 이 별을 자기의 것으로 하려는 무서운 창조의 괴롬 가운데 지금 놓여 있었다. 그것은 정녕 괴로운 일이었다.

이윽고 장군은 나무등걸에 기대어 깜박 잠이 들었다. 피곤했던 것이다.

　장군은 본시 길을 걸으면서도 편편한 곳을 만나면 잠시 눈을 감고 어느 결에 깜박 잠들었다가 깨곤 하였다. 그러면 어느덧 새 구상이 샘솟듯 솟아올랐다.

　그러기 때문에 잠은 피곤을 나꾸는[31] 휴식인 동시에 장군에게 있어서는 새것을 낳는 창조의 한 과정이었다.

6

　아늑한 골짜기였다. 두문동처럼 산수가 삐 둘러쳐 있다. 그리고 그 안은 시원스레 탁 틔어 있다. 맑은 샘물이 흰 바위를 얼싸안고 하얀 비늘을 번득이며 촬촬 흘러내린다. 그것은 차라리 노래다. 무슨 곡조인지는 몰라도 대단히 좋은 가락인 것은 틀림없었다. 그런데 또 꽃은 꽃대로 피고, 새는 새대로 춤추고 노래한다.

　백양나무가 우중충 하늘을 찌를 듯이 모여 서 있다. 그 나무의 윤곽이 마치 피어오르는 뭉게구름처럼 소담스러운 곡선을 그리고 있다. 그 잎사귀들이 차랑차랑 흔들리는 것이 마치 금쪽을 흔드는 것 같다.

　이런 아름다운 봉우리들이 기수 없이 연속되어 있다. 반반한 잔디밭이 수놓은 것처럼 곱게 아른거린다.

　논밭은 푸른빛이 진하게 부풀어 올라 있다. 그 논밭 여기저기서 농부들이 김을 매고 있다. 커다란 함지박에 구수한 아침밥을 담아 인 아낙들이 남편의 일터로 건정건정 잰걸음으로 걸어가고 있다. 그 치마꼬리를 물듯이 노란 강아지가 따라가고 있다. 이따금 강아지는 꼬리를 저으며 아낙네의 아랫도리에 휘감긴다. 그러다가는 무슨 냄새를 맡고 뒤떨어졌다가 잊은 듯이 곤두박질을 하며 또 쫓아간다. 아낙네 치마꼬리를 물고 맴을 돌기도 한다.

이윽고 농부들은 아낙이 지은 구수한 밥을 큰 술로 모를 맞춰 가래질하듯 퍼 넣는다. 그러고 나서 담배 한 대를 피우고 푸른 그늘 아래에 뒹굴며 앞 남산 같은 배를 슬슬 만진다. 그러다가 호미를 베개로 하고 한잠 늘어지게 잔다.

장군의 꿈속에서 예 보던 이런 정경이 펄펄 날아오고 날아갔다.

장군은 강물도 나무도 산도 휘익 하면 날아 넘어갔다. 구름이 부럽다고 생각하면 어느새 벌써 구름을 끼고 건공을 날고 있었다. 다음에는 큰 바다가 앞에 가로놓여 있었다. 그러나 다음 순간에는 그것도 훨훨 날아 넘었다.

그런데 별안간 하늘이 희가맣게 흐린다. 천지가 금시 맞붙을 것 같다. 그 사이로 날쌘 물새들이 삐익삐익 금속성 된소리를 지르면서 폭풍과 암흑을 비웃듯이 날아가고 날아오고 한다. 장군은 못내 장쾌하였다. 하늘과 땅이 필연코 뒤바뀔 것 같았다.

장군은 또 날고 날았다. 그리하여 한 곳에 이르니 바로 아까 농부가 잠자던 그곳이다. 그때 그 농부는 밭김을 매고 있었다.

그런데 별안간 웬 사람이 번개처럼 날아들어 농부에게 들이닥치며 칼을 뽑아 들었다. 아주 고약하고 무섭게 생긴 도적이었다.

농부는 주춤 뒤로 물러섰다. 그러나 바로 그의 뒷전은 낭떠러지다. 도적은 사정없이 달려들었다. 그러나 농부는 더 물러설 자리가 없었다. 농부는 거기 있는 뾰족바위를 안고 돌며 호미를 번쩍 추켜들었다. 지끈지끈하는 소리가 났다. 그러더니 도적의 칼이 호미에 맞아 땅에 떨어졌다. 농부가 재빠르게 그것을 잡아들었다. 그러자 다음 순간 그 칼이 도적의 가슴에 들이박혔다. 그러나 아깝게도 깊이 박히지 못했다. 그래서 도적은 제 가슴에 박힌 칼을 쭉 뽑아 들고 농부를 향하여 사납게 돌진하였다.

그 순간 장군은 몸에 와락 힘을 주며 농부에게 소리쳤다.

"칼을 그놈의 가슴에 더 칵 박아라!"

그러나 지내 힘주는 바람에 그만 잠이 깨고 말았다. 꿈을 깨어서도 장군은 분하였다. 농부가 그놈의 칼로 그놈의 가슴을 수박 가르듯 갈라놓지 못한 것이 분했다.

"그렇게 해서는 안 된다. 숨통을 끊어버려야 한다."

장군은 혼자 입속으로 중얼거렸다.

7

낚시 곤대가 지그시 물속으로 끌리는 것 같았다. 그 속도가 마냥 뜨나 잔사리가 물던 때처럼 까불거리지는 않는다. 상당히 큰 고기가 지금 미끼를 어르고 있지 않으면 부부리로 난짝[32] 가무리려는 것임을 장군은 알았다.

장군은 거의 무의식중에 낚시를 채쳤다. 채치면서 조금 다급히 설군혔다고[33] 생각하였다. 그럴 까닭이 있었다.

마침 곤대가 놀 때 장군의 머리에서 무엇이 횃불처럼 번쩍하고 휘황히 터졌던 것이다. 그리고 그 빛 속에서 지금까지 잡으려면서 잡지 못한 것이 조금 분명한 모습을 언뜻 나타냈다. 그것은 장쾌한 순간이었다. 장군은 부지중 팔에 버쩍 힘을 주었다. 그 순간 낚싯줄이 되게 채쳐졌다. 분명 그때 낚싯대에서 꾸피적 하는 감각이 알려졌다.

그러나 이내 뒤가 가벼웠다. 분명 고기가 낚시에서 벗어져버린 것이다. 장군은 '아차' 하는 생각을 했으나 내처 낚싯대를 채쳤다. 낚시가 찰랑 물 위로 튀어 올라왔다. 물론 맨 낚시였다.

키다리 임 동무는 이뿌리가 가려운지 그 언제나 묵중한 얼굴을 무겁게 씨루었다.[34] 그러나 장군은 도리어 큰 웃음을 터트렸다. 그러며 다우쳐 좀더 멀리 낚시를 내리쳤다. 아까보다 얼마큼 더 나가서 물 위에 곤대가 섰다.

장군은 큰 고기를 놓친 데 대하여 다시 생각해보았다. 그때 조금 빨리 낚시를 채쳤다고 생각하였다. 또 그와 반대로 약간 늦었어도 안 됐을 것이라고 생각하였다. 그런데 그 빠르고 늦은 것이 가령 1초의 100분의 하나라 하더라도 역시 안 될 것이라고 생각하였다. 그 짧은 시간 속에 실패가 숨어 있다고 생각하였다. 고기 같은 미물도 이 짧은 차이 속에서 도망칠 수 있었다. 그러니 사람은 더 말할 것이 없다. 왜군도 사람임에는 틀림없었다.

"조선 속담에 번갯불에 담뱃불 붙인단 말이 있지."

장군이 웃으며 임 동무에게 물었다.

그러나 임 동무는 어인 영문을 모르듯 어리둥절해 있었다. 그의 얼굴에는 아직도 고기를 놓친 이 가려운 표정이 남아 있었다.

"그 속담 속에 전투적 철학이 있소."

장군은 여전히 웃으며 말하였다. 그러나 임 동무는 아직도 대답할 말을 찾지 못하고 있었다.

"아무리 빠른 순간이라도 사람의 정신은 이것을 잡을 수 있단 말이오. 우리 속담이 이것을 가르쳐주고 있소. 그 순간…… 그 순간의 순간을 잘 잡으면 어떤 어려운 일도 트일 수 있고 어떤 적도 이길 수 있소."

"……"

"왜놈이라고 업신여기고 그 짧은 모멘트를 섣불리 놓치다간 지고 마오. 번갯불에 담배 붙이는 정신이 필요하오."

그제야 임 동무는 장군이 또 낚시질에서 하나의 진리를 찾고 있는 것을 알았다. 그리고 그것은 왜군들이 억만 번 뛰어도 풀어내지 못할 그런 것이라고 생각하였다.

장군이 전투마다 싸우기 전에 벌써 이기고 드는 이유를 임 동무는 여기서 다시 생각하였다. 장군의 머리는 번개보다 빨리 도는 것이다. 왜군은 백번 죽어도 그것을 가져낼 수 없는 것이다. 여기에 승리의 비결이 있다. 임 동무는 몸이 오싹 긴장해짐을 느꼈다.

"여기에 꼭 큰 고기가 있을 게니 보오."

장군은 자신 있는 얼굴로 이렇게 말하였다. 임 동무는 꼬박이 곤대를 지키기에 몸이 굳어져 있었다.

"큰 고기는 결코 혼자 다니는 법이 없소. 아까 그놈은 넋고금이

떨어져서 다시 안 물겠지만 이번은 그놈과 함께 다니던 놈이 받아 물 테니 보오."

하고 장군은 물밑을 들여다보듯이 자신 있게 임 동무에게 말하였다.

그러나 그 순간 장군의 머리에서는 또 무엇이 번쩍하였다. 그러며 그것을 좀더 단단히 거머쥐는 데 장군의 머리는 쏠리고 있었다.

하긴 정녕 번개 같은 장군의 신경이 오래 잡히지 않던 것을 바로잡아 쥐었던 것이다. 앞길이 환히 내다보였다. 그러나 이 순간에도 장군은 낚시질에서 주의를 늦추지 않고 고스란히 곤대에 시선을 주고 있었다. 낚시질과 머리에 잡아 쥔 생각이 혼연 하나가 되어 장군의 눈앞에서 생물처럼 굼틀거렸다.

곤대는 한 개의 대포로 또는 기관총으로 보였다. 또 지금 낚시가 떨어져 있는 곳은 압록강 물속이 아니라 장군이 노리는 바로 그 지점들이었다.

장군이 왜군의 배후 진지인 함경도의 주요 지점들을 진공할 계획을 세운 것은 바로 이때다. 1936년 여름 일이다.

장군은 지금 만주 땅에 앉았으나 낚시는 국경을 넘어 국내 여러 지점에 떨어져 있었다.

장군은 일찍이 1936년 초에 조국 광복회를 조직하고 동만주에서 장백산, 두만강, 압록강 전 지구에로, 전 만주에로, 또는 조선 국내에로 손을 뻗쳐 혜산, 회령, 종성, 무산, 경흥, 온성, 부령, 갑산, 성진, 길주, 명천, 원산, 흥남 등지에 줄을 늘이고 있었다.

이것은 당시의 국제 공산주의 노선인 '인민 전선' 운동의 조선

에서의 실천이었다. 장군은 자기가 손수 만든 조직의 움직임 속
에서 마치 육체의 핏줄이 켕기는 것을 깨닫는 것 같은 그런 느낌
을 받았다.

장군은 거사 전 면밀한 정세 조사를 하기 위하여 우선 국내에
정치 공작원을 보낼 것, 국내 각지의 조국 광복회를 확대 강화할
것, 그리하여 인민 혁명군의 국내에서의 행동을 용이하게 하는
엄호로 되게 할 것, 필요한 지대를 습격한 다음 그것을 발판으로
싸움을 계속하는 경우 식량과 자금을 국내에서 조달할 것……

이런 것이 장군의 머리에서 번개쳤다. 그리고 그 모든 것이 뭉
쳐서 한 개의 무서운 생물처럼 장군의 머릿속에서 사납게 꿈틀거
리고 있었다. 벌써 무서운 싸움이 머릿속에서 벌어지고 있었던
것이다. 그것은 바로 전투와 그것의 승리의 창조 과정이었다.

장군은 별안간 낚싯줄을 채쳤다. 그때 바로 곤대가 약간 들어갈
락 말락 하다가 위로 희끗[35] 솟아올랐던 것이다. 해묵은 고기가 미
끼를 물고 위로 뜨면서 그 미끼를 난짝 가무리려는 것임을 장군
은 알았다.

장군은 낚싯줄을 곧추 채쳐 올리지 않고 위쪽으로 채쳐 올렸다
가 크게 반원형을 그리며 다른 편으로 삐잉 돌렸다. 그렇게 몇 번
을 거듭하였다. 그동안 그야말로 1초의 100분의 하나만 한 순간
도 결코 손을 늦추지 않았다. 조금이라도 줄이 늦춰지면 큰 고기
는 위로 솟구치면서 영락없이 낚시에서 벗어져 나가는 것이다.
장군은 근기 있게 낚싯대를 휘저으며 연신 앞으로 당겼다.

이러는 사이에 고기는 차츰 부출[36]이 죽고 맥이 풀려서 순순히

끌려올라왔다. 끌려올라온 고기는 꼬리 대가리를 내놓고 너끈 세 뼘이 잘 되었다. 그래도 회초리같이 가는 낚싯대 끝초리가 부러지지 않았다. 그리고 그보다 더 가는 낚싯줄도 터지지 않았다. 신기한 일이었다. 유격대원들은 기약하지 않고 일시에 우야 하고 개가를 불렀다.

8

다시 행군이 시작되었다.

장군은 그 언제보다도 장쾌한 얼굴이었다. 그러나 실상 장군의 가슴에는 아직도 한 개의 커다란 산고(産苦)가 숨어 있었다. 머리에 벌어진 그 엄청나게 큰 전투를 면밀히 짜고 있었던 것이다.

이 창조의 과정은 피와 정신의 모진 연소(燃燒) 없이는 결코 이루어질 수 없는 그런 것이었다. 그것은 마치 거대한 건물을 지으려는 건축가가 미리 머릿속에 그 지어질 집을 도리[37] 밑까지, 지붕 밑 산지[38]며 벽 속의 외얽이[39]까지 샅샅이 그리는 것 같은 일이었다. 그처럼 장군은 시방 놀라운 싸움을 머릿속에 창조하고 있었던 것이다.

장군은 물론 그 언제나와 같이 태연히 웃고 담화하고 있었다. 그러나 정신 속에서는 마치 회리바람 같은 것이 일고 있었다. 그러면서도 그 맹렬히 일어나는 폭풍이 장군의 지혜에 의하여 화흡화(和洽化)되어 조금도 사나움 없이 말이 되고 웃음이 되어 외면에 나타나는 것이었다.

작열한 삼복의 태양 아래 숲 속으로 행군은 숙숙이[40] 계속되고 있었다. 역사의 흐름을 따라 앞으로 앞으로 인민 혁명군 부대는 걸어가고 있었다. 혁명가의 기운찬 소리에서 대원들의 불타는 정신이 하늘 높이 솟아오르고 있었다.

그것은 바로 암흑 속에서 터져오르는 하나의 광명 그것의 모습이었다.

| 주 |

동경

* 『조선문단』(1925년 5월)

1 흠씬하다 마음에 들도록 매우 많다.

2 형우리 어떤 모양과 테두리를 의미하는 북한어 '형투리'로, 문맥상 형체, 실재를 뜻한다.

3 히로이크하다 영어 heroic에서 온 말. 웅대하고 대담하다.

4 선돌아다니다 서투르게 돌아다니다.

5 서어하다 익숙지 않아 서름서름하다.

6 밧툭밧툭 개가 이빨로 가볍게 물어뜯는 모양.

7 앙깃앙깃 앙기작앙기작. 문맥상 되똥거리며 귀엽게 걷거나 기는 모양.

8 조그마 '조그맣고'의 방언.

9 애오라지 '오로지'를 강조하여 이르는 말.

10 어상반하다 서로 비슷하다.

11 보동보동하다 통통하게 살이 찌고 보드랍다.

12 애씌우다 애태우다.

13 장히 매우, 몹시.

14 복뒤 벗지 못한 문맥상으로 '복날이 지났음에도 털을 벗지 못한.'

15 늙도라미 문맥상 늙은 후의 몸맵시를 가리킴.

16 서물거리다 눈앞에 자꾸 떠올라 어른거리다.

17 스나로 '시나브로'의 방언. 모르는 사이에 조금씩조금씩.

18 말하는듯잔을 원문 형태가 이러하나, 의미는 불명.

19 취여 취한 후의 앙금.

20 터리 '털'의 옛말.

21 합실리다 합쳐 실리다.

그릇된 동경

* 『동아일보』(1927년 2월 1일~10일)

1 심으거던 심거든.

2 서백리아(西伯利亞) '시베리아'의 음역어.

3 누리 '세상'을 예스럽게 이르는 말.

4 지처버리 습기가 많은 땅, 축축한 땅.

5 애나다 안타깝고 속이 상하다.

6 진실고지로 '진실로'의 함경남도 방언.

7 아리아리 약간 아린 듯한 느낌이 있는 모양.

8 엄 '움'의 옛말. 풀이나 나무에 새로 돋아 나오는 싹.

9 반듯 무엇이 살짝 나타났다 없어지는 모양을 나타내는 북한 방언.

10 채치다 일을 재촉하여 다그치다.

11 히야가시 ひやかし. 놀림, 조롱, 야유를 뜻하는 일본어.

12 새통스럽다 새퉁스럽다. 엄청나게 새삼스럽다.

13 에둣꼬 1910년대부터 1920년대까지 여학생 사이에 유행했던 여성의 머리 모양. 히사시가미ひさしがみ라고 불리는 이 머리형은 서양 부인, 가까이는 일본 부인의 머리형을 흉내낸 것이었다.

14 버성기다 분위기 따위가 어색하거나 거북하다.

15 어투추다 문맥상으로는 '상대방의 기분에 맞추어서 말하는 어투를 하다'를 뜻함.

16 솟까랍다 '까다롭다'의 뜻.

17 앙기발질 '앙기'가 우러러 바라보는 모습을 뜻하므로 이 문맥에서는 무릎을 꿇고 앉는 모습을 말한다.

18 분되이를 내다 한설야의 「교차선」에 같은 표현이 나온다. '분되이'는 ふんたい〔粉黛〕로, '분되이를 내다'는 분첩으로 화장을 하다, 분칠을 하다'라는 뜻이다.

19 받자다 남이 괴로움을 끼치거나 여러 가지 요구를 하여도 너그럽게 잘 받아주다.

20 시퍼러등등하다 달갑지 않거나 못마땅하여 시큰둥한 모습을 나타낸다.

21 군둔하다 어수룩하고 둔하다.

22 길다맇다 '기다랗다'의 북한 방언.

23 느러배즈다 늘여 뱉다. '길게 말하다'라는 뜻.

24 강표하다 문맥상 '매우 표독스럽다'는 뜻.

25 뻑뻑하다 융통성이 없고 고지식하다.

26 업세녀기다 '업신여기다'라는 뜻의 북한 방언.

27 탑지 사심탑지(死心榻地)라는 말에서 유래, 실망해 돌연히 맘이 상함.

28 궁퉁 '궁리'의 다른 말.   *

29 용굴때질 용골때질. 심술을 부려 남의 부아를 돋우는 짓. 병자호란을 일으킨 용골대처럼 못된 짓을 한다는 뜻에서 나온 말이다.

30 부정선인 불령선인(不逞鮮人). 일제 강점기에 불온하고 불량한 조선 사람이라는 뜻으로, 일본 제국주의자들이 자기들의 말을 따르지 않는 한국 사람들을 이르던 말.

31 꼴때 겉으로 드러난 성깔. 꼴(모양)과 태.

32 흥달아나다 잘 달아오르다.

33 윽베르다 '윽박지르다'의 북한 방언.

34 이스카롯트 '가리옷 사람'이라는 뜻으로 유다의 호칭이다.

35 닦다 '글을 지어 다듬다'는 뜻의 북한 방언.

36 별로 '따로 별나게' 또는 '따로 특별히'를 뜻하는 북한 방언.

37 말성 말소리.

38 독판 독무대.

39 맛다닳니다 문맥상으로는 '맞닿다,' '마주 닿다'라는 의미.

합숙소의 밤

* 『조선지광』(1928년 1월)

1 알심 보기보다 야무진 힘.

2 게바라들다 '게처럼 함부로 이리저리 돌아다니다'의 북한 방언.

3 쿠리 육체노동에 종사하는 하층의 중국인 · 인도인 노동자를 뜻하는 쿨리coolie의
북한 방언.

4 개개걸신 개걸신들리다. 굶주림에 개처럼 음식을 탐닉하다.

5 벋지르다 버티고 서다.

6 꼴댁이 꼴때기, 꼴때. 「그릇된 동경」의 31번 참조.

7 우께오이 うけおい. 일정 기간에 끝내야 할 일의 양을 도거리로 맡는 것을 뜻하는
'도급'의 일본어.

8 나비다 문맥상 '나다니다'라는 뜻.

9 까불리다 '범위 안에 들지 못하고 제쳐지다'라는 뜻의 북한 방언.

*

과도기

* 『조선지광』(1929년 4월)

1 가장집물 집 세간.

2 잠뿍 꽉 차도록 가득.

3 짜그리다 짓눌러서 여기저기 고르지 아니하게 오그라지게 하다.

4 감발 발감개.

5 후미끼리 ふみきり. '건널목'을 뜻하는 일본말.

6 인정모 '인정머리'의 북한 방언.

7 야츠럽다 '거북하다'의 북한 방언.

8 여비다 '여위다'의 북한 방언.

9 메 메꽃.

10 나시 냉이.

11 달뉘 달래.

12 고지 명태의 이리, 알, 내장을 통틀어 이르는 말.

13 애 명태 따위의 간을 이르는 말.

14 때도투다 급히 서두른다는 뜻의 북한 방언.

15 추투루하다 땀이 주르르 흐르다.

16 그을거리다 문맥상 가득하여 혼잡하다는 뜻.

17 가마목 부엌과 구들 사이를 터놓은 집에서 가마가 걸려 있는 아랫목을 뜻하는 북한 방언.

18 등경불 등잔불.

19 바당문 부엌으로 드나드는 문을 뜻하는 북한 방언.

20 소환 앓고 있는 병.

21 곱 눈곱.

22 슴벅거리다 눈꺼풀이 움직이며 눈이 자꾸 감겼다 떠졌다 하다.

23 뭇다 여러 조각을 한데 붙이거나 이어서 어떠한 물건을 만들다.

24 마사지다 부서지거나 깨져서 못쓰게 되다.

25 저으기 '적이'의 북한 방언.

26 노전 갈잎이나 조짚, 수숫대 또는 귀룽나무 껍질 따위를 엮어서 만든 깔개를 말하는 북한 방언.

27 노그라지다 지쳐서 맥이 빠지고 축 늘어지다.

28 바사지다 '부서지다'의 북한 방언.

29 돌강스랭이 험한 길을 뜻하는 북한 방언.

30 따굽다 '뜨겁다'의 방언.

31 네뚜리 대수롭지 않게 여기는 사람이나 물건 따위를 이르는 말.

32 타리개 나뭇가지를 비틀어서 만든 줄을 뜻하는 북한 방언.

33 텁스럽다 '텁텁하다'의 북한 방언.

34 까라지다 기운이 빠져 축 늘어지다.

씨름

* 『조선지광』(1929년 8월)

1 설피어지다 연기나 안개, 햇빛 따위가 옅거나 약하다는 뜻의 북한 방언.

2 국수오리 '국숫발'의 북한 방언.

3 재 높은 산의 고개.

4 덕 고원의 편평한 땅.

5 떼치다 달라붙는 것을 떼어 물리치다.

6 목도꾼 두 사람 이상이 짝이 되어, 무거운 물건이나 돌덩이를 얽어맨 밧줄에 몽둥이를 꿰어 어깨에 메고 나르는 일을 하는 일꾼을 가리킨다.

7 떠지다 속도가 더디어지다.

8 선코 행동의 차례에서 맨 먼저를 뜻하는 북한 방언.

9 위정 '일부러'의 함경 방언.

10 까지르다 목청을 돋우어 쉼 없이 지껄인다는 뜻의 북한 방언.

11 생지번질 환곡을 원치 않는 농민에게 강제로 양곡을 대여하여 뇌물을 착복한다는 의미로 여기서는 문맥상 '억지를 쓴다'는 뜻.

12 벋지르다 버티고 서다.

13 들낙수걸이 씨름 기술의 하나.

14 엇가다 엇나가다.

15 더위잡다 의지가 될 수 있는 든든하고 굳은 지반을 잡다.

16 곡달 절박한 사정을 놓고 이러니저러니 하고 안타까이 말을 주고받는다는 뜻의 북한 방언.

17 관변 정부나 관청 쪽, 혹은 그 계통.

18 스캡 scab. 동맹파업에 참여하지 않거나 이를 파괴하는 사람.

19 드벵이 들병이. 병에 술을 담아가지고 다니며 파는 사람인 들병장수를 속되게 이르는 말.

20 사등이 '잔등'의 북한 방언.

21 돌리우다 한패에 넣어주지 아니하다.

22 헐긋다 '헐겁다'의 북한 방언.

23 대판(大阪) 일본의 오사카おおさか.

24 신호(神戸) 일본의 고베こうべ.

25 오지오지 おじおじ. 두려워하는 모양. '조심조심, 쭈뼛쭈뼛'을 뜻하는 일본어.

사방공사

1 번쾌 개고기를 파는 미천한 신분을 일컫는다.

2 가다리 '가랑이'의 함경도 방언.

3 하꼬 하꼬방[はこ房]. 판잣집을 뜻하는 일본어.

4 녹아도산(鹿兒島産) '녹아도'는 일본 규슈[九州] 남단에 있는 도시인 가고시마. 한
설야의 「교차선」에 나오는 '구주산(九州産)'과 같은 표현이다.

5 갑자르다 말을 하기가 어렵거나 거북하여 주저하며 끙끙거리다.

6 삼거불 삼거웃. 감 껍질의 끝을 다듬을 때 긁혀 떨어진 검불. 소상을 만들 때 흙에
넣어 버무려 쓴다.

7 여우의 눈물까지 짜내는 추위를 잘 타지 않는 여우도 눈물을 흘릴 정도로 바람이
몹시 매운 날을 비유적으로 이르는 말. 문맥상 '몹시 매서운'이라는 뜻.

8 선듯 갑자기 조금 찬 느낌이 있는 모양을 뜻하는 북한어.

9 아라사병 1904~1905년에 만주·조선·동해에서 벌어진 러시아와 일본 간 전쟁
당시의 러시아 병정을 일컫는 말이다.

10 얼마우자 러시아 사람이 아닌 제2러시아 사람이라는 중국어 이모자(二毛子)라는
말로 생활양식이 반은 한국식이고, 반은 러시아식인 사람을 일컫는다.

11 더뻑 앞뒤를 헤아리지 않고 불쑥 행동하는 모양.

12 하이칼라 상투머리를 대신한 짧은 머리인 하이칼라 머리를 뜻한다.

13 ×× '사건' 문맥상 삭제된 ×× '사건'은 '농조 사건'으로 추측된다.

14 질리다 '값이 얼마씩 치이다'라는 뜻으로, 문맥상 '값을 받다'이다.

15 굳기다 '굳히다'의 북한 방언.

16 최부살 무슨 짓을 하거나 속으로 딴 꿈을 꾸면서 시치미를 떼고 모른척하는 사람
을 형용하여 일컫는 말.

17 팽개를 치다 못마땅하거나 싫증이 나서 어떤 일이나 물건을 내던지다.

18 부부리 '부리'의 함경도 방언.

19 야부리하다 '입을 자주 놀려 잇따라 말하다'의 뜻인 '야불거리다' '야불대다'로
추측된다.

20 논드럼 '논둑'의 방언.

21 섬 곡식 따위를 담기 위하여 짚으로 엮어 만든 그릇.

22 배리 '배짱'을 낮잡아 이르는 말인 '배알'의 방언.

23 농×구제 문맥상 농민구제를 뜻하는 것으로 추측된다.

24 버두러지다 버드러지다. '굳어서 뻣뻣해지다'라는 뜻.

25 ×금 문맥상으로 '세금'을 뜻한다.

26 날부일 '날마다'의 북한 방언.

27 연봉 고을 수령이 존귀한 사람을 나아가 맞던 일을 일컫는다.

28 개화장 개화기에 '단장(短杖)'을 이르는 말이다. 늑개홧지팡이

29 아츠럽다 소리가 신경을 몹시 자극하여 듣기 싫고 날카롭다.

30 소래기 '소리'를 속되게 이르는 말.

31 머리끼 '머리카락'의 평안·함경 방언.

32 콩달개 '콩꼬투리'의 방언.

33 황조미밥 곡식을 찧어 속꺼풀을 벗기고 깨끗하게 하지 않은 누런 좁쌀밥을 일컫는 말이다.

34 뚜지다 (땅을) 파 뒤집다. 꼬챙이나 뾰족한 것으로 쑤셔 파다.

35 에비꼬 아이들에게 무서운 가상적인 존재나 물건을 일컫는 말.

36 판나다 재산이나 물건이 모조리 없어지다.

37 마장 5리나 10리가 못 되는 거리를 일컫는다. 1리가 0.393킬로미터이므로 다섯 마장은 약 10~20킬로미터의 거리를 가리킨다.

38 결이 나다 '결'은 못마땅한 것을 참지 못하고 성을 내거나 왈칵 행동하는 성미를 뜻하는 '결기'의 준말로, '결이 나다'는 문맥상 '화가 나다'라는 의미.

39 의무 ×금 문맥상 '의무 저금'으로 추측할 수 있다.

40 ×라 문맥상 '나라'로 추측할 수 있다.

교차선

* 『조선일보』(1933년 4월 27일~5월 2일)

1 거자리 거자릿과의 딱정벌레를 통틀어 부르는 말.

2 짜개 신발 엄지발가락과 나머지 발가락이 따로 들어가도록 만들어진 신발.

3 마가리 '오두막'을 뜻하는 북한 방언.

4 펍브 powder puff, 분첩.

5 덩겡이 정강이.

6 인차 '이내'의 북한 방언.

7 도저히 '입장이나 몸가짐을 빗나가지 않고 철저하게'라는 뜻.

8 모자를 쓰려는가 당시 은어로 '자네가 내려는가?'로 해석이 가능하다.

9 곤드라지다 곤두박질하여 쓰러진다는 뜻이지만 여기서는 문맥상 빈한하여 몰락해 간다는 뜻으로 볼 수 있다.

10 별장 형무소를 가리킨다.

11 구새 살아 있는 나무의 속이 썩어 생긴 구멍.

12 등더리 '등'의 방언.

13 시대지 문맥상 구시대적 생각을 가진 사람을 뜻한다.

14 사루마다 さるまた. '속옷'을 뜻하는 일본어.

15 잔줄구다 '진정하다'라는 뜻의 방언.

16 잔밥이 옥조르르하다 아이들이 많다는 뜻.

17 딱장대 성질이 온순하지 않고 딱딱한 사람. 성질이 사납고 굳센 사람.

18 사그막지 자질구레한 돌을 뜻하는 북한 방언.

추수 후

* 『신계단』(1933년 6월)

1 술기 문맥상 '고랑'을 뜻한다.

2 사람 ×인다. 이놈의 수리××이! 문맥상 '사람 죽인다. 이놈의 수리조합이!'를 뜻한다.

3 금새 물건 값.

4 오뉴월 똥파리 멀리서도 먹을 것을 잘 알고 달려드는 사람이나 그런 경우를 비유적으로 이르는 속담.

5 강목수생 마른 나무에서 물이 난다는 뜻으로, 아무것도 없는 사람에게 무리하게 무엇을 내라고 요구함을 이르는 말.

태양

*『조광』(1936년 2월)

1 붓다사스려이 '붓다새'는 '부산스레'라는 뜻의 북한 방언. '붓다사스려이'는 문맥 상 '부산스럽게'라는 뜻.

2 입청 '입버릇'을 속되게 이르는 말.

3 들악 뜨락, 뜰.

4 북덕이 벼나 밀 따위의 낟알을 털 때 나오는 짚 부스러기, 깍지, 이삭 부스러기 같 은 찌꺼기를 가리키는 북한 방언.

임금

*『한설야 단편집』(1941년 7월)

1 골방진 전쟁에서 펴는 진의 일종.

2 터드렁하다 깨어진 쇠그릇 따위가 부딪히거나 떨어져 둔하게 울리는 소리가 자꾸 나다. 여기서는 문맥상 다리에 기운이 빠져 흔들린다는 의미.

3 단병접전(短兵接戰) 칼이나 창 따위로 적과 직접 맞부딪쳐 싸움.

4 한지다 문맥상 춥고 배고프다는 뜻.

5 짝벼락 동시에 치는 센 벼락.

6 콧더데기 '코딱지'의 함남 방언.

7 흑뚤 문맥상 '흑돌,' 검은색 바둑돌로 추측된다.

8 무중 '갑자기 뜻밖에'란 뜻의 북한어.

9 게궂다 '심하고 거칠다'라는 뜻의 북한어 '궂다'의 경상 방언.

10 더수기 '뒷덜미'의 옛말.

11 거제기 거적.

12 한지에 방아를 놓다 실속으로 생길 것이 없는 허황한 짓을 함을 이르는 말.

13 아수하다 아깝고 서운하다는 뜻의 북한 방언.

14 거들거들하다 '거만스럽게 잘난 체하며 버릇없이 굴다'는 뜻의 '거드럭거드럭하 다'의 준말.

15 예수 '여수(與受)'의 잘못.

16 잡답 사람들이 많이 몰려 복작거림.

17 범벅덩이의 파리 어떤 자그마한 일에 사람들이 지나치게 많이 모여드는 것을 부정적으로 이르는 북한 속담.

18 덕대 같다 덕대는 광산의 일부를 떼어 맡아 광부를 데리고 광물을 캐는 사람을 말한다. 여기서는 그러한 우두머리를 뜻한다.

19 수직(守直) 건물이나 물건 따위를 맡아 지키는 일.

20 수삽하다 몸을 어떻게 가져야 좋을지 모를 정도로 수줍고 부끄럽다는 뜻.

21 발씨 익다 여러 번 다녀서 길이 익숙하다.

딸

* 『조광』(1936년 4월)

철로 교차점

* 『조광』(1936년 6월)

1 부중 '시내'라는 뜻으로 부는 예전의 행정구역 단위임.

2 치여나다 '어떤 환경 속에서 시달림을 겪어나가다'라는 뜻의 북한 방언.

3 짜장 과연 정말로.

4 이마적 지나간 얼마 동안의 가까운 때.

5 유두분면(油頭粉面) '기름 바른 머리와 분 바른 얼굴'이라는 뜻으로 여자의 화장한 모습을 이르는 말.

6 번하다 어두운 가운데 밝은 빛이 비치어 조금 훤하다.

7 쯔메에리 つめえり. 일본 군복식 교복. 깃이 높이가 4센티미터쯤 되게 하여, 목을 둘러 바싹 여미게 지어진 양복.

8 조상꾼 조문(弔問)하는 사람.

9 ×원 문맥상 '병원'으로 추측된다.

10 여복 '얼마나' '오죽' '작히나'의 뜻으로 언짢거나 안타까운 마음을 나타낼 때에 쓰는 말.

11 늑살 남을 강제로 죽임을 뜻하는 말.

12 나지다 '잃었던 것이나 보이지 아니하던 것이 나타나다'라는 뜻의 북한 방언.

13 대숨에 '쉬지 않고 곧장'이라는 뜻인 '단숨에'의 북한 방언.

14 혼 손바로 혼자 손바로. 즉 '혼자 가까운 데'를 뜻하며 '혼'은 '혼자'의 오식으로 보인다.

15 선도래 '도래'는 '가랑이'를 뜻하는 북한 방언으로, '선도래'는 '선걸음'을 뜻한다.

16 형지 어떤 형체가 있던 자리의 윤곽.

17 발 길이의 단위. 한 발은 두 팔을 양옆으로 펴서 벌렸을 때 한쪽 손끝에서 다른 쪽 손끝까지의 길이이다.

18 제창 '지체 없이 바로'를 뜻하는 '이내'의 북한 방언.

19 저저이 있는 사실대로 낱낱이 모두.

20 억이 질리다 너무 엄청난 일을 당하여 기가 질린다는 뜻의 북한 방언.

21 터불 '터울'의 방언.

22 소이틀빗해지다 문맥상 '조금 다르게 마음이 비뚤어졌다'라는 뜻으로 추측된다.

23 ×다 문맥상 '있다'로 추측된다.

24 ×쟁 문맥상 '경쟁'으로 추측된다.

25 결손 수입보다 지출이 많아서 생기는 금전상의 손실.

26 저바로 '저쪽에 조금 떨어진 곳에'를 뜻하는 북한 방언.

27 뜨젓이 '뜨악하게'의 북한 방언.

28 익먹다 '숙달되다'를 뜻하는 북한 방언.

29 사리다 바짝 가다듬는다는 뜻.

30 방불하다 흐릿하거나 어렴풋하다.

31 도고히 떳떳하고 도도하게.

32 찌물쿠다 날씨가 푹푹 쪄서 물체를 무르게 할 만큼 매우 더워지다.

33 네굽을 안다 말이나 소 따위가 매우 빨리 달리는 모양을 이르는 말.

34 호조고니 호조곤하다. '몸이 젖을 정도로 땀이 많이 나서 번지르르하다'라는 뜻의 북한 방언 '호졸곤하다'와 동의어.

35 미하리쇼 みはりしょ. 망보는 곳, 지키는 곳을 뜻하며 망으로 만들어진 초소를 가리킨다.

부역

*『조선문학』(1937년 6월)

1 자발없다 참을성이 없고 경솔하다.

2 베차맞은 분위기를 헐치다 한설야의 「청춘기」에 같은 표현이 나온다. 문맥상 '어둡고 무거운 분위기를 가볍게 하다'를 뜻한다. '헐치다'는 '가볍게 하다'라는 뜻.

3 줄나다 기가 눌려 활기가 없거나 활발하지 못하다.

4 회리바람 회오리바람.

5 허겁다 '허겁하다'의 북한 방언으로, '마음이 실하지 못하여 겁이 많다'라는 뜻.

6 한 푼에 석 드럼짜리 매우 하찮은 물건을 비유적으로 표현하는 말.

7 삯 '싹'의 옛말.

8 정구지역 물을 긷고 절구질하는 일. 즉 살림살이의 수고로움을 이르는 말.

9 으늑하다 푸근하게 감싸인 듯 편안하고 조용한 느낌이 있다.

10 건부역 대가 없이 하는 부역.

11 데바쁘다 몹시 바쁘다.

12 젠벽 '절벽'을 구어적으로 이르는 북한 방언.

13 황황하다 마음이 급해 허둥거리며 정신이 없다.

14 결 겨를. 때. 사이. 짬 등의 뜻.

15 여부대기 '비탈'의 북한 방언.

16 악마디 결이 몹시 꼬여 모질게 된 마디.

17 허궁 어떤 물체가 공중에 번쩍 들리거나 떴다가 떨어지는 모양을 나타내는 북한 방언.

18 대창(大漲) 강물이나 개울물 따위가 몹시 불어 넘침.

19 공중 '공연히'의 북한 방언.

20 사음 마름.

21 그제 '그때'의 옛말.

22 긴역 '저녁'의 방언으로 추측된다.

23 자름자름하다 '여럿이 다 크지 않고 작다'는 뜻의 북한 방언.

24 수깃하다 '고개 따위를 약간 기우뚱하게 숙이다'라는 뜻의 북한 방언.

25 잠박 누에 채반.

26 무시로 むしろ. '돗자리'를 뜻하는 일본어.

27 하키다데 はきたて. 갓 깬 누에를 잠박으로 쓸어 옮김을 나타내는 일본어.

28 다나 たな. '선반'을 뜻하는 일본어.

29 한란계 온도계.

30 삐여지다 '다른 방향으로 벗어져나가다'라는 뜻의 북한 방언.

31 비젓하다 '비슷하다'의 강원, 충남, 함경 방언.

32 축독(畜犢) 송아지 키우기.

33 돌음돌이 바쁘게 돌아다니는 일을 뜻하는 북한 방언.

34 최강한 문맥상 '가장 강한'이라는 뜻으로 추측된다.

35 살구다 '어깨 같은 것을 위로 으쓱 돋우다'를 뜻하는 북한 방언.

36 싸뉴한 문맥상 '싸늘한'으로 추측된다.

37 턱석 '거적'의 함남 방언.

산촌

*『조광』(1938년 11월)

1 고연히 '아무 까닭이나 실속이 없게'라는 뜻인 '공연히'의 함남 방언.

2 사본 일의 근본, 또는 사건의 근원.

3 얼뜬 '얼른'을 구어적으로 이르는 북한 방언.

4 단근질 참다 매우 참기 어려운 것을 참는 경우에 이르는 말.

5 무뚝 무뜩. 어떤 행위가 갑자기 이루어지는 모양을 나타내는 말로, '문뜩'과 같은 말.

6 오복전같이 졸라치다 심하게 조르는 모양을 비유하는 말.

7 고드랫돌 발이나 돗자리 따위를 엮을 때 날을 감아 매어 늘어뜨리는 조그만 돌.

8 대수 '대강'의 북한 방언.

9 가슬 '가을걷이'의 북한 방언.

10 때여가다 '죄지은 사람이 잡혀가다'를 뜻하는 '때가다'의 북한 방언.

11 곤돌막 '오막살이'의 잘못된 표현.

12 소깔 소가 먹는 풀을 의미하는 '꼴'의 함경 방언.

13 갈구다 골구다. '고르다'의 방언.

14 나수 '조금 많다'는 뜻을 나타내는 '나우'의 북한 방언.

15 실기다 '실리다'의 함경 방언.

16 담방 달뜬 행동으로 아무 일에나 함부로 서둘러 뛰어드는 모양.

17 홀쩨 홀제. '뜻하지 않게 갑작스럽게'를 뜻하는 '홀지에'의 준말.

18 초끼 한설야의 『탑』에도 나오는 표현으로 '눈치'를 뜻하는 것으로 추측된다.

19 도리우찌 とりうち. 새를 잡는 일이나 사람을 뜻하는 일본어. 여기서는 '사냥모자'를 뜻한다.

20 쓰이다테 ついたて. '칸막이'를 뜻하는 일본어.

21 눅거리 내용이 보잘것없는 것.

22 보구 '~에 비해서'의 뜻을 나타내는 조사 '보다'의 함경 방언.

23 은휘하다 꺼리어 감추거나 숨기다.

24 수태 부끄러워하는 태도.

25 가비춤 '가비'는 '바지'의 북한 방언으로, '바지춤'을 뜻한다.

26 족장을 대다 막 두들기다.

27 틀레마셍 '틀리다'와 일본어 부정어미인 '마셍ません'의 합성으로 부정적 의미.

28 째이다 '짜이다'의 북한 방언.

29 물내기 '큰물'의 북한 방언.

30 칼 박고 삼간 뛰기 몹시 위태로운 일을 모험적으로 행하는 경우를 비유적으로 이르는 북한 속담.

31 다라치 '바구니'의 북한 방언.

32 즘즛하다 '한창 벌어지던 어떤 현상이 멎고 좀 뜸하다'라는 뜻의 북한 방언.

33 지다위 남에게 등을 대고 의지하거나 떼를 씀.

34 꺼정 '~까지'의 경상, 충북, 함경 방언.

35 봄보기 봄봄이. 눈에 보이는 겉 차림새를 뜻하는 북한 방언.

이녕

* 『문장』(1939년 5월)

1 시들푸러 마음에 마뜩잖고 시들하여.

2 알심 은근히 동정하는 마음.

3 처조기다 써서 없애 치우거나 사정없이 들이다. 여기서는 '먹어치우다'라는 뜻.

4 발을 달다 끝난 말이나 이미 있는 말에 말을 덧붙이다.

5 단냥끔 '닷냥금'의 북한 방언. 물건 값을 닷 냥으로 치는 일. 여기서는 '조건 없이'의 뜻.

6 용골대 '용골대 고집통'에서 유래. 고집 센 용골대가 보통명사로 전이되어, '고집'을 뜻하게 되었다.

7 갑다 '괴다'의 옛말로 물 따위가 우묵한 곳에 모인다는 뜻.

8 쇠통 '온통'의 북한 방언.

9 휘태손이를 먹다 문맥상 '빰을 맞다'로 추측된다.

10 개갑다 '가볍다'의 북한 방언.

11 수둑이 '매우 많고 흔히'를 나타내는 '수두룩이'의 북한 방언.

12 남상남상 액체가 그릇에 가득 차서 넘칠 듯한 모양.

13 다꾸시 タクシー. 택시.

14 팔팔결 다른 정도가 엄청남.

15 수두구러하다 수두구리하다. '넉넉하다'의 북한 방언.

16 복개다 보깨다. 일이 뜻대로 되지 않아 마음이 번거롭거나 불편하게 되다.

17 목고대 '목곧이'의 방언. 억지가 세어서 남에게 호락호락 굽히지 않는 사람을 놀림조로 이르는 말.

18 점도록 '해가 저물도록'을 뜻하는 방언.

19 촌보리동지 어련무던하게 생긴 시골 사람을 낮잡아 이르는 말

20 얀삽하다 연삽하다. '싹싹하다'의 북한 방언.

21 앙치 원한의 매듭.

22 세괄다 '성질이나 기세가 세고 괄괄하다'란 뜻의 북한 방언.

23 아슬떼리다 '소름이 끼치다'를 뜻하는 함남 방언.

24 푸시시하다 '불기가 있는 물건이 물 따위에 닿는 소리가 나다'라는 뜻이지만 여기서는 '화를 풀어주다'라는 뜻으로 추측된다.

25 편역을 들다 역성들다.

26 도거리 한데 합쳐서 몰아치는 일.

27 물쩍하다 물쩡하다. '사람의 성미가 느리고 만만하다'는 뜻.

28 어리무던하다 '사람됨이나 마음씨가 어질고 무던하다'는 뜻의 북한 방언.

29 데부짱 '뚱뚱보'를 뜻하는 일본어.

30 기급하다 '기겁하다'의 잘못.

31 느릉태 느렁태. '느림뱅이'의 방언.

32 지리가미 ちりがみ. 휴지.

33 향양 햇볕을 마주 받음.

34 약새질 환자를 돌보아 약을 쓰는 일을 일컫는 북한말.

35 씨루다 '썰룩하다'의 북한 방언.

36 도리깨아들 부모 말을 잘 듣지 않고 버릇없는 자식을 놀림조로 이르는 말.

37 고대 '바로 곧'이라는 뜻의 북한 방언.

38 부시적거리다 문맥상 '부시럭거리다'로 추측된다.

39 비슬떼다 '어떠한 일에 대하여 바로 대들어 하지 않고 슬그머니 동떨어져 행동하다'를 뜻하는 '베슬대다'의 북한 방언.

40 토고리 소주를 빚을 때 쓰는, 흙으로 만든 고리.

41 돌 '덫'의 방언.

42 눈가물 졸리거나 몹시 지쳐서 눈꺼풀이 내려 덮여 깜작거리는 것.

모자

*『한설야 선집』8(1960년 9월)

1 웅심깊다 '사물이 되바라지지 아니하고 깊숙하다'를 뜻하는 '웅숭깊다'의 북한 방언.

2 섭슬리다 함께 섞여 휩쓸리다.

3 과만하다 분수에 넘치다.

4 어방없다 '어림없다'의 북한 방언.

5 꼼쏘몰 콤소몰Komsomol, 레닌공산주의 청년 동맹. 1918년에 소련에서 사회주의 정치 교육을 위하여 공산당의 지도 아래 15~26세의 남녀를 대상으로 조직한 청년 단체.

6 백파(白派) 러시아 10월 혁명 당시와 혁명전쟁 시기의 반혁명 세력.

7 구경 마지막에 가서는 결국.

8 백림(伯林) '베를린'의 음역어.

9 파란(派蘭) '폴란드'의 음역어.

10 떨쿠다 '무엇을 떨어뜨리다'라는 뜻의 북한 방언.

11 따와리쉬 동지.

12 개미 게저리도 '게저리'는 지저분하고 단정치 못한 사람을 뜻하는 북한 방언이므로, '개미 게저리도'는 문맥상 '하찮은 개미조차도'라는 뜻.

13 닭알 통변 아직 닭으로는 되지 못하고 달걀 상태에 머물러 있는 통역이라는 뜻으로, 외국 말을 겨우 조금 할 수 있는 정도를 비유적으로 이르는 북한 속담.

14 답쌔기 사람이나 사물 따위가 한군데 많이 모여 있는 것.

15 가무리다 몰래 혼자 차지하거나 흔적도 없이 먹어버리다. 남이 보지 못하게 숨기다.

16 시뜻하다 마음이 내키지 않아 시들하다.

17 포연탄우 '총포의 연기와 비 오듯 하는 탄알'이라는 뜻으로, 치열한 전투를 이르는 말.

18 허뜨러지다 '사방으로 흩어지게 하다'를 뜻하는 북한 방언.

19 지지누르다 '어떤 상태가 분위기, 생각, 감정 같은 것을 잔뜩 지배하다'를 형상적으로 이르는 말.

20 몰키다 '한곳에 빽빽하게 모이다'라는 뜻의 북한 방언.

21 어시럽다 '허무하다'의 방언. 문맥상 '보잘것없는'으로 추측된다.

22 푸상투 아무렇게나 틀어 맨 상투. 또는 풀어져 느슨해진 상투.

23 탐탐하다 '마음에 들게 즐겁고 좋다'라는 뜻의 북한 방언.

24 초간히 한참 걸어가야 할 정도로 거리가 조금 멀게.

25 바시대다 바스대다. 가만히 있지 못하고 군짓을 하며 몸을 자꾸 조금 움직이다.

26 수파람 '휘파람'의 북한 방언.

혈로

* 『한설야 선집』 8(1960년 9월)

1 심평 좋다 안타깝거나 초조한 기색이 없이 마음가짐이나 뱃심이 좋다.

2 이따마끔 '이따금'의 북한 방언.

3 앳줄 초조한 마음의 끈.

4 매개 한 개 한 개, 낱낱의.

5 주장 '주로'를 뜻하는 북한 방언.

6 단통 그 자리에서 대번에 곧장 하는 것.

7 돌갱이 돌이 많은 좁은 산길.

8 종밤 '밤새도록'의 북한 방언.

9 헨둥하다 '뚜렷하고 명백하다'를 뜻하는 북한 방언.

10 외착 착오가 생겨 서로 어그러짐.

11 몰칵 북한 방언으로, 물크러질 정도로 무르고 연하거나 보드라운 느낌을 나타내는 '몰카닥'의 준말.

12 황군 일제 강점기에, '황국의 군대'라는 뜻으로, 일본이 자기의 군대를 이르던 말.

13 다우치다 '다그치다'의 북한 방언.

14 청얼음판 깊은 데까지 얼어 푸른색이 도는 얼음을 뜻하는 북한 방언.

15 지내 '너무'의 북한 방언.

16 메따 '메어치다'의 '메어'를 강하게 표현한 '메다'의 북한 방언.

17 진짬 잡것이 섞이지 않은 순수한 물건. 여기서는 문맥상 '진짜'의 뜻으로 추측된다.

18 잡도리 어떤 일을 하거나 치를 작정이나 기세.

19 납청장 되게 얻어맞거나 눌려서 납작해진 사람이나 물건을 비유한 것. 평안북도 정주의 납청 시장에서 만드는 국수는 잘 쳐서 질기다는 데서 유래했다.

20 순시도 잠시도.

21 셍기다 이 말 저 말 자꾸 주워대다.

22 고누두기 땅이나 종이 위에 말밭을 그려놓고 두 편으로 나누어 말을 많이 따거나 말 길을 막는 것을 다투는 놀이.

23 영합부절 서로 뜻이 맞아 끊이지 않음.

24 손톱 여물을 썰다 무슨 일을 당하여 혼자서만 걱정을 품고 애를 태우다. 일을 처리해 나갈 때 어떻게 처리해야 좋을지 몰라 이리 생각하고 저리 생각하며 혼자서 모대기는 모습.

25 액목 중국 동북부 지방의 지명.

26 망탕 '되는대로 마구'를 뜻하는 북한 방언.

27 막비(莫非) '아닌 게 아니라'를 한문 투로 이르는 말.

28 잔사리 멸치 새끼를 뜻하는 북한 방언.

29 모래쟁이 '모래무지'의 북한 방언.

30 근감스럽다 근검하다. '마음에 흐뭇하고 남 보기에 굉장하다'라는 뜻.

31 나꾸다 '무엇을 갑자기 붙들거나 잡아채다'라는 뜻.

32 난짝 '답삭'의 잘못. 왈칵 달려들어 냉큼 물거나 움켜잡는 모양.

33 설굳히다 어수선하고 안정되지 않게 만들다.

34 씨루다 '씰룩하다'의 북한어.

35 희끗 어떤 것이 빠르게 잠깐 보이는 모양.

36 부출 '날개'의 북한 방언.

37 도리 서까래를 받치기 위해 기둥 위에 건너지르는 나무.

38 산지 이음이나 맞춘 자리에 두 부재를 꿰뚫어 꽂아서 이음이 빠지지 않게 하는 나무 촉이나 못.

39 외엮이 나무로 만든 벽에 흙벽을 치기 위하여 가로세로 외를 엮는 일이나 그런 물건.

40 숙숙하다 분위기가 긴장되고 엄숙한 모양을 나타내는 말.

한설야 문학의 시기 구분에 대하여

서경석

    한설야의 작품들은 몇 시기로 나누어 분류해볼 수 있다. 첫째 부류는 그가 경향문학으로 방향 전환하기 전의 작품들이다. 1926년 그가 만주로 이주하기 전 발표된 시 몇 편과 「그날 밤」「동경」「주림」 등이 이에 해당한다. 이 시기 작품은 당시 청년들의 문예에 대한 일반적이고도 소박한 경향을 벗어나지 못했다는 것이 특징이다. 둘째 부류는 경향문학 시기의 작품들이다. 잘 알려진 「과도기」「씨름」 계열의 작품들이 대부분 이 부류에 든다. 1930년대 중반 2차 카프 사건 직전까지 이런 작품들이 발표되었다. 이 경향소설적인 성향과 관련하여 특기할 만한 사항은 1930년대 후반에 『탁류』 3부작을 창작했다는 것이다. 이미 카프는 해산되었음에도 '지나간 시대'의 경향소설적 작품인 3부작 「홍수」「부역」「산촌」을 써서 평론가들에게 비판받은 경우도 있었다는 점이다. 시대적인 대세에 편승하면서 작품의 경향을 바꾸는 카프 작가들의 일반적인 정황에 거스르고 있었다는 점은 그만의 독특한 문학성을 구성하는 중요한 참고 지점이다.

셋째 부류는 이른바 전향소설로 분류되기도 하는 작품들이다. 1936년부터 해방 전까지의 작품들이 이에 해당한다. 대표작으로 「태양」「임금」「딸」을 포함하여 평론가들에게 높이 평가받은 「이녕」을 들 수 있다. 이 작품들은 문학사에서는 생활문학이라 부른다. 또한 이 시기에는 본격적으로 장편소설들이 창작되었고 특히 『대륙』과 같은 일본어 소설도 발표되고 있어서 세부적인 하위 유형 분류가 필요하다.

넷째 부류는 해방 후의 작품들이다. 이 시기 한설야의 작품들은 이기영과는 대조적으로 창작 방법론상에서 주체의 역할을 크게 고양시키고 있다. 후에 북한 문학에서 보편적인 방법론으로 정착된 이러한 특징을 한설야 문학은 선취하고 있다.

본 작품집에는 한설야 문학의 특징을 잘 드러낸다고 판단되는 작품 17편을 수록하였다. 첫 작품 「동경」은 한설야 문학의 1기를 대표하는 작품이다. 이 시기 작품 가운데 비교적 작품으로서의 외형을 갖춘 것이라 할 수도 있다. 화가 S는 병원에서 우연히 만난 간호부 K를 연모하게 되고 결국 그녀를 화폭에 담아낸다는 이야기인데 연애 모티프가 예술을 매개로 하여 구현되고 있다. 이 모티프는 개화기 신소설 작품에서는 개화 담론을, 경향문학에서는 계급운동을 매개로 형상화되고 있다는 점을 고려할 때 이 「동경」은 1920년 전후의 문학 정신을 반영하고 있다.

「그릇된 동경」「합숙소의 밤」「과도기」「씨름」「사방공사」「교차선」「추수 후」는 제2기 즉 경향소설 시기의 대표작들이다. 30편에 약간 못 미치는 경향소설들 가운데 특히 「그릇된 동경」과 「과도기」는 한설야 문학의 바탕과 이후 그의 행보를 예견하게 하는 작품이다.

「그릇된 동경」은 『동아일보』에 1927년 1월에 발표되었다. 그가 「프로예술 선언」을 같은 지면에 발표한 때가 1926년 11월이었고, 만주 생활을 포기하고 귀국한 때가 1927년 1월이었다. 따라서 그의 본격적인 경향소설 창작은 이 시기부터인데 『만주일일신문』에 발표된 일문 단편을 제외하면 이 작품이 그 첫 작품이라 할 수 있다.

이 작품은 한 여성의 잘못된 연애와 결혼에 대한 반성이 주제이다. 세 명의 등장인물의 특징, 연애, 결혼의 동기와 반성의 계기 등을 살펴보면 이 작품이 경향소설 전체 가운데에서도 대단히 이채로운 작품임을 간파할 수 있다. 이 작품의 화자는 한 여성이다. 이 여성이 오빠에게 보내는 편지 형식의 글인데 우선 그 오빠의 정체는 이렇게 그려져 있다.

큰 뜻을 품고 고국을 떠나신 오빠가 정치범이라는 죄명 아래에 얽히고 얽히어 상해로부터 붙잡혀 온 이후 1년 만에야 겨우 감옥에서 오빠를 면회하였을 때에는 나는 아직도 천진하였나이다. 오빠를 보고 진심으로 느꼈나이다. 6년의 형기를 마치지 않으면 다시 만날 수 없는 오빠. (pp. 22~23)

이 오빠에게 누이는 그간의 잘못을 고백한다. 그 과정은 이러하다. 그녀는 일본 옷을 입고 동경 사투리를 외워 일본어를 하는 일에 몰입했고 일본 문체를 흉내 내어 글을 쓰기도 하면서 스스로 이런 '신여성다운' 모습에 만족하던 차에 일본인인 Y가 등장했다는 것, 그리하여 그가 일본인이기에 좋아서 결혼한다. 그녀는 사랑에는 국경이 없음을 인정하게 되었고 일선융화론도 동의하게 되었다. 그러나 이 결혼은 곧 잘못된 것임이 드러나는데 그 이유는 일본인 신랑의 폭력성 때문이다. 이 폭력성은 그가 조선인에 대해 지니는 우월감에서 온다. "조선 사람에게 한하여 더욱 절대한 우월감과 지배관을 가진 그는 나를 거지반 사람으로 보지 않는 듯하였나이다"라고 누이는 말하고 있는데 이런 생활의 교훈으로 누이는 자신이 "나는 나의 인격과 가치와 조선(祖先)에게 받은 의기와 피를 더럽혔"다고 생각한다. 그리고 "아! 조선의 오빠여! 조선의 동생을 두지 못한 것을 꿈결에서나마 얼마나 아파하였나이까"라고 되뇐다.

이 작품이 특징적인 것은 일본과 조선이라는 대립 축으로 사태를 정리하는 데 있다. 일본인과 조선인의 차별성이 남편과 아내의 관계에서도 여지없이 반복되어 드러난다. 이러한 민족주의적인 시선은 일제강점기 소설에서는 대개 향토적인 것과 결합하여 형상화됨에도 이 작품에서는 조선적이라는 관념과 '조선(祖先)'이 결합하여 나타난다. 특히 그 '조선(祖先)'이라는 관념 속에서 한설야 작품의 바탕에 놓인 민족적 성향의 특징적 윤곽이 그려진다. 근대 합리주의와 민족주의를 쌍생아로 보는 『만세전』의 시선과 비교하여 보면 한설야의 이러한 민족주의는 본분과 근본에 가까운 도리로서의 그것에 가까이 가 있다. 연애와 결혼의 파탄 원인조차도 환원될 수 있는 원점으로서의 민족 간의 이러한 모순을 작품의 중심에 두고 있다는 점에서 이 작품은 1920년대 우리 소설의 희귀한 사례에 속한다고 할 수 있다.

「과도기」는 일제하 소설사에서 한 획을 긋는 작품으로 평가된다. 당대 소설이 최서해적 경향 즉 폐쇄된 극단적인 극빈 체험의 형상화와, 박영희적 경향 즉 극단적 관념의 세계 사이에서 분열되어 작품 내용이 도식화되어가는 위기에 놓여 있었다. 「과도기」는 이 두 세계를 통일시키는 계기로서 등장한 작품이다. 평론가 임화는 이에 대해 이렇게 지적한다.

20년대의 주린 문단은 서해가 만주에서 실어온 좁쌀일망정 맛있게 먹었고, 송영이 동경서 건너온 어색한 창가일망정 흥겨웁게 들었다. 이 시대는 조선 문학의 정신적 방랑기라 할 수도 있을 것이다.

우리는 때로 서해를 따라, 송영을 따라, 만주와 동경으로 유관(遊觀)하여 피곤했을 때, 비로소 한설야의 손으로 다시 조선 땅에 돌아온 것이다. 정든 고향, 그러나 불행한 고향, 그러나 그곳에 살아가지 않을 수 없는 고향, 이 땅(이런 고향에서 한 편의 가작이 「고향」이란 이름으로 창조됨이 어찌 필연이 아니랴?)에서 우리의 문학은 다시 재출발하지 않을 수 없는 것이다. (임화, 「소설문학 20년」, 『동아일보』, 1940년 4월 2일)

「과도기」는 일반적으로 이기영의 「서화」와 비교되는데 후자가 농민이 지니는 다면적 성격에 초점을 맞추어 이 계층의 변화 과정의 어려움을 그려낸 작품이라면 전자는 농민 계층 출신 노동자가 혁명적 노동자로 탈바꿈해가는 세계를 포착하려는 한설야의 첫 시도이기 때문이다. 이제 「과도기」에서 노동자가 된 '창선'이 어떤 과정을 거쳐 주체적인 노동자가 되어가는가가 한설야 소설의 과제로 설정된다. 한설야는 이를 평생의 과제로 삼아 창작했다고 해도 과언이 아니다. 따라서 「씨름」은 그 실패한 첫번째 속편이라는 점에서 의미 있다. 실패의 원인과 이후 과제를 분명히 해주기 때문이다. 「씨름」의 주인공 명호는 이미 '완성된' 인물로 제시되어 있다. 문제는 '창선'이가 '명호' 되는 과정 자체의 본격적인 탐구일 터인데 작가는 「씨름」에서는 이 과제에 소홀했다. 이 과제의 응답인 『황혼』(『조선일보』, 1936년 연재)도 평론가들에게 좋은 평가를 받지 못했다는 점에서 『설봉산』(1956년)에 가서야 한설야는 이 과제를 일정 정도 성취하게 된다.

전주사건 즉 제2차 카프 사건을 경험한 한설야는 출옥 후 「태양」 「임금」 「딸」 「이녕」 등 일련의 생활문학 범주에 드는 전향소설들을 발표한다. 제3기의 작품들이다. 이러한 작품들의 주제는 고향으로의 귀향 이후 전향자가 어떻게 생활에 적응해나가는가에 놓여 있다. 「태양」은 출소 후 고향까지의 여정을 그린 작품이다. 여기서 그는 그간에 보지 못했던 '작은 것들'에 대해 강조한다. 「임금」에서는 고향의 가족과 생활하면서 겪는 부적응과 그럼에도 그 속에서 느낀 작은 깨달음을 내비친다. "그는 이날에 비로소 제가 갈 길을 찾은 듯하였다. 맨 밑바닥을 걸어가자! 거기서부터 다시 떠나기로 하자!"라고. 그러나 이러한 깨달음은 언제나 현실적으로 불가능한 생활 바깥의 어떤 실천과 결부되어 있다. 한편 이런 양상과는 달리 생활 속에서 생활의 깨달음으로 나아간 작품으로 「이녕」을 들 수 있다.

「이녕」은 당대의 생활문학 가운데 수작에 드는 작품이다. 이 작품은 그간의 생활을 좀더 객관적으로 관찰하는 차원에 놓여 있다. 이전의 작품들이 생활에 매몰된 자신에 대한 감상과 좌절 혹은 이 생활을 벗어난 실천의 가능성에 매달렸다면 이 작품은 좀더 거리를 두고 생활을 관찰하되, 그 속에서 포착되는 생활의 의미를 그려낸다. 생활의 재발견이라 할 만한 이 작품으로 인해 그의 생활문학은 두 부류로 구분이 가능해진다. 그러나 이 작품 이후 한설야는 이 생활로의 복귀, 그리고 새로운 모색에는 만족하지 못했다. 이 지점에서 그의 열정은 정상적 삶을 이탈한다. 「보복」「술집」「종두」「태양은 병들다」「모색」「파도」「숙명」「아들」「두견」「세로」「유전」으로 이어지는 이후의 단편들은 그의 빗나간 열정과 자의식 그리고 현실에 대한 패배감이나 회의가 반복되어 있다.

제4기의 한설야는 해방 후 북한에 남아 주로 북한의 문학적 과제에 대응하는 주제들을 형상화하였다. 환언하자면 이러한 문학적 태도는 현실의 탐색을 통해 서서히 드러나는 전망의 형상화에 속하는 것이 아니라 정치적 선택과 직결되는 성격을 지닌다. 6·25

전까지 그의 단편소설들을 주제별로 유형화해보면 이 사실은 바로 입증된다.

그 주제란 첫째로 김일성의 과거 항일 유격대 활동이나 당대의 김일성의 영웅성에 대한 형상화로서 「혈로」「개선」 등이 이에 해당한다. 「혈로」는 '혁명군'의 고난의 길을 그리면서도 그들이 미래에 대한 희망을 잃지 않고 살아왔음을 강조한다. 그 희망은 일본군에 대한 끊임없는 공격과 지도자의 신출귀몰함 혹은 신에 가까운 능력에 그 근거를 두고 있다. 이 계열의 작품들이 역사적으로 의미 있는 이유는 작품의 가치와는 무관하게 작품에 구현된 지도자의 영웅성 때문이다. 1946년 시점에서 한설야가 이를 집중적으로 그려냈다는 점은 그의 앞으로 올 북한 사회에 대한 선취에 해당한다. 2002년 전후 그가 북한에서 다시 거론될 수 있었던 이유도 바로 이 점 때문이었다.

둘째 부류는 「모자」「얼굴」「남매」를 대표작으로 하는 조-소 친선에 관한 형상화이다. 특히 해방 후 북한에 진주한 한 소비에트 병사의 향수가 주제로 되어 있는 「모자」는 발표 후 북한에서 비판의 대상이 되었다. 따라서 『문화전선』 창간호에 실렸던 원작품과 후의 『한설야 선집』 수록 작품과는 내용에서 차이가 난다. 본 작품집에서는 『한설야 선집』본을 모본으로 하였기에 차이 부분을 지적해둘 필요가 있겠다.

「모자」의 주인공은 우크라이나가 고향인 한 '소비에트' 병사다. 그에게는 고통스러운 과거가 있는데, 고향의 노모, 아내, 두 자식이 독일군에 의해 살해당했기 때문이다. 그에게 고향은 상처다.

따라서 그는 공포가 엄습할 때마다 총을 난사하는 습관이 생겨났다. 그가 K시에 온 때는 1945년 8월 말인데 이 습관은 여전했기에 소리에 놀라 길가의 아낙네가 비명을 지르기도 했다. 『한설야 선집』에서 제거되어버린 가장 특징적인 내용은, 바로 이 부분, 즉 병사의 발작적인 총기 난사 부분이다. 공포탄이 무서워 도망가는 사람들을 보며 유쾌해하는 일, 상점 주인과 아기를 안은 여인과의 도둑 실랑이를 총으로 해결해버린 일, 승무를 보며 얻은 감동이 종교적 성격으로 인해 반감되었다는 생각에 극장 밖에서 발포한 일, 고향을 생각하면 독일군에 죽은 가족이 생각나 공포감을 느낀다는 구절 등은 『한설야 선집』에서 수정 혹은 제거되었다. 발작적인 총기 난사로 향수나 고통을 달래는 장면은 우울 속에서도 새로운 사회를 보며 다시 활기를 찾는 것으로, 승무 장면은 공연 뒷부분의 수정으로, 상점 주인과 여인과의 실랑이의 원인을 일제 강점기 때 진 빚을 받으려는 상점 주인 때문인 것으로 대체하여, 작품을 손질해놓았다.

이 개작 과정은 몇 가지 차원에서 이해될 수 있다. 『황혼』 개작의 경우와는 달리, 이 경우는 소련군 병사의 즉자적 성격을 제거하는 수준이었다는 점이다. 당시 북한에 진주한 소련군의 행동에 대한 불안이 북한 지역에 팽배해 있었던 것은 사실인 듯하다. 따라서 원본의 경우가 사실에 가까우리라는 추측은 가능하지만 한설야의 입장은 수정본에 더 가깝다고 할 것이다.

셋째 부류는 「탄갱촌」 「자라는 마을」에서 보이는 사회주의 건설의 형상화이다. 이 부분은 한설야가 비교적 자신 있게 수행할

수 있는 영역인데 바로 사회주의 현실을 다루는 것이기 때문이
다. 말하자면 농촌이나 공장 현장에서 노력하는 일꾼들을 그려내
는 일은 익숙한 작업이어서 위의 두 부류와는 그 작품의 구조적
성격이 구별된다. 그 성격에는 현실 속에서 전망을 찾는 창작 태
도를 기본 전제로 하면서 당대의 정책적 입장을 반영한 다소 절
충적 형태를 포함한다. 이 부류의 대표작은 「자라는 마을」이다.

　본 소설집에는 6 · 25전쟁 이전까지의 작품만을 수록하였다.
6 · 25전쟁 이후의 작품들은 우리 문학과의 연관성 측면에서 그
이전보다 현격하게 밀도가 떨어진다고 보았기 때문이다.

1900년(1세) 8월 3일 함경남도 함흥군 주서면 하구리에서 태어남. 고
향 마을 이름을 나촌이라 불렀는데 한 씨들만 2백여 호 모여
사는 집성촌이었다고 함. 2남 2녀 중 차남으로 출생, 본명은
한병도(韓秉道). 조선 말 군수를 지낸 아버지 한직연(韓稷淵)은
사상의학의 창시자로 알려진 이제마의 문하생이었음. 형은 7세
위로 이름은 한병무(韓秉武). 아버지와 형은 그의 인생행로의
결정적인 국면에서 많은 영향을 끼침.

1910년(11세) 7세 무렵부터 서당에 다니다 함흥 보통학교에 입학,
1914년 졸업.

1915년(16세) 4월, 경성고등보통학교에 입학. 동기동창에 박헌영이
있었는데 한설야는 그 역시 친구들과 잘 어울리지 못하는 촌
놈으로 기억하고 있음.

1918년(19세) 4월, 경성고보를 중퇴하고 함흥고등보통학교로 전학,

1919년(20세) 함흥고보 졸업. 아버지의 뜻에 따라 법학 전문학교에 진학하였으나 종교 사건에 연루되어 제적당하였다고 함. 형을 따라 북경에 가서 익지 영어 학교에 입학함. 이때부터 사회과학 공부를 시작함. 중국 육군성 관리 출신인 조선인 집에서 서생 노릇을 하면서 일본어 번역도 함.

1920년(21세) 겨울에 귀국하였다가 실연당한 뒤 이를 신의를 저버린 사례로 오랫동안 기억하며 문학 작품의 소재로 씀.

1921년(22세) 봄, 동경으로 유학, 니혼대학에서 사회과학을 공부함. 이 시기 춘원의 『무정』과 같은 장편을 쓰기로 마음먹고 장편소설을 습작하였다 함. 시「효종(曉鐘)」을 『동아일보』 독자 문단에 투고하여 게재됨. 형 한병무가 정평군 문예청년회 회장을 지냄.

1923년(24세) 관동 대지진으로 휴학 및 귀국.

1924년(25세) 북청고보 설립을 위한 예비 기관인 강습소에서 강사로 재직하며 창작 활동.

1925년(26세) 이광수의 추천으로 『조선문단』에「그날 밤」(1925. 1) 발표.

1926년(27세) 봄에 부친이 타계. 동아일보 함흥지국 기자로 근무하다 이해 9월 사임하고 무순으로 이주. 『동아일보』에「오호(嗚呼) 서왈보공(徐曰甫公) 혈루(血淚)로 그의 고혼(孤魂)을 곡(哭)하노라」(7. 6~10), 평론「예술적 양심이란 것」(10. 23),「프로예술의 선언」(11. 6) 등을 발표함.

1927년(28세) 형 한병무, 정평군 귀림면 면장 지냄. 1월 귀국하여 카프 재조직에 참여. 이때 「계급 대립과 계급문학」(『조선지광』, 1927. 3)을 발표하면서 본격적인 카프 이론가로 등장. 5월, 귀림 청년연맹 창립총회에 가담함. 소설 「그릇된 동경」(『동아일보』, 1927년 2. 1~10), 「그 전후」(『조선지광』, 1927. 5), 「뒷걸음질」(『조선지광』, 1927. 8) 발표.

1928년(29세) 김화산을 비롯한 아나키즘 문학자들과 논쟁을 벌임. 6월, 『동아일보』 함흥지국 기자로 임명됨. 소설 「홍수」(『동아일보』, 1928. 1. 2~6)를 발표. 소설 「합숙소의 밤」(『조선지광』, 1928. 1)과 평론 「문예운동의 실천적 근거」(『조선지광』, 1928. 2) 발표.

1929년(30세) 「과도기」(『조선지광』, 1929. 4)와 속편 「씨름」(『조선지광』, 1929. 8) 발표.

1930년(31세) 조선지광사에 입사하여 그곳에서 발간하는 『신계단』 편집을 맡음.

1932년(33세) 『조선일보』 함남 특파원으로 파견되었다가 나중에 본사로 소환되어 학예부장을 맡음. 사내의 진보파와 보수파 사이의 싸움에서 사장 쪽 사람을 폭행하여 퇴사. 이 시기의 경험을 「세로」(『춘추』, 1941. 4)에서 작품화함.

1933년(34세) 함흥에서 용산서 형사에게 체포되어 경성으로 압송되었으나 무혐의로 곧 석방되었는데 이유는 알려지지 않음.

1934년(35세) 1월 23일, 함흥 제2차 태평양노동조합 사건의 주모자 김원묵에 대한 범인 은피 및 범인 은닉죄로 벌금 40원을 구형받음. 카프 2차 사건에 연루되어 전주 감옥에 수감됨.

1935년(36세) 12월 석방되고 함흥으로 돌아와 인쇄소 경영.

1936년(37세) 첫 장편소설 「황혼」(『조선일보』, 2. 5~10. 28)을 8개월
에 걸쳐 연재.

1937년(38세) 「조선 문학의 새 방향」(『조선일보』, 1. 1~8)를 필두로 다
수의 평론 발표. 「홍수」의 2부라 할 수 있는 「부역」(『조선문학』,
1937. 6) 발표. 「청춘기」(『동아일보』, 1937. 6. 8~11. 29) 연재.

1938년(39세) 인쇄소 경영을 그만두고 주식회사 동명극장 운영.

1939년(40세) 첫 소설집 『청춘기』(중앙인서관)가 간행됨. 「귀향」(『야
담』, 1939. 2~7)을 연재. 전향자의 좌절과 현실 적응 노력을
그린 소설 「이녕」(『문장』, 1939년 5월) 발표.

1940년(41세) 6월 중국 여행, 임화, 김남천, 안막 등과 더불어 국민총
력조선인연맹과 조선문인보국회에 가담함. 『귀향』(영창서관,
1940. 8. 15)과 『황혼』(영창서관, 1940. 1. 10)이 간행됨. 구한말
전환기를 그린 장편소설 『탑』(『매일신보』, 1940. 8. 1~1941. 2.
14) 연재.

1941년(42세) 『초향』(박문서관, 1941. 4. 1)과 『한설야 단편선』(박문서
관, 1941. 7. 15)이 간행됨. 단편소설 「아들」(『삼천리』, 1941. 1)
발표.

1942년(43세) 『탑』(매일신보사, 1942. 12. 25)이 간행됨. 함흥 대보극
장(大寶劇場) 감사 재직.

1943년(44세) 7월, 문석준 사건과 관련하여 보안법 위반으로 투옥됨.

1944년(45세) 5월 출옥.

1945년(46세) 1945년 9월 2일 열린 건국준비위원회 위원 135인 가운

데 1인으로 초청받음. 이기영, 송영 등과 함께 9월에 조선프롤레타리아예술동맹 조직 결성을 주도, 9월 30일 종로 2정목 동회관에서 개최된 회의에서 조선프롤레타리아예술동맹 의장으로 선출됨. 서기장에는 윤기정. 기관지 『예술운동』을 발행하면서 임화가 이끈 조선문학건설본부의 『문화전선』과 경쟁을 벌임. '문교(文敎)'에 관한 일을 함. 12월에 김일성을 만남.

1946년(47세) 2월, 조선프롤레타리아예술연맹 함남지부장을 맡음. 3월에 북조선예술총연맹 위원장을, 6월에 『함남인민보』 사장을 맡음. 7월에 북조선 민전 17인 위원으로, 8월에는 북로당 주석단 31인으로 선임됨. 북로당 중앙본부 집행부 문화부 책임자로 일함.

1947년(48세) 2월, 북조선인민위원회 교육국장 역임. 7~9월 소련 여행.

1948년(49세) 북한 지역 조선최고인민회의 제1기 대의원 선거에서 대의원 212명 중 1인으로 선출됨.

1949년(50세) 북조선문학예술총동맹 3차 대회에서 위원장으로 피선.

1951년(52세) 3월 15일 어머니 타계. 조선문학가동맹과 북조선문학예술가동맹이 통합되어 창설된 조선문학가총동맹의 위원장이 됨. 6월 『승냥이』(조선작가동맹출판사, 1951. 6. 15) 발간. 10월, 남한 공보당국은 6·25 이전 월북 작가 38명과 6·25사변 후 월북 작가 24명의 작품 중 이미 간행된 작품에 대해서는 발매 금지 처분을 내리는 동시에 차후에도 문필 활동을 금지시키기로 하는 한편, 사변 중 납치, 행방불명 등 여러 가지 사유로 소식이 없는 12명 작가의 작품에 대해서는 내용을 검토하여 처리하도록 공보·경찰 등 말단 행정기관에 통첩하였는데 그 해당 작가 A급(6·25 전 월북자) 가운데 1인으로 처리되어 남한 문단에서 완전히 격리됨.

1952년(53세) 6·25전쟁을 다룬 소설 『대동강』(『로동신문』, 1952. 4. 23~29) 연재.

1953년(54세) 김일성의 항일투쟁 형상화한 『력사』(『로동신문』, 1953. 4~7) 연재.

1954년(55세) 장편소설 『력사』(조선작가동맹출판사, 1954. 11. 10) 발간.

1955년(56세) 3월 『황혼』(조선작가동맹출판사, 1955. 3) 재간. 6월 『대동강』(조선작가동맹출판사, 1955. 6. 10) 발간. 김일성의 어린 시절을 다룬 아동소설 『만경대』(민주청년사, 1955. 7. 15) 출간.

1956년(57세) 적색 농조를 다룬 『설봉산』(조선작가동맹출판사, 1956. 7. 1) 발간. 『탑』(조선작가동맹출판사, 1956. 10. 15) 재간.

1957년(58세) 8월부터 1958년 9월까지 교육성과 문화선전성이 합쳐진 교육문화성에서 교육문화상 맡음. 『청춘기』(조선작가동맹출판사, 1957. 7. 30) 재간.

1960년(61세) 9월 9일, 『력사』로 『두만강』의 작가 이기영과 함께 인민상 수상. 최고인민회의 상임위원회 부위원장, 조선평화옹호전국민족위원회 위원장, 세계평화이사회 이사직 등 역임.

1962년(63세) 10월경 숙청당함.

1976년(77세) 사망.

작품 목록

1. 단편소설

작품명	발표지	발표 연도
그날 밤	조선문단	1925. 1
동경(憧憬)	조선문단	1925. 5
평범(平凡)	동아일보	1926. 2. 16~27
주림	조선문단	1926. 3
초연(初戀)	만주일일신문 석간	1927. 1. 12~14
합숙소의 밤[合宿所の夜] 합숙소의 밤	만주일일신문 석간 조선지광	1927. 1. 26~27 1928. 1
그릇된 동경	동아일보	1927. 2. 1~10
어두운 세계	만주일일신문 석간	1927. 2. 8~13
사랑은 있으나	매일신보	1927. 4. 24, 5. 1, 5. 8
그 전후(前後)	조선지광	1927. 5
이상한 그림	동아일보	1927. 5. 3~7
산연(散戀)	매일신보	1927. 6. 12~19
뒷걸음질	조선지광	1927. 8
홍수	동아일보	1928. 1. 2~6

작품명	발표지	발표 연도
인조 폭포	조선지광	1928. 2
과도기	조선지광	1929. 4
새벽	문예공론	1929. 5
한길	문예공론	1929. 6
씨름	조선지광	1929. 8
공장 지대	조선지광	1931. 5
사방공사	신계단	1932. 11. 5
365일	문학건설	1932. 12. 5
개답(開畓)	신계단	1932. 12. 5
교차선	조선일보	1933. 4. 27~5. 2
추수 후	신계단	1933. 6
소작촌	신계단	1933. 6
태양	조광	1936. 2. 1
임금(林檎)	신동아	1936. 3
딸	조광	1936. 4. 1
홍수(『탁류』 제1부)	조선문학	1936. 5
철로 교차점	조광	1936. 6. 1
하얀 개간지〔白い 開墾地〕	문학안내	1937. 2
부역(『탁류』 제2부)	조선문학	1937. 6
강아지	여성	1938. 9
산촌	조광	1938. 11. 1
귀향	야담	1939. 2~7
이녕(泥濘)	문장	1939. 5
보복	조광	1939. 5. 1
술집	문장	1939.7
종두	문장	1939. 8
태양은 병들다	조광	1940. 1. 1~2. 1
모색	인문평론	1940. 3
귀향	영창서관	1940. 8. 15
파도	신세기	1940. 11

작품명	발표지	발표 연도
숙명	조광	1940. 11. 1
아들	삼천리	1941. 1
유전(流轉)	문장	1941. 4
두견	인문평론	1941. 4
세로(世路)	춘추	1941. 4
초향(草鄕)	박문서관	1941. 4. 1
혈(血)	국민문학	1942. 1
향비애사(香妃哀史)	야담	1942. 11
영(影)	국민문학	1942. 12
탑	매일신보사	1942. 12. 25
젖〔乳〕	야담	1943. 2
모자	문화전선	1946. 8
혈로(血路)	우리의 태양	1946. 8. 15
탄갱촌	『한설야 선집』 8	(1946. 8)
개선	『한설야 선집』 8	(1948. 3)
얼굴	『한설야 선집』 8	(1948. 10)
남매	『한설야 선집』 8	(1949. 8)
초소에서	문학예술	1950. 1. 15
어느 날의 일기	『한설야 선집』 8	(1950)
기적	『한설야 선집』 8	(1950. 8)
격침, 바다의 영웅 김군옥, 리완근 전투기	『영웅들의 전투기』, 문예총	1950. 8. 25
하늘의 영웅 김기옥, 리문순 비행사의 전투기	『영웅들의 전투기』 2, 문예총	1950. 9. 13
전별	로동신문	1951. 4. 16~18
승냥이	『한설야 선집』 8	(1951)
황초령	『한설야 선집』 8	(1952. 6)
탱크 214호	『한설야 선집』 8	(1953. 3)
악수	조선문학	1955. 11
레닌의 초상	조선문학	1957. 11

작품명	발표지	발표 연도
성장(장편소설 『형제』의 속편)	조선문학	1961. 8
아버지와 아들	조선문학	1962. 4

2. 장편소설

작품명	발표지	발표 연도
황혼	조선일보 영창서관	1936. 2. 5~10. 28 1940.1.10
청춘기	동아일보	1937. 6. 8~11. 29
청춘기	중앙인서관	1939
마음의 향촌	동아일보	1939. 7. 19~ 1941. 2. 14
대륙	국민신보	1939. 6. 4~9. 24
탑	매일신보	1940. 8. 1~1941〉2. 14
대동강	로동신문	1952. 4. 23~29
력사	로동신문 조선작가동맹출판사 『한설야 선집』9	1953. 4~7 1954. 11. 10 1961. 5. 30
황혼	조선작가동맹출판사	1955. 3
대동강	조선작가동맹출판사 『한설야 선집』10	1955. 6. 10 1961. 4. 20
만경대	민주청년사 『한설야 선집』9	1955. 7. 15 1961. 5. 30
설봉산	조선작가동맹출판사	1956. 7. 1
탑	조선작가동맹출판사	1956. 10. 15
청춘기	조선작가동맹출판사	1957. 7. 30
초향	조선작가동맹출판사	1958. 4. 10
『열풍』 초록	조선문학	1958. 9
열풍	조선작가동맹출판사	1958. 11. 30
사랑	조선문학 『한설야 선집』12	1960. 7~9 1960. 7. 15

3. 시, 시조

작품명	발표지	발표 연도
부벽루에서	매일신보	1921. 3. 8
효종(曉鐘)	동아일보	1921. 4. 29
봄비소리!(외구름)	청년	1921. 6
그 위에 꽃이 피리	문학신문	1962. 6. 29
남녁 땅 형제들에게	문학신문	1962. 6. 29
송악산에서	문학신문	1962. 6. 29
분계산 언덕에서	문학신문	1962. 7. 3
이 한밤에	문학신문	1962. 7. 3
나의 개	문학신문	1962. 7. 3
그 우정이 못내 겨워	문학신문	1962. 7. 6
어머니인 듯	문학신문	1962. 7. 6
별	문학신문	1962. 7. 10
익제 묘 앞에서	문학신문	1962. 7. 10
사람	문학신문	1962. 7. 10
바람을 안고	문학신문	1962. 7. 13
땅	문학신문	1962. 7. 13
무대 놀이	문학신문	1962. 7. 13
엣날로 돌아가서	문학신문	1962. 7. 17
꽃나무를 심어놓고	문학신문	1962. 7. 17
꽃과 같이	문학신문	1962. 7. 20
발틱 해상에서	문학신문	1962. 7. 20
새 인간들 속에서(1)	문학신문	1962. 7. 24
새 인간들 속에서(2)	문학신문	1962. 7. 24
새 인간들 속에서(3)	문학신문	1962. 7. 24
갈매기	문학신문	1962. 8. 7
가야금	문학신문	1962. 8. 7
줄장미야	문학신문	1962. 8. 7
금강산	문학신문	1962. 8. 14
삼일포	문학신문	1962. 8. 14

작품명	발표지	발표 연도
세상에 비노라	문학신문	1962. 8. 17
나도 그처럼	문학신문	1962. 8. 17
향 오른 꽃 앞에서	문학신문	1962. 8. 17
길은 열린다	문학신문	1962. 8. 21
만물상	문학신문	1962. 8. 21

4. 희곡

작품명	발표지	발표 연도
총공회(總工會)	조선지광	1930. 3
전기(轉機)	조선지광	1932. 2
절뚝발이	문학건설	1932. 12. 5
저수지	신계단	1933. 7
형제	조선문학	1960. 2

5. 수필

작품명	발표지	발표 연도
주범부 군(朱範浮君)을 곡(哭)함	매일신보	1921. 5. 19
신혼의 가(歌):「악극 로엔그린」의 1절	신여성	1924. 12. 19
미인국(美人國)의 순례	신여성	1925. 3
명호(鳴呼) 서왈보공(徐曰甫公): 혈루(血淚)로 그의 고혼(孤魂)을 곡(哭)하노라	동아일보	1926. 7. 6~10
감사와 불만[感謝と不滿]	문예전선	1927. 9
「일인일문(一人一文)」산탄(散彈)	조선일보	1927. 10. 7
화전민의 연구	조선지광	1929. 2
소설 쓰려다가 1~4	조선일보	1929. 2. 8~12

작품명	발표지	발표 연도
재지(災地)의 봄	조선문예	1929. 5
국경정조(國境情調) 1~6	조선일보	1929. 6. 12~23
생활과 작품 —작가로서의 근상일속(近想一束)	중앙일보	1931. 12. 1~2
윤기정 인상기(尹基鼎印象記)	문학건설	1932. 12. 5
엽서 문답	문학건설	1932. 12. 5
북국기행(北國紀行) 1~7	조선일보	1933. 11. 26~ 12. 3
머리에 쓴 일기—그중의 몇 토막	조선일보	1936. 1. 24~28
작자의 말—본지(本紙)에 빛날 신장편소설『황혼』	조선일보	1936. 2. 2
처녀장편의 여(女)히로인 잃어버린 여주인공	신동아	1936. 7
잡지 편집인에게	신동아	1936. 8
한여름 밤의 야화 —빙장굴피서(氷藏窟避暑)	동아일보	1936. 8. 11
가을과 인간생활	여성	1936. 10
문인과 여성, 문인과 부부	여성	1937. 2
회상 중의 봄	백광	1937. 3. 28
문인 멘탈 테스트	백광	1937. 3. 28
문인과 우문현답	여성	1937. 4
수필 잡문 영춘보(迎春譜)/북국의 봄	조광	1937. 4. 1
설문	조광	1937. 5
문예수감(隨感)—현역 작가에게 큰 교훈	조선문학	1937. 5
설문(독서 설문/인기 설문/산책 설문/ 미신 설문)	조광	1937. 6
고난의 교훈	동아일보	1937. 6. 8~9
작자의 말—장편소설 예고『청춘기』	동아일보	1937. 7. 13
나의 10년 계획	조광	1938. 1
2×2는 6 되는 꿈, 주관은 꿈에 다시 뵐까 무서워	동아일보	1938. 1. 3

작품명	발표지	발표 연도
설문	조광	1938. 6
무용사절(使節) 최승희에게 보내는 서(書)—회화화된 조선 정조	사해공론	1938. 7
지하실의 수기—어리석은 자의 독백일척(獨白一齣)—세기(世紀)에 부치는 말	조선일보	1938. 7. 8
나의 피서 플랜	동아일보	1938. 7. 13
능률이 난다(우리 집 척서법(滌署法))	여성	1938. 8
「나의 이력서」 고난기	조광	1938. 10. 1
나의 학생 시대 행장기(行狀記) —영화광 시대	조광	1938. 11. 1
문단 왕래(인쇄소 경영)	청색지	1938. 12
명사(名士) 만문만답(漫問漫答)	조광	1939. 1, 5
금강산유기	조선문학	1939. 4
단상 편편(片片)	신세기	1939. 6
나의 창작노트—인물 전람회	조광	1939. 6. 1
출판기념회(낙수첩(落穗帖))	조광	1939. 7
내 작품을 해부함—자화자찬	조광	1939. 7. 1
작자의 말—신연재 장편소설 예고 『마음의 향촌』	동아일보	1939. 7. 10
초막 속의 밤 이야기	신세기	1939. 8
기행부전고원행(紀行赴戰高原行)	동아일보	1939. 8. 4~10
평가(平家)와 여인	박문	1939. 9
이제부터(작가 생활의 회고)	박문	1939. 10
내 딸에 대한 설계(설문)	여성	1939. 11
처녀 장편을 쓰던 시절 —내 문학의 요람	조광	1939. 12. 1
말의 매력	청색지	1939. 12
자작 안내	청색지	1940. 10
나의 생명의 연소(燃燒) —나의 문학 10년기	문장	1940. 2

작품명	발표지	발표 연도
P군에게	박문	1940. 3
수필 잡문―극장 지배인	조광	1940. 4. 1
문학풍토기―함흥편	인문평론	1940. 5
소설가의 어머니 ―무언실행(無言實行)의 인(人)	조광	1940. 6. 1
북지(北支)기행	동아일보	1940. 6. 18~7. 5
작자의 말―신장편소설『탑』	매일신보	1940. 7. 17
연경의 여름―시내의 납량 명소 기타	조광	1940. 8. 1
여백 문답	조광	1940. 8, 9
북경통신 만수산 기행	문장	1940. 9
관북, 만주 향토 문화 좌담회	삼천리	1940. 9
엽서회답―조선문학상을 준다면	조광	1940. 9
경성 개조안(改造案)	삼천리	1940. 10
『청춘기』와『황혼』―동아, 조선 양 신문에 소설 연재 회상기	삼천리	1940. 10
천단(天壇) 북경 통신	인문평론	1940. 10
문인 담화실	삼천리	1940. 12
작포장백영씨(勺圃張伯英氏) 인상 ―『연경일기』에서	박문	1941. 1
현실을 육체화할 것	매일신보	1941. 1. 5~24
엽서 통신―올 여름의 나의 계획	신시대	1942. 7
한 번 더 동물회의를 했으면	신시대	1942. 12
포석(抱石)과 나 상(上)	조선인민보	1946. 5. 24
제1집을 보내면서	문화전선	1946. 7. 25
김일성 장군 개선기	문화전선	1946. 7. 25
축사(해방 1주년 기념)	조선여성	1946. 9. 6
작가가 본 김일성 장군	민성	1947. 2
장군의 아버님과 어머니	조선여성	1947. 7. 30
10월 혁명 기념 동궁 앞에서: 방소(訪蘇) 기행 수첩	조소문화	1947. 11
8 · 15 전후	투사신문	1948. 10. 21

작품명	발표지	발표 연도
해방 전후	문학예술	1948. 11. 15
소련 여행기(장편 르포르타주)	교육성	1948. 12
서(序)『장막희곡 3인집』	문화전선사	1949. 5. 5
인민은 싸운다	로동자	1949. 9. 25
파리 기행―제1차 세계 평화 대회를 중심으로	『한설야 선집』 14	(1949)
서문(『낙동강』)	문화전선사	1950. 4. 10
졸리오 퀴리의 인상	투사신문	1950. 6. 7
서문	평론집 『문학의전진』	1950. 9. 5
친선	『한설야 선집』 14	(1951. 7)
추도사―고 조기천 동지	로동신문	1951. 8. 3
고 허헌 선생	로동신문	1951. 8. 27
위대한 창조	로동신문	1951. 9. 9
김일성 장군과 문학예술	『한설야 선집』 14	(1952. 4)
고 한병혁 동지	로동신문	1952. 6. 5
김일성 장군과 민족문화의 발전	『한설야 선집』 14	(1952. 8)
우리의 스승 김일성 장군	『한설야 선집』 14	(1952. 10)
몽고의 어머니	『한설야 선집』 14	(1952. 10)
북경 평화 대회의 인상	『한설야 선집』 14	(1952. 12)
스탈린은 우리와 함께 살아 있다	『한설야 선집』 14	(1953. 3)
이브 파르주는 열렬한 평화 투사이다	문학예술	1953. 4. 7
한설야 동지의 환영사	로동신문	1953. 11. 9
소설『력사』를 창작하고	로동신문	1954. 2. 19
나의 창작 계획(1955년도를 맞는 작가들의 창작 계획에서)	조선문학	1955. 1
10년―해방 10주년을 맞이하여	조선문학	1955. 8
강철	조선문학	1955. 9
나의 창작 계획, 실천 정형에 대하여	조선문학	1955. 10
파제예프와 나	조선문학	1956. 8
레닌 회상기	『한설야 선집』 14	(1957. 5. 2)

작품명	발표지	발표 연도
적도 위에서	조선문학	1957. 6
라운규의 형상	『한설야 선집』 14 문학신문	(1957. 7. 19) 1957. 8. 1
새해 작가들의 창작 결의	문학신문	1958. 2. 6
애급의 예술	문학신문	1958. 2. 13
이 사람들을 보라	조선문학	1958. 4
애급의 전승 기념일	청년문학	1958. 4
나의 인간 수업, 작가 수업	이상과노력 (민청출판사)	1958
이 사람들을 보라!―팔레스티나 피난민 수용소에서	조선문학	1958. 4
바보 콩클	조선문학	1958. 7
정신의 기사와 정신의 생산자들	『한설야 선집』 14	(1958. 9)
수령 돌아오시다	『한설야 선집』 14	(1958. 12. 11)
수령을 배우자	『한설야 선집』 14	(1958)
위대한 비약의 시대	『한설야 선집』 14 문학신문	(1959. 1) 1959. 1. 1
새해 창작 계획	문학신문	1959. 1. 11
위대한 비약의 시대		1959. 1
아시아, 아프리카 작가회의와 관련하여	조선문학	1959
정열의 시인 조명희	『조명희 선집』 조명희문학유산 위원회	1959
사회주의 젊은이들	『한설야 선집』 14 문학신문	(1959. 2) 1959. 2. 12
생활의 교훈	『한설야 선집』 14 문학신문	(1959. 1) 1959. 2. 25
『형제』 연재 작가의 말	문학신문	1959. 3. 29
공산주의 문학 건설과 신인들의 임무(권두언)	청년문학	1959. 5
공산주의 만세! 세계 평화 만세!	조선문학	1959. 10

작품명	발표지	발표 연도
어머니—장편『탑』을 쓰던 시절의 일기 중	문학신문	1959. 11. 27
우리의 고지	조선문학	1960. 1
남반부 작가들에게	문학신문	1960. 1. 1
생활을 사랑하자	청년문학	1960. 1
『형제』를 창작하기까지	문학신문	1960. 1. 29
중편소설『형제』를 창작하기까지	청년문학	1960. 2
수령을 따라 배우자	민청출판사	1960. 5
신인들에게 보내는 편지	청년문학	1960. 6
이 영예를 당과 수령 앞에	문학신문	1960. 8. 30
이 영예에 보답하도록 노력하겠다	문학신문	1960. 9. 13
희천공작기계공장 문학 서클 동무들의 첫 시집에 부치노라	청년문학	1961. 10
희천공작기계공장 문학 서클원들의 첫 시집에 부치노라	시집『항상 그이와 함께』 (직업동맹출판사)	1961. 11. 25
독자들에게 보내는 편지	청년문학	1961. 12
새해를 맞으며	문학신문	1962. 1. 1

6. 평론

작품명	발표지	발표 연도
치행(痴行)이냐? 표절이냐? —정옥 군에게 묻노라	매일신보	1921. 9. 26~27
예술적 양심이란 것	동아일보	1926. 10. 23
계급문학에 관하여	동아일보	1926. 10. 25
프로예술의 선언	동아일보	1926. 11. 6
작품과 평—권구현 군의 1월 창작평의 중간파적 태도를 박(駁)함 1~7	조선일보	1927. 2. 17~23
계급 대립과 계급문학—조선문학의 경향과 계급문학으로의 프로문학에 대한 일고(一考)	조선지광	1927. 3

작품명	발표지	발표 연도
무산문예가(無産文藝家)의 입장에서 김화산 군의 허구문예론—관념적 당위론을 박(駁)함	동아일보	1927. 4. 15~27
대중의 인식성—향토종파(鄕土宗派)의 미망(迷妄)을 배격함	조선지광	1927. 6
속학자(俗學者)의 구문(口吻) —김안서 군의 민착(悶着)을 소(笑)함	중외일보	1927. 8. 24~29
역불멸설(力不滅說)과 기계학 한치진 군의 「기계학과 생존경쟁」을 읽고	조선지광	1927. 9
문예의 비평의 과학적 태도—어떤 문자(問者)에게 답함 1~9	조선일보	1927. 11. 22 ~12. 2
예술의 유물사론	조선지광	1927. 12
예술의 유물사론(속)—종족기동(種族其同) 사회와 초기 봉건사회의 예술	조선지광	1928. 1
1928년의 대중 간의 문예 관계는 어떻게 진전될까(현 단계의 조선 사람은 어떠한 예술을 요구하는가)	조선지광	1928. 1
문예운동의 실천적 근거	조선지광	1928. 2
문예운동의 한계와 임무(속) —문예운동의 실천적 근거	조선지광	1928. 4
예술의 유물사론(3)—봉건시대와 과도기의 예술	조선지광	1928. 4
영화예술에 대한 관견(管見)	중외일보	1928. 7. 1~9
영화비평: 외국영화에 대한 오인(吾人)의 태도	조선지광	1929. 1
조선 문예운동의 당면 문제—실천적 이론으로의 재조직에 1929년을 마지며	조선지광	1929. 1
신춘 창작평	조선지광	1929. 2
2월 창작 및 기타	조선지광	1929. 4
운동으로서의 예술	조선문예	1929. 5
문예시감(文藝時感)	문예공론	1929. 6
6월 창작평	문예공론	1929. 7
변증법적 사실주의의 길로	중앙일보	1931. 1. 17~19

작품명	발표지	발표 연도
문예시평—삼천리사(社)근대문학 전집 발간과 집필가 지조 문제에 대하여	조선일보	1931. 4. 15~20
사실주의 비판—작품 제작에 관한 논강	동아일보	1931. 5. 17~ 5. 20
대중화의 독물(讀物)이 되도록	비판	1932. 5
영화 이론에 대한 관견	영화부대	1932. 11
1932년도 창작 총평	문학건설	1932. 12. 5
1932년 창작 총평	신계단	1932. 12. 5
작가가 본 작가—이북명(李北鳴)을 논함 —그의 작(作)에 대하여 1~3	조선일보	1933. 6. 22~24
문예시평—11월 창작평 1~12	조선일보	1933. 11. 10~23
1933년 창작계 총평	신계단	1933. 12
12월 창작평	조선일보	1933. 12. 14~16
흑인문학—니그로 문학의 성장 1~10	조선일보	1934. 1. 1~18
문예시평—투고 작품의 일반적 경향	형상	1934. 2
최근 조선 문단의 동향	고려시보	1936. 3
요계몽(要啓蒙)의 평자(評者)	신동아	1936. 6
통속소설에 대하여	동아일보	1936. 7. 3~8
막심 고리키의 예술에 대하여	조선일보	1936. 7. 25~8. 5
세계적 작가인 고리키 옹(翁)의 생애와 작품	신동아	1936. 8
소화(昭和) 11년도 조선문학의 동향	조선문학	1937. 1
조선문학의 새 방향 1~3	조선일보	1937. 1. 1~8
문단 주류론	풍림	1937. 2
기교주의의 검토—문단의 동향과 관련시켜 1~5	조선일보	1937. 2. 4~9
방랑인으로의 고리키	조광	1937. 5. 1
문예협회에 대하여	백광	1937. 6
국외인의 일가언(一家言)—역사철학에의 관심-분석으로부터 종합에 상~하	조선일보	1937. 10. 14~16
이 시대의 내 문학—감각과 사상의 통일 —전형적 환경과 전형적 성격	조선일보	1938. 3. 8

작품명	발표지	발표 연도
장편소설의 방향과 작가 1~4	조선일보	1938. 4. 2~6
문예시평—문단 시사에 관한 소감 —심경소설, 제재, 주제 등	동아일보	1938. 5. 8~13
연극 발전책—좋은 각본을	조광	1939. 1. 1
내 작품의 여주인공—『황혼』의 여순(麗順)	조광	1939. 4. 1
벽초 홍명희 선생 저『임꺽정』을 읽고	조선일보	1939. 12. 11
신(新) 지나문학(支那文學)의 인상 —임어당의『북경의 날』기타	매일신보	1940. 7. 9~11
연경(燕京) 예단(藝檀) 방문기	매일신보	1940. 7. 17~23
대륙문학 기타〔大陸文學など〕	경성일보	1940. 8. 2~4
문예시감(文藝時感)	삼천리	1941. 3
임화 저『문학의 논리』—신간 평	인문평론	1941. 4
이기영 저『춘(春)』(일명 생활의 논리) —서평	국민문학	1943. 2
문학운동에 대한 관견—문학가 동맹 결성을 계기로	중앙신문	1945. 12. 15~18
국제 문화의 교류에 대하여	문화전선	1946. 7. 25
예술운동의 본질적 발전과 방향에 대하여	해방 1주년 기념 평론집	1946. 8
고리키의 예술—그는 프롤레타리아 문학의 정초자였다	문화전선	1946. 11. 20
소-미 협동위원회는 무엇을 하고 있나	건설	1946
해방 후 3년간 북조선 문화 발전에 대하여	조소문화	1948. 8. 25
문화 교류의 발전을 보장(조-소 양국 간 외교 및 경제 관계 설정에 대한 각계각층의 반향)	투사신문	1948. 10. 17
평화를 위한 투쟁에서의 문학예술	『한설야 선집』14	(1948)
평화 옹호 세계대회에 참가한 작가들의 실상	인민교육	1949. 8
로동당 중앙위원회 제3차 정기회의의 총화와 문학예술인들의 당면 과업(요지)	로동신문	1951. 3. 20
러시아의 위대한 문호 레프 니콜라예비츠 톨스토이	로동신문	1953. 9. 9

작품명	발표지	발표 연도
전후 복구 건설과 작가 예술가들의 당면 과업	로동신문	1953. 9. 29
시인 작가들의 작품에서 나타나는 몇 가지 문제에 대하여	로동신문	1954. 9. 25
소비에트 문학의 위력은 날로 장성 강화되고 있다	로동신문	1954. 12. 19
전진하는 조선문학	조선문학	1954
발전 도상에 오른 전후의 조선문학	조선문학	1955. 1
『돈키호테』에 대하여	조선문학	1955. 4
연암 박지원의 생애와 활동	조선문학	1956. 1
보다 훌륭한 생활을 위하여	로동신문	1956. 1. 1
평양시 당 관하 문학예술 선전 출판 부문 열성자 회의에서 한 한설야 동지의 보고	로동신문	1956. 2. 15
계급적 교양과 사회주의 리얼리즘의 제문제	조선문학	1956. 2
우리 문학예술이 달성한 거대한 성과	로동신문	1956. 3. 25
당의 문예 정책과 함께 발전하는 우리 문학예술	조선문학	1956. 4
노신과 조선 문학	조선문학	1956. 10
전후 조선 문학의 현 상태와 전망	제2차 조선작가 대회 문헌집	1956
『우리 문학의 혁명적 전통』 합평회에서	문학신문	1956. 12. 13
현대 조선 문학의 어제와 오늘—아시아 작가대회에서 진술한 조선작가대회의 보고	조선문학	1957. 1
평양시 당 관하 문학예술선전출판부문 열성자 회의에서 한 한설야 동지의 보고	조선문학	1957. 2
우리 문학의 새로운 창작적 방향을 위하여	문학신문	1957. 11. 14
우리 문학의 새로운 창작적 앙양을 위하여 —조선작가동맹 중앙위원회 제2차 전원 회의에서 한 한설야 위원장의 보고	조선문학	1957. 12
공산주의 문학 건설을 위하여	조선문학	1959. 2. 26
공산주의 교양과 우리 문학의 당면 과업	조선문학 문학신문	1959. 5 1959. 4. 16

작품명	발표지	발표 연도
문학 창작의 결정적 앙양을 위하여 ―조선작가동맹 중앙위원회 제5차 확대 전원 회의에서 한 한설야 동지의 보고	문학신문	1960. 1. 22
문학 창작의 결정적 앙양을 위하여 ―조선작가동맹 중앙위원회 제5차 확대 전원 회의에서 한 한설야 위원장의 보고	조선문학	1960. 2
문학의 질을 높이기 위한 몇 가지 문제	문학신문	1960. 7. 5
해방 후 조선 문학의 개화 발전	문학신문	1960. 8. 12
카프문학의 빛나는 전통	문학신문	1960. 8. 24
혁명 투사들의 진실한 성격 창조를 위하여	문학신문	1960. 10. 18
문학예술의 통일적 발전을 위하여	문학신문	1960. 11. 22
다시 한 번 남조선 작가들에게	문학신문	1961. 1. 3
천리마 시대의 예술	문학신문	1961. 2. 25
천리마 시대의 문학예술 창조를 위하여 ―조선문학예술 총동맹결성대회에 행한 한설야 동지의 보고	조선문학 문학신문	1961. 3. 3 1961. 3
열렬한 애국자며 탁월한 시인 박인로	문학신문	1961. 8. 11
예술의 고지를 향하여	문학신문	1962. 5. 1
투쟁의 문학―카프 창건 37주년에 즈음하여	문학신문	1962. 8. 2

7. 정론(政論)

작품명	발표지	발표 연도
남경(南京)국민회의의 정체	조선지광	1931. 5
소련 석유의 세계적 진출	신계단	1932. 11. 5
남경 국민정부와 장장(蔣張)의 귀추	조선지광	1932. 2
농업 공황과 과잉 생산	신계단	1932. 12. 5
민족개량주의 비판	신계단	1933. 1
경제적으로 본 일미(日米) 관계	신계단	1933. 1
천도교의 정치적 의의	신계단	1933. 1

작품명	발표지	발표 연도
북조선의 문화의 전모(좌담회)	민성	1947. 2
인민위원선거는 훌륭하게 끝났다	건설	1947. 2. 15
정신운동의 과학적 해명―건국사상 동원에 관련하여	인민교육	1947. 3
전 조선 동포에게 격(檄)함(북조선 민주주의 민족통일전선 중앙위원회)	민주조선	1947. 3. 9
학생들에게 주는 교시	민주청년	1947. 4. 12
국가 교육의 전망	인민	1947. 4. 28
1947년도 인민 교육문화 발전 계획 실천에 대하여	인민	1947. 5
영웅 김일성 장군	신생사	1947. 5. 30
북조선 행정교육 사업에 대하여	로동신문	1947. 6. 22
1947년도 인민 경제계획과 교육문화 발전 계획	조소문화	1947. 7
조선 민족문화 발전에 있어서의 소련의 원조	조소문화	1948. 12
전쟁 도발자를 반대하는 세계 인민들의 단결은 곡고하다! 평화 옹호 세계대회에 참가하였던 한설야 씨 귀국 당담	로동신문	1949. 6. 11
평화 옹호 세계대회 참가 귀환 보고	로동신문	1949. 6. 17
조국 통일 민주주의 전선 강령에 대한 보고	로동신문 함남로동신문	1949. 6. 28 1949. 6. 28
조국 통일 민주주의 전선 강령에 대한 보고(강연)	전진 조국통일 민주주의전선 결성대회문헌집	1949. 7. 30 1949. 8. 15
우리 민족에게 부과된 평화 옹호 임무에 충실하자	로동신문	1949. 9. 6
조선 인민들의 조국 통일을 위한 투쟁은 세계 인민들의 평화 옹호 투쟁과 튼튼히 연결되어 있다	로동신문	1949. 10. 4
평화 옹호 세계위원회의 평화 제의 호소문에 대하여	로동신문	1950. 3. 4

작품명	발표지	발표 연도
정의와 진보를 사랑하는 선진 인류는 '평화 옹호 진영에 굳게 뭉친다'	로동신문	1950. 3. 25
「5·1절 기념 평화시군중대회에서 평화 옹호」전민족위원회 위원장 한설야 동지의 연설	로동신문	1950. 5. 2
우리의 손에는 평화통일의 정당한 방법이 쥐어져 있다―그 실천을 위한 길로 힘차게 매진하자!	로동신문	1950. 6. 5
남조선 국회는 조국 전선의 호소문을 토의할 터인가? 남조선 국회 내에서도 양심 있는 자라면 애국적 행동을 인민 앞에 표시하여야만 한다	투사신문	1950. 6. 20
남조선의 작가 예술인들이여 당신들은 누구의 편에 서려 하는가	로동신문	1950. 6. 24
전 세계 진보적 인민들은 우리 조국에 대한 미제의 야수적 침공을 반대 궐기하고 있다	민주조선	1950. 7. 7
히틀러 후계자 미제 강도들은 우리 농촌과 도시들을 무차별적으로 폭격하고 있다	로동신문	1950. 7. 14
트루그베리는 우리 조선에 대한 미제의 무장 침범의 공모자이다	민주청년	1950. 7. 21
미 공군의 범죄적 행동을 평화 옹호자들의 이름으로 규탄한다	조선인민보	1950. 9. 13
미국식 인종들의 말로	로동신문	1950. 9. 19~20
조선 인민은 도살자 이승만 역도들의 야수적 만행에 복수하리라	조선인민군전선 사령부문화훈련국	
복수	로동신문	1951. 3. 8
우리는 반드시 승리한다	로동신문	1951. 4. 5
평화 위한 영웅적 투쟁으로 이 영광을 일층 빛나게 하자	로동신문	1951. 4. 16
승리만이 평화를 보장한다	로동신문	1951. 4. 27
아시아 및 태평양 지역에서의 평화 옹호를 위하여	로동신문	1952. 5. 25

작품명	발표지	발표 연도
아시아 및 태평양 지역에서의 평화 옹호 대회와 조선 평화 옹호자들의 당면 과업 (제2차 평화옹호 전국민족대회에서 진술한 한설야 동지의 보고(요지))	로동신문	1952. 9. 10
조소련국 인민의 위대한 친선은 극동 평화에 막대한 기여로 된다	로동신문	1953. 9. 25
평양시 당 관하 문학예술 선전출판부문 열성자 회의에서 한 한설야 동지의 보고	로동신문	1956. 2. 15
연암 박지원 탄생 220주년 기념회에서 한 한설야 동지의보고	문학신문	1957. 3. 7
친선과 지지와 협조의 길에서	문학신문	1957. 3. 21
영광을 드린다, 백전백승 레닌의 당에	문학신문	1959. 1. 29
수령 돌아오시다	『영광은 만리에 조선 민주주의 인민공화국 정부 대표단 중국, 월남 친선 방문 기념 작품집』 (국립문학예술서적 출판사)	1959. 4. 20
남조선 작가, 예술인들이여 정의로운 투쟁의 선두에 서라	문학신문	1960. 4. 29
김일성 수상의 교시를 받들고	조선문학	1961. 1
근로자 중이 창작 사업에 발동되어야 한다	청년문학	1961. 1
한설야 동지의 토론(제4차 당 대회)	문학신문	1961. 9. 17
남조선의 작가 예술인들은 반미 구국 투쟁에 용감하게 나서라	문학신문	1962. 6. 25

8. 번역문 및 기타

작품명	발표지	발표 연도
아나톨 프랑스	청년	1922. 7
투르게네프의 산문시	청년	1923. 5
회우소식(會友消息)(안내문)	청년	1923. 6
생명론	신계단	1932. 10
일본 경제 현실체의 분석	신계단	1933. 2
『임꺽정』 광고 추천문	조선일보	1939. 12. 5

9. 작품집 및 선집

작품명	발표지	발표 연도
한설야 단편선	박문서관	1941. 7. 15
한설야 단편집 『초소에서』	문화전선사	1950. 3. 2
승냥이	조선작가동맹출판사	1951. 6. 15
현대 조선문학 선집 8—한설야 단편집	조선작가동맹출판사	1959. 3. 10
현대 조선문학 선집 16—황혼	조선작가동맹출판사	1959. 3. 10
『형제』(한설야 원작, 한성 각색)	조선작가동맹출판사	1960. 4. 10
『형제』	아동도서출판사	1960. 4. 20
현대 조선문학 선집 9	조선작가동맹출판사	1960. 5
한설야 선집 수필 14	조선작가동맹출판사	1960. 6. 5
성장	조선작가동맹출판사	1961. 9. 10

1) 본 목록은 서경석, 『한설야 문학 연구』(서울대 박사학위 논문, 1992) 부록 및 문학 과사상연구회 편, 『한설야 문학의 재인식』 부록을 참고하여 작성하였다.
2) 발표 연도에 괄호로 적힌 부분은 『한설야 선집』에 수록 시 수록 작품 끝에 작가 가 창작 연월일로 부기한 것이다.

▌참고 문헌

한설야 문학은 한국카프문학 연구의 일환으로 시작되었다. 초기 연구는 서지적인 정리가 되지 않은 상황에서 처해 있었기 때문에 김윤식의 연구 업적을 바탕으로 이를 보강하는 차원에서 이루어졌다. 이 자료의 수집과 원전 확정 작업은 이후 한설야 문학 연구의 계속적인 과제로 진행되었고 김재용의 업적이 이에 포함된다.

실증적인 작업과 더불어 한설야 문학 연구는 카프문학이 지니고 있는 이념적 성향의 분석에 집중된다. 카프 문학은 문화 운동적 성향이 강한 것이어서 문학 작품이 지니는 이념적 성향의 성격과 갈래, 그리고 리얼리즘론의 미묘한 편차에 관한 연구들이 대세를 이루었다. 1980년대 후반에서 1990년대 중반까지의 연구, 즉 김재영, 김재용, 김종호, 서경석 등의 연구가 이러한 입장에 서 있다.

1990년대 후반의 연구는 한설야 문학의 독특함에 대한 보다 깊이 있는 천착 및 새로 발굴된 자료에 대한 분석 등이 주류를 이루었다.

그러나 이러한 연구는 이전의 연구사적 맥락을 보강하는 차원의 것이라 할 수 있다.

2000년대에 접어들면서 한설야 문학은 작가론이나 작품론 차원이기보다는 방법론의 한 예시로서 연구되는 경향이 강하다. 페미니즘, 친일문학, 이중어 글쓰기, 탈식민주의, 만주서사 등의 안목이 한설야 문학에 적용되어 한설야 문학을 보는 시각의 폭과 깊이를 더해왔다고 할 것이다. 김윤식, 윤대석, 이경재, 서영인 등의 연구가 그러하다.

1. 단행본

권영민, 「노동문학의 가능성과 한계」, 『월북문인연구』, 문학사상사, 1989.

김윤식·정호웅 편, 『한국문학의 리얼리즘과 모더니즘』, 민음사, 1989.

김윤식, 『한국 현대 현실주의 소설 연구』, 문학과지성사, 1990.

김윤식·정호웅 편, 『한국 근대 리얼리즘 작가 연구』, 문학과지성사, 1988.

문학과사상연구회, 『한설야 문학의 재인식』, 소명출판, 2000.

조정래, 「한설야론」, 『1930년대 민족문학의 인식』, 한길사, 1990.

2. 논문

강진호, 「해방 후 한설야 소설과 김일성의 형상」, 『민족문학사연구』, 2004.

고명철, 「동아시아 반식민주의 저항으로서 일제 말의 '만주 서사' —

이태준의『농군』과 한설야의『대륙』을 중심으로」,『한국문학 논총』49집, 2008.

고명철,「한설야 문학, 그 탈식민의 맥락」,『비교어문연구』, 2006.

김병길,「한설야의 개작본 연구」, 국어국문학, 132권, 2002. 12.

김윤규,「한설야 초기 작품의 성격과 변모 과정」,『문학과언어』10집, 1989.7.

김윤식,「한 박자 느림과 빠름의 정치학」,『문학의 문학』, 2010, 겨울 호; 2011, 봄호.

──── ,「한설야의 일어 창작론—이중어 글쓰기의 제4형식」,『한국학 보』, 2004.

김일영,「한설야의 소설 초기 2부작과 희곡의 세계관적 연속성」,『국 어교육연구』21권, 1989.12.

김재영,「한설야 소설 연구」, 연세대 석사학위논문, 1990.

김재용,「냉전시대 한설야 문학의 민족의식과 비타협성」,『역사비평』 47호, 1999.5.

──── ,「민족주의와 탈식민주의를 넘어서—한설야 문학의 저항성을 중심으로」,『인문연구』, 2005.

──── ,「염상섭과 한설야」,『역사비평』82호, 2008.2.

김종호,「한설야「탁류」3부작의 리얼리즘적 세계와 구조」,『국어교육 연구』24권, 1992. 12.

──── ,「한설야의 문학론 1—문학운동론을 중심으로」,『문학과 언 어』10집, 1989. 7.

김춘선,「염상섭의『취우』와 한설야의『대동강』비교」,『현대문학의 연구』38집, 2009.

나명순, 「1930년대 후반의 한설야 소설 연구」, 『우리어문연구』, 2002.

남민영, 「김남천과 한설야의 1930년대 소설 연구」, 연세대 석사학위
　　　논문, 1990.

서경석, 「1920~30년대 한국 경향소설 연구」, 서울대 석사학위 논문,
　　　1987.

──, 「1930년대 후반의 카프─한설야의 「지하실의 수기」와 임화
　　　의 「어느 청년의 참회」를 중심으로」, 『어문학』66호, 1999. 2.

──, 「카프에 대한 카프 주변부의 비판과 그 가능성」, 『어문논총』,
　　　2004.

──, 「한국 경향소설과 귀향의 의미」, 『한국학보』, 1987, 가을.

──, 「한설야 문학의 유교적 배경 연구」, 『우리말글』36집, 2006. 4.

──, 「한설야 문학 연구」, 서울대 박사학위 논문, 1992.

──, 「한설야의 열풍과 북경 체험의 의미」, 『국어국문학』131권,
　　　2002. 5.

서영인, 「만주서사와 (탈)식민의 타자들」, 『어문학』108집, 2010. 6.

──, 「만주서사와 반식민의 상상적 공동체」, 『우리말글』46집,
　　　2009. 8.

송기섭, 「한설야 소설 연구」, 충북대 석사학위 논문, 1990.

송호숙, 「한설야 연구」, 연세대 석사학위 논문, 1989.

송효정, 「비국가와 월경(越境)의 모험」, 『대중서사연구』24호, 2010. 12.

안미영, 「1950년대 한국전쟁 배경 소설에 나타난 '서울'과 '평양'─
　　　염상섭의 『취우』와 한설야의 『대동강』비교」, 『개신어문연구』

20집, 2003.

에비하라 유타카, 「일제 강점기 한국 작가의 일어 작품 재고—『문학안내(文學案內)』「조선 현대 작가 특집」을 중심으로」, 『현대소설 연구』, 2009.

와타나베 나오키, 「식민지 조선의 프롤레타리아 농민문학과 '만주'」, 동국대학교 한국문학연구소, 『한국문학연구』33집, 2007. 12.

윤대석, 「1940년대 '만주'와 한국 문학자」, 『한국학보』31호, 2005.

윤영옥, 「한설야의 『탑』에 나타난 근대성과 여성」, 『한국언어문학』47집, 2001.

윤인로, 「'전향'의 논리와 '친일/반일'의 이분법—한설야의 경우를 중심으로」, 『동남어문논집』18호, 2004.

이경재, 「6.25 전쟁의 기억과 사회주의적 개발의 서사—한설야의 『성장』론」, 『현대소설 연구』41집, 2009.

――――, 「단재를 중심으로 본 한설야의 『열풍』론」, 『현대문학의 연구』, 2009.

――――, 「일제 말기 한설야 소설의 나르시시즘 연구」, 『현대문학의 연구』, 2007.

――――, 「한설야 단편소설의 개작 양상 연구—외국인 표상의 변화를 중심으로」, 『한중일 문학 연구』28집, 2009. 12.

――――, 「한설야 소설에 나타난 생산력 중심주의—해방 전후의 연속성을 중심으로」, 『민족문학사 연구』, 2008.

――――, 「한설야 소설에 나타난 여성 표상 연구—도제 구조에 나타난 여성 표상을 중심으로」, 『현대소설 연구』38집, 2008.

이경재, 「한설야 소설의 개작 양상 연구」, 『민족문학사 연구』, 2006.

─────, 「한설야 소설의 서사시학 연구」, 서울대 박사학위 논문, 2009.

이재춘, 「한설야 소설의 갈등 양상과 의미 연구」, 『어문학』, 58호, 1996. 2.

이주미, 「한설야의 『황혼』 연구─ '려순'의 성격적 비약에 대한 해명
　　　을 중심으로」, 『한민족문화연구』, 1996.

이희영, 「한설야 소설의 난해 어휘 몇 가지에 대한 검토」, 『한성어문
　　　학』, 2008.

장상길, 「한설야 소설 연구」, 서울대 석사학위 논문, 1990.

장성수, 「한설야 소설 연구」, 『국어문학』 34집, 1999. 1.

전형준, 「한설야 소설 중적 노신(中的魯迅)」, 『중국현대문학』 17호,
　　　1999.

정주미 · 김순전, 「한설야의 일본어 소설에 나타난 이중적 장치─잡
　　　지 『국민문학』에 실린 「혈(血)」과 「영(影)」을 중심으로」, 『일
　　　본연구』 10집, 2008.

정혜영, 「신념의 드러냄과 감춤─한설야 후기 작품을 중심으로」, 『문
　　　학과언어』 11집, 1990. 5.

정호웅, 「일제 말 소설의 창작 방법」, 『현대소설연구』 43집, 2010.

조남현, 「사상의 하강, 언어 표현력의 상승」, 『새국어생활』 11권 2호,
　　　2001.

조수웅, 「한설야의 생애와 문학적 특색」, 『문학춘추』 29호, 1999. 12.

조진기, 「내선일체의 실천과 내선결혼소설」, 『한민족어문학』 50집,
　　　2007. 6.

최병우, 「한설야 소설의 서술 방식에 관한 연구─전기소설을 중심으

로」,『현대소설연구』, 1996.

최익현, 「소설 공간 선택의 이념성과 의지 편향성 연구」,『어문논집』 22집. 1992. 7.

한민주, 「1930년대 후반기 전향소설에 나타난 남성 마조히즘의 의미 ― 김남천과 한설야를 중심으로」,『여성문학연구』, 2003.

홍혜원, 「일제 말기 소설과 탈식민성 ― 한설야와 박태원의 경우」,『현대소설연구』, 2010.

황치복, 「한일 전향소설의 문학사적 성격 ― 한설야와 나카노 시게하루〔中野重治〕를 중심으로」,『한국문학이론과 비평』제16집, 2002. 9.

한국문학전집을 펴내며

오늘의 한국 문학은 다양한 경험과 자산에서 비롯된 것이지만, 그중에서도 우리 앞선 세대의 문학 작품에서 가장 큰 유산을 물려받고 있다. 그럼에도 우리는 가끔 우리의 문학 유산을 잊거나 도외시한다. 마치 그것 없이는 살아갈 수 없는 소중한 물을 쉽게 잊고 사는 것처럼 그동안 우리는 우리가 이루어놓은 자산들을 너무 쉽게 잊어버리고 있었는지도 모르겠다. 인기 있는 외국 작품들이 거의 동시에 번역 출판되고, 새로운 기획과 번역으로 전 세계의 문학 작품들이 짜임새 있게 출판되고 있는 요즈음, 정작 한국 문학 작품들을 체계적으로 정리하지 못하고 있었다는 점을 최근에 우리는 깊이 반성하게 되었다. 그리고 이러한 때늦은 반성을 곧바로 '한국문학전집'을 기획하는 힘으로 전환하였다.

오늘의 시점에서 '한국문학전집'을 기획한다는 것은, 우선 그동안 양적으로나 질적으로 괄목할 만한 수준에 이른 한국 문학 연구 수준을 반영하는 새로운 시각이 전제되어야 할 것이다. 그리고 '우리 것을 지키자'는 순진한 의도에서가 아니라, 한국 문학이 바로 세계 문학이 되는 질적 확장을 위해, 세계 문학 속에서의 한국 문학의 정체성을 찾는 일을 간과해서는 안 될 것이다.

이번 기획에서 우리가 가장 크게 신경 썼던 점은 크게 두 가지이다. 하나는, 그동안 거의 관습적으로 굳어져왔던 작품에 대한 천편일률적인 평가를 피하고 그동안의 평가에 대한 비판적 평가와 더불어 새로운 평가로 인한 숨은 작품의 발굴이었다. 그리하여 한국 문학사를 시기별로 구분하여 축적된 연구 성과들 위에서 나름대로 중요한 작품들을 선별하는 목록 작업에 가장 큰 공을 들였다. 나머지 하나는, 그동안 여러 상이한 판본의 난립으로 인해 원전 텍스트가 침해되고 있는 심각한 상황을 고려하여 각각의 작가에게 가장 뛰어난 연구자들을 초빙하여 혼신을 다해 원전 텍스트를 확정하였다는 점이다.

장구한 우리 문학사의 주옥같은 작품들을 한자리에 모아, 세대를 넘고 시대를 넘어 그 이름과 위상에 값할 수 있는 대표적인 한국문학전집을 내놓는다. 이번에 출간되는 한국문학전집은 변화된 상황과 가치를 반영하는 내실 있고 권위를 갖춘 내용으로 꾸며질 것이며, 우리 문학의 정본 전집으로서 자리매김해 한국 문학의 전통을 계승하고 발전시키는 데 기여하고자 한다. 이 기획이 한국 문학의 자산들을 온전하게 되살려, 끊임없이 현재성을 가지는 살아 있는 작품들로, 항상 독자들의 옆에 있게 되기를 기대한다.

(주)문학과지성사

01 감자 김동인 단편선

최시한(숙명여대) 책임 편집

수록 작품 약한 자의 슬픔／배따라기／태형／눈을 겨우 뜰 때／감자／광염 소나타／배회／발가락이 닮았다／붉은 산／광화사／김연실전／곰네

극단적인 상황과 비극적 운명에 빠진 인물 군상들을 냉정하게 서술해낸 한국 근대 단편 문학의 선구자 김동인의 대표 단편 12편 수록. 인간과 환경에 대한 근대적 인식을 빼어난 문체와 서술로 형상화한 김동인의 주옥같은 작품들을 만날 수 있다.

02 탈출기 최서해 단편선

곽근(동국대) 책임 편집

수록 작품 고국／탈출기／박돌의 죽음／기아와 살육／큰물 진 뒤／백금／해돋이／그 밤／전아사／홍염／갈등／먼동이 틀 때／무명

식민 치하 빈궁 문학을 대표하는 최서해의 단편 13편 수록. 식민 치하의 참담한 사회적 현실을 사실적으로 전해주는 작품들. 우리 민족의 궁핍한 현실에 맞선 인물들의 저항 정신과 민족 감정의 감동과 울림을 전한다.

03 삼대 염상섭 장편소설

정호웅(홍익대) 책임 편집

우리 소설 가운데 서울말을 가장 풍부하게 살려 쓴 작품이자, 복합성·중층성의 세계를 구축하여 한국 근대 장편소설의 대표작으로 꼽히는 염상섭의 『삼대』. 1930년대 서울의 중산층 가족사를 통해 들여다본 우리 근대의 자화상이다.

04 레디메이드 인생 채만식 단편선

한형구(서울시립대) 책임 편집

수록 작품 논 이야기／레디메이드 인생／미스터 방／민족의 죄인／치숙／낙조／쑥국새／당랑의 전설

역설과 반어의 작가 채만식의 대표 단편 8편 수록. 1920～30년대의 자본주의적 현실 원리와 민중의 삶을 풍자적으로 포착하는 데 탁월했던 채만식. 사실주의와 풍자의 절묘한 조합으로 완성한 단편 문학의 묘미를 즐길 수 있다.

05 비 오는 길 최명익 단편선

신형기(연세대) 책임 편집

수록 작품 페어인／비 오는 길／무성격자／역설／봄과 신작로／심문／장삼이사／맥령

시대를 앞섰던 모더니스트 최명익의 대표 단편 8편 수록. 병과 죽음으로 고통받는 인물 군상들을 통해 자신이 예감한 황폐한 현대의 징후를 소설화한 작가 최명익. 무나 현대적이어서, 당시에는 제대로 평가받을 수 없었던 탁월한 단편소설들을 만난다.

06 **사하촌** 김정한 단편선

강진호(성신여대) 책임 편집

수록 작품 그물 / 사하촌 / 항진기 / 추산당과 곁사람들 / 모래톱 이야기 / 제3병동 / 수라도 / 인간 단지 / 위치 / 오끼나와에서 온 편지 / 슬픈 해후

리얼리즘 문학과 민족 문학을 대표하는 김정한의 대표 단편 11편 수록. 민중들의 삶을 통해 누구보다 먼저 '근대화의 문제'를 문학적으로 제기하고 예리하게 포착한 작가 김정한의 진면목을 본다.

07 **무녀도** 김동리 단편선

이동하(서울시립대) 책임 편집

수록 작품 화랑의 후예 / 산화 / 바위 / 무녀도 / 황토기 / 찔레꽃 / 동구 앞길 / 혼구 / 혈거부족 / 달 / 역마 / 광풍 속에서

한국적이고 토착적인 전통 세계의 소설화에 앞장선 김동리의 초기 대표작 12편 수록. 민중의 삶 속에 뿌리 내린 토착적 전통의 세계를 정확한 묘사와 풍부한 서정으로 형상화했던 김동리 문학 세계를 엿본다.

08 **독 짓는 늙은이** 황순원 단편선

박혜경(인하대) 책임 편집

수록 작품 소나기 / 별 / 겨울 개나리 / 산골 아이 / 목넘이마을의 개 / 황소들 / 집 / 사마귀 / 소리 / 닭제 / 학 / 묵장수 / 뿌리 / 내 고향 사람들 / 원색오똑이 / 곡예사 / 독 짓는 늙은이 / 황노인 / 늪 / 허수아비

한국 산문 문체의 모범으로 평가되는 황순원의 대표 단편 20편 수록. 엄격한 지적 절제와 미학적 균형으로 함축적인 소설 미학을 완성시킨 작가 황순원. 극적인 사건 전개 대신 정적이고 서정적인 울림의 미학으로 깊은 감동을 전한다.

09 **만세전** 염상섭 중편선

김경수(서강대) 책임 편집

수록 작품 만세전 / 해바라기 / 미해결 / 두 출발

한국 근대 소설의 기념비적 작품인 「만세전」, 조선 최초의 여류화가인 나혜석의 삶을 소설화한 「해바라기」, 그리고 식민지 조선의 현실을 담아내고 나름의 저항의식을 형상화하기 위한 소설적 수련의 과정을 단적으로 보여주는 「미해결」과 「두 출발」 수록. 장편소설의 작가로만 알려진 염상섭의 독특한 소설 미학의 세계를 감상한다.

10 **천변풍경** 박태원 장편소설

장수익(한남대) 책임 편집

모더니스트 박태원이 펼쳐 보이는 1930년대 서울의 파노라믹 풍경화. 근대 자본주의 사회의 이데올로기와 일상성에 대한 비판에 몰두하던 박태원 초기 작품의 모더니즘 경향과 리얼리즘 미학의 경계를 넘나드는 역작. 식민지라는 파행적 상황에서 기형적으로 실현되던 근대화의 양상을 기층 민중의 생활에 초점을 맞춰 본격화한 작품이다.

11 태평천하 채만식 장편소설

이주형(경북대) 책임 편집

부정적인 상황들이 난무하는 시대 현실을 독자적인 문학적 기법과 비판의식으로 그려냄으로써 '문학적 미'를 추구했던 채만식의 대표작. 판소리 사설의 반어, 자기 폭로, 비유, 과장, 희화화 등의 표현법에 사투리까지 섞은 요설로, 창을 듣는 듯한 느낌과 재미를 선사하는 작품. 세태풍자소설의 장을 열었던 채만식이 쓴 가족사 소설의 전형에 해당한다.

12 비 오는 날 손창섭 단편선

조현일(홍익대) 책임 편집

수록 작품 공휴일/사연기/비 오는 날/생활적/혈서/피해자/미해결의 장/인간동물원/유실몽/설중행/광야/희생/잉여인간/신의 희작

가장 문제적인 전후 소설가 손창섭의 대표 단편 14작품 수록. 병적이고 불구적인 인간 군상들을 통해 전후 사회 현실에서의 '절망'의 표현에 주력했던 손창섭. 전쟁 그리고 전쟁 이후의 비일상적 사태를 가장 근원적인 차원에서 표현한 빼어난 작품들을 선별했다.

13 등신불 김동리 단편선

이동하(서울시립대) 책임 편집

수록 작품 인간동의/흥남철수/밀다원시대/용/목공 요셉/등신불/송추에서/까치 소리/저승새

「무녀도」의 작가 김동리가 1950년대 이후에 내놓은 단편 9편 수록. 전기 작품에 이어서 탁월한 문체의 매력, 빈틈없는 구성의 묘미, 인상적인 인물상의 창조, 인간에 대한 깊이 있는 통찰이라는 김동리 단편의 미학을 다시 한 번 경험할 수 있는 기회이다.

14 동백꽃 김유정 단편선

유인순(강원대) 책임 편집

수록 작품 심청/산골 나그네/총각과 맹꽁이/소낙비/솥/만무방/노다지/금/금 따는 콩밭/떡/산골/봄·봄/안해/봄과 따라지/따라지/가을/두꺼비/동백꽃/야앵/옥토끼/정조/땡볕/형

고단한 삶을 살아가는 순박한 촌부에서 사기꾼에 이르기까지 다양한 삶의 모습을 문학 속에 그대로 재현한 김유정의 주옥같은 단편 23편 수록. 인물의 토속성과 해학성, 생생한 삶의 언어와 우리 소리, 그 속에 충만한 생명감을 불어넣은 김유정 문학의 정수를 맛본다.

15 소설가 구보씨의 일일 박태원 단편선

천정환(성균관대) 책임 편집

수록 작품 수염/낙조/소설가 구보씨의 일일/애욕/길은 어둡고/거리/방란장 주인/비량/진통/탄제/골목 안/음우/재운

한국 소설사상 가장 두드러진 모더니즘 작품으로 인정받는 「소설가 구보씨의 일일」을 비롯한 박태원의 대표 단편 13편 수록. 한글로 씌어진 가장 파격적이고 실험적인 작품으로 주목 받은 박태원. 서울 주변부 중산층의 삶이라는 자기만의 튼실한 현실 공간을 구축하여 새로운 소설 기법과 예술가소설로서의 보편성을 획득한 작품들이다.

16 날개 이상 단편선

김주현(경북대) 책임 편집

수록 작품 12월 12일/지도의 암실/지팡이 역사/황소와 도깨비/공포의 기록/지주회시/
동해/날개/봉별기/실화/종생기

근대와 맞닥뜨린 당대 식민지 조선의 기념비요 자화상 역할을 하는 이상의 대표 단편
11편 수록. '천재'와 '광인'이라는 꼬리표와 함께 전위적이고 해체적인 글쓰기로
한국의 모더니즘 문학사를 개척한 작가 이상. 자유연상, 내적 독백 등의 실험적
구성과 문체로 식민지 근대 그것에 촉발된 당대인의 내면을 예리하게 포착해낸
이상의 문제작들을 한데 모았다.

17 흙 이광수 장편소설

이경훈(연세대) 책임 편집

한국 최초의 근대 장편소설 『무정』을 발표하면서 한국 소설 문학의 역사를 새롭게 쓴
이광수. 『흙』은 이광수의 계몽 사상이 가장 짙게 깔린 작품으로 심훈의 『상록수』와
함께 한국 농촌계몽소설의 전위에 속한다. 한국 근대 문학사상 가장 많이 연구되고
있는 작가의 대표작답게 『흙』은 민족주의, 계몽주의, 농민문학, 친일문학, 등장
인물론, 작가론, 문학사 등의 학문적·비평적 논의의 중심에 있는 작품이다.

18 상록수 심훈 장편소설

박헌호(성균관대) 책임 편집

이광수의 장편 『흙』과 더불어 한국 농촌계몽소설의 쌍벽을 이루는 『상록수』. 심훈의
문명(文名)을 크게 떨치게 한 대표작이다. 1930년대 당시 지식인의 관념적 농촌
운동과 일제의 경제 침탈사를 고발·비판함으로써, 문학이 취할 수 있는 현실 정세에
대한 직접적인 대응 그리고 극복의 상상력이란 두 가지 요소를 나름의 한계 속에서
실천해냈고, 대중적으로도 큰 호응을 불러일으킨 작품이다.

19 무정 이광수 장편소설

김철(연세대) 책임 편집

20세기 이래 한국인이 가장 많이 읽고 가장 자주 출간돼온 작품, 그리고 근현대 문학
가운데 가장 많이 연구의 대상이 된 작가 이광수의 대표작 『무정』. 씌어진 지 한
세기가 가까워오도록 여전히 읽히고 있고 또 학문적 논쟁의 중심에 서 있는 『무정』을
책임 편집자의 교정을 충실하게 반영한 최고의 선본(善本)으로 만난다.

20 고향 이기영 장편소설

이상경(KAIST) 책임 편집

'프로문학의 정점'이자 우리 근대 문학사의 리얼리즘의 확립을 결정적으로 보여주는
이기영의 『고향』. 이기영은 1920년대 중반 원터라는 충청도의 한 농촌 마을을
배경으로 봉건 사회의 잔재를 지닌 채 식민지 자본주의화가 진행되어가는 우리 근대
초기를 뛰어난 관찰로 묘파한다. 일제 식민 치하 근대화에 대한 문학적·비판적
성찰과 지식인의 고뇌를 반영한 수작이다.

21 까마귀 이태준 단편선

김윤식(명지대) 책임 편집

수록 작품 불우 선생/달밤/까마귀/장마/복덕방/패강랭/농군/밤길/토끼 이야기/해방 전후

'한국 근대소설의 완성자' '단편문학'의 명수. 이태준은 우리 근대 문학의 전개 과정에서 결코 간과할 수 없는 역할을 담당했던 작가 가운데 한 사람이다. 문학의 자율성과 예술성을 상실하지 않으면서도 현실 문제에 각별한 관심을 보여주었던 그의 단편은 한국소설사에서 1930년대를 대표하는 것으로 인정받고 있다.

22 두 파산 염상섭 단편선

김경수(서강대) 책임 편집

수록 작품 표본실의 청개구리/암야/제야/E선생/윤전기/숙박기/해방의 아들/양과자갑/두 파산/절곡/얼룩진 시대 풍경

한국 근대사를 증언하고 있는 횡보 염상섭의 단편소설 11편 수록. 지식인 망국민 으로서의 허무적인 자기 진단, 구체적인 사회 인식, 해방 후와 전후 시기에 대한 사실적 증언과 문제 제기를 포함한 대표작들을 통해 횡보의 단편 미학을 감상한다.

23 카인의 후예 황순원 소설선

김종회(경희대) 책임 편집

수록 작품 카인의 후예/너와 나만의 시간/나무들 비탈에 서다

인간의 정신적 순수성과 고귀한 존엄성을 문학의 제일 원칙으로 삼았던 작가 황순원. 그의 대표작 가운데 독자들의 가장 많은 사랑을 받은 장편소설들을 모았다. 한국 전쟁을 온몸으로 체득하면서 특유의 절제되고 간결한 문장으로 예술적 서사성을 완성한 황순원은 단편에서와 마찬가지로 변함없는 감동의 세계를 열어놓는다.

24 소년의 비애 이광수 단편선

김영민(연세대) 책임 편집

수록 작품 무정/소년의 비애/어린 벗에게/방황/가실/거룩한 죽음/무명/꿈

한국 근대소설사와 이광수 개인의 문학 세계에서 중요한 의미를 갖는 단편 8편 수록. 이광수가 우리말로 쓴 최초의 창작 단편 「무정」, 당시 사회의 인습과 제도를 비판한 「소년의 비애」, 우리나라 최초의 서간체 소설인 「어린 벗에게」, 지식인의 내면적 갈등과 자아 탐구의 과정을 담은 「방황」, 춘원의 옥중 체험을 바탕으로 쓰어진 「무명」 등 한국 근대문학의 장르와 소재, 주제 탐구 면에서 꼼꼼히 고찰해야 할 작품들이다.

25 불꽃 선우휘 단편선

이익성(충북대) 책임 편집

수록 작품 테러리스트/불꽃/거울/오리와 계급장/단독강화/깃발 없는 기수/망향

8·15 해방과 분단, 6·25전쟁으로 이어지는 한국 근현대사의 열병을 깊이 있게 고찰한 선우휘의 대표작 7편 수록. 평판작 「불꽃」과 「깃발 없는 기수」를 비롯해 한국 근현대사의 역동성과 이를 바라보는 냉철한 작가의식이 빚어낸 수작들을 한데 모았다.

²⁶ 맥 김남천 단편선

채호석(한국외대) 책임 편집

수록 작품 공장 신문/공우회/남편 그의 동지/물/남매/소년행/처를 때리고/무자리/녹성당/길 위에서/경영/맥/등불/꿀

카프와 명맥을 같이하며 창작과 비평에서 두드러진 족적을 남긴 작가 김남천. 1930년대 초, 예술운동의 볼세비키화론 주장과 궤를 같이하는 「공장 신문」「공우회」, 카프해산 직후 그의 고발문학론을 담은 「처를 때리고」「소년행」「남매」, 전향문학의 백미로 꼽히는 「경영」「맥」 등 그의 치열했던 문학 세계의 변화를 일별할 수 있는 대표작 14편 수록.

²⁷ 인간 문제 강경애 장편소설

최원식(인하대) 책임 편집

한국 근대 여성문학의 제일선에 위치하는 강경애의 대표작. 일제 치하의 1930년대 조선, 자본가와 농민·노동자의 대립 구조 속에서 농민과 도시노동자가 현실의 문제를 해결하고자 하는 주체로 성장하는 과정과 그들의 조직적 투쟁을 현실성 있게 그려낸 작품. 이기영의 『고향』과 더불어 우리 근대 소설사에서 리얼리즘 소설의 수작으로 꼽힌다.

²⁸ 민촌 이기영 단편선

조남현(서울대) 책임 편집

수록 작품 농부 정도룡/민촌/아사/호외/해후/종이 뜨는 사람들/부역/김군과 나와 그의 아내/변절자의 아내/서화/맥추/수석/봉황산

카프와 프로문학의 대표 작가 이기영. 그가 발표한 수십 편의 단편소설들 가운데 사회사나 사상운동사로서의 자료적 가치가 높으면서 또 소설 양식으로서의 구조미를 제대로 보여주는 14편을 선별했다.

²⁹ 혈의 누 이인직 소설선

권영민(서울대) 책임 편집

수록 작품 혈의 누/귀의 성/은세계

급진적이고 충동적인 한국 근대의 풍경 속에 신소설이라는 새로운 서사 양식을 창조해낸 이인직. 책임 편집자의 꼼꼼한 텍스트 확정과 자세한 비평적 해설을 통해, 신소설의 서사 구조와 그 담론적 특성을 밝히고 당시 개화·계몽 시대를 대표하는 서사 양식에 내재화된 일본적 식민주의 담론을 꼬집는다.

³⁰ 추월색 이해조 안국선 최찬식 소설선

권영민(서울대) 책임 편집

수록 작품 금수회의록/자유종/구마검/추월색

개화·계몽시대의 대표적인 신소설 작가 3인의 대표작. 여성과 신교육으로 집약되는 토론의 모습을 서사 방식으로 활용한 「자유종」, 구시대적 인습을 신랄하게 비판한 「구마검」, 가장 대중적인 신소설 가운데 하나로 꼽히는 「추월색」, 그리고 '꿈'이라는 우화적 공간을 설정하여 현실 비판의 풍자적 색채가 강한 「금수회의록」까지 당대의 사회적 풍속과 세태의 변화를 민감하게 반영한 작품들을 수록했다.

31 젊은 느티나무 강신재 소설선

김미현(이화여대) 책임 편집

수록 작품 안개/해방촌 가는 길/절벽/젊은 느티나무/양관/황량한 날의 동화/파도/이브 변신/강물이 있는 풍경/점액질

1950, 60년대를 대표하는 여성 작가 강신재의 중단편 10편을 엄선했다. 특유의 서정적인 문체와 관조적 시선, 지적인 분석력으로 '비누 냄새' 나는 풋풋한 사랑 이야기에서 끈끈한 '점액질'의 어두운 욕망에 이르기까지, 운명의 폭력성과 존재론적 한계를 줄기차게 탐문한 강신재 소설의 여정을 한눈에 볼 수 있는 기회다.

32 오발탄 이범선 단편선

김외곤(서원대) 책임 편집

수록 작품 일요일/학마을 사람들/사망 보류/몸 전체로/갈매기/오발탄/자살당한 개/살모사/천당 간 사나이/청대집 개/표구된 휴지/고장난 문/두메의 어벙이/미친 녀석

손창섭·장용학 등과 함께 대표적인 전후 작가로 꼽히는 이범선의 대표작 14편 수록. 한국 현대사의 비극에 대한 묘사를 바탕으로 하면서도 잃어버린 고향, 동양적 이상향에 대한 동경을 담았던 초기작들과 전후의 물질적 궁핍상을 전통적 사실주의에 기초해 그리면서 현실 비판적 성격을 강하게 드러낸 문제작들을 고루 수록했다.

33 메밀꽃 필 무렵 이효석 단편선

서준섭(강원대) 책임 편집

수록 작품 도시와 유령/깨뜨려지는 홍등/마작철학/프레류드/돈/계절/산/들/석류/메밀꽃 무렵/삽화/개살구/장미 병들다/공상구락부/해바라기/여수/하얼빈산협/풀잎/낙엽을 태우면서

근대 작가의 문화적 정체성이 끊임없이 흔들렸던 식민지 시대, 경성제대 출신의 지식 인 작가로서 그 문화적 혼란기를 소설 언어를 통해 구성하고 지속적으로 모색했던 이효석의 대표작 20편 수록.

34 운수 좋은 날 현진건 중단편선

김동식(인하대) 책임 편집

수록 작품 희생화/빈처/술 권하는 사회/유린/피아노/할머니의 죽음/우편국에서/까막잡기/ 그림운 흘긴 눈/운수 좋은 날/발/불/B사감과 러브 레터/사립정신병원장/고향/동정/정조와 약가/신문지와 철창/서투른 도적/연애의 청산/타락자

한국 근대 단편소설의 형식적 미학을 구축하고 근대적 사실주의 문학의 머릿돌을 놓은 작가 현진건의 대표작 21편 수록. 서구 중심의 근대성과 조선 사회의 식민성 사이에서 방황하는 지식인의 내면 풍경뿐만 아니라, 식민지 조선의 일상을 예리하게 관찰함으로써 '조선의 얼굴'을 담아낸 작가 현진건의 면모를 두루 살폈다.

35 사랑 이광수 장편소설

한승옥(숭실대) 책임 편집

춘원의 첫 전작 장편소설. 신문 연재물의 제약에서 벗어나 좀더 자유롭고 솔직한 그의 인생관이 담겨 있다. 이른바 그의 어떤 장편소설보다도 나아간 자유 연애, 사랑에 관한 작가의 생각을 엿볼 수 있는 작품. 작가의 나이 지천명에 이르러 불교와 『주역』 등 동양고전에 심취하여 우주의 철리와 종교적 깨달음에 가닿은 시점에서 집필된, 춘원의 모든 것.

36 화수분 전영택 중단편선

김만수(인하대) 책임 편집

수록 작품 천치? 천재?/운명/생명의 봄/독약을 마시는 여인/화수분/후회/여자도 사람인가/하늘을 바라보는 여인/소/김탄실과 그 아들/금붕어/차돌멩이/크리스마스 전야의 풍경/말 없는 사람

1920년대 초반 자연주의, 사실주의적 색채가 강한 작품 세계로 주목받았던 작가 전영택의 대표작선. 이들 작품에서 작가는, 일제 초기의 만세운동, 일제 강점기하의 극심한 궁핍, 해방 직후의 사회적 혼돈, 산업화 초창기의 사회적 퇴폐상에 대한 자신의 경험을 소박한 형식 속에 담고 있다.

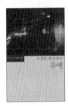

37 유예 오상원 중단편선

한수영(동아대) 책임 편집

수록 작품 황선지대/유예/균열/죽어살이/모반/부동기/보수/현실/훈장/실기

한국 전후 세대 문학의 대표 작가 오상원의 주요작 10편을 묶었다. '실존'과 '행동'에 초점을 맞춘 그의 작품은, 한결같이 극한 상황에 처한 인간 존재의 의미를 묻는 데 천착하면서 효과적인 주제 전달을 위해 낯설고 다양한 소설적 실험을 보여준다.

38 제1과 제1장 이무영 단편선

전영태(중앙대) 책임 편집

수록 작품 제1과 제1장/흙의 노예/문 서방/농부전 초/청개구리/모우지도/유모/용자소전/이단자/ B녀의 소묘/O형의 인간/들메/며느리

한국 농민문학의 선구자로 평가받는 이무영의 주요 단편 13편 수록. 이들 작품에서 작가는, 농민을 계몽의 대상이 아닌, 흙을 일구는 그들의 삶을 통해서 진실한 깨달음을 얻는 자족적 대상으로 바라본다. 이무영의 농민소설은 인간을 향한 긍정적 시선과 삶의 부조리한 면을 파헤치는 지식인의 냉엄한 비판 의식이 공존하고 있다.

39 꺼삐딴 리 전광용 단편선

김종욱(세종대) 책임 편집

수록 작품 흑산도/진개권/지층/해도초/GMC/사수/크라운장/충매화/초혼곡/면허장/꺼삐딴 리/곽 서방/남궁 박사/죽음의 자세/세끼미

1950년대 전후 사회와 60년대의 척박한 삶의 리얼리티를 '구도의 치밀성'과 '묘사의 정확성'을 통해 형상화한 작가 전광용의 대표 단편 15편 모음집. 휴머니즘적 주제 의식, 전통적인 서사 형식, 객관적이고 냉철한 묘사 태도, 짧고 건조한 문체 등으로 집약되는 전광용의 작품 세계를 한눈에 살필 수 있는 계기.

40 과도기 한설야 단편선

서경석(한양대) 책임 편집

수록 작품 동경/그릇된 동경/합숙소의 밤/과도기/씨름/사방공사/교차선/추수 후/태양/ 임금/딸/철로 교차점/부역/산촌/이녕/모자/혈로

식민지 시대 신경향파·카프 계열 작가로서 사회주의 리얼리즘 문학을 추구한 작가 한설야의 문학적 특징을 잘 드러내는 단편 17편을 수록했다. 시대적 대세에 편승하며 작품의 경향을 바꾸었던 다른 카프 작가들과는 달리 한설야는, 주체적인 노동자 로서의 삶을 택한 「과도기」의 '창선'이 그러하듯, 이 주제를 자신의 평생 과제로 삼아 창작에 몰두했다.

41 사랑손님과 어머니 주요섭 중단편선

장영우(동국대) 책임 편집

수록 작품 추운 밤/인력거꾼/살인/첫사랑 값/개밥/사랑손님과 어머니/아네모네의 마담/북소리 두둥둥/봉천역 식당/낙랑고분의 비밀

주요섭이 남녀 간의 애정 문제를 주로 다룬 통속 작가로 인식되어온 것은 교정되어야 마땅하다. 그는 빈민 계층의 고단하고 무망(無望)한 삶을 사실적으로 재현하는 데 탁월한 기량을 보였으며, 날카로운 현실인식과 객관적 묘사의 한 전범을 보여주었고 환상성을 수용함으로써 보다 탄력적인 소설미학을 실험하기도 하였다.

42 탁류 채만식 장편소설

우찬제(서강대) 책임 편집

채만식은 시대의 어둠을 문학의 빛으로 밝히며 일제 강점기와 해방기의 우리 소설 사를 빛낸 작가다. 그는 작품 활동 전반에 걸쳐 열정적인 창작열과 리얼리즘 정신으로 당대의 현실상을 매우 예리하게 형상화했다. 특히 『탁류』는 여주인공 초봉의 기구한 운명의 족적을 금강 물이 점점 탁해지는 현상에 비유하면서 타락한 당대의 세계상을 여실하게 드러내주고 있다.

43 벙어리 삼룡이 나도향 중단편선

우찬제(서강대) 책임 편집

수록 작품 젊은이의 시절/별을 안거든 우지나 말걸/옛날 꿈은 창백하더이다/여이발사/행랑 자식/벙어리 삼룡이/물레방아/꿈/뽕/지형근/청춘

위험한 시대에 매우 불안하게 살았던 작가. 그러나 나도향은 불안에 강박되기보다 불안한 자유의 상태를 즐기는 방식으로 소설을 택한 작가였다. 낭만적 환멸의 풍경이나 낭만적 동경의 형식 등은 불안에 대한 나도향 식 문학적 향유의 풍경으로 다가온다.

44 잔등 허준 중단편선

권성우(숙명여대) 책임 편집

수록 작품 탁류/습작실에서/잔등/속습작실에서/평대저울

한국 근대소설사에서 허준만큼 진보적 지식인의 진지한 자기 성찰을 깊이 형상화한 작가는 없었다. 혁명의 연성을 기꺼이 인정하면서도 혁명과 해방으로 인해 궁지와 비참에 몰린 사람들에 대해 깊은 연민과 따뜻한 공감의 눈길을 던진 그의 대표작 다섯 편을 한데 모았다.

45 한국 현대희곡선

김우진 김명순 유치진 함세덕 오영진 차범석 이근삼 최인훈 이현화 이강백

이상우(고려대) 책임 편집

수록 작품 토막/산허구리/살아 있는 이중생 각하/불모지/국물 있사옵니다/옛날 옛적에 훠어이 훠이/카덴자/봄날/오구 ─ 죽음의 형식/심청이는 왜 두 번 인당수에 몸을 던졌는가

한국 현대희곡 100년사를 대표하는 작품 10편. 1930년대부터 1990년대까지 각 시기의 시대정신과 연극 경향을 대표할 만한 희곡들을 골고루 선별하였고, 사실주의 희곡과 비사실주의희곡의 균형을 맞추어 안배하였다.

46 혼명에서 백신애 중단편선

서영인 책임 편집

수록 작품 나의 어머니/꺼래이/복선이/채색교/적빈/낙오/악부자/정현수/학사/호도/어느 전원의 풍경―일명·법률/광인수기/소독부/일여인/혼명에서/아름다운 노을

일제강점기 한국문학을 대표하는 여성 작가이자 사회운동가인 백신애의 주요 작품 16편. 극심한 가난과 봉건적 인습의 굴레에 갇힌 여성들의 비극, 또는 거기서 벗어나려는 의지를 치열한 문제의식으로 그려냈다. '봉건적 가족제도와 여성의 욕망'이라는 주제가 오늘날 여전히 풀리지 않는 과제로 존재하고 있음을 알게 된다.

47 근대여성작가선 김명순 나혜석 김일엽 이선희 임순득

이상경(KAIST) 책임 편집

수록 작품 의심의 소녀/선례/돌아다볼 때/탄실이와 주영이/경희/현숙/어머니와 딸/청상의 생활―희생된 일생/자각/계산서/매소부/탕자/일요일/이름 짓기/딸과 어머니와

일제강점기 한국문학을 대표하는 여성 작가들의 주요 작품 15편을 한 권에 묶었다. 근대 여성의 목소리로서 여성문학은 봉건적 가부장제에서 벗어나고자 개인으로서 여성의 자유로운 선택을 가로막는 온갖 질곡에 저항해왔다. 여성이 봉건적 공동체를 벗어나 개성을 찾아 나서는 길은 많은 경우 가출, 자살, 일탈 등으로 귀결되었지만, 그럼에도 여성 자신의 힘을 믿으면서 공동체의 인습에 저항하고 새로운 공동체를 지향하는 노력이 있었다. 여기에 식민지라는 조건 속에서 민족의 해방은 더 큰 과제이기도 했다. 이 책에 실린 여성 작가의 작품들은 신여성의 이러한 꿈과 현실, 한계를 여실히 드러내 보여준다.

48 불신시대 박경리 중단편선

강지희(한신대) 책임 편집

수록 작품 계산/흑흑백백/암흑시대/불신시대/벽지/환상의 시기/약으로도 못 고치는 병

여성의 전쟁 수난사를 가장 탁월하게 그려낸 작가 박경리의 대표 중단편 7편 수록. 고독과 절망의 시대를 살아내면서도 현실과 타협하지 못하는 결벽성으로 인간의 존엄을 고민했던 작가의 흔적이 역력한 수작들이 담겼다.

49 지하촌 강경애 중단편선

김양선(한림대) 책임 편집

수록 작품 파금/그 여자/채전/유무/소금/모자/원고료 이백 원/번뇌/지하촌/어둠/마약

한국 근대 여성문학사에서 중요한 위치를 점하는 작가 강경애의 대표 작품 11편을 한데 묶었다. 이주와 이산의 공간이었던 간도 현실, 여성으로서 체험하는 식민 현실을 핍진하게 담아낸 강경애의 작품들은 비참하고 곤궁했던 일제강점기 민중의 삶을 다양한 여성의 얼굴로 형상화하고 있다.

계속 출간됩니다.